Zurückgekehrt aus Liebe

*Für meine Mama, für dein großes Herz, deine Liebe, deinen Trost, für all das, was dich ausmacht.*

Kalliope B. Morris

# Zurückgekehrt aus Liebe

*Bibliografische Information der Deutschen Nationalbibliothek:*
*Die Deutsche Nationalbibliothek verzeichnet diese Publikation in der Deutschen Nationalbibliografie; detaillierte bibliografische Daten sind im Internet über http://dnb.dnb.de abrufbar.*

© 2016 Kalliope B. Morris

*Herstellung und Verlag: BoD – Books on Demand, Norderstedt*

*ISBN: 978-3-7412-7102-1*

*Homepage: www.Kalliope-Morris.de*

# *Inhaltsverzeichnis*

Prolog .................................................................. 7
Tag voller Trauer ................................................ 9
Unerwarteter Anblick ....................................... 28
Nur geträumt? ................................................... 41
Herzklopfen ...................................................... 58
Schreckensnachricht ......................................... 76
Zärtlichkeit........................................................ 98
Wut und Trauer................................................. 120
Nervosität.......................................................... 132
Schock ............................................................... 150
Ersehnter Moment ............................................ 163
Seltsame Situation ............................................ 178
Erklärungen ...................................................... 196
Sorgen................................................................ 217
Aufregung.......................................................... 233
Unverständnis ................................................... 252
Freude ............................................................... 264
Die Spannung steigt.......................................... 280
Überraschung .................................................... 300
Tag des Glücks ................................................. 310
Das Erwachen ................................................... 315
Epilog ................................................................ 319
Danksagung ....................................................... 321

# *Prolog*

Zart streichelte er ihre Wange. Sanft legten sich ihre Lippen aufeinander.
»Ich bin für immer dein!«, flüsterte sie ihm zu.
»Hörst du? Ich werde dich immer lieben!«
Wie schon so oft, schaute er in ihre grünen Augen und verlor sich in ihnen. Die strahlenden Augen, die ihre ganze Lebensenergie und ihre ganze Fröhlichkeit widerspiegelten. Ashleys frischen Atem spürte er auf seiner Hand, die noch immer auf ihrer Wange ruhte. Leicht zogen sich seine Mundwinkel nach oben, ohne dass er es überhaupt nur mitbekam.
Adam erinnerte sich wieder daran, wie sie sich kennen und lieben gelernt hatten. Wie er sie damals, auf der Eisbahn, am kältesten Wintertag des Jahres, mit den Schlittschuhen umgefahren hatte und wie er sich sofort in diese Augen verliebte, die nun dem wichtigsten Menschen in seinem Leben gehörten. Das Bild, wie Ashley an jenem Abend mit ihrer roten Lieblingspudelmütze auf dem Eis lag und ihn anlächelte, würde er wohl nie vergessen. Auch der Moment, in dem sie ihm ihre Liebe gestand, war einer der schönsten Augenblicke in seinem Leben. Damals konnte Adam es kaum glauben, er war unglaublich glücklich gewesen. Ashley hatte so lange gebraucht, um zu erkennen, was sie wirklich fühlte, dass er es schon fast aufgegeben hatte, dass er schon fast die Hoffnung und den Glauben verloren hatte. Doch nun waren sie schon sehr lange zusammen und unendlich glücklich.

»Ich werde dich auch immer lieben«, versicherte er, nachdem er sich aus seinen wundervollen Gedanken reißen konnte.
»Du bist das Beste, was mir je passiert ist. Du bist das, wonach ich mein Leben lang gesucht habe!«
Ohne sich zu bewegen, schauten sie sich einige Minuten an. Langsam legte Ashley ihre Hand auf Adams und spürte die Wärme seiner Haut. Schon vom ersten Moment an, gab ihr diese Wärme, ein Gefühl des Wohlbefindens und purer Geborgenheit.

# *Tag voller Trauer*

Hart wurde sie aus ihrer schönen Erinnerung geholt. Während Ashley langsam ihre roten, brennenden Augen öffnete, kullerte eine salzige Träne ihre Wange hinunter. Sie versuchte klar zu sehen, doch alles war durch die Tränen, die nicht mehr aufzuhören schienen, verschwommen. Ihre Augen bewegten sich durch den Raum, in der Hoffnung irgendetwas zu entdecken, was ihr Halt geben würde. Doch in die Gesichter all der Menschen zu blicken machte sie nur noch viel trauriger. Keiner schaffte es zu lächeln oder auch nur einen Funken Fröhlichkeit in das Gesicht zu bringen. Die vielen schwarzen Kleider und Anzüge machten den ohnehin schon düsteren und traurigen Morgen nur noch schwärzer, als er es bereits war. Sie schaute auf den mahagonifarbenen Sarg, der direkt vor ihr stand.
Voller Trauer schaute Ashley auf das Gesicht des Verstorbenen. Auf jede einzelne Falte, die sie so sehr geliebt hatte.
Zitternd berührte sie das hellblonde, zerzauste Haar, dass sie liebend gerne verwuschelte. Langsam glitten ihre immer noch zitternden Hände über die Schläfen, hin zu den Wangenknochen mit der kleinen Narbe, die immer mehr verblasste. Weiter zu dem Hals, den sie so gern geküsst hatte. Immer weiter liefen die Tränen ihre Wange hinunter und tropften auf das Gesicht ihres verstorbenen Verlobten. Die Wärme, die sie an kalten Tagen gewärmt hatte, war verschwunden. Er war kalt, eiskalt. Ihr ganzer Körper fing an zu zittern. Ihre Gedanken verschwammen alle so, dass sie nicht klar denken konnte. In ihr stieg Wut, Verzweiflung und Hilflosigkeit auf.

Zwei Hände schlossen sich um ihre zitternden Arme und zogen sie von ihrer großen Liebe weg. Sie blickte nicht auf. Sie fühlte nichts. Selbst die eben aufgestiegenen Gefühle waren verschwunden. Alles, einfach alles war taub und leer.
»Schatz? Hörst du mich?«
Doch Ashley stand einfach nur da. Es wurde ihr alles zu viel. Erst jetzt wurde ihr bewusst, wen sie verloren hatte. Erst jetzt wurde ihr bewusst, dass sie nie wieder mit ihm reden würde, dass Adam sie nie wieder küssen würde. Ashley war nun ganz alleine. Was nur sollte sie nun ohne Adam machen?
»Ashley, Schatz hörst du mich?«, fragte ihre Mutter sie nun schon zum zweiten Mal. Ashley blickte hoch, doch durch die Tränen in ihren Augen konnte sie sie nicht erkennen. Alles war verschwommen und nichts außer den Umrissen war zu erkennen. Melinda nahm ihre Tochter in ihre Arme. Sie versuchte Ashley so fest zu halten, wie sie nur konnte. Melinda wollte nicht, dass Ashley sich jetzt völlig verlor. Sie selbst hatte vor vielen Jahren ihren Mann verloren und wusste, was Ashley gerade durchmachte. Sie wusste genau, wie es sich anfühlte, den Menschen zu verlieren, der einem alles bedeutete. Sie wusste wie es war, vor dem Sarg zu stehen und zu hoffen, dass die Person, die man so sehr liebt, wenigstens noch ein einziges Mal mit einem redet.
Doch Melinda wusste auch, dass dies nicht geschehen würde. Es war nun drei Jahre her, als sie genau in dieser Kirche, vor einem walnussfarbenen Sarg, mit goldenen Griffen gestanden und die Liebe ihres Lebens das letzte Mal gesehen hatte.
Ashley blickte auf und sah die Tränen in Melindas Augen.
Sie wollte nicht, dass ihre Ma sich auch noch so hilflos fühlte, wie sie selbst es tat. Es war schon schlimm genug die Trauer in ihren Augen zu sehen. Nicht auch noch bei ihr sollten Tränen die Trauer und die Verzweiflung widerspiegeln. Sanft küsste sie ihre Mutter auf die Wange und ging ein Stück den Weg hinunter. Der Drang einfach alles zu vergessen und wegzulaufen wurde immer größer. Langsam lief Ashley zum Ausgang.

»Süße? Ist alles okay mit dir? Soll ich vielleicht mal mit deiner Ma reden?«

Es war eine vertraute Stimmte, dass konnte sie erkennen, doch zuordnen konnte Ashley sie nicht. Noch immer war ihr Körper nicht ganz unter Kontrolle zu bringen. Als sie sich vorsichtig, um nicht zu fallen, umdrehte, sah sie ihre beste Freundin, die sie vom Kindergarten an kannte. Wie konnte sie nur vergessen, dass es ihre Stimme war? Wie konnte es sein, dass sie nicht einmal mehr die Stimme ihrer besten Freundin erkannte?

Ashley wollte ihr antworten, doch ihre Stimme war weg. Sie brachte nicht ein einziges Wort hervor.

»Ist schon okay, Ashley. Es ist kein Problem, wirklich. Ich mache das gerne!«

Fleur schien zwar sehr gefasst und sicher in ihrem Auftreten, doch dies war nicht so. Fleur hatte Angst nicht nur ihren Cousin verloren zu haben, sondern jetzt auch noch ihre beste Freundin zu verlieren, die ihr alles bedeutete. Seit dem Kindergarten waren die beiden unzertrennlich. Aber nicht nur das, sie waren mehr als das, sie waren wie Schwestern. Nein, selbst das reichte nicht Zwillingsschwestern, ja genau das waren sie. Nicht auf dem Papier, aber in ihren Herzen.

Fleur wusste einfach nicht, was sie machen sollte. Sie wollte Ashley helfen, sie halten, aber sie wusste nicht wie. Hilflos lief Fleur zu Ashleys Ma. Sie sprachen miteinander, während Melinda immer wieder Fleurs Arm liebevoll streichelte. Ashley wollte nicht wissen, was sie beredeten. Schon allein der Gedanke an Adams Tod, brachte ihr höllische Schmerzen und riss sie gedanklich in ein tiefes, nicht enden wollendes Loch. Sie mochte sich gar nicht vorstellen, wie schlimm die Gefühle waren, wenn sie es ertragen musste, Leute darüber reden zu hören oder selbst darüber zu reden. Nein, unvorstellbar. Sie blieb einen Moment reglos stehen, dachte nach und verlor sich in Gedanken, an schönere Momente. An Momente mit Adam, ihrem Verlobten.

Wie er sie damals auf der Eisbahn aufhob, nachdem er eine ganze Minute auf ihr gelegen hatte und einfach nur in ihre

grünen Augen gesehen hatte. Sie wusste, dass er ihre Augen geliebt hatte. Es war schwer, nun in den Spiegel zu schauen und diese Augen zu sehen, die Adam so viel bedeuteten. Zu gerne hätte sie damals auf der Eisbahn seine Gedanken gelesen. Damals, es waren schmerzliche Erinnerungen, die nun auf eine der schönsten, nämlich die Erinnerung, an ihre erste Begegnung folgten. Es waren die ersten Wochen ihres Kennenlernens. Damals hatte sie die Gefühle zu ihm unbewusst unterdrückt, da sie sich immer gesagt hatte nie wieder, nie wieder würde sie einem Mann vertrauen, nachdem sie von ihrem vorherigen Partner so sehr verletzt worden war. Nun fühlte sie auch ein nie wieder. Nie wieder würde sie einen anderen Mann als ihren toten Adam lieben.
Nach kurzem Überlegen schaffte Ashley es nun, sich zu Fleur und ihrer Mutter umzudrehen. Langsam und immer noch zitternd ging sie ein paar Schritte zurück zu dem Sarg. Während sie sich Mühe gab, nicht zusammenzubrechen, betrachtete sie ihre beste Freundin. Sie betrachtete die kurzen roten Haare, die immer zur Seite weg standen, die schlanke Figur, die sie sich durch ihren täglichen Sport antrainiert hatte. Vor ihrem inneren Auge stellte sie sich die kleine etwas mollige Fleur vor, das Gesicht voller Sommersprossen und den schon immer abstehenden Haaren. Wie Fleur mit der Sandschaufel auf sie zu ging und sie mit einem breiten Honigkuchenpferdelächeln, wobei man die Zahnlücke der unteren Vorderzähne gut sehen konnte, fragte, ob sie nicht Ashleys Eimer für eine Sandburg haben dürfe. Seit diesem Augenblick waren die beiden unzertrennlich. Sie waren in derselben Vor- und Grundschulklasse gewesen. Bei der weiterführenden Schule wären sie fast getrennt worden, doch sie sprachen so lange mit den Lehrern, bis sie letzten Endes doch in eine Klasse kamen. Und auch das Abitur bestanden beide mit guten Leistungen. Doch danach beschlossen sie getrennte Wege zu gehen. Natürlich nur beruflich, denn sie würden nie freiwillig den Kontakt zur anderen aufgeben.

Ein lautes, hartes Geräusch holte sie so aus ihren Erinnerungen, dass sie zusammenzuckte. Die Handtasche einer kleinen, älteren Frau war heruntergefallen.
Ashley machte es traurig sie so zu sehen, denn trotz ihres hohen Alters, war sie recht jung geblieben. Aber die Trauer, die ihr ins Gesicht geschrieben stand, machte sie sehr alt, wohl älter, als sie war, und zerbrechlich. Es tat ihr weh diese alte Frau zu sehen, ihren Erinnerungen nach war es eine weit entfernte Tante von Adam. Adam…
Wieso hatte er nicht die Chance so alt zu werden und sein Leben zu genießen?
Ein Haus zu bauen und das Glück ein friedliches Leben mit Kindern, einer eigenen Familie zu erleben?
All dies war nun nicht mehr möglich. Alles wurde ihm und auch Ashley geraubt.

Voller Schmerz dachte Ashley an den schlimmsten Tag in ihrem Leben. Adams Todestag. Ein Tag, voller Vorfreude auf den bevorstehenden Auftritt ihres Hobby-Musikers Adam. Voller Leidenschaft, gab er kleine Konzerte, bei denen er Gitarre spielte und dazu sang. Er konnte wirklich sehr gut singen.
Ashley fand es wunderbar, wenn er auf der Bühne auf seinem Barhocker saß, spielte und dazu mit seiner wundervollen Stimme selbstgeschriebene Lieder sang. Aber es durfte nicht irgendein Barhocker sein. Als Jugendlicher hatte sein Vater ihm einen schwarzen Hocker mit rotem Polster zu seinem Geburtstag geschenkt. Seitdem spielte er nur auf diesem einen Barhocker seine Konzerte. Alle Leute sahen ihn an und bewunderten ihn.
Aber Adam sah nur sie an und konnte nicht mehr aufhören zu lächeln. Er liebte es für seine Auserwählte zu singen. An diesem Abend wollte er seinen neu geschriebenen Song

vorstellen. Nun eigentlich hatten ihn Adam und Ashley zusammen geschrieben. Das machten die beiden nun seit einem Jahr so. Sie nahmen sich Blätter und einen Stift, setzten sich auf das rote Ledersofa in ihrem gemeinsamen Wohnzimmer und zündeten alle Kerzen an, die sie in ihrer Wohnung auftreiben konnten. Dann schalteten die beiden das Licht aus, kuschelten sich aneinander und fingen an über einen neuen Text nachzudenken.
Ashley freute sich jedes Mal sehr auf die Auftritte, in denen er seine neuen Songs vorstellte, denn sie schrieb zwar immer am Text mit, doch den fertigen Song hörte sie nie, bevor er ihn seinem Publikum vorstellte. Sie versuchte auf jedes kleine Konzert zu gehen und ihn zu unterstützen.
Auch an diesem Abend saß sie wie gewöhnlich alleine an einem Tisch, welcher für vier Personen Platz bot. Das Restaurant hieß *Oceansite*. Es war ein Meeresrestaurant. Eines für die oberen Zehntausend. An der weißen Decke waren kleine Rosen, verbunden mit Efeu Pflanzen. Die Wände waren weinrot gestrichen, mit einer weißen Bordüre. Das Laminat hatte einen dunkleren Braunton, als es normalerweise der Fall war. Es erinnerte Ashley an das Braun einer Kastanie. Die Tischdecken waren farblich zur Wand abgestimmt. Es waren runde Tische und in der Mitte der Tische, befand sich jeweils eine beigefarbene Kerze. Rundherum waren kleine Muscheln verteilt.
Ashley saß an einem Tisch ziemlich weit hinten, damit die Leute nicht so stark mitbekamen, dass Adam die ganze Zeit nur sie ansah. Es war eine Abmachung, die sie einmal so getroffen hatten.
Ashley mochte dieses Restaurant sehr. Der Kellner hatte die Kerze gerade erst angemacht und sie gefragt, was man ihr denn bringen dürfe. Lächelnd bestellte sie nur ein Glas Wasser. Nach jedem seiner Auftritte fuhr Ashley zusammen mit ihm nach Hause.
Und da er an diesen Abenden ganz der Star sein durfte, ließ sie immer ihn den Rotwein trinken und genoss lieber nüchtern den Anblick des wundervollsten Menschen auf

Erden, der an solchen Abenden seine Leidenschaft ausleben konnte.

Es war kurz nach neunzehn Uhr. Adam wurde um halb acht erwartet, sodass er um neun Uhr auftreten konnte. Sie saß dort, trank ihr Wasser und dachte nach. Was um sie herum geschah, bemerkte sie kaum. Erst als ihr Wasserglas leer war, schaute sie erneut auf die Uhr. Es war zehn vor Acht. Adam hätte schon längst da sein müssen. Er wäre nie gekommen, ohne zu ihr zu gehen, und er war auch noch nie zu einem seiner Auftritte zu spät gekommen. Etwas musste passiert sein!

Sie drehte sich auf ihrem Stuhl um, sodass sie an ihre Handtasche kam, die sie auf die rechte Kante der Stuhllehne gehängt hatte. Schnell merkte sie, dass sie so das Handy nicht finden würde. Ruckartig nahm sie die nachgemachte Prada Handtasche auf ihren Schoß, riss diese auf und suchte verzweifelt ihr Handy. Sie drückte zweimal auf den grünen Hörer, und rief Adam an. Sie hoffte so sehr, dass er rangehen und alles in Ordnung sein würde.

Es klingelte, bis die Mailbox ansprang. Hektisch sprach sie darauf, dass er schon viel zu spät sei und sie so schnell wie nur möglich zurückrufen solle.

Von der einen auf die andere Sekunde veränderte sich ihre Stimme. Nun klang sie nicht mehr hektisch, sondern sanft, als sie sagte: »Ich freue mich auf dich. Ich liebe dich!«

Immer wieder in Zehn-Minuten Abständen versuchte sie ihn zu erreichen. Eine halbe Stunde lang versuchte sie es vergebens. Sie wusste nicht, was sie machen sollte. Was um sie herum geschah, bekam sie nun gar nicht mehr mit.

Noch einmal versuchte sie Adam zu erreichen. Nach dem dritten Klingeln nahm endlich jemand ab.

Sie hörte eine Stimme, doch es war nicht Adams.

»Hallo? Wer ist da? Wo ist Adam?«, fragte sie, während sie sich immer mehr Sorgen machte.

Die Stimme an Adams Handy sprach zu ihr, doch sie musste sich sehr konzentrieren, um zu verstehen, was sie sagte.

»Hallo ... Kommissar Brand ... wer ... da?«

»Hier spricht Ashley Cooper, ich bin die Verlobte von Adam Doyle!«
»Miss Cooper, ich möchte sie bitten zur Fifth Avenue West Side zu kommen. Es tut mir sehr leid, aber ihr Verlobter wurde von einem Auto angefahren und ist nicht mehr bei Bewusstsein.«
Als sie neben Adam kniete und seine Hand hielt, flossen ihr die Tränen nur so die Wange herunter. Alles tat ihr weh. Ihr ganzer Körper war voller Schmerzen. Sie hatte das Gefühl als sei ihr Herz nicht mehr vorhanden. Sie wünschte sich, sie könnte etwas tun. Wenn sie doch nur die Zeit zurückdrehen könnte. Ashley wollte nichts mehr als ihren quicklebendigen Adam zurück.
Schon in diesem Moment, wusste sie, dass es vorbei war. Adam würde nicht wieder zu ihr finden, er würde sterben! Vorsichtig küsste sie seine Stirn und flüsterte ihm ihre letzten Worte zu.
»Ich liebe dich mein Schatz! Ich werde dich immer lieben. Und auch unser Kleines wird dich lieben.«
Sie brauchte einen kleinen Moment, bis sie weitersprechen konnte.
» Adam du wirst Vater. Wir bekommen ein kleines Baby.«
Schon allein der Gedanke daran, dass er sein Baby nie sehen würde, dass er nicht mitbekommen würde, wie es aufwuchs, war entsetzlich schmerzhaft für sie. Er würde nicht mitbekommen, wie ihr Kind das erst Wort sprach, den ersten Schritt machte, wie es erwachsen wurde.
Bei den Gedanken zerbrach sie noch mehr. Sie hatte das Gefühl, dass es sie innerlich zerriss. Alles hätte Ashley dafür getan, das Leuchten in seinen Augen zu sehen, wenn er all dies miterleben durfte. Das strahlende Lächeln, welches zeigte, wie sehr er sich freute, wenn er erfuhr, dass es endlich geklappt hatte. Doch nun würde sie dieses Lächeln nie sehen. Auch wenn Ashley wusste, dass er es vermutlich nicht einmal mehr mitbekam, musste sie ihm mitteilen, dass er Vater würde. Seit einem halben Jahr versuchten sie nun

schon ein Kind zu bekommen. Und jetzt, wo Adam von ihr gehen würde, hatte es geklappt.
Wieso jetzt?
Wieso nicht vorher?
Die Erinnerungen, die mit Adam zusammenhingen, waren so lebendig. Es waren mehr als Erinnerungen, es war so, als würde sie noch einmal in dieser Situation sein. Als würde sie dies alles noch einmal durchleben. All diese Schmerzen noch einmal spüren.
Aber sie wollte das nicht, sie wollte die Schmerzen nicht noch einmal erleben. Sie wollte nicht wieder dieses Leid ertragen und diese Leere spüren, wenn sie darüber nachdachte, dass ihr gemeinsames Kind ohne Vater aufwachsen musste. Ohne die Liebe des Vaters, die so wichtig für ein Kind war. Ohne gemeinsame Zoo-Besuche, bei denen Adam ihrem geliebten Kind über jedes Tier etwas hätte erzählen können. Er wäre ein toller, liebevoller Vater geworden, dessen war sich Ashley sicher. Mit Mühe riss sie sich aus diesen Erinnerungen. In jedem Moment, in dem sie aus ihren Gedanken wieder in die Realität fand, war Ashley froh, diese Schmerzen nicht länger ertragen zu müssen. Die Schmerzen die sie spürte, als würde alles in diesem Moment noch einmal geschehen. Doch auch Trauer empfand sie in den Momenten, denn es waren Momente, in denen Ashley nicht alleine war. In denen sie ihren geliebten Adam hatte. Darum war für sie jede einzelne Sekunde, war sie auch noch so unwichtig oder traurig, ein Schatz. Etwas das sie nie wieder haben würde.

Langsam verschwamm der letzte Moment, in dem er lebte. Ashley musste die Tränen aus ihren Augen wischen und mehrmals blinzeln, bis sie ihre Mutter und Fleur wieder sehen konnte. Vorsichtig ging sie weiter zu den beiden. Erst jetzt wurde ihr richtig bewusst, wie sehr sie Fleur liebte. Und auch ihre Mutter Melinda. Ihr Blick fing eine weitere Person auf, die sich zu den beiden bewegte. Es war ihr drei Jahre jüngerer, flippiger Bruder Paul.
Adam und Paul hatten sich von Anfang an gut verstanden und schnell wurden sie die besten Freunde.
Paul studierte Tiermedizin. Adam liebte Tiere, ob groß oder klein sobald er eines leiden sah, musste er ihm helfen. Es war eines ihrer größten Gemeinsamkeiten und Adam bewunderte Paul sehr für seine Berufswahl. Sie verstanden sich so gut und konnten immer über alles reden. Nicht selten kam es vor, dass, wenn beide zusammen waren, sie sich wie zwei kleine Kinder benommen und nichts als Unfug im Kopf gehabt hatten. Aber es gab auch die ruhigen Momente, in denen sie sich dem anderen komplett öffneten und über alles nur Erdenkbare sprachen, ganz genau wie sie und Fleur. Darüber, dass Adam sich so gut mit Paul verstand, war sie immer sehr froh gewesen. Ihr Bruder war ihr Ein und Alles und sie hatte sich seit sie denken konnte einen Mann an ihrer Seite gewünscht, der Paul genauso liebte wie sie. Sobald Probleme auftraten, war Paul der Erste, der seiner Schwester zur Hilfe kam. Er hörte sich stets ihre Probleme an und passte seit ihrer Schulzeit auf Ashley auf, auch wenn er der Jüngere von ihnen war. Wenn Ashley und Adam mal Streit gehabt hatten, was sehr selten vorkam, war Paul der perfekte Gesprächspartner gewesen. Er kannte beide wie seine Westentasche und konnte gut zwischen ihnen vermitteln. Denn sie waren schließlich seine Schwester und sein bester Freund.
Paul stand nun neben dem mahagonifarbenen Sarg, seine etwas längeren, braun gelockten Haare, die wild von seinem Kopf abstanden, brachten Ashley ein kleines Lächeln in ihr Herz, doch sie war zu traurig, um es auf ihre Lippen zu

übertragen. Am liebsten wäre Ashley zu ihm gegangen, aber sie wusste, dass er jetzt allein sein musste. Sie wusste, dass sie ihm in dieser Situation nicht helfen konnte, genau so wenig wie sich selbst.
Beide hatten eine Person verloren, die ihnen alles bedeutete. Und sie beide konnten nicht gut mit ihrer Trauer umgehen. Schon als ihr Vater gestorben war, kamen beide schlecht mit der Situation klar. Sie waren sehr emotionale Menschen und es fiel ihnen schwer los zu lassen. Ashley wusste nicht, was sie jetzt machen sollte. Keiner wusste etwas von dem kleinen Wunder in ihrem Bauch und sie hatte Angst es jemandem zu erzählen. Denn dann würde es zu real werden. All das, was in den letzten Tagen passiert war, würde real werden.


Zaghaft zog sie den Schlüsselbund mit vielen verschiedenen Schlüsseln und dem kleinen Teddy, der ein Herz hielt, aus der Handtasche. Den Teddy hatte Adam ihr vor langer Zeit einmal geschenkt. Es war ein kleiner Eisbär mit einem knallroten Herz in den Pfoten auf dem stand *Till the end ... and longer*. Es machte sie glücklich diesen kleinen Teddy anzusehen, denn sie war sich sicher, dass er die Wahrheit widerspiegelte. Die Wahrheit über sie und Adam, denn sie hatten sich bis zum Ende geliebt und würden es auch nach dem Tode tun, dessen war sie sich einfach sicher. Angst stieg in ihr auf, als sie den Wohnungsschlüssel in die Tür steckte und umdrehte. Langsam stupste sie die Tür an, sodass diese aufging.
Ashley wollte nicht rein gehen, sie wusste, dass in der Wohnung noch überall Sachen von ihm lagen, Kleidung, die er getragen hatte, Essen, welches er angefangen hatte.
Vorsichtig setzte sie einen Fuß in den Eingangsbereich. Die ganze Wohnung hatte Laminat und helle Wände. Hier und da leuchtete ein wenig Farbe an den Wänden, damit die Wohnung nicht zu kühl wirkte. Im Eingangsbereich hing ein

großes gerahmtes Bild von ihr und Adam. Es war Weihnachten vor zwei Jahren gemacht worden. Auf Ashleys dunkelbraunen Haaren war ein roter Haarreif mit Rentier-Geweihen daran. In einem schönen, weißen und figurbetonten Kleid saß sie auf Adams Schoß. Durch seine dunkle Jeans und einen Pullover in den typischen Weihnachtsfarben Olivgrün und Karminrot fiel sie auf ihm besonders auf. Passend zu dem Motiv, trug er auf seinen hellblonden und wie immer leicht zerzausten Haaren, eine Nikolausmütze. Die beiden sahen wie ein sehr glückliches Paar an einem der schönsten Tage im Jahr aus. Und das waren sie auch gewesen. Ashley betrachtete das Bild genau, während sich langsam Tränen in ihren Augen sammelten. Das Leuchten in den Augen von ihr und Adam, war auch nach den vielen Jahren noch nicht erloschen. Sie strahlten bis über beide Ohren. Beide hatten die gemeinsamen Feiertage mit der gesamten Familie, zu der natürlich auch Fleur gehörte, sehr geliebt und jedes Jahr war es etwas ganz Besonderes gewesen.

Die Möbel in der hell gehaltenen Wohnung waren farblich passend abgestimmt. In ihrem großen Schlafzimmer wachte man jeden Morgen durch das Kitzeln der Sonnenstrahlen auf der Nase auf. Daher hatten sie sich damals für diese Wohnung entschieden, denn es gab nichts Schöneres am Morgen für die beiden.

Noch immer stand Ashley in ihrem Flur und betrachtete das Bild, während sie in schöneren Zeiten schwelgte, als plötzlich das Telefon klingelte. Sie brauchte einen Moment um zu verstehen, dass jemand versuchte sie zu erreichen. Es konnte nur Fleur sein, denn sie war die Einzige, die wusste, dass sie nicht mehr im Hotel wohnte, um all dem aus dem Weg zu gehen, sondern versuchte die Sachen von Adam aus der Wohnung zu räumen, um wieder ein normales Leben führen zu können. Bisher hatte Ashley es einfach nicht über ihr Herz gebracht Adam aus ihrem Leben zu verbannen. So viele gemeinsame Jahre und wundervolle Momente hatten beide miteinander geteilt und nun sollte alles vorbei sein?

Das Telefon klingelte weiter, doch Ashley hatte nicht die Kraft dran zu gehen und blieb so lange stehen bis es aufhörte. Langsam ging sie ein Stück weiter in die Wohnung und schloss die Tür hinter sich. Plötzlich fühlte sie sich gefangen an dem Ort, der ihr einmal Wohlbefinden gespendet hatte. Ashley stand einfach da, atmete tief durch und machte sich bereit für das, was nun auf sie zukommen würde. Bei jedem Kleidungsstück und allem was ihm gehörte, würde sie an ihn denken müssen, ihn vor sich sehen und wünschen, all dies wäre nie geschehen. Schon jetzt sah sie ihn vor sich, wie er sich Spiegeleier machte, sich seine Zähne putzte oder das Buch nahm, welches er gerade las. Ein Buch welches er nie zu Ende lesen konnte. Ashley hatte den Roman über einen Mann, der kleine Kinder auf brutalste Weise umbrachte bereits gelesen. Sie liebte solche Bücher und wusste, dass Adam sie auch sehr gerne las, daher hatte sie es ihm so lange unter die Nase gehalten, bis er versichert hatte, es zu lesen. Voller Tränen in den Augen beschloss sie, genau mit diesem Buch zu beginnen, damit sie es nie wieder sehen musste. Es schmerzte sie so sehr, das Buch auf dem cremefarbenen Nachttisch von Adam liegen zu sehen. Um mit ihrem alten Leben abzuschließen, zu verarbeiten was passiert war, wusste sie, dass alle Sachen von ihm aus der Wohnung gebracht werden mussten, doch es umzusetzen, war noch viel schlimmer, als sie es sich vorgestellt hatte.

Für Ashley war es noch immer ein schlechter Albtraum, aus dem sie so schnell wie möglich aufwachen und alles vergessen wollte. Alles was sie wollte, war ihren Adam in den Arm zu nehmen und ihn zu lieben, so wie sie es in der Verlobungsnacht getan hatten.

Schon jetzt vermisste sie ihn so schrecklich, seinen Humor, seine Wärme, seine Zärtlichkeit, sein Lächeln.

Was sollte sie nur ohne ihn machen?

Ohne ihre große Liebe, ihren besten Freund, den Vater ihres ungeborenen Kindes. Alles, einfach alles erinnerte sie an ihn. So gerne wollte sie in ihr Bett fallen und wissen, dass sie nicht alleine war.

Die letzten Tage hatten Ashley so fertig gemacht, dass sie das Gefühl hatte, selbst zu atmen war zu anstrengend. Keinen klaren Gedanken konnte sie mehr fassen. Alles war anders. Sogar ihre Gefühle. Egal was sie fühlte, es fühlte sich anders an, als vor seinem Tod.
Noch einmal klingelte das Telefon.
Was brachte es schon allem aus dem Weg zu gehen?
Sie musste nach vorne sehen. Eilig wischte sie sich ihre Tränen aus dem Gesicht und nahm ab. Sofort meldete sich Fleur.
»Hey, wie geht es dir?«
»Könnte besser sein.«
Fleur kannte ihre Freundin und wusste wie Ashley in diesem Moment versuchte zu lächeln. Es brach ihr das Herz, es sich vorzustellen.
»Ich finde es so tapfer von dir, was du gerade machst. Aber ich denke, du musst da raus. Was hältst du davon, einfach mal abzuschalten, um auf andere Gedanken zu kommen, Süße?«
»Ach, weißt du, ich hab noch so viel zu tun ...«
Natürlich würde sie lieber etwas anderes machen, als das hier. Aber am liebsten wollte sie einfach Adam wieder haben. Und in dieser Wohnung hatte sie ihn wenigstens noch ein bisschen. Seine Sachen, seine Klamotten, seinen Duft…
Sie wollte in diesem Moment nirgendwo anders sein. Fleur hatte sich Ashleys Reaktion schon gedacht. Ihr war klar, dass Ashley versuchen würde sich herauszureden. Wahrscheinlich saß sie gerade weinend in der Wohnung und dachte an gemeinsame Zeiten mit Adam. Ihr war klar, dass sie ihn nicht einfach loslassen konnte, doch sich in Erinnerungen zu verstecken, brachte ihr nichts.
»Nichts da ...«, sagte Fleur mit bestimmendem Tonfall.
»Ich bin in dreißig Minuten bei dir und wehe du bist nicht fertig angezogen und geschminkt ...«
Ohne dass Ashley etwas darauf erwidern konnte, hatte Fleur aufgelegt und sich wahrscheinlich schon auf den Weg gemacht. Unbeholfen ging Ashley zu ihrem begehbaren

Kleiderschrank. Sie kannte Fleur und sie wusste, dass sie jetzt nicht drum herum kam, mit ihr wegzugehen. Auch wenn es Ashley manchmal störte, war es eine Sache die sie an Fleur am meisten mochte, ihre Sturheit. Sie stand in ihrem Kleiderschrank, die ganzen Dinge von Adam waren nicht zu übersehen. Voller Schmerzen in ihrem Magen, versuchte sie, sich auf ihre Kleidung zu konzentrieren. Ashley wollte so schnell wie nur möglich aus diesem Raum, in dem sie Adam immer beraten hatte, was er zu seinen Auftritten anziehen sollte. Bei der Erinnerung, wie sie Adam jeden Morgen die Kleidung für die Arbeit herausgelegt hatte, brach sie fast zusammen.

Adam war Immobilienmakler, so war es auch nicht verwunderlich, dass die beiden in einer so toll geschnittenen Wohnung in einer super Lage wohnten. Er kam leicht an solche Wohnungen heran. Genauso eine Wohnung hatten sie sich vorgestellt und Adam hatte nicht lange gebraucht, um genau das zu finden. Wieder in alte Zeiten gefallen, merkte Ashley nicht wie die Zeit verflog. Als sie in die Realität zurückkehrte, bemerkte sie, dass Fleur schon in zehn Minuten bei ihr sein würde. Eilig griff sie sich eine ihrer dunkelblauen Jeans und ein lilafarbenes Top. Da es so zu kalt für die Jahreszeit war, nahm sie sich schnell noch die schwarze Überziehjacke, die neben ihr auf einem Hocker lag. Sie eilte gerade ins Bad, als es auch schon klingelte. Mit der Haarbürste in der Hand ging sie zur Wohnungstür und schaute durch den Spion. Vor der Tür stand Fleur, so hübsch wie eh und je, mit einem Lächeln, das Ashley genau kannte. So hatte Fleur sie früher immer angeschaut, wenn sie vor hatte sie aufzumuntern. Und das Beste um mal etwas anderes zu sehen und eine Menge Spaß zu haben, hatte ihr Fleur vor Jahren gezeigt. Seit dem schlenderten die beiden am Strand herum und hielten Ausschau nach Männern. Genau das machten die beiden nun seit vielen Jahren so und genau das, da war sich Fleur sicher, war es auch, was Ashley jetzt helfen würde. Doch so sehr es Ashley sonst auch Spaß machte, im Moment wollte sie einfach nur in der Wohnung sein und an

Adam denken. Sie hatte wirklich keine Lust herauszugehen. Viel lieber wollte Ashley jetzt die Dinge von Adam in ihrer gemeinsamen Wohnung zusammenräumen und innerlich zerrissen ins Bett fallen. Nach dem dritten Klingeln öffnete sie Fleur die Tür. Voller Vorfreude glänzten Fleurs blaue Augen. Die nun wie Eis aussahen, das langsam unter den Strahlen der Sonne anfing zu schmelzen. Dieses Blitzen und Leuchten brachte Ashley in etwas bessere Stimmung. Genau das brauchte sie jetzt. Ihre beste Freundin Fleur. Erst als sie vor ihr stand, merkte Ashley, wie sehr sie Fleur brauchte. Sie, ihre ständig anhaltende gute Laune und die Hoffnung in ihr, die nie zu enden schien.


Voller Trauer schaute Ashley geradeaus.
»Willst du dein Hotdog mit Senf?«, fragte Fleur sie, als diese schon wieder wie in einer anderen Welt zu sein schien. Sie reagierte nicht.
»Ashley?«
Ashley zuckte zusammen und sah sie mit aufgerissenen Augen an. Fleur wiederholte die Frage. Nachdem beide ihre Hotdogs mit Senf in der Hand hielten, gingen sie ein Stück den gepflasterten Weg neben dem Strand entlang.
»Wo warst du eben, Ashley?«
Sie brauchte einen Moment, bis sie antwortete.
»Weißt du, Adam und ich ...«
Sofort unterbrach Fleur sie.
»Süße, hör doch auf! Ich will nichts weiter hören. Wir sind hier, um abzuschalten und all das zu vergessen, was die letzte Zeit passiert ist. Und du? Du bist wieder nur bei ihm.«
Sie streichelte ihr den Arm.
»Ashley, bitte vergiss doch nur für einen Moment, was passiert ist okay?«
Ashley war geschockt, Fleur sprach mit einer ungewohnten Stimme. Nicht so sanft wie sonst. Und ihre Augen waren

unergründlich. Ashley nickte nur vorsichtig und sofort setzte Fleur ein Lächeln auf. So viel Mühe sie sich auch gab, man sah, dass etwas nicht stimmte und dass das Lächeln nicht von Herzen kam. Fleur wusste nicht, was sie machen sollte. Sie wollte Ashley helfen, aber wenn diese immer und immer wieder an Adam dachte, wie sollte sie ihn dann vergessen? Das war wohl auch unmöglich. Aber sie sollte aufhören einem Traum nachzuhängen, einem gemeinsamen Leben mit Adam. Sie sollte endlich akzeptieren, dass er nicht mehr da war und auch nicht wieder kommen würde. Fleur schaute zu Ashley herüber. Sie schien dem Spiel der Wellen zu lauschen und es machte den Eindruck, als würde sie sich in den Weiten des Ozeans verlieren.

Ashley spürte einen starken Ruck und eine sanfte, aber dennoch starke Hand, die sie zu halten schien. Voller Schreck und Verwirrung schrie sie auf. Sie blickte hoch und sah die bernsteinfarbenen Augen eines Mannes, etwa um die dreißig. Einige Sekunden sahen die beiden sich tief in die Augen. Als sie registriert hatte, was passiert war, räusperte sie sich.

»Oh, entschuldigen sie bitte, Miss«, sagte der Unbekannte mit einer sehr männlichen Stimme. Der sportliche Mann joggte gerade und hatte auf das Meer gesehen und dabei Ashley nicht wahrgenommen. Er half ihr wieder auf. Sie war nur leicht nach hinten gefallen, denn der attraktive Mann hatte gute Reflexe und sie sofort gestützt.

»Es tut mir leid! Ich war ein wenig in meine Gedanken vertieft. Können Sie mir noch einmal verzeihen?«

Ashley sah ihn nun komplett, er war ein großer, gut gebauter, leicht gebräunter Kerl. Sein aufrichtiges Lächeln verzauberte einen. Sein militärischer Haarschnitt, ließ seine dunklen Haare nur erahnen. Seine Nase war etwas größer, als es seinem maskulinen Gesicht schmeichelte, aber kein Zinken und seine Ohren standen unübersehbar weit ab. Er sah etwas mitgenommen aus. Leichte Schatten spiegelten sich unter seinen strahlenden Augen, als Zeichen von Müdigkeit wider. Sie schaffte es nicht, ihn anzulächeln, es war genauso wie

früher. Damals, als sie Adam das erste Mal traf. Die Erinnerungen waren da, als wäre es erst gestern gewesen. An dem sehr kalten Wintertag, an dem sie sich überlegt hatte, endlich einmal wieder ihre Schlittschuhe auszupacken und mit Fleur auf die Eisbahn zu gehen. Ashley schüttelte den Kopf, so als könne sie damit die Gedanken einfach aus ihrem Kopf vertreiben.
Und tatsächlich. Sie war wieder in der Realität. Bei Fleur, dem Strand, dem unbekanntem Mann und dem Hotdog, welches bei dem kleinen Sturz auf den Boden gefallen war. Nun schaffte Ashley es zu lächeln. Zumindest erkannte man, dass sie es versuchte.
»Ich bin Robert«, stellte er sich Ashley höflicherweise vor.
»Ashley«, sagte sie mit so leiser Stimme, dass es fast ein Flüstern war. Robert folgte ihrem Blick und sah das Hotdog, welches neben ihrem Schuh lag und den Senf, der ganz knapp Ashleys neuen Schuh verfehlt hatte. Die Schuhe hatte sie sich erst vor zwei Wochen mit Adam gekauft.
»Da haben sie ja noch einmal Glück gehabt!«
Sein strahlendes Lächeln wurde noch breiter und erst jetzt fiel ihr auf, dass Robert Grübchen hatte, so wie ihr Bruder Paul. Ashley war immer eifersüchtig darauf gewesen, sie wollte auch welche haben. Und sie war nicht gerade darüber erfreut, dass Paul so einen weiteren Grund hatte sie zu necken. Auch wenn er drei Jahre jünger war, hielt es ihn nicht davon ab, seine große Schwester liebevoll zu ärgern, wann immer es ging.
»Ich kann ihnen gerne ein Neues kaufen, sie müssen nur hier stehen bleiben.«
Strahlend ging Robert zu dem nicht weit entfernten Hotdog-Stand und holte ihr ein Neues. Als er wieder da war, drehte er sich zu Fleur.
»Tut mir leid, dass ich eben so unhöflich war, ich bin Robert.«
»Und ich heiße Fleur und bin Ashleys beste Freundin«, stellte sie sich mit einem Lächeln auf den Lippen vor.

»So, hier ist ihr Hotdog, verbrennen sie sich nicht ihren hübschen Mund, Ashley.«
»Danke!«
Ashley war wie erstarrt. Sie fühlte sich so falsch, der Mann war ihr sehr sympathisch aber das durfte er nicht sein. Sie hatte gerade erst ihren Verlobten verloren und sie durfte einfach keinen anderen Mann sympathisch finden. Noch bevor Ashley sich wieder in Erinnerungen verlor, hörte sie Roberts männliche Stimme mit ihr sprechen.
»Ich hoffe man sieht sich hier mal wieder. Ich jogge jeden Tag an diesem Strand entlang. Ich muss jetzt leider weiter. Ich wünsche ihnen beiden noch einen angenehmen Tag und ich hoffe, dass ich Sie, Ashley, nicht zu sehr verletzt habe.«
»Alles in Ordnung«, sagte Ashley und versuchte nicht zu schüchtern herüber zu kommen. Als Robert weiter lief, blickte sie ihm nach, bis er in eine kleine Seitengasse einbog und nicht mehr zu sehen war.

# *Unerwarteter Anblick*

Als Ashley wieder in ihrer Wohnung war, versuchte sie etwas im Fernsehen zu finden, was sie von Robert ablenkte. Nachdem alle Sender durchgeschaut und nichts gefunden war, schaltete sie ihn wieder aus. Sie bekam Robert einfach nicht mehr aus ihrem Kopf. Ashley entschied sich dazu, eine heiße Dusche zu nehmen und den Tag einfach zu vergessen. Sie wollte aufhören damit. Robert war ein ganz normaler Mensch, wie jeder andere auch. Und trotzdem bekam sie ihn nicht mehr aus ihren Gedanken. Sie musste sofort aufhören, an Robert zu denken. Sie liebte Adam. Sie war mit Adam verlobt. Schmerzhaft wurde ihr bewusst, dass sie nun nicht mehr verlobt war. Adam war tot und sie würde ihn niemals heiraten.

Rasch ging sie in ihr geräumiges Bad und schaltete das Licht an. Das Badezimmer war einer ihrer Lieblingsräume in der Wohnung. Es hatte dunkelschwarze mit Glitzer eingefasste Fließen an Boden und Wand. Der totale Kontrast zum Rest der Wohnung. Auf der rechten Seite befanden sich in cremefarbenen Schränken zwei weiße Waschbecken. Darüber war die ganze Wand lang eine Spiegelfront. Die Dusche war sehr groß und befand sich neben der Eckbadewanne, die eine Massage-Funktion hatte.

Ashley streifte ihre Kleidung vom Körper, zog die Spange aus ihrem Haar, sodass die dunkelbraunen Haare elegant herunter fielen. Sie liebte es das heiße Wasser auf ihrer Haut zu spüren. Es beruhigte sie nach harten, anstrengenden Tagen.

Nachdem sie nun schon eine Viertelstunde das heiße Wasser auf sich gespürt hatte, meinte sie das Telefon zu hören. Sie

drehte das Wasser ab, nahm sich ein großes weißes Handtuch, band es sich um und lief schnell ins Wohnzimmer. Als sie den Hörer abnahm, meldete sich am anderen Ende ihre Mutter, sie klang besorgt.
»Schatz, ich rufe nun schon das dritte Mal an, wieso hast du denn nicht abgenommen? Fleur hatte mich angerufen und mir erzählt, dass du schon lange wieder zu Hause seist.«
»Es ist alles okay. Ich war nur gerade unter der Dusche, Ma. Tut mir leid, wenn du dir Sorgen gemacht hast. Wie geht es dir? Und wieso rufst du eigentlich an?«
»Naja, mir geht es den Umständen entsprechend. Immerhin war Adam wie ein Sohn für mich. Ich wollte einfach hören, wie es dir geht. Willst du reden, Schätzchen?«
Ashley zögerte. Eigentlich erzählte sie ihrer Mutter alles, aber die Sache mit Robert kam ihr irgendwie seltsam vor und deshalb behielt sie es für sich.
»Nein, es ist wirklich alles in Ordnung! Du brauchst dir keine Sorgen machen!«
Stille.
Keiner wusste, was er sagen sollte. Melinda hatte Angst etwas Falsches zu sagen und Ashley zum Weinen zu bringen.
»Paul hat vorhin angerufen, es geht ihm gut. Ich soll dir liebe Grüße ausrichten und dir ein Küsschen von ihm geben.«
Das war typisch Paul, nicht selbst anrufen, aber schön auf heile Welt machen.
Seit Adam tot war, hatte er nicht mehr selbst angerufen. Paul war so ein liebenswerter Mensch, wieso nur fand er nicht die Frau fürs Leben? Das fragte Ashley sich nun schon seit vielen Jahren. Er war doch schon sechsundzwanzig und hatte erst zwei Freundinnen gehabt. Von denen es weder mit der einen, noch mit der anderen Frau lange funktioniert hatte.
Ashley würde zu gerne wissen, woran das lag.
»Ashley? Bist du noch dran?«
»Ähm ja. Ich muss jetzt aber wieder auflegen. Ich muss noch die ...«, sie versuchte ihre zittrige Stimme zu festigen, damit ihre Mutter sich keine Sorgen machte. Ashley schluckte kurz und ermahnte sich selbst, sich nichts anmerken zu lassen.

»Ich muss noch die Sachen von Adam wegräumen. Du weißt ja, er lässt gerne seine Sachen überall rumliegen. Also Ma, schönen Abend noch. Küsschen.«
Noch bevor Melinda etwas hätte sagen können, legte Ashley auf.
Langsam ging sie zu ihrem Ankleidezimmer und zog sich ihre zart rosafarbene Jogginghose an und dazu ein schwarzes Top. Der Tag war ihr einfach viel zu anstrengend gewesen. Erst die Sache mit Fleur und Robert und jetzt auch noch der Anruf ihrer Ma. Schlafen war nun der perfekte Ausgleich.
Ashley machte in der Wohnung komplett alle Lichter aus, setzte sich in ihr Bett und beschloss etwas zu lesen, um sich abzulenken. Das Buch, welches sie vor einer Woche angefangen hatte zu lesen, lag noch auf ihrem Nachttisch. Es ging um einen Lehrer, der besessen von seiner Schülerin war und durch ihre Ablehnung durchdrehte. Nur in ihrem gemeinsamen Schlafzimmer leuchtete noch zart das Licht, während sie es sich auf dem großen Doppelbett mit ihrem Kissen bequem machte. Ein letzter Blick fiel durch das Fenster und anschließend das Zimmer, welches nun nie wieder so voller Liebe sein würde. Verzweifelt versuchte sie sich auf ihr eigentlich spannendes Buch zu konzentrieren, aber es war so merkwürdig ohne Adam abends in diesem Zimmer zu sein und zu wissen, dass er auch am nächsten Morgen nicht da sein würde. Erneut wanderte ihr Blick durch das leicht beleuchtete Zimmer. Auf dem kleinen schwarzen Hocker lag noch das Hemd, welches er an dem Abend vor dem schrecklichen Tag an dem er starb, dort hingeschmissen hatte, nachdem er es sich bei seinem Striptease vom Körper gerissen hatte. Die weiße Wand fiel ihr ins Auge, welche Adam mit Farbe aufpeppen wollte. Sie dachte an das Rumgenecke, bei der Farbenwahl und an das Versprechen, die Wand bei den zwei großen Fenstern, die fast vom Boden bis an die Decke reichten, zu streichen. Das Schlafzimmer war wie die komplette Wohnung schlicht gehalten. Vereinzelt befanden sich zwischen den weißen Wänden, den cremefarbenen und schwarzen Möbeln auffällige smaragd-

und kiwigrüne Highlights. Die Farbe sollte Frische in das sonst so triste Schlafzimmer bringen. Genug von den Erinnerungen. Er würde die Farbe schon noch an die Wand bringen. Sie wusste zwar, dass Adam gestorben war, aber da er in ihrem Herzen noch lebte, lebte er für sie weiter. Mit dieser Wunschvorstellung versuchte sie, den Schmerz zu verdrängen.

Gerade als sie das zehnte Kapitel des Buches beendet hatte, hörte sie eine Stimme, von der sie angenommen hatte, sie nie wieder im Leben zu hören.

»Du siehst so wunderschön aus, wenn du liest.«

Ashleys Kopf fuhr herum. Ihr Atem setzte aus und ihr Herz schien für einen kurzen Moment stehen zu bleiben. Die Augen füllten sich automatisch mit Tränen. Das kann nicht sein, sagte sie sich immer wieder, er kann es nicht sein. Das ist nur ein Traum. Es kann nur ein Traum sein. Er ist nicht real. Er ist nicht wirklich da. Es ist nur eine Vorstellung, eine Wunschvorstellung. Dieser Moment konnte nicht wahr sein. Er merkte was in ihr vorging, welche Gedanken ihr durch den Kopf spukten. Langsam ging er auf sie zu, hob seinen Arm und streichelte zart mit seiner warmen Hand über ihre blasse Wange.

»Du brauchst keine Angst zu haben, mein Schatz. Ich bin es wirklich. Ich bin kein Traum, ich bin hier!«

Ashley schloss die Augen und versuchte, wie schon so oft zuvor, den Kopf zu schütteln, um die Erinnerungen, die Gedanken, den Traum, um all das los zu werden und in die Realität zurückzukehren. Sie wünschte sich nichts mehr, als dass all dies hier wirklich geschehen würde, aber sie wusste das es nur ein Wunsch war. Nachdem sie die Augen wieder öffnete, schlug ihr Herz bis zum Hals. Nichts war geschehen. Sie spürte immer noch die sanfte Berührung seiner Hand, die inzwischen auf ihrem Bein ruhte. Eine Berührung, für die sie vor Tagen alles gegeben hätte. Aber nun wollte sie es nicht. Sie wollte nicht verrückt werden. Sie wollte nicht Dinge sehen und spüren, die nicht real waren.

»Ad... Ad... Adam ...«

Sie versuchte einen Satz heraus zu bekommen, aber es gelang ihr nicht. Ihre Stimme blieb weg.
»Pst! Du brauchst nichts sagen, mein Schatz. Bleib ganz ruhig und versuche erst einmal, wieder ruhig zu atmen. Ich will doch nicht, dass du mir hier noch vom Bett fällst.«
Er lächelte sie an. Nein, das konnte nicht wahr sein. Er war es. Er war es wirklich. Sie konnte ihn sehen mit ihm sprechen, spürte seine Berührungen.
Er war hier!
Aber wie? Wie konnte das alles nur sein?
»Du bist da! Du bist hier, hier bei mir!«
Die Tränen flossen ihr die Wange hinunter, dass es schien, als hätte sie alle Tränen der letzten Zeit gesammelt, um sie nun noch einmal als Freudentränen zu erleben. Ein Karussell der Gefühle überkam sie. Freude, Verwirrung, Verzweiflung, Glück. Alles auf einmal.
Vorsichtig berührte sie seine Hand. Ein Stechen durchzuckte sie, ein Stechen des Glücks. Langsam rutschte ihre Hand seinen Arm hinauf. Seine Muskeln, die kleinen Härchen auf seinem Arm, seine Adern. Ihr wurde nun noch mehr bewusst, wie stark sie selbst die normalsten Dinge vermisst hatte. Gänsehaut überkam sie. Kälte, Wärme, alles durchzog ihren Körper auf einmal. Sie hatte ihre Reaktionen nicht mehr unter Kontrolle. Er schaute sie einfach nur an und genoss ihre Berührungen. Auch er hatte Ashley vermisst. Die Zeit der Trennung war für beide unglaublich schmerzlich gewesen. Ashley hatte sich ohne Adam einsamer gefühlt, als sie es sich jemals hätte vorstellen können. Sie hatte ihren Verlobten so sehr vermisst, jede Kleinigkeit hatte sie an ihn erinnert.
»Oh Adam ...«
Sie schlang ihre Arme um seine starke, vertraute Brust. Ashley wollte ihn nur halten, nie wieder loslassen. Für immer in seinen Armen liegen. Er streichelte ihr über den Rücken; wie sie das vermisst hatte.
»Schatz, ich möchte ja nichts sagen, aber ich... ich bekomme wirklich sehr schlecht... Luft!«

Sofort zuckte sie zurück. Schreckerfüllt schaute Ashley ihn an, doch er lächelte nur. Auch sie überkam das Lächeln. Es fühlte sich so fremd an. So lange schon hatte sie nicht mehr richtig gelächelt und sich glücklich gefühlt.
»Aber wie kann das sein? Du kannst überhaupt nicht hier sein, du bist ge... ge…«
Sie schaffte es nicht den Satz zu beenden. Er nahm ihren kleinen Kopf in seine großen Hände und küsste sie auf die Stirn.
»Lass uns jetzt nicht darüber reden, ich will einfach bei dir sein und für dich da sein.«
»Aber …«
Er schüttelte den Kopf.
»Bitte, mein Schatz, mach dir jetzt keine Gedanken!«
Er setzte sich direkt neben Ashley und nahm sie in seine Arme. Leise fing Adam an zu singen. Ihm war bewusst, dass sie dies früher immer beruhigt hatte. Auch dieses Mal schien es zu wirken. Ashleys Augen waren geschlossen und ihre Atmung normalisierte sich.
»Ich liebe dich!«, sagte sie mit immer noch zitternder Stimme.
»Ich liebe dich auch, mehr als alles andere dieser Welt!"
Sie kuschelte sich noch mehr in seine Arme. So saßen sie lange Zeit da. Keiner der beiden wusste, wie spät es war, aber allmählich wich die Dunkelheit dem Tag und Helligkeit erfüllte den Raum.
»Erzähl mir etwas.«
Ihr Kopf drehte sich zu seinem.
»Was denn?«
»Irgendetwas, egal was. Ich möchte einfach nur deine Stimme hören. Sonst hast du mich doch auch mit allen möglichen Dingen zugetextet.«
Wieder zogen sich seine Mundwinkel nach oben. Aber dieses Mal blieb sie starr im Gesicht.
Ihr fiel das ein, was sie zu ihm gesagt hatte, als er im Sterben lag. Ashley wusste nicht, ob er es noch mitbekommen hatte. Das mit ihrem gemeinsamen Kind.

»Also weißt du, damals ... damals, als du den Unfall hattest ...«
Er unterbrach sie.
»Ich hatte doch gesagt, dass wir das später bereden!«
»Ja, ich weiß, aber da gibt es etwas Wichtiges, was ich dir sagen muss.«
Er setzte sich gerade hin und sah sie gespannt an.
»Ich hatte mich über dich gebeugt und ganz fest gehalten und ...«
»Was und, Ashley?«
»Ich sagte dir etwas. Ich hatte dir etwas erzählt, in der Hoffnung, dass du es noch mitbekommen würdest.«
Es machte sie sehr traurig, dass er von nichts wusste. Wenn er nun nicht hier wäre, er hätte nie etwas von seinem Kind erfahren.
»Ashley?«
»Ja?«
Sie blinzelte, während sich langsam Tränen in ihren Augen ansammelten.
»Ashley, was hast du mir denn erzählt? Ist es etwas Schlimmes? Du bist doch nicht krank, oder?«
Sie schüttelte den Kopf und lächelte. Es war der perfekte Zeitpunkt um es ihm zu sagen. Aber was waren die richtigen Worte? Ashley fasste all ihren Mut zusammen und stärkte ihre Stimme.
»Nichts von beidem, ich bin nicht krank und ich will doch schwer hoffen, dass es für dich nichts Schlimmes ist.«
In seinen Augen las sie Verwirrung.
»Wir haben es geschafft. Nach so langer Zeit ist es nun endlich etwas geworden!«
»Was hat geklappt, Ashley? Jetzt erzähle es mir doch bitte endlich.«
Sie fasste sich an den Bauch und streichelte vorsichtig darüber. Seine Augen wurden riesig.
»Du bist schwanger?«
Sie nickte und lächelte.
»Bist du dir sicher?«

Er konnte es nicht glauben. Nach all der Zeit in der die beiden es versucht hatten. Nach all den Enttäuschungen und der Hoffnung, die sie schon fast aufgegeben hatten, sollte es endlich geklappt haben.
»Ich war bei meinem Frauenarzt. Ich bin wirklich und wahrhaftig schwanger!«
Adams Strahlen in den Augen war so schön mit anzuschauen. Es war genauso, wie Ashley es sich erhofft hatte, als sie es ihm damals erzählt hatte.
»Ich kann es gar nicht glauben! Wir werden Eltern, ich werde Vater! Wir bekommen wirklich ein Kind.«
»Ja Adam, du wirst Vater!«
»Ein Mädchen oder ein Junge?«
»Ich weiß es nicht. Es ist noch zu früh, um das zu sagen.«
Sie lächelte ihn an und er kam näher an ihr Gesicht.
»Du kannst dir gar nicht vorstellen, wie glücklich ich bin!«
»Doch das kann ich!«
Er küsste sie so sanft, wie er nur konnte.
»Bald werde ich ein Nilpferd zur Frau haben.«
Er lachte über seinen Witz, aber sie konnte nicht lachen.
Daran dass er sie immer neckte, hatte sie sich schon längst gewöhnt. Aber nun wurde ihr erneut bewusst, dass sie nie seine Frau werden würde. Dass ihr größter Wunsch nie in Erfüllung gehen würde.
»Was ist denn los, mein Schatz? Stimmt etwas nicht?«
Sie schüttelte den Kopf und versuchte mit einem Lächeln zu überspielen, das etwas nicht in Ordnung war. Sie wollte ihm nicht sagen, was sie gerade dachte. Sie wollte den Moment mit ihm erleben, ohne dass etwas diesen wundervollen Augenblick zerstörte. Adam wusste genau, dass etwas nicht stimmte, aber er hakte lieber nicht nach. Wenn er es wissen sollte, würde sie es ihm schon sagen. In all der Zeit, die sie nun schon zusammen waren, hatte er gelernt zu erkennen, wann es besser war lieber nicht nachzufragen. Ashley und Adam verstanden sich mittlerweile blind. Sie mussten nur in die Augen des anderen sehen und wussten, was dieser dachte. Es hatte lange gedauert, bis es so war, aber es

erleichterte Vieles und machte das Zusammenleben um einiges harmonischer.

Überhaupt war ihre Beziehung sehr harmonisch und voll unendlicher Liebe, wofür Adam von Anfang an dankbar war. Auch nach all diesen Jahren, die sie nun schon zusammen waren, liebten sie sich noch mehr als sich selbst und alles andere auf dieser Erde. Er war der Mann, den sich jede Frau wünschte, da war sich Ashley sicher. Er sah so männlich, muskulös und stets gut gepflegt aus. Wenn seine Haare im Wind wehten, wurde jede Frau schwach. Adam war ein guter Zuhörer und konnte sich in die Gefühle und Gedanken von Ashley hineinversetzen. In manchen Dingen hatte er genau den richtigen Grad an Macho sein, auf den Frauen stehen. Aber auf der anderen Seite war er ein großer Romantiker und wusste was Frauen wollten. Sobald Adam mit einer Frau zusammen war, meinte er es wirklich ernst und würde alles für diese Frau tun. Und diese Frau war für ihn Ashley und keine andere. Da auch Ashley nur mit einem Mann zusammen war, wenn sie es wirklich ernst meinte, war es nicht verwunderlich, dass sie seit dem Tag an dem sie sich gefunden hatten, unzertrennlich waren und es ihnen schon früh bewusst wurde, dass sie den Rest ihres Lebens miteinander teilen wollten. Ihre Beziehung wurde von Woche zu Woche ernster, dennoch hatte es lange gedauert, bis Adam Ashley gefragt hatte, ob sie ihn heiraten möchte. Aber Ashley hatte nicht eine Sekunde gezögert, um mit einem *Ja* zu antworten.

Damals war es Winter gewesen. Die Flocken fielen nur so vom Himmel und entwickelten sich langsam zu einem Schneesturm. Adam kam spät von der Arbeit und Ashley hatte schon den Kamin angemacht. Sie saß mit einer engen, dunklen Jeans, einem beigefarbenen Wollpullover und einer heißen Tasse voll Tee in der Hand, vor dem Kamin und beobachtete wie die kleinen weißen Schneeflocken sich vermehrten und immer wilder um sich tanzten. Ihre Haare legten sich breitflächig über den Pullover. Als er herein kam, drehte sie sich zu ihm um und lächelte ihn an.

»Ich habe mir Sorgen um dich gemacht.«

»Tut mir wirklich leid, es war ein sehr langer und harter Tag. Ich war danach noch in einem kleinen Café und habe eine heiße Schokolade getrunken, bevor ich mich auf den Weg gemacht habe. Ich werde dich nie wieder so lange warten lassen und mir demnächst die Schokolade mitnehmen, versprochen.«

»Das will ich auch schwer hoffen, Adam.«

Ihr Lächeln erfüllte den ganzen Raum.

Nachdem Adam alles abgelegt hatte, ging er in den begehbaren Kleiderschrank und holte den versteckten Ring aus dem obersten Regal, an das Ashley nicht heran kam. Unauffällig setzte er sich noch an seinen Schreibtisch und machte etwas in seinen Unterlagen. Als sie kurz ins Badezimmer ging, eilte er zu dem Teppich, der vor dem Kamin lag und auf dem sie es sich gemütlich gemacht hatte und verteilte rasch überall Rosenblätter.

Dann schaltete er leise ihr gemeinsames Lied an, setzte sich auf den Teppich und wartete, bis sie wiederkam.

»Was hast du denn hier gemacht? Es sieht wunderschön aus mit den Rosenblättern. Gibt es denn einen besonderen Anlass dafür?«

»Nein, nein, mein Schatz.«

»Einfach nur so?«

Er lächelte sie an und streckte ihr seinen Arm entgegen um ihr zu zeigen, dass sie zu ihm kommen solle. Ashley ging zu

dem ausgestreckten Arm und gab ihm einen Kuss. Dann legte sie sich hinein.
»Weißt du eigentlich, wie wichtig du mir bist?«
»Ich denke schon.«
Sie fing an zu lächeln.
»Und weißt du auch, wie sehr ich dich liebe?«
»Da bin ich mir ziemlich sicher!«
»Und weißt du auch, dass ich für immer mit dir zusammen bleiben möchte?«
»Das möchte ich auch, mehr als alles andere.«
»Ashley?«
»Ja?«
»Möchtest du meine Frau werden?«
»Ja. Oh mein Gott. Ja, ich will!«
Ihr Herz machte einen riesigen Sprung.
Sie konnte es gar nicht glauben.
Hatte er sie das eben wirklich gefragt?
Sie sprang vor lauter Freude auf und wäre dabei fast umgekippt. Übermannt von ihren Gefühlen, drehte sie sich zu Adam und umklammerte ihn so fest, sie nur konnte.
»Ja Adam, ich will!«
Als sie ihn wieder losließ, holte er das Kästchen mit dem Ring aus seiner Hosentasche und öffnete es so, dass sie den Ring sehen konnte.
»Wow, Adam, er ist wunderschön! Einfach nur traumhaft!«
»Schön, dass er dir gefällt.«
Er nahm den Ring und steckte ihn vorsichtig an ihren Finger.
»Wie für dich geschaffen!«
Sie nickte. Ihr Lächeln schien bis über beide Ohren zu gehen und nie wieder zu enden.
»Ich bin so glücklich. Die glücklichste Frau der Welt! Ich kann es nicht glauben, ich werde dich heiraten! Ich werde deine Frau. Ich bin so überglücklich!«
»Das bin ich auch.«
Sie küssten sich innig. Ihre Zungen spielten miteinander. Seine Lippen waren so weich und süß, als wären sie nicht von dieser Welt.

Während dieses Kusses war sie an einem anderen Ort, einem Ort des Glücks und der Liebe. Ein Ort, an dem wohl nur die wenigsten Menschen je gelangen werden. Sie war mit Adam dort, mit ihrem geliebten Adam, der nun ihr Verlobter war. Sie würde für immer mit ihm zusammen sein.
Ein größeres Glück gab es für sie nicht.


Wieder im Hier und Jetzt angekommen, lächelte sie ihn verliebt wie am ersten Tag an.
»Weißt du noch? Damals, als du mir den Heiratsantrag gemacht hast ...«
»Ja das weiß ich noch sehr genau. Was war da?«
»In diesem Moment war ich die glücklichste Frau der ganzen Welt!«
Er lächelte.
»Aber nun, nun wird mir bewusst, dass ich nie wieder so glücklich sein werde. Dass ich nie wieder dieses Glück in mir tragen werde, weil ich nie deine Frau werden kann. Dass ich dich nic heiraten kann und ich niemals deinen Namen meinen Namen nennen kann. Mir wird bewusst, dass wir uns nicht ewige Treue und Liebe schwören können. Ich werde für immer nur deine Verlobte sein.«
Er nahm sie noch fester in den Arm und spürte, wie ihre Tränen auf seine Schulter kullerten.
»Schatz, hör mir zu. Nur weil wir nicht geheiratet haben, heißt es doch nicht, dass wir nicht für immer zusammen sein können. Ich werde dich immer lieben und ich will auch jetzt noch, dass du für immer mir gehörst. Dass du nur meine Frau bist!«
Sie versuchte, ihre Tränen zu verbergen. Es war ihr schon immer so peinlich gewesen, dass sie so schnell weinte. Ashley hasste es, aber Adam fand dies süß. Er liebte es, ihr die salzigen Tränen von der Wange zu küssen.

»Lass uns das jetzt einfach mal für einen Abend vergessen und an unser kleines Wunder denken. Ich bin so aufgeregt. Wie weit ist es denn? Wir müssen noch das Kinderzimmer streichen und einrichten und so viel vorbereiten.«
Ashley lachte.
»Nicht so eilig Adam. Wir haben noch genug Zeit. Ich bin erst im dritten Monat. Wir haben noch alle Zeit der Welt das Kinderzimmer herzurichten und Babysachen zu kaufen.«
»Ich kann es immer noch nicht glauben. Ich werde Vater!«
»Ja, wir bekommen ein Baby, Adam!«

## *Nur geträumt?*

Ashley wachte auf und merkte sofort, dass ihr Kopf höllisch schmerzte. Der gestrige Tag war wohl zu viel gewesen. Sie bekam oft starke Kopfschmerzen, daran hatte sie sich schon gewöhnt. Am liebsten wäre sie noch ein bisschen liegen geblieben, das Bett war viel zu warm und gemütlich, um aufzustehen. Plötzlich fiel ihr der gestrige Abend wieder ein, die Sache mit Adam. Sie drehte sich um, aber nichts war zu sehen von ihm. Nicht einmal der Abdruck seines Körpers. Das Bett war genauso gemacht wie gestern, als sie zum Lesen hinein gestiegen war. Sie schreckte auf. War das etwa alles nur ein Wunschtraum gewesen? War sie beim Lesen eingeschlafen und hatte alles nur geträumt? Natürlich, sagte sie sich. Das kann ja gar nicht wahr gewesen sein. So etwas ist nicht möglich. Aber es war so schön wieder bei ihm zu sein, wieder seine Nähe zu spüren. Noch während sie mitten in ihre Gedanken versunken war, spürte sie etwas gegen sich prallen. Sofort zuckte sie zusammen und schaute, was da gegen sie geprallt war.
Es war ein Kissen. Aber wie konnte das sein? Wo kam es her? Sie schaute sich um und im Türrahmen entdeckte sie ihn. Nein, er ist doch hier. Er steht im Türrahmen. Es ist Wirklichkeit.
»Na, hast du mich schon vermisst?«
Seine Zähne strahlten nur so als er sein breites, unwiderstehliches Lächeln aufsetzte.
»Du glaubst gar nicht, wie sehr.«
»Das freut mich zu hören. Bevor ich es vergesse, Fleur hat auf den Anrufbeantworter gesprochen. Irgendetwas von

einem Tag am Strand und du möchtest sie doch bitte so schnell wie möglich zurückrufen.«
»Okay, das mache ich dann. Adam?«
»Ja? Was gibt es, mein Schatz?«
»Schlaf mit mir.«
»Nein.«
»Was? Hast du eben *Nein* gesagt?«, fragte Ashley ungläubig.
»Ja, das habe ich. Nicht jetzt, Ashley. Ich möchte es nicht so auf die Schnelle. Es soll etwas Besonderes sein.«
»Das heißt, ich muss noch länger warten?«
»Ja, es sieht wohl so aus.«
Sie verschränkte ihre Arme und setze ihren Hundeblick auf.
»Du weißt, wie schwer ich da widerstehen kann. Das ist jetzt wirklich nicht fair. Ich möchte aber, dass wir damit noch ein wenig warten. Da kannst du noch lange so da sitzen.«
Er lachte, ging ins Wohnzimmer, und setzte sich an den kleinen Couchtisch, auf dem schon der frisch gemachte Kaffee für Ashley stand. Sie wickelte sich in ihre Bettdecke ein und folgte ihm. Beleidigt setzte sie sich neben Adam, doch als sie den liebevoll gemachten Kaffee sah, lächelte sie ihn zufrieden an und trank genüsslich daran.
»Ich mache mich schnell fertig. Versprichst du mir dann noch da zu sein?«
»Wo sollte ich denn hin, mein Schatz? Natürlich bin ich dann noch da!«
»Versprich es mir.«
»Ich verspreche es dir, hoch und heilig!«
»Okay, dann will ich dir mal glauben. Aber gnade dir Gott, wenn du dann weg bist.«
Sie lachten beide.
»Ich verspreche es dir, wirklich Ashley.«
Sie rannte ins Bad und nur wenige Sekunden später hörte man auch schon die Dusche. Sie wollte so schnell wie möglich wieder aus dem Badezimmer zu ihrem geliebten Adam gehen.
Nach zwanzig Minuten tapste sie schnell mit ihrem umgebundenen Handtuch durch das Schlafzimmer zu ihrem

begehbaren Kleiderschrank, auf den sie bei der Wohnungssuche bestanden hatte.

Als sie wieder ins Wohnzimmer kam, trug sie einen eng anliegenden, schwarzen Rock mit Falten und dazu ein figurbetontes langärmliches Shirt in einem dunklen Rot. Adam blickte sie stolz an. Sie sah so bezaubernd aus. Die frisch gewaschenen und noch etwas nassen Haare trug sie offen. Dazu war sie nur ganz leicht geschminkt, sodass ihre natürliche Schönheit nicht von Tonnen Make-Up im Gesicht verdeckt wurde.

»Ich liebe dich unendlich«, flüsterte Adam sanft.

»Ich liebe dich viel mehr.«

Sie lächelte.

Sie war wieder sie selbst, sie war zurück. Die fröhliche Ashley, die Adam kennen und lieben gelernt hatte, war wieder da.

»Was siehst du mich denn so komisch an? Habe ich irgendwas im Gesicht?«

»Nein Ashley, es ist nichts. Denke daran, dass du Fleur noch anrufen wolltest.«

»Ach, das hat Zeit. Ich möchte jetzt erst einmal mit dir einen Film schauen, wie in alten Zeiten. Weißt du noch früher? Als wir uns immer in der Videothek die Horrorfilme ausgeliehen haben und sie dann zusammen geschaut haben? Lass uns das doch wieder machen. Was hältst du davon?«

»Alles, was du willst.«

Ashley war wie ausgewechselt. Sie lachte wann es nur ging und strahlte ihr ganzes Glück, welches sie in sich trug, hinaus. Doch eines war geblieben, sie wollte nicht alleine sein. Ashley hatte Angst, Adam noch einmal zu verlieren. Wieder ohne ihn sein zu müssen. Also wollte sie so viel Zeit wie nur möglich mit ihm verbringen. Alles andere um sie herum vergaß sie. Für sie gab es nur noch Adam.

So vergingen die Tage. Für Ashley gab es nur Adam und umgekehrt genauso. Nach vier Tagen machte sich Fleur wirklich Sorgen um ihre Freundin. Die Angst dass Ashley den Verlust Adams nicht ertragen würde und in Depressionen verfallen könnte, überkam sie mit jedem Tag stärker. Nicht einmal auf Fleurs Anrufe reagierte sie. Gerade als Ashley dabei war, das Bett zu beziehen, klingelte es an der Tür. Sie legte das Kissen, welches sie gerade in den Händen hielt, zurück auf das Bett und ging zur Wohnungstür.

Wer mochte das nur sein?

Als sie öffnete und Fleur sah, war sie sehr verwundert. Ashley hatte nicht mit Besuch gerechnet und schon gar nicht mit Fleur. Normalerweise rief sie doch vorher an. Ashley wusste nicht mehr, wann sie Fleur das letzte Mal gesehen oder gesprochen hatte. Ihr Zeitgefühl war völlig durcheinander. Es konnte noch nicht lange her sein, die Erinnerungen an das letzte Treffen, bei dem die beiden auch den sonderbaren Robert kennenlernten, waren so frisch, dass es hätte gestern gewesen sein können.

»Ashley! Ach du meine Güte, ich habe mir solche Sorgen gemacht! Seit Tagen lässt du nichts mehr von dir hören. Geht es dir gut? Was treibst du denn die ganze Zeit. Wieso hast du nie zurückgerufen?«

Geschockt von solch einer Begrüßung stand Ashley mit offenem Mund da, ohne sich zu bewegen, während Fleur sie so sehr in die Arme nahm, dass Ashley nach Luft schnappen musste.

»Fleur, lass mich doch bitte los, ich bekomme ja kaum noch Luft!«

»Oh entschuldige, meine Süße. Ich habe mir nur solche Sorgen um dich gemacht.«

»Aber wieso denn Sorgen gemacht, Fleur? Mir geht es doch gut, wie du siehst.«

»Ich habe seit Tagen nichts mehr von dir gehört. Was hast du die ganze Zeit gemacht, dass du mich nicht einmal zurückrufen konntest?«

»Oh Fleur, wenn ich dir das erzähle. Du wirst mich für verrückt halten!«

»Los erzähl schon. Aber wenn es dir nichts ausmacht, komme ich mal rein.«

Und ohne auf eine Antwort von Ashley zu warten, ging sie in die große, geräumige Wohnung.

»Fleur, warte mal. Ich muss dir erst etwas erzählen.«

Ashley hielt ihre Freundin am Arm fest und drehte sie zu sich. Ihre Augen leuchteten vor Freude, das Unglaublichste in ihrem Leben mit Fleur teilen zu können.

»Er ist wieder da. Du wirst es nicht glauben, aber ich habe ihn wieder, Fleur. Ich muss nicht ohne ihn leben, denn er ist hier, hier bei mir!«

»Ashley? Von wem sprichst du denn bitte?«

»Von Adam natürlich«, sagte sie in einem so selbstverständlichen Ton, dass Fleur sich nun noch größere Sorgen machte als zuvor.

»Süße, es tut mir wirklich von ganzem Herzen leid, was mit Adam passiert ist, das weißt du. Ich habe meinen Cousin wirklich sehr geliebt. Ich war froh, als er damals hergezogen ist und ich hätte niemals gedacht, dass ich ihn so schnell wieder gehen lassen muss, aber das Leben wollte es so und daran können wir nichts ändern. Weder du noch ich, können das ändern. Wir und alle anderen, die ihn geliebt haben, müssen nun damit leben. Er ist tot, Ashley. Er ist nicht mehr bei uns. So weh es dir und mir und allen anderen auch tut. Und ich weiß, dass es besonders schlimm für dich ist, denn du hast dein Leben mit ihm geteilt. Aber er ist gestorben und wir haben ihn vor kurzem beerdigt. Du hast ihm an seinem Grab Lebewohl gesagt. Ich kann ja verstehen, dass du noch nicht mit der Sache abgeschlossen hast, aber du musst ihn gehen lassen, Ashley! Lass die Vergangenheit, Vergangenheit sein und lebe im Hier und Jetzt, ohne Adam. Lass Adam und das gemeinsame Leben mit ihm doch bitte gehen. Denn so sehr du es dir auch wünschst, er wird nicht wiederkommen, er ist tot!«

»Nein Fleur, nein. Er ist wieder bei mir! Er stand plötzlich neben mir. Ich konnte es selbst erst nicht glauben, aber es ist wahr. Wirklich Fleur, er ist hier bei mir!«
»Verdammt noch mal, Ashley, ich mache mir wirklich große Sorgen um dich. Mach dich doch nicht selbst fertig, indem du dir solche Dinge einbildest. Bitte Ashley, lass ihn gehen.«
»Jetzt glaube mir doch, Fleur. Ich bin doch nicht verrückt geworden. Ich bilde mir das doch nicht ein! Er ist wirklich da.«
»Oh Süße, ich denke ja auch nicht, dass du verrückt geworden bist, aber das ist nun mal nur eine Wunschvorstellung. Tote können nicht zurückkehren und Adam ist tot! Er ist gestorben.«
Die sorgenvolle Stimme von Fleur hatte sich mittlerweile in ein hysterisches Schreien verändert. Auch Ashley schrie ihre Freundin an, denn sie war sich sicher, dass sie nicht verrückt war und sie konnte nicht verstehen, weshalb Fleur ihr nicht glaubte. Nachdem sie sich minutenlang gestritten hatten, ging Fleur wütend aus der Wohnung und knallte die Tür so sehr hinter sich zu, dass ein Bild von der Wand zu Boden knallte, das Ashley sehr viel bedeutete. Es zeigte Ashley und Adam Arm in Arm neben Fleur und Paul an einem wunderschönen Herbsttag vor zwei Jahren vor einem Park. Das Glas des Rahmens war so zerbrochen, dass es im ganzen Eingangsbereich verteilt lag, sodass Ashley aufpassen musste, nicht herein zu treten.
In ihren Augenwinkeln standen große Tränen. Noch nie zuvor, hatte sie sich so sehr mit Fleur gestritten. Noch nie waren sie so auseinandergegangen.

Was war nur mit Ashley los? Fleur ging die Straße entlang und beobachtete dabei die vielen Häuser, die so einsam aussahen, wie Fleur sich in diesem Moment fühlte. Sie fragte sich, was nur in Ashley gefahren war. Wie konnte sie nur so etwas denken?
Adam.
Zurückgekommen.
Totaler Wahnsinn.
Ashley war doch sonst nicht so. Sie konnte doch nicht ernsthaft denken, dass er zurückgekommen war und mit ihr gesprochen, sie berührt hatte. Das war unmöglich. Sie verstand Ashley einfach nicht. Trauer hin, Trauer her, sie konnte doch nicht so dumm sein und wirklich an das glauben, was sie gesagt hatte. Was sollte Fleur nur tun? Wie sollte sie ihr noch helfen? Könnte ein Arzt die Lösung sein? Nein. Ashley war doch nicht verrückt. Sie glaubte nur an etwas, dass unmöglich wahr sein konnte.


Das Telefon klingelte.
»Melinda?"
»Ja? Ist alles okay, Fleur?«
»Ich war eben bei Ashley. Ich mache mir wirklich Sorgen um sie.«
Fleur war innerlich noch so aufgewühlt von dem Streit, dass ihr Handy, welches sie in ihrer Hand hielt, nur so zitterte.
»Was ist denn los? Sprich bitte etwas langsamer, ich verstehe dich kaum.«
»Es tut mir leid, ich bin einfach so sauer. Ich verstehe sie nicht mehr.«
»Beruhige dich erst einmal. Was hat sie denn gesagt? Geht es ihr gut? Ich habe seit Tagen nichts mehr von ihr gehört.«
»Ja, ich auch nicht und deswegen war ich ja eben bei ihr.«
Immer noch etwas aufgewühlt erzählte Fleur Ashleys Mutter, was ihr eben passiert war, und dass sie sich totale

Sorgen um Ashley machte. Fleur war so wütend auf Ashley, wie sie es noch nie erlebt hatte. Nur weil sie sich wirklich Sorgen um sie machte, hatte Fleur Melinda angerufen. Aber sie beschloss, dass diese Aktion erst einmal das Letzte war, was sie für ihre Freundin machen würde. Wie konnte Ashley sie nur so anschreien? Immerhin hatte Fleur es nur gut gemeint. Wie konnte sie nicht verstehen, dass sie nur das Beste für sie wollte? Sollte sie doch mit ihren Wahnvorstellungen glücklich werden.

Mit langsamen, vorsichtigen Schritten um nicht in die Scherben zu treten, ging sie zurück ins Schlafzimmer und ließ sich auf das Bett fallen. Das Gesicht in den Händen vergraben, saß sie nun auf dem unfertigen Bett und weinte so sehr, dass Adam kam und sich zu ihr setzte. Er nahm sie in die Arme und streichelte ihr liebevoll über den Rücken. Das Gespräch zwischen ihr und Fleur hatte er zwar gehört, sich aber doch dazu entschlossen, sich nicht einzumischen. Nie hatte er sie so streiten hören. Die beiden hatten sich so sehr angeschrien, dass es sogar ihm wehgetan hatte.

»Was willst du denn heute Abend zum Essen haben, mein Schatz?«

»Danke Adam, aber ich habe keinen Hunger. Das mit Fleur… Ach, wieso versteht sie mich denn nicht? Ich meine, du bist doch wirklich da. Zuerst habe ich es ja auch nicht geglaubt, aber du bist doch wirklich hier. Ich rede mir das ja nicht ein. Sie hat mir nicht geglaubt. Nicht mal ein Funken Glaube bei ihr. Sie hält mich für komplett wahnsinnig. Wie kann sie nur so etwas von mir denken?«

Adam rückte näher zu ihr hin und nahm sie zärtlich in den Arm. Nach einem sanften Kuss auf ihr Haar, ließ er sie wieder los und sah ihr tief in die Augen.

»Nimm es ihr nicht übel, mein Schatz. Du sagst es doch selbst, am Anfang hast du es auch nicht geglaubt, dabei saß ich direkt neben dir. Und sie hat mich nicht gesehen. Sie hat es nur erzählt bekommen. Hättest du es denn an ihrer Stelle geglaubt?«

»Wahrscheinlich nicht. Aber sie ist doch meine beste Freundin, sie kennt mich seit Kindertagen. Wie kann sie mich nur für wahnsinnig halten?«

Ashley war stur. Natürlich hätte sie die ganze Sache nicht geglaubt, hätte es ihr jemand erzählt, aber sie wollte einfach nicht einsehen, dass Fleur ihr in einem so ernsten Punkt nicht glaubte.

»Okay Ashley, ich sehe schon, in dem Punkt kann ich wohl im Moment nicht ordentlich mit dir darüber reden. Aber dann kannst du mir ja wenigstens verraten, was du heute Abend essen möchtest.«

Vorsichtig lächelte er sie an.

Doch statt einem Lächeln bekam er einen düsteren Blick zugeworfen.

»Du brauchst gar nicht in diesem Ton mit mir zu reden. Ich weiß genau, was ich von ihrer Reaktion halten soll. Ich bin einfach sauer auf sie. Wie kann sie nur so reagieren?«

Adam wusste, dass Ashley jetzt wirklich sauer war, aber er wusste auch, dass sie dazu zutiefst traurig war, denn sie brauchte Fleur. Und sie wusste, dass sie diese nun für die nächste Zeit verloren hatte. Ashley brauchte es einfach mit Fleur zu reden und Dinge mit ihr zu unternehmen. Ihn hatte es sowieso schon verwundert, dass sie in den letzten Tagen nicht einmal mit ihr gesprochen, sie nicht einmal zurückgerufen hatte, obwohl er sie oft daran erinnert hatte.

»Spaghetti.«

Ashley weinte nun nicht mehr. In Gedanken versunken saß sie da und starrte aus dem Fenster

»Was hast du gesagt?«

»Spaghetti, ich hätte gerne Spaghetti zum Essen. Aber so wie du sie früher immer gemacht hast, mit deiner selbstgemachten Käsesoße. Okay?«

Nun lächelte sie ihn doch an.

Das Telefon klingelte schon zum dritten Mal, als Ashley endlich aus ihrem Traum erwachte und eilig zu dem Klingeln rannte. Dabei stieß sie mit ihrem Zeh an die kleine Kommode, auf dem der Apparat stand.
»Aua! Diese blöde Kommode«, fluchte sie, während sie den Hörer abnahm.
»Hallo, Ashley?«
»Hallo. Was willst du denn?«
»Was ich will? Ach bist du mal wieder lustig. Du bist seit Tagen nicht mehr auf der Arbeit erschienen. Ich kann ja verstehen, dass dich das mit seinem Tod sehr mitnimmt, aber du musst dich wenigstens mal melden.«
Verdammt, die Arbeit.
An die hatte sie nun gar nicht mehr gedacht. Seit Adam wieder bei ihr war, hatte sie alles um sich herum vergessen.
»Ist schon gut, Ashley. Du musst ja nicht mit mir reden«, sagte ihre Arbeitskollegin in einem leicht patzigen Tonfall.
»Tut mir leid. Weißt du, die ganze Sache mit Adam. Ich habe einfach alles andere um mich vergessen.«
Ihre Kollegin machte einen leichten Seufzer. Sie wusste genau, was Ashley meinte, denn vor einem Jahr hatte sie ihren Bruder verloren. Nur das Ashley nicht das meinte, was ihre Kollegin dachte. Sie sprach von Adams Rückkehr. Aber das konnte ihre Kollegin ja nicht wissen, also sprach sie in einem besorgten Ton weiter.
»Ashley, ich kann dich wirklich sehr gut verstehen. Und unser Chef auch. Ich denke, er weiß, was du durchmachen musst. Ich hatte das auch vor einem Jahr. Er ist wirklich sehr großzügig und lässt dir so viel Zeit, wie du nur brauchst, aber verdammt noch mal Ashley… Du musst dich doch wenigstens bei ihm melden und es ihm erklären.«

»Ja, es tut mir leid. Ich werde ihn anrufen.«
»Nicht nötig, ich stelle dich einfach durch, okay? Mach's gut Ashley und gute Besserung.«
Noch bevor Ashley sich verabschieden und bedanken konnte, hatte sie auch schon ihren Chef in der Leitung.
Nachdem sie kurz mit ihm gesprochen und ihm erklärt hatte, dass Adam gestorben sei, sprach er sein Beileid aus und sagte ihr genau das, was ihre Kollegin schon vorausgesagt hatte, sie bekam so viel Zeit wie sie brauchte. Ashley entschied sich, ihm lieber nichts von Adams Wiederkehr zu erzählen, denn sie erinnerte sich nur zu genau an das Streitgespräch mit Fleur. Und Fleur war ihre Freundin, wie würden dann erst andere Leute reagieren, die ihr nicht so nah standen?
»Wer war das?«
»Eine Arbeitskollegin. Ich habe mit meinem Chef gesprochen. Ich bin so lange beurlaubt, bis ich wieder in der Verfassung bin zu arbeiten, hat er gesagt.«
Adam lächelte. Er freute sich auf die gemeinsame freie Zeit, die er nun mit seiner Liebsten verbringen konnte.

Zum geschätzten fünften Mal, hörte Ashley nun die Mailbox an diesem Tag ab. Es war immer ihre Ma gewesen. Sie erzählte, dass sie mit Fleur gesprochen, aber nicht ganz verstanden habe, was sie gesagt hatte. Melinda erzählte, dass Fleur ihr von dem Streit und dem Grund dafür erzählt hatte, aber dass sie nicht die geringste Ahnung hatte, wovon Fleur überhaupt sprach.
Ashley hatte zur Zeit keine Lust mit ihrer Ma über die ganze Sache zu reden und ihr das zu erklären, was sie schon zuvor Fleur vergeblich versucht hatte zu erzählen, nämlich dass Adam wieder da war.
Sie löschte die Nachrichten, bevor Adam auch nur mitbekam, dass ihre Ma angerufen hatte. Denn nach der Sache mit Fleur, würde er sie drängen bei ihr anzurufen und

nicht abzuwarten, so wie sie es bei Fleur getan hatte. Denn wie man sah, war dies eindeutig der falsche Weg gewesen. Dadurch kam es zu dem großen Streit.

So genossen sie nun unbeschwert die freien Tage, die sie hatten.
Sie gingen im Park spazieren und beobachteten die stolzen Eltern mit ihren Kleinen auf dem Spielplatz.
Sie setzten sich jeden Abend raus auf ihre große Terrasse, auf der sie im Sommer so gerne frühstückten.
Ashley hatte sich wirklich große Mühe bei der Gestaltung gegeben. Rechts stand ein kleiner, dunkler Holztisch mit vier Stühlen. Der Reihe lang zur Straße hin, hatte sie kleine Palmen hingestellt um dem ganzen einen Hauch von Sommer und Strand zu geben. Zudem hatte sie an den Rändern, wo keine Palmen standen, kleine Muscheln verteilt und hin und wieder kleine Kerzenständer hingestellt, sodass man es sich im Sommer abends schön romantisch machen konnte. So saßen sie nun in eine große Wolldecke gewickelt da und betrachteten, wie die Sonne sich langsam verabschiedete, um am nächsten Morgen wieder in ihrem vollen Glanz zu erstrahlen.
»Danke, dass du wieder da bist, Adam.«
Sie schmiegte sich noch enger an seinen Arm. Seine Wärme wieder spüren zu können, war das schönste Gefühl, dass Ashley sich vorstellen konnte. Ihr konnte noch so kalt sein, sobald er sie in den Armen hielt, war ihr mollig warm. Schon nach so kurzer Zeit konnte sie sich nicht mehr daran erinnern, wie sie es nur ohne Adam aushalten konnte. Das wollte Ashley nie wieder durchmachen müssen.
»Danke, dass du mich nicht für immer alleine lässt. Ein Leben ohne dich, ist so undenkbar. Ich war nicht mehr ich, alles hatte mich an dich erinnert. Jede Kleinigkeit hatte mich dazu gebracht an dich, an die vielen Momente, die wir

zusammen erlebt haben zu denken. Wirklich alles hat den Schmerz wieder hochkommen lassen.«

Er lächelte und küsste sie sanft auf das Haar, welches immer nach frischen Blumen duftete. Er liebte den Duft von ihren Haaren. Er liebte es, wenn der Wind wirbelte und ihm den Duft von ihrem Haar entgegenwehte.

»Es tut mir so leid, dass ich dich so lange alleine gelassen habe. Ich werde es nie wieder tun. Ich liebe dich über alles und ich möchte dich nie wieder so lange vermissen!«

Nach einem innigen Kuss legte sie sich in seine Arme und schlief ein. Zart gab er ihr noch einen Kuss auf die Stirn und sah dann in den dunklen Himmel, der durch lauter strahlende Sterne erleuchtet war. Wie er solche Momente vermisst hatte. Adam war so froh seine große Liebe wieder in die Arme schließen zu können und mit ihr solche wundervollen Momente erleben zu dürfen.

Aber wie?

Er verstand es immer noch nicht. Er war tot, war gestorben. Und auf einmal stand er wieder in ihrer gemeinsamen Wohnung. Konnte sich bewegen, konnte sprechen, konnte sie berühren. Es war alles wie vorher, als wäre er nie gestorben.

Aber wieso?

Nur weil Ashley ihn so vermisst hatte?

Nein, totaler Schwachsinn.

Man konnte doch nicht einfach zurückkehren, nur weil eine Person einen so stark vermisste und sich dadurch selbst aufgab.

Aber doch, natürlich.

Was sollte es sonst sein?

Es gab keinen vernünftigen Grund, weshalb dies alles sonst passiert sein sollte.

War es einfach ihre starke Verbundenheit?

Ihre unendliche Liebe?

Das Versprechen, dass sie beide für immer zusammen sein würden?

Wer war es, der mit ihm gesprochen hatte?

Ihm gesagt hatte, dass er nun noch eine zweite Chance bekam.
Eine zweite Chance, bis zum Ende mit seiner geliebten Ashley zusammen zu sein?

Mitten in der Nacht wachte Ashley schweißgebadet auf. Sie wischte sich die Stirn und schnappte nach Luft. Wieder dieser Traum, wieder dieser verdammte Traum. Schon wieder hatte sie im Traum den Tod Adams noch einmal erleben müssen. Immer wieder träumte sie, wie sie erfuhr, dass er ohne Bewusstsein war, wie sie seine Hand hielt und ihm von ihrem gemeinsamen Baby erzählte.
Plötzlich wurde ihr schlecht, sie rannte eilig ins Badezimmer und musste sich übergeben.
War es die Aufregung?
Oder war es wegen ihres Kindes?
War alles in Ordnung mit ihm?
Eilig machte sie das Fenster im Schlafzimmer wieder zu und ging ins Bett zurück. Zitternd zog sie ihre Decke über sich.
»Was ist denn mit dir los? Ist alles okay? Du bist ja voller Schweiß. Kann ich irgendetwas für dich tun?«
Adam setzte sich auf und streichelte ihr liebevoll übers Haar.
»Ist schon okay. Mir war nur vorhin etwas schlecht und dann musste ich mich übergeben. Außerdem hatte ich einen Albtraum, daher kommt der Schweiß. Es ist also alles okay, Adam.«
»Schlecht?«
Sie nickte und in seinen Augen las sie große Sorge und Angst.
»Ist es wegen des Babys? Hast du Schmerzen oder ein Ziehen im Bauch?«

»Ich habe ein bisschen Bauchschmerzen, aber das ist normal, Adam. Das hatte ich in letzter Zeit ziemlich oft. Das ist bestimmt nur der ganze Stress.«
»Morgen gehen wir zum Frauenarzt. Okay? Ich will nicht, dass irgendetwas passiert.«
Sie nickte leicht, drehte sich zur Seite und schloss die Augen. Liebevoll schmiegte Adam sich an sie und fing vorsichtig an ihren Bauch zu streicheln.
»Ich liebe dich«, flüsterte er ihr leise ins Ohr.
Doch vor lauter Erschöpfung war sie schon wieder eingeschlafen.

Als er den Schlüssel in der Wohnungstür hörte, eilte er sofort hin.
Vorsichtig lächelte er sie an.
Als sich ihre Mundwinkel nach oben zogen, machte sein Herz einen Sprung in die Luft. Es schien nichts Schlimmes zu sein. Dem Baby musste es gut gehen und sie war auch nicht krank.
»Es ist nur der viele Stress, der letzten Wochen gewesen. Ich soll ein wenig langsamer machen und mich öfter ausruhen.«
Er nahm Ashley in den Arm und hielt sie für eine Weile fest. Dann gab er ihr noch einen Kuss auf ihre Stirn.
»Na dann auf, mein kleines Nilpferd. Ab auf das Sofa mit dir.«
Er lachte leicht und hob sie hoch. Danach ging er mit ihr ins Wohnzimmer und legte sie sanft auf das Sofa. Leise fing er zu singen an, während er Kerzen hinstellte. Nach dem er die Vorhänge vor die großen Fenster gezogen hatte, zündete er die Kerzen an und setzte sich zu ihr.
Sie lächelte, küsste ihn und legte ihren Kopf auf seinen Schoß.
»So dick bin ich jetzt auch wieder nicht. Ich bin nur ein wenig ...«

Sie sah an sich herunter auf ihren Bauch. Oh Gott. Es stimmte. Normalerweise war sie so dünn und ihr Bauch war total flach. Doch nun spürte sie schon eine extreme Wölbung, wenn sie über ihren Bauch streichelte und man konnte langsam sehen, wie sie dicker wurde.
»Du hast recht. Ich bin ein kleines Nilpferd und wenn ich erst am Ende der Schwangerschaft bin, werde ich wie ein Elefant aussehen.«
Adam lachte herzhaft.
»Ich werde dich immer lieben. Egal wie dick, dünn, groß oder klein du bist. Auch wenn du voller Falten bist und ein Gebiss trägst. Ich werde immer dein sein.«


Langsam hielt es Ashley nicht mehr aus. Seit Wochen hatte sie nun nichts mehr von Fleur gehört. Auch bei ihrer Ma sollte sie sich langsam melden, aber das hatte noch Zeit. Nun war erst einmal Fleur an der Reihe. Sie wollte wieder mit ihr sprechen und ihr alles erzählen.
»Fleur?«
»Ashley!«, antwortete Fleur in einem erstaunten, schnippischen Ton.
»Du, Fleur. Es tut mir wirklich sehr leid, was passiert ist. Ich kann ja verstehen, wieso du mir damals nicht geglaubt hast. Ich hätte es wohl auch nicht geglaubt.«
»Ach wirklich, Ashley? Mich wundert es, dass du dich meldest. Was willst du denn?«
An Fleurs Tonfall hörte man sehr genau, dass sie noch immer sauer war. Sie konnte es nicht nachvollziehen, wieso Ashley damals nicht verstand, dass sie sich das alles nur eingeredet hatte. Dass Tote nicht zurückkommen können.
»Und? Bist du endlich zur Vernunft gekommen?«
»Ich brauche nicht zur Vernunft zu kommen, Fleur. Ich weiß, was ich weiß. Und ich weiß, dass es die Wahrheit ist.«

Fleur antwortete nicht darauf. Was sollte man denn darauf auch antworten. Es war nun lange genug her, dass Adam von ihr gegangen war. Langsam musste sie doch einfach einsehen, dass er nicht mehr bei ihr war. Wie konnte sie nur immer noch so an dem gemeinsamen Leben mit Adam hängen, dass sie sich sogar solche Sachen einredete. Sachen, die schier unmöglich waren.
»Können wir uns nicht wieder vertragen, Fleur? Ich halte es nicht mehr aus. Du bist doch meine beste Freundin und ich brauche dich. Willst du nicht morgen zu mir kommen? Zum Frühstück? Bitte Fleur, lass uns einfach wieder Freundinnen sein und den Streit vergessen. Okay?«
»Na gut. Wann soll ich genau da sein? Und soll ich noch was mitbringen, oder hast du alles?«
»So gegen neun Uhr?«
»Okay können wir machen. Ich bin dann so gegen neun bei dir, okay?«
»Super, bringst du die Brötchen mit? Ich komme doch morgens so schlecht aus dem Bett und du bist ja eine Frühaufsteherin.«
»Klar, kann ich machen. Bis morgen dann, Ashley.«
»Bis morgen. Ich habe dich vermisst!«
»Ich dich auch. Ich hab dich lieb.«
Noch bevor Ashley etwas darauf hätte erwidern können, hatte Fleur auch schon aufgelegt.
»Siehst du, Schatz. Es ist doch alles gut gegangen. Sie musste sich erst wieder einkriegen, das ist doch natürlich.«
Ashley nickte und umarmte Adam, der die ganze Zeit während des Telefonats neben ihr gesessen und ihre Hand gehalten hatte.

## *Herzklopfen*

Nachdem Ashley fertig geduscht und sich in aller Eile angezogen hatte, klingelte auch schon die Tür.
Ach du meine Güte. Fleur. Sie war schon da.
Wie würde sie nur reagieren?
Würde es ihr gleich auffallen?
Würde sie Ashley darauf ansprechen?
Was, wenn sie sich nicht darüber freute?
Egal, was passieren würde, nun war es ohnehin nicht mehr zu ändern.
Fleur stand direkt vor der Tür und würde Ashley gleich sehen.
Die schwangere Ashley.
Ob sie es ihr wohl sehr übelnehmen würde, dass Ashley es ihr nicht schon früher gesagt hatte?
Mit klopfendem Herzen ging Ashley zur Tür und schaute noch ein letztes Mal durch den Spion. Gut, nun war es soweit. Jetzt war der Moment, da sie Fleur sagen würde, dass in ihr Leben heranwächst, gekommen.
Mit angehaltenem Atem legte sie ihre Hand auf die Klinke und drückte diese vorsichtig nach unten. Die Tür öffnete sich und Fleur stand mit einem leichten Lächeln vor der Tür.
Langsam kam Fleur herein und stellte sich neben sie.
»Hallo, Ashley.«
»Hey, Fleur. Schön, dass du da bist.«
Trotz aller Verfremdung spürte Ashley die Nähe der beiden. Wie sehr sie Fleur doch vermisst hatte.
Fleur fasste all ihren Mut zusammen und nahm Ashley in den Arm. Nach kurzem Schockzustand legte auch Ashley ihre Arme um Fleur.

»Ich hab dich sehr vermisst, meine Kleine«, sagte Ashley zu ihrer ein Jahr jüngeren Freundin.
»Ich habe dich auch sehr vermisst!«
Als sie sich wieder losgelassen hatten und sich nun anguckten, fing Fleur leicht an zu kichern, nachdem sie Ashley von oben bis unten betrachtet hatte.
»Du solltest vielleicht weniger Frustessen betreiben. Ich will es dir ja gar nicht sagen, aber du wirst langsam ein wenig rundlich.«
Noch bevor Ashley darauf etwas hätte erwidern können, ging Fleur auch schon lachend durch das Wohnzimmer auf die Terrasse und wunderte sich dabei über die vielen Kerzen, welche im Wohnzimmer verteilt waren und anscheinend die Überreste eines romantischen Abends waren.
Nachdem Ashley kurz durchgeatmet hatte, ging sie hinterher.
Fleur konnte es nicht glauben. Sie blinzelte zwei Mal, doch nichts änderte sich. Auf dem Tisch standen doch wirklich drei Gedecke.
Drei, sie hatte doch wirklich für Adam mit gedeckt.
Oder hatte sie etwa einen neuen Mann kennengelernt?
Kurz nachdem Ashley die Terrasse erreicht hatte, sah sie Fleurs Blick. Doch dazu etwas sagen, wollte sie lieber nicht. Und auch Fleur sprach sie nicht darauf an, immerhin hatten die beiden sich gerade erst wieder vertragen. Und das Thema würde erneut zu einem Streit führen, da war sich Fleur sicher.
»Hier sind die Brötchen, Ashley. Ich habe deine Lieblingsbrötchen geholt und noch drei Croissants, die magst du doch auch so gerne.«
»Toll, vielen Dank.«
Ashley trug ein breites Lächeln auf den Lippen. Sie hatte das Gefühl, als könnte alles wieder so wie vorher werden.
Als beide am Tisch saßen und dabei waren ihre Brötchen aufzuschneiden, hörte Fleur auf einmal Geräusche aus der Wohnung. Doch große Gedanken machte sie sich nicht darüber. Irgendein Windstoß oder Ähnliches, dachte sie sich.
»Fleur?«, fragte Ashley mit zitternder Stimme.

»Was gibt es denn?«
»Ich muss dir etwas sagen.«
Fleur hustete einmal kurz auf. Was bildete sich Ashley nun schon wieder ein?
»Okay, schieß los«, sagte Fleur, nachdem sie von ihrem Brötchen abgebissen hatte, dass sie zuvor mit Kirschmarmelade bestrichen hatte.
Ashley räusperte sich noch einmal, bevor sie all ihren Mut zusammen nahm um Fleur zu gestehen, dass sie schwanger sei.
»Ich bin schwanger«, sagte Ashley mit verunsicherter Stimme.
Fleur hatte sich wohl an ihrem Brötchen verschluckt, denn auf einmal fing sie stark zu husten an.
»Du bist was?«, fragte Fleur, nachdem sie sich wieder beruhigt hatte.
»Ich bin schwanger, ich bekomme ein Baby.«
Meine Güte, Fleur hatte sich nicht verhört. Deswegen also hatte Ashley so zugenommen.
Fleur ließ vor lauter Schreck das Brötchen auf ihren Teller fallen, sprang auf und ging um den Tisch herum auf Ashley zu. Sie riss ihre Hände auseinander und umarmte ihre Freundin so fest sie konnte.
»Wow, Fleur. Ich bekomme gar keine Luft, wenn du mich so zerdrückst.«
»Ich kann nicht anders«, sagte Fleur lächelnd.
Sie freute sich so für Ashley, sie hatte sich schon so lange ein Baby gewünscht und nun hatte es endlich geklappt. Sie war wirklich schwanger. Oh mein Gott, sie war endlich schwanger.
»Ich will doch schwer hoffen, dass du die Patentante wirst.«
Fleur war überglücklich. Sie wurde endlich Patentante. So lange schon, wünschte sie sich diesen Moment erleben zu dürfen. Und nun war es soweit.
»Darf ich?«, fragte Fleur, als sie Ashley wieder losgelassen hatte.

Die stolze Mama nickte und Fleur nahm ihre Hand, um sie auf Ashleys Bauch zu legen. Sie hatte noch nie ihre Hand auf einen Bauch gelegt, in dem Leben heranwuchs.
»Wie weit bist du denn schon?«
»In der fünfzehnten Woche.«
»Aber dann ... dann wusstest du es ja schon in dem Moment als Adam ... also ich meine ...«
Sie sprach den Satz nicht zu Ende.
»Ja, du hast recht. Da hatte ich es gerade erfahren.«
Nachdem sie eine Weile über das Baby geredet hatten, wie sie es erfahren hatte, oder wie sie dabei gefühlt hatte, saßen beide wieder an ihrem Platz und aßen lächelnd ihre Brötchen.
Als Fleur erneut ein Geräusch hörte, schaute sie kurz nach oben und sah ihn. Noch einmal biss sie ab, bis sie realisiert hatte, was sie eben gesehen hatte.
Sofort sah sie wieder zu der Terrassentür. Oh mein Gott, er war es.
Da stand Adam!
Er stand einfach so da, in seinem Pyjama und einer Tasse in der Hand. Sie blinzelte einige Male, doch nichts geschah. Er stand immer noch da.
Ein kurzer Schrei entfuhr ihrem schmalen Mund.
»Was ist denn los, Fleur?«
»Da ... da ... steht ... Ad... Ad... Adam!«, sagte sie mit zitternder Stimme.
Ashley hatte ihn noch gar nicht bemerkt.
»Guten Morgen, meine zwei Hübschen«, begrüßte Adam sie in einem liebevollen Ton.
Nein, das konnte doch nicht wahr sein.
War sie jetzt auch verrückt?
Das konnte doch gar nicht sein. Er war gestorben.
Wie konnte er nun da stehen und mit ihnen sprechen?
»Guten Morgen, mein Schatz«, flüsterte Ashley, wobei ihr Lächeln nicht ehrlicher hätte sein können.
Strahlend stand sie auf und gab ihrem Freund einen Kuss.
Dann nahm sie seine Hand und setzte sich mit ihm zurück an den Tisch.

Fleur konnte es immer noch nicht glauben. Sie saß mit offenem Mund da und starrte die beiden fassungslos an.
»Ashley, aber das kann doch gar nicht sein, er ist doch gestorben. Wie kann er denn nun hier sitzen. Wie kannst du nur mit ihm sprechen?«
Verzweifelt versuchte sie, die Situation zu verstehen.
»Wie kann er nur mit mir sprechen? Was bitte war in dem Kaffee, den du mir gegeben hast?«
Ashley lächelte mit glänzenden Augen ihre große Liebe an.
»Ich weiß, dass all dies hier jetzt sehr verwirrend für dich ist. Aber hättest du mir, als wir uns gestritten haben, doch nur geglaubt. Ich wollte dir ja alles erklären.«
Fleur starrte die Beiden immer noch mit offenem Mund an und sah zu, wie Ashley seine Hand hielt.
Wie konnte sie nur seine Hand halten?
Wieso konnte sie ihn sehen?
»Nun gib mir einfach fünf Minuten. Ich werde dir alles erklären. Danach wirst du es mir glauben. Da bin ich mir ganz sicher.«
Nachdem Ashley ihr erzählt hatte, wie er, ganz ohne Vorwarnung, auf einmal neben ihr gestanden und mit ihr gesprochen hatte, schloss Fleur wieder ihren Mund und versuchte, normal zu atmen.
Aber das konnte doch gar nicht sein!
Er war beerdigt worden, wie konnte er nun hier bei ihnen sitzen?
Langsam hob Fleur ihre Hand und legte sie kurz auf Adams Arm um zu gucken, ob er wirklich da war.
Oh mein Gott, er war da, sie konnte ihn berühren.
Sofort zog sie ihre Hand wieder weg und legte diese auf ihren Schoß. Das konnte nicht wahr sein. Wie ein Märchen, das alles hier war wie ein Märchen.
Nachdem sie noch einmal tief Luft geholt hatte, versuchte sie ein Wort herauszubekommen, mit ihm zu reden, aber nichts geschah. Das Wort blieb ihr im Hals stecken.

»Schön dich zu sehen, Fleur. Ashley hat dich wirklich sehr vermisst und hatte große Angst, dass du nicht kommen würdest.«

Adam hatte gemerkt, was gerade in seiner Cousine vor sich ging. Er warf es ihr nicht vor. Natürlich starrte sie ihn an, als ob er ein Weltwunder wäre, denn das war er schließlich auch. Denn er war gestorben, und nun saß er ihr gegenüber und sprach mit ihr.

Fleur schaffte es nur zu nicken. Immer noch konnte sie nicht aufhören ihn anzugucken. Ashley, sie hatte recht gehabt. Sie hatte bei dem Streit die Wahrheit gesagt. Er war wirklich hier und sie hatte ihrer besten Freundin nicht geglaubt.

Aber wie auch?

Wie sollte sie so etwas glauben können, es war ja vollkommen verrückt.

»Es tut mir leid, Ashley«, flüsterte sie ihr zu, ohne diese auch nur einmal anzusehen.

»Ist schon in Ordnung. Ich konnte es ja zuerst auch nicht glauben. Aber er ist wirklich zurück!«

Ashley liefen Tränen die Wange herunter. Sie hätte nicht in Worte fassen können, was dieser Moment ihr bedeutet hatte. Adam war wirklich wieder da und Fleur sah ihn auch. Sie war nicht verrückt und redete nicht mit irgendeiner Fantasie. Er war echt!

Ashley legte sich kurz aufs Sofa. Gleich würde sie duschen gehen, um dann müde in ihr Bett zu fallen. Mittlerweile war es schon wieder dunkel und Fleur hatte sich, nach einem schönen Tag, verabschiedet. Für sie war alles doch ein wenig zu viel gewesen, und sie musste all das erst einmal sacken lassen. Erst die Schwangerschaft, was für sie noch gut zu verkraften war. Aber dann das mit Adam. Nach einem kurzen Moment auf dem Sofa schnappte Ashley sich ein extra großes Handtuch aus dem Schrank und ging ins Badezimmer.
Langsam rutschte ihre Kleidung von ihrem wunderschönen Körper auf den Boden.
Das Handtuch legte sich neben die Dusche und sie stieg hinein. Das Wasser auf ihrer Haut zu spüren war eine Wohltat.
Plötzlich spürte sie zarte Lippen auf ihrer Schulter. Sie wanderten ihren Hals hinauf und wieder zurück zur Schulter. Ashley drehte sich um und gab ihm einen innigen Kuss.
»Schlaf mit mir.«
»Noch nicht.«
Wie konnte er nur? Wie konnte er nur immer wieder *Nein* sagen?
»Wann dann?«, hauchte sie ihm in sein Ohr.
»Du wirst wissen, wenn es soweit ist.«
»Ich will nicht mehr warten, Adam. Ich will es. Ich brauche es. Und zwar jetzt.«
Sie legte ihre Arme um Adam und streichelte ihm zart über den Rücken. Ihre Beine aneinandergepresst, spürte sie seine harte Erektion an ihrem Schenkel.
»Nein, mein Schatz. Nicht jetzt, nicht so.«
Sie merkte in seiner Stimme, wie sehr er gegen seine Lust ankämpfen musste.
Sie gab ihm noch einen flehenden Kuss, aber dann gab sie es auf, denn sie wollte ihn nicht wütend machen und riskieren, dass er wieder ging. Sobald Adam an etwas festhielt, änderte er seine Meinung auch nicht. Und hier hatte er sich eindeutig festgebissen. Er wollte einfach nicht mit ihr schlafen.

Aber wieso?

E s war Sonntagmorgen, ein wunderschöner Sonntagmorgen. Die Sonne kitzelte Ashleys Nasenspitze und frische Luft strömte durch die gekippten Fenster in das Zimmer, welche die beiden genüsslich einsogen.
Sie küssten sich zärtlich, als plötzlich das Telefon klingelte. Dieses verdammte Telefon.
Ashley schleppte sich aus dem Bett und ging zu dem Apparat. Sie nahm ab und hörte schon die aufgeregte Stimme ihrer Freundin.
»Ashley? Bist du es?«
»Ja, ich bin es. Was gibt es denn?«
»Also weißt du noch, letztens, also als wir am Strand ...«
»Fleur, rede mal ein wenig langsamer. Wieso bist du denn so aufgeregt?«
Fleur atmete tief durch und setzte noch einmal an.
»Okay. Also Ashley, weißt du noch, als wir letztens am Strand entlang gegangen sind. Als ich dich verschleppt hatte?«
»Ja, ich kann mich erinnern. Aber was ist denn?«
»Weißt du noch? Also, da ist doch dieser Kerl gegen dich gejoggt, dieser Robert. Weißt du, wen ich meine?«
»Ja, natürlich. Was ist denn mit ihm?«
»Also ...«, fing sie nervös an zu erzählen.
»Also heute Morgen…«
Sie schien vor lauter Aufregung völlig außer Atem zu sein.
»Heute Morgen bin ich wieder am Strand gewesen, um nachzudenken. Du weißt ja, das mache ich öfter, um vom Alltag wegzukommen. Und da traf ich ihn wieder. Er hat mich wiedererkannt, Ashley. Er konnte sich an mich erinnern, kannst du dir das vorstellen?«
Ashley fing zu lächeln an.

»Aber natürlich kann ich mir das vorstellen. Aber erzähl schon, was hat er denn gesagt?«
»Also, er hat kurz nach dir gefragt. Ich sagte ihm, dir ginge es gut. Und dann haben wir uns unterhalten. Ashley, er hat sich die ganze Zeit mit mir unterhalten. Und dann sind wir noch einen Kaffee trinken gegangen.«
An der Stimme von Fleur hörte man, dass dies noch nicht alles war. Ashley freute sich für Fleur. Immer wieder hatten sie darüber gesprochen wie sehr sie sich auch solch eine Beziehung wie die von Ashley und Adam wünschte.
Und nun schien sie gute Chancen dafür zu haben.
So verzaubert von einem Mann hatte Ashley ihre Freundin noch nie erlebt.
»Wow, Fleur. Toll, ich freue mich total für dich. Aber erzähl weiter, das war doch bestimmt noch nicht alles, oder?«
»Er hat mich eingeladen. Er hat mich heute Abend zum Essen eingeladen. Kannst du dir das vorstellen?«
»Oh wie schön. Ich freue mich wirklich von ganzem Herzen für dich. Wo geht ihr denn hin?«
»Nicht ihr, sondern wir. Denn ich habe es so arrangiert, dass es ein Vierer-Date wird. Du hast doch da nichts dagegen, oder?«
»Naja, also um ehrlich zu sein ...«
Ashley schaffte es gar nicht, ihren Satz zu Ende zu bringen, als Fleur auch schon wieder weitersprach.
»Du würdest mich doch nicht alleine lassen, oder Ashley? Du kannst dir doch denken, wie aufgeregt ich bin, da brauche ich doch deine Unterstützung.«
In ihrer Stimme hörte man keine Bestimmtheit, sondern Hoffnung. Hoffnung, dass Ashley zustimmen würde.
»Natürlich, unterstütze ich dich dabei. Ich muss nur Adam dazu bringen. Du kannst dir bestimmt vorstellen, dass er in seiner Situation nicht gerne ausgehen möchte. Jedes Mal, wenn wir bisher außerhalb der Wohnung waren, trug er Sachen, um nicht erkannt zu werden.«

»Oh entschuldige, Ashley. Das hatte ich noch gar nicht bedacht. Aber so etwas kann er doch mal für seine Lieblingscousine machen, oder meinst du nicht?«
Ashley konnte ihr süßes Lachen nicht unterdrücken.
»Du bist ja auch seine einzige Cousine. Da ist es kein Wunder, dass du die Liebste bist."
Auch Fleur lachte.
»Das ändert nichts daran, dass er mich super lieb hat und das einfach für mich machen muss. Sag ihm, dass ich ihn sonst nicht mehr lieb habe.«
Ashley konnte nicht mehr aufhören zu lächeln.
Es war wie vorher, die ganze schlimme Zeit, in der sie keinen Kontakt hatten, in der sie alleine mit dem Gedanken, dass Adam zurück sei, leben musste, war wie vergessen. Fleur redete wie immer von ihrem Cousin, als wäre die ganze letzte Zeit einfach nicht passiert. Jetzt würde alles wieder gut werden. Da gab es nur noch ein Problem.
Wo sollten sie hingehen?
Durch seine vielen Auftritte kannten ihn eine Menge Angestellte der Restaurants. Die ganzen Leute, hatten natürlich auch mitbekommen, dass er gestorben war, denn Ashley hatte sie anrufen und die geplanten Termine absagen müssen.
Wenn er nun wieder vor ihnen stand.
Nein, unmöglich.
Also blieben nur die Restaurants außerhalb der Stadt, in denen er noch nie aufgetreten war.
»Ich werde ihn schon überreden können.«
»Okay, hört sich super an. Oh, ich bin ja so aufgeregt. Kann ich mich bei dir fertigmachen? Du kannst mir bestimmt dabei helfen.«
»Aber natürlich, Fleur. Wann ungefähr bist du denn dann bei uns?«
»So gegen sechs, würde ich sagen. Okay, ich werde dann erst einmal etwas essen, vor lauter Aufregung habe ich das nämlich bisher total vergessen.«
Sie lachte.

»Okay, wir sehen uns dann um sechs Uhr. Bis dann, Fleur.«
»Bis dann, Ashley. Ich habe dich sehr lieb.«
Und schon hörte sie das Tuten des Telefons, da die Leitung nicht mehr bestand.
Lächelnd legte sie auf und tapste zurück in das kuschelig warme Bett, in dem, der nun wache Adam, auch schon auf ihre Rückkehr wartete.
»Fleur?«
Ashley nickte.
»Was wollte sie denn?«
»Ach sie hat mir von so einem Mann erzählt, den sie kennengelernt hat.«
»Wirklich? Den muss ich mir aber mal genauer ansehen.«
Auf diese Reaktion hatte sie gehofft. Denn Adam behandelte Fleur wie seine kleine Schwester, auf die er aufpassen musste. Nun konnte sie das Vierer-Date perfekt einbringen.
»Ja, bestens. Dazu hast du heute Abend die Möglichkeit, mein Liebster.«
»Wie darf ich das jetzt schon wieder verstehen?«, fragte er erstaunt.
»Also, du willst doch, dass deine kleine Cousine glücklich ist, oder?«
»Ja, natürlich will ich das! Aber was habe ich denn damit zu tun?«
»Naja es ist so ...«
Sie setzte sich im Schneidersitz zu ihm auf die Matratze und lächelte ihn mit ihrem unschuldigsten Lächeln an.
»Also, ich war mal mit Fleur bei dem Strandstück, zu dem wir immer so gerne hingehen. Und da haben wir einen Mann kennengelernt.«
»Ja, ich weiß.«
Ashley sah ihn erstaunt an.
»Wie meinst du das? Du weißt das?«
»Na, ich habe dich doch natürlich beobachtet. Meinst du, nur weil ich nicht mehr hier bin, passe ich nicht mehr auf dich auf?«
Ashley war geschockt.

Dann stimmte es also wirklich?
Dann stimmte es, dass die toten Menschen auf einen hinabschauen?
Dass sie nie aufhören, auf einen aufzupassen?
Ähnlich wie Schutzengel?
»Du hast auf mich heruntergesehen und auf mich aufgepasst?«
»Nein. Nicht auf dich heruntergesehen. Ich war hier, hier bei dir, ich konnte nicht direkt neben dir sein, aber ich war hier. Nur konntest du mich nicht sehen. Ich konnte dich nicht alleine lassen, Ashley. Ich konnte nicht von dir gehen und die Liebe meines Lebens, einfach so zurücklassen.«
Oh mein Gott. Er war die ganze Zeit hier, er war immer bei ihr gewesen. Er hatte sie nie wirklich alleine gelassen, wie er es versprochen hatte.
Aber wieso hatte er dann nicht das Gespräch mitbekommen?
Das mit dem Baby, wieso wusste er dann nichts davon?
»Aber Adam, wenn das so ist, wieso wusstest du nichts von unserem Baby? Wieso hattest du dann das Gespräch nicht mitbekommen? Dass ich deine Hand hielt und dir von unserem kleinen Wunder erzählt habe?«
»Ich war nicht von Anfang an bei dir, mein Liebling. Ich musste das auch erst einmal klären.«
Er lachte über seinen Witz.
»Ich konnte erst später zu dir zurückkehren.«
»Das verstehe ich nicht. Das musst du mir bitte etwas genauer erklären.«
Er lächelte.
»Nein, nein, mein Schatz. Das ist viel zu kompliziert. Wichtig ist doch nur, dass ich jetzt bei dir bin. Wichtig ist nur, dass ich dich nie wieder alleinlassen werde.«
Er gab ihr einen zärtlichen Kuss, schnappte sie sich und legte sie auf die Matratze. Ashley konnte sich ein kreischendes Lachen nicht verkneifen. Vorsichtig legte er sich hinter sie. Seine Hand strich liebevoll über ihren Bauch.
»Ich werde für immer auf euch aufpassen und bei euch bleiben.«

Es klingelte. Fleur war da.
War es denn schon so spät?
Adam ging zur Tür und sah durch den Spion.
»Ashley, es ist Fleur«, rief er ihr zu, noch bevor er die Tür einen Spalt öffnete.
Nachdem er Fleur hereingelassen und sie begrüßt hatte, gingen beide zu Ashley.
»Hey, Kleine.«
»Hey, du kannst dir nicht vorstellen, wie nervös ich bin.«
»Mach dir keinen Kopf, wir bekommen das hin. Je mehr du jetzt darüber nachdenkst, desto nervöser wirst du.«
»Okay, ich versuche ruhig zu bleiben. Hilfst du mir? Ich konnte mich einfach nicht entscheiden.«
Fleur hielt zwei wunderschöne Abendkleider hoch.
Abwechselnd hielt sie sich die Kleider vor und machte ein fragendes Gesicht. Nach kurzem Überlegen entschieden sich alle drei für das kleine Schwarze.
Es war ein wirklich tolles Kleid. Oben eng anliegend und unten etwas weiter fallend, in verschiedenen Längen. Es ging Fleur ungefähr bis zu ihren Schenkeln, sodass man ihre hübschen, durchtrainierten Beine noch gut sehen konnte. Ärmel hatte das Kleid nicht, deshalb lieh ihr Ashley einen roséfarbenen Bolero. Die Haare bekam Fleur mit einer hübschen Spange nach hinten gesteckt. Um danach alles abzurunden, gab Ashley ihr das Parfüm, welches sie nur an besonderen Tagen auftrug.
Nervös schminkte sich Fleur, weshalb ein paar Mal die Schminke an Stellen landete, an denen sie eigentlich nichts zu suchen hatte. Daher half ihr Ashley und übernahm das Verschönerungsprogramm. Besonders betonte sie Fleurs wunderschöne, blaue Augen und legte ein wenig Rouge auf.
»So, nun siehst du umwerfend aus.«
Fleur stand vor dem Spiegel und freute sich darüber, was Ashley aus ihr gemacht hatte.
»Wow, danke Ashley. Vielen Dank!«
»Kein Problem. Du siehst wirklich toll aus. Also wenn ihn das nicht umhaut, dann weiß ich auch nicht mehr.«

Fleur lächelte und umarmte sie, bevor sich nun auch Ashley für den Abend fertigmachte.

Adam hatte seinen Anzug schnell angezogen, legte noch ein wenig Parfüm auf und schmiss sich dann mit Fleur auf das Sofa.

Er wusste, wie lange es noch dauern würde, bis Ashley sich endlich angezogen hatte und mit allem so zufrieden war, dass die drei gehen konnten.

Nach einer gefühlten Ewigkeit kam Ashley fertig aus dem Bad.

Sie sah bezaubernd aus und Adams Atem setzte kurz aus.

Ihre wunderschönen, langen, braunen Haare trug sie offen. Nur auf einer Seite hatte Ashley sie mit Spangen, die auf ihrer silbernen Oberfläche kleine Steine hatten, die wie Diamanten glänzten, nach hinten gesteckt. Sie trug eine passende Kette, mit den dazugehörigen Ohrringen. Ähnlich wie Fleur hatte sie ihre Augen und ihre hohen Wangenknochen betont, allerdings mit dezenteren Farben.

Durch das cremefarbene, bodenlange Kleid, welches sich elegant um ihren Körper schmiegte, konnte man ihre Schwangerschaft gut erkennen.

Ihre neue, schwarze, mit Steinen besetzte Handtasche, verlieh dem Outfit noch den letzten Schliff.

Ashley hatte sich besonders viel Mühe gegeben, nicht um Fleur die Schau zu stehlen, sondern weil es das erste Mal war, dass Ashley und Adam nach all dem ausgingen.

Es war schon recht dunkel, als die drei endlich einen freien Platz, auf der Parkfläche des Restaurants fanden.
Sie stiegen aus und waren von der Umgebung sehr beeindruckt. Die Kulisse ähnelte einem kleinen Märchenpark. Überall standen wunderschön hochgewachsene Bäume mit kleinen Grasflächen drumherum. Hier und da sah man kleine Parkbänke, auf denen turtelnde, junge Pärchen saßen.
Den kleinen Weg entlang, der vom Parkplatz aus zu dem Restaurant führte, standen kleine Laternen. Es sah so atemberaubend im Dunkeln aus. Wie der Kerzenschein in den Laternen flackerte, wenn er versuchte, dem klammen Wind auszuweichen. Wie die Wolken dem Vollmond sein strahlendes Licht zu rauben versuchten und wie die einzelnen Sterne all die Aufmerksamkeit auf sich zu zogen, indem sie noch heller leuchteten als die Sterne neben ihnen.
Es war der perfekte Abend für dieses Ereignis.

Schon am Eingang wurde man von den Türstehern sehr freundlich empfangen. Kurz danach standen zwei Leute des Personals da und nahmen die Jacken, Jacketts, Regenschirme und alles, was man nicht an seinem Platz brauchte, entgegen.
Gleich darauf wurde man freundlich zum Tisch gebracht, an dem Robert schon aufgeregt wartete. Als er Fleur sah, hörte man einen kleinen kurzen Räusperer, bevor er eilig aufsprang, um ihr den Stuhl zurechtziehen zu können, sodass sie sich gut daraufsetzten, konnte.
Lächelnd ging Fleur auf ihn zu und freute sich über die kleine aber dafür viel aussagende Geste. Zur Begrüßung gab er ihr einen zarten Kuss auf die Wange.
»Hallo, meine Hübsche.«

»Hallo, Robert. Tut mir leid, dass du ein wenig warten musstest, aber der Parkplatz war nicht gerade leer.«
Sie lächelten sich an und man konnte geradezu spüren wie die Funken sprangen.
Nachdem Fleur sich gesetzt hatte, begrüßte er Adam mit einem Händedruck. Ashley lächelte ihn an, doch beide wussten nicht genau, wie sie sich begrüßen sollten. Also gab sich Ashley einen Ruck und nahm Robert kurz in den Arm.
Nachdem sich alle gesetzt hatten, bestellten sie schon einmal ihre Getränke. Ashley freute sich sehr darüber, zu beobachten, wie glücklich Fleur gerade war. Jetzt, da Ashley Robert wiedergetroffen hatte, wusste sie, wieso sie ihn nicht vergessen konnte. Er war ihr einfach so vertraut gewesen, als ob sie sich schon jahrelang kannten. Nicht wie jemand, in den Ashley sich verlieben könnte, sondern wie ein bester Freund, den sie sehr lange nicht mehr getroffen hatte.

Der Abend war sehr schön gewesen. Alle hatten sich prächtig amüsiert und lange Gespräche geführt. Ashley war sehr gerne als Unterstützung mitgekommen und es war auch ein besonderer Abend für sie gewesen. Mal wieder mit Adam auszugehen, war wie ein wahrgewordener Traum. Ashley ging sehr gerne mit Adam aus, um allen Leuten zu zeigen, was für ein Glück sie mit ihm hatte. Es war eines der schönsten Gefühle für sie, allen Menschen zeigen zu können, dass so ein gut aussehender Mann, wie Adam, der dazu noch einen wunderbaren Charakter hatte, sie ausgewählt hatte.
»Über was denkst du denn nach, mein Schatz?«
»Über nichts Bestimmtes. Weißt du, sie war so glücklich. Ich glaube ich habe sie noch nie so glücklich erlebt.«
»Ja, das stimmt. Sie konnte ja gar nicht mehr aufhören zu lächeln.«
Ashley nickte.

»Ich denke sie hat nun endlich die Liebe ihres Lebens gefunden. Meinst du nicht auch?«

Adam lächelte leicht. Auf seiner Stirn spiegelten sich Sorgenfalten wider.

»Mach dir keine Sorgen. Er wird sie bestimmt gut behandeln, das habe ich im Gefühl. Er wird sie nicht verletzten. Ich weiß ja, dass Fleur für dich wie eine kleine Schwester ist, aber übertreibe es nicht mit deiner Liebe, mach es ihr bitte nicht kaputt«, sagte sie in einem liebe-vollen, aber besorgten Tonfall.

Adam nickte nur, doch man konnte ihm die Anspannung anmerken.

Wieso nur war er so gegen Robert?

Er sah gut aus, hatte sich von der besten Seite gezeigt und sogar für alle das Essen übernommen.

Wieso nur hatte Adam so große Sorge, dass sie nicht mit ihm glücklich werden würde?

Wusste Adam etwas, dass er ihr verheimlichte?

Es vergingen einige Tage, in denen beide nichts von Fleur hörten. Ashley nahm es ihr nicht übel, denn sie schwebte wohl auf Wolke sieben. Doch Adam machte sich große Sorgen. Normalerweise sprachen Ashley und Fleur jeden Tag miteinander.

Immerhin hatte Ashley wieder in einen normalen Alltag gefunden und auch bei ihrer Ma hatte sie sich inzwischen gemeldet und ihr gesagt, dass alles in Ordnung sei und sie nur viel um die Ohren gehabt hatte.

Doch was wirklich gerade in ihrem Leben vorging, hatte sie verschwiegen. Ashley wusste nicht, wie sie ihrer Ma am Telefon hätte erklären sollen, welches Wunder sie erleben durfte. Daher hatte sie beschlossen, sich bald mit ihr zu treffen, um alles genau zu erklären.

Für Ashley war das Leben wieder perfekt.

Alles hatte sich zum Guten gewandt. Adam lebte, Fleur war glücklicher als jemals zuvor und mit ihrer Ma war auch wieder alles in Ordnung. Nun fehlte nur noch ihr Bruder zu ihrem Glück. Bei ihm würde sie sich die nächsten Tage melden, um auch Paul alles zu erzählen.

»Ich vermisse Paul wirklich sehr. Du versprichst mir, dich bald bei ihm zu melden, ja?«

Ashley nickte ihm mit einem zaghaften Lächeln zu. Natürlich vermisste sie ihren kleinen Bruder auch, doch die Angst, dass alle so reagieren würden wie Fleur es am Anfang tat, hielt sie etwas gefangen, ihrer Familie alles offen zu legen.

Was, wenn sie nun mit allen Menschen um sie herum Streit bekäme, wegen einer Sache, die sie selbst nicht wirklich verstand?

Wegen einer Sache, die eigentlich unmöglich, aber zur gleichen Zeit das Beste war, was ihr jemals hatte passieren können.

»Ich weiß, dass es nicht einfach für dich ist, Ashley. Aber ich kann nicht den Rest meines Lebens hier in der Wohnung sitzen. Ich möchte mein altes Leben wieder zurück. Meine Freunde und meine Freiheit.«

Er küsste sie liebevoll auf die Stirn und verließ dann das Zimmer.

# *Schreckensnachricht*

Wie schon so oft in letzter Zeit, riss das Telefon Ashley aus ihrem Traum.
»Hallo?«, sagte sie mit verschlafener Stimme, da sie noch nicht wirklich wach war.
»Spreche ich mit Ashley Cooper?«
Sofort war Ashley wach. Wenn jemand so nach ihr fragte, musste etwas passiert sein.
»Ja, am Apparat«, antwortete sie in einem vorsichtigen Tonfall.
»Es geht um ihre Mutter Melinda Cooper. Es tut mir leid, ihnen das mitteilen zu müssen, aber sie liegt im Krankenhaus. Sie erlitt letzte Nacht eine Lungenembolie. Ich würde sie bitten, herzukommen, damit ich ihnen die genaueren Details persönlich mitteilen kann.«
Oh nein, das konnte nicht wahr sein. Eben noch, war ihre Welt perfekt gewesen und von der einen auf die andere Sekunde war alles zerstört.
Ihre Ma lag im Krankenhaus!
Wie konnte das nur passieren?
Sie war doch immer so gesund und taff gewesen. Außer den Problemen an ihren Knien hatte sie nie etwas Ernsthaftes gehabt. Das konnte nicht wahr sein. Es durfte nicht wahr sein.
Was stimmte nur nicht in letzter Zeit?
Jedes Mal, wenn sie den letzten Schlag verdaut hatte, kam ein neuer dazu.
»Ja, natürlich! Ich komme sofort. Ist sie denn bei Bewusstsein?«
»Nein, im Moment nicht. Trotzdem würde ich sie bitten, jetzt gleich zu kommen. Es ist immer besser, wenn Angehörige in

dem Moment des Erwachens bei dem Patienten sitzen. Es gibt ihnen Sicherheit. Nach allen Untersuchungen scheint es so, als würde ihre Mutter wieder vollständig gesund werden. Also machen sie sich nicht zu große Sorgen. Hat sie außer ihnen noch Verwandte? Melinda Cooper hat sie als Notfallnummer bei uns angegeben, als sie vor einem Jahr bei uns operiert wurde.«
»Ja natürlich, meinen Bruder. Ich werde ihn sofort anrufen. Ich werde mich beeilen, vielen Dank.«
Schon hatte sie aufgelegt. Ashley musste erst einmal tief durchatmen, um zu realisieren, was geschehen war. Was sollte sie nur zuerst machen?
Adam, zuerst würde sie es Adam sagen und während sie sich fertigmachte, solle er dann ihren Bruder anrufen.
Ja, das war eine gute Idee.
Nein, Moment!
Ihr Bruder wusste ja noch gar nichts davon, dass Adam wieder da war.
Also musste sie es doch selbst machen. Eilig griff sie zum Hörer und wählte die Nummer ihres Bruders. Es erschien ihr eine Ewigkeit, bis endlich abgenommen wurde. Nachdem sie ihm schnell erzählt hatte, was sie wusste, verabschiedete sie sich eilig und ging zurück, ins Schlafzimmer, in dem Adam noch im Bett lag und tief schlief. Aber sie musste ihn einfach wecken. In einem solchen Moment konnte sie nicht alleine sein und brauchte seine Unterstützung. Nachdem er unsanft geweckt wurde, drehte er sich zu ihr um. Wütend wollte er fragen, weshalb sie ihn so unsanft weckte, doch als er ihr ins Gesicht sah, erblickte er die Tränen. Vorsichtig nahm er sie in den Arm und fragte was los sei. Während Ashley ihm erzählte was passiert war, liefen ihr die Tränen bereits die Wange herunter.

V ollkommen außer Atem ging Ashley auf ihren Bruder zu.
»Schön, dass du schon hier bist. Komm schnell, wir gehen rein.«
Doch Paul blieb wie angewurzelt stehen. Mit aufgerissenen Augen sah er Adam an.
Verdammt, daran hatte Ashley in diesem Moment gar nicht mehr gedacht. Paul dachte ja immer noch, dass Adam tot sei.
»Paul bitte, ich erkläre es dir später. Aber wir müssen jetzt zu Ma gehen, sie braucht uns doch.«
Nach kurzem Überlegen, ging er zu Ashley und Adam hin.
Doch seine Augen konnte er einfach nicht von ihm abwenden.

N achdem sie sich durchgefragt hatten und im Zimmer von Melinda standen, blieb Paul wieder wie angewurzelt stehen, nachdem er gesehen hatte, dass seine Mutter noch nicht wieder wach war.
»Ashley! Verdammt nochmal, erklär mir jetzt endlich, was los ist.«
»Paul, sei mir nicht böse, okay? Also es ist so ...«
Ashley erklärte ihm wie Adam wiedergekommen war und flehte ihn an, nicht sauer zu sein, weil sie es ihm noch nicht erzählt hatte.
Paul ging wortlos aus dem Zimmer. Ashley konnte ihn ja verstehen, aber sie wollte einfach nicht, dass ihr Bruder sauer auf sie war. Sie hatte doch gerade alles wieder in Ordnung gebracht. Und jetzt das mit ihrer Ma und nun auch noch Paul. All das war zu viel für Ashley, sie setzte sich auf einen Stuhl, der neben einem kleinen Tisch stand, auf dem sich Kunstblumen in einer weißen Vase befanden. Das Zimmer war nicht gerade groß, aber sehr schön eingerichtet. Ihre Mutter lag in einem Einzelzimmer. Über dem Tisch, an dem zwei Stühle standen, befand sich das Fenster, welches sich

über die ganze Wand erstreckte. Neben dem Bett, in dem Melinda lag, stand ein kleiner Nachttisch, mit einem Telefon darauf. Über dem Bett und dem Nachttisch hing eine große Leinwand, auf dem ein Stillleben abgebildet war. Gegenüber an der Wand befand sich ein großer Kleiderschrank. Dieser war so groß, dass er sich über die halbe Wand erstreckte. Neben ihm stand eine cremefarbene Vase in der größere Kunstblumen standen, als auf dem Tisch. An das Zimmer angeschlossen befand sich ein kleines Bad.

»Lass ihm Zeit, Ashley. Ich an seiner Stelle wüsste nicht, was ich jetzt machen sollte. Sei froh, dass er dich nicht gleich zusammengeschrien hat. Ich meine, du hast ihm die ganze Zeit verheimlicht, dass sein bester Freund doch nicht tot ist und dazu noch das mit eurer Mutter. Sei ihm nicht böse, wenn er etwas Zeit braucht. Paul ist gerade überfordert, und das Recht dazu hat er ja wohl. Er weiß nicht, was er denken, geschweige denn machen soll.«

»Aber ich soll es wissen? Ich darf nicht überfordert sein? Es ist auch meine Mutter und es ist, weiß Gott nicht leicht, mit jemandem zu leben, von dem alle glauben, dass er tot sei. Du stellst es dir so einfach vor, das ist es aber nicht. Die ganze Sache macht mich total fertig. Ich bin diejenige, die immer wieder erklären muss, dass du wirklich da bist. Dabei verstehe ich selbst nicht einmal, wie das sein kann. Weißt du eigentlich, wie schwer das für mich ist? Weißt du wie anstrengend das ist?«

Es herrschte Stille, absolute Stille.

Als sie an diesem Abend im Auto saßen, sprachen sie noch immer kein Wort miteinander.
Auch als beide in der Wohnung waren und sich fertigmachten, um zu schlafen, herrschte noch immer absolute Funkstille.
Erst als sie nebeneinander im Bett lagen und kurz davor waren einzuschlafen, hielt Ashley es nicht mehr länger aus. So konnte es doch nicht weitergehen. Sie konnten sich doch jetzt nicht die ganzen nächsten Tage wegen so etwas anschweigen.
»Ich liebe dich«, sagte sie in einem so sanften Ton, dass es schon fast einem Hauchen gleichkam.
Sie wartete, doch es kam keine Antwort.
Schlief er etwa schon?
Sie drehte sich zu ihm um, doch er starrte einfach reglos an die Decke.
Wieso gab er ihr keine Antwort?
Wieso sagte er ihr nicht auch, dass er sie liebte?
Was war nur passiert an diesem gottverdammten Tag?
»Schatz? Bitte ... So kann es doch nicht weitergehen, wir können uns doch jetzt nicht bis in alle Ewigkeit anschweigen.«
»Ich liebe dich auch«, sagte er in einem ernsten Ton und drehte sich weg von ihr.
Sie spürte wie ihr die Tränen langsam die Wange herunter kullerten.
Nein, es konnte doch jetzt nicht alles kaputt sein.
So etwas hatten die beiden noch nie gehabt. Sie hatten sich immer liebevoll eine gute Nacht gewünscht, egal was zuvor passiert war.
Was war nur los mit Adam?
Wieso nur war er auf einmal so kalt zu ihr?
Mit einer unendlichen Angst, dass nun alles kaputt sei, weinte sie sich langsam in den Schlaf.

Adam blickte seine schlafende Freundin unergründlich an. Er ging ins Bad, machte sich fertig und trank dann einen Kaffee. Als er wieder ins Schlafzimmer kam bemerkte er, dass Ashley noch immer schlief. Er ging vorsichtig zum Bett setzte sich auf seine Seite und lehnte sich mit seinem Rücken an.
So saß er kurze Zeit da, bis er sich überlegte sie zu wecken und mit ihr zu sprechen.



Langsam schritt sie den Weg entlang. Wie aufgeregt sie doch war. So lange schon sehnte sie sich nach diesem Moment. Ihre Traumhochzeit mit Adam. Glücklich sah sie sich in der großen mit Lilien geschmückten Kirche um. Sah in die Gesichter ihrer Familien und Freunde. Doch da sah sie kein Lächeln, keine Freude. All ihre Freunde und ihre Familien saßen dort und sahen traurig aus. In ihren Augen kein Funkeln oder irgendetwas, dass darauf schließen ließ, dass sie glücklich waren, diesen Moment mit ihr und Adam erleben zu dürfen. Sie sah in jedes Gesicht was sie erhaschen konnte, doch nicht in einem sah sie Freude. Ihr Lächeln erstickte. Vorsichtig schritt sie weiter. Sorgen machten sich in ihr breit.
Wieso nur sahen alle ihre Freunde so unglücklich und verärgert aus?
Was war denn nur mit ihnen los?
Es sollte doch der schönste Tag in ihrem Leben werden, aber wie?
Wie sollte es der schönste Tag in ihrem Leben werden, wenn all ihre Freunde und ihre beiden Familien so unglücklich waren?
Voller Angst sah sie nach vorne.
Würde Adam auch so aussehen an ihrem Traumtag?
Würde er überhaupt dort vorne stehen?
Als sie ihn sah, machte ihr Herz einen Sprung.

Er stand da und er lächelte. Er war der einzige Mensch, in dieser Kirche, der lächelte.

Langsam schritt sie weiter den Weg hinauf, zu ihrer großen Liebe. Als sie nach langen Minuten bei ihm stand, vergaß sie alles, was sie zuvor gedacht hatte. Vergaß, die ganzen traurigen und wütenden Gesichter ihrer Freunde. Vergaß, dass sie auch nur darüber nachgedacht hatte, ob er hier stehen würde. Vergaß einfach alles, denn in diesem Moment gab es nur sie. Es gab nur sie beide. Adam und Ashley. Zwei Menschen die sich vor vielen Jahren gefunden und nie wieder losgelassen hatten. Zwei Menschen die für immer und ewig miteinander verbunden sein wollten. Zwei Menschen, die sich ewige Liebe und Treue schwören würden und bereit waren den Rest ihres Lebens miteinander zu teilen. Nein, sie waren nicht bereit dazu. Sie freuten sich darauf. Sie freuten sich, jeden Morgen nebeneinander aufzuwachen und am Abend nebeneinander einschlafen zu dürfen. Freuten sich, die vielen Familienfeste gemeinsam erleben zu dürfen. Freuten sich darauf, Schmerz, Leid, Trauer, aber auch Freude, Lächeln und die wundervollen Momente im Leben weiterhin teilen zu können.

Nachdem sie sich einige Minuten tief in die Augen geschaut und der Pfarrer seinen Spruch aufgesagt hatte, waren sie nun an der Reihe einander die entscheidenden Worte zu sagen. Wie aufgeregt Ashley in diesem Moment doch war. Ihr Herz schien in ihrem ganzen Körper zu pochen und die Kirche mit einem kraftvollen Da-Dum zu erhellen. Kälte und Wärme erfüllte ihren Körper. Ihre Gedanken spielten verrückten, kreisten um sie herum und die schönsten Momente ihrer Beziehung, liefen an ihrem Auge vorbei.

Sie machte sich schon bereit ihre Worte zu sprechen, als der Pfarrer ihnen die wichtigste Frage in ihrem Leben stellte.

»Möchtest du Adam Alexander Doyle, die hier anwesende Ashley Marissa Cooper, zu deiner rechtmäßigen Ehefrau nehmen und sie lieben und ehren, bis dass der Tod euch scheidet?«

Ashleys Herz schlug immer heftiger und immer lauter. Ihr fiel es schwer das Pochen zu überhören. Sie musste sich anstrengen, um die Stimmen in ihrer Umgebung zu hören.
Als sie Adams Stimme hörte, setzte ihr Herz kurz aus. Nun war es soweit, nun würde sie endlich die so lange ersehnten Worte hören.
»Nein, will ich nicht.«
Ashleys Herz setzte noch einmal aus, doch dieses Mal nicht vor Freude, sondern vor tiefer Verzweiflung.
Hatte sie sich vielleicht nur verhört?
Wie konnte das sein?
Hatte er eben wirklich *Nein* gesagt?
Hatte er wirklich gesagt, dass er sie nicht heiraten wolle?
Ihre Augen füllten sich, binnen Sekunden, mit Tränen. Ihr Herz zerbrach in tausend kleine Teile. Adam sah sie mit einem Lächeln an.
Sie musste sich einfach geirrt haben. Doch er wiederholte die schrecklichen Worte noch einmal. Extra betont und genau zu Ashley sagte er mit einem Lächeln auf den Lippen, die gleichen Worte noch einmal.
»Nein, will ich nicht.«
Ashleys Körper wurde immer schwächer. Sie konnte sich kaum noch auf den Beinen halten.
Nein, nein, nein.
Wie konnte dieser Tag nur so werden?
Wie konnte der schönste Tag in ihrem Leben nur so enden?
Jetzt verstand sie, wieso all ihre Freunde sie so ansahen.
Sie wussten, dass dies passieren würde.
Aber wieso?
Was hatte sie nur getan?
Ashley hatte sich so oft diesen Tag mit den schönsten Dingen ausgemalt. Immer wieder war sie die Szene durchgegangen, wie sie und Adam vor dem Pfarrer stehen und beide ihre Antwort geben würden.
Doch so, so war es nie verlaufen. Es konnte einfach nicht wahr sein.

Es durfte einfach nicht wahr sein. Ihr Körper war so schwach. Sie wollte schlafen, einfach nur schlafen. Und nie wieder aufwachen.

Noch während Adam darüber nachdachte, wie er sie in so einem Moment wecken sollte, merkte er, dass etwas nicht stimmte. Sonst sah sie immer so friedlich im Schlaf aus. Doch dieses Mal war es anders.
Sie sah traurig, nein sogar verstört aus. Ihr Körper verkrampfte sich und der Schweiß lief ihr nur so die Stirn hinunter.
Was war nur los mit Ashley?
So etwas hatte Adam noch nie erlebt. Sie sah so zerbrechlich aus. Tränen liefen ihr aus den geschlossenen Augen.
Verdammt nochmal. Was stimmte hier nicht?
Plötzlich riss sie ihre Augen auf. Die Tränen liefen ihr noch immer die Wangen hinunter. Der Schweiß perlte nur so von ihrer Stirn. Sie sah Adam ins Gesicht und verkrampfte sich noch mehr. Adam, er war hier.
Was wollte er denn hier?
Er hatte wirklich den Mut, ihr vor dem Traualtar das Herz zu brechen und dennoch hier in ihrem Bett zu sitzen?
Ashley schloss die Augen in der Hoffnung, dass er weg war, wenn sie ihre verweinten und brennenden Augen wieder öffnete.
Doch nichts geschah. Er saß noch immer da. Seinen Gesichtsausdruck konnte sie nicht deuten.
Wieso sah er sie nur so an?
So schockiert, nein verängstigt, nein sie fand einfach nicht die richtigen Worte, um diesen Gesichtsausdruck zu deuten.
»Ashley? Ist alles in Ordnung mit dir?«
Adam machte sich nun langsam wirklich Sorgen. Nicht nur, dass sie in wirklich kurzer Zeit und dazu noch im Schlaf Fieber bekommen hatte. Und ohne einen, ihm sichtbaren

Grund Krämpfe im ganzen Körper bekommen und angefangen hatte zu weinen. Nein, jetzt reagierte sie anscheinend auch noch abweisend auf ihn, obwohl er doch nur für sie da sein wollte.
Hatte ihr der gestrige Abend wirklich so sehr zu gesetzt?
Nein, das konnte er sich nicht vorstellen.
Noch einmal fragte er sie, ob auch wirklich alles in Ordnung sei, doch wieder bekam er nur finstere Blicke als Antwort.
Irgendetwas stimmte doch nicht.
Was war nur hier los?
Was war in der letzten Nacht nur mit ihr geschehen?
Nein, in den letzten paar Minuten, denn vor wenigen Augenblicken lag sie doch noch friedlich in ihrem Bett.
»Ashley, verdammt noch mal. Rede doch bitte endlich mit mir. Was fehlt dir denn? Wieso nur, bist du so vollgeschwitzt und wieso weinst du? Was ist denn nur passiert? Egal was es auch war, Ashley. Es war doch nur ein Traum.«
Doch Ashley glaubte ihm nicht. Es hatte sich alles so real angefühlt. Sie hatte ihr Herz doch so deutlich gespürt. Hatte ihm doch genau in die Augen gesehen, als er ihr sagte, dass er sie nicht heiraten wolle. Es war kein Traum. Es war alles echt gewesen. Es konnte kein Traum sein. Sie hatte doch den Duft der Lilien so stark in der Nase gehabt, dass ihre Nase noch immer leicht kitzelte. Es war einfach alles so greifbar, so real, nein, sie war sich ganz sicher. Es war kein Traum gewesen.
Schnell zuckte sie ans Ende des Bettes. So weit wie nur möglich. Sie wollte nicht länger neben ihm liegen.
Wie konnte er ihr das nur antun?
Wieso hatte er nur *Nein* gesagt?
Sie waren doch immer so glücklich gewesen.
Oder hatte sie sich dieses Glück immer nur eingebildet?
Waren sie in Wirklichkeit, gar kein glückliches Paar?
War er in ihrer Beziehung unglücklich gewesen?
Sie erkannte doch sonst immer, wenn er etwas hatte.
Wie konnte sie nur so etwas übersehen?

Oder hatte sie es vielleicht gar nicht übersehen, wollte sie es nur nicht wahrhaben?
Es schossen ihr unendlich viele Fragen durch den Kopf. Doch sie hatte nicht die Kraft, danach zu fragen. Ihr Körper war noch immer sehr schwach und es hatte sie eine Menge Kraft gekostet, ans Ende des Bettes zu rutschen. Noch immer liefen ihr die Tränen die Wange herunter und sie hatte Schwierigkeiten, ihn überhaupt zu erkennen.
»Bitte, Ashley. Rede doch endlich mit mir. Was ist denn nur los?«
Er hielt kurz inne und hoffte, dass sie ihm endlich antworten würde, doch wie erwartet, gab sie ihm keine Antwort auf seine Frage. Sie saß einfach nur da und blickte verängstigt durch das Zimmer. Ihre Augen aufgerissen und voller Tränen, saß sie da und zitterte noch immer am ganzen Körper. So schwach hatte Adam sie noch nie gesehen. Was immer sie geträumt hatte, es hatte sie zu Tode geängstigt. Es musste etwas Grausames gewesen sein. Und es musste mit ihm zusammenhängen. Sie hatte schon öfter Albträume gehabt, doch noch nie so stark. Noch nie war sie danach so verschreckt gewesen. Noch nie hatte sie sich danach so von ihm abgewandt. Sonst schmiegte sie sich immer an seinen Körper, erzählte ihm was passiert war und ließ sich nur zu gerne von ihm trösten. Doch dieses Mal war es so anders.
Er versuchte, langsam zu ihr zu gehen, doch je näher er zu ihr kam, desto weiter rutschte sie nach hinten. Ihre Füße schon auf dem Boden, bereit jeder Zeit wegzugehen, wenn er noch einen Schritt näher kommen würde. Sie würde sofort aufstehen und gehen. Das sah er in ihren Augen.
Doch wie sollte er so nur an sie rankommen?
Wie konnte er sie erreichen, um sie zu trösten, um zu erfahren, was sie so verschreckt hatte?
Es war scheinbar unmöglich. Was auch immer es war, der Traum hatte Spuren hinterlassen.
»Ashley, ich gehe jetzt kurz raus, damit du Zeit hast, um dich ein wenig zu beruhigen. Ich werde gleich wiederkommen. Und denke bitte dran, dass ich immer für dich da bin. Wenn

du mich brauchst, dann ruf einfach nach mir, okay? Bitte, Ashley, gib dir einen Ruck und rede mit mir.«
Widerwillig ging Adam raus ins Wohnzimmer. Dort setzte er sich aufs Sofa und wartete. Wartete darauf, dass Ashley bereit war mit ihm zu reden.
Wieso sagte er denn so etwas?
Wieso wollte er für sie da sein?
Er wusste doch, was los war. Er hatte doch alles zerstört.
Wie kam er da auf die Idee, dass sie mit ihm reden wollen würde?
Nein, sie wollte nicht mit ihm reden.
Nie, nie wieder.
Nach gefühlten Stunden ging Adam wieder zurück in ihr gemeinsames Schlafzimmer. Er hoffte, dass Ashley nun mit ihm reden würde. Dass sie ihm erzählen würde, was mit ihr geschehen war. Was sie so verschreckt hatte.
»Ashley, mein Schatz? Geht es dir ein wenig besser?«
Mit sanfter Stimme ging er ganz langsam wieder zum Bett, auf dem sich Ashley bereits wieder hingelegt hatte. Mit dem Rücken zu ihm gedreht lag sie da, ohne sich umzudrehen.
Wieso nannte er sie nach all dem noch seinen Schatz?
Wieso konnte er sie nicht einfach in Ruhe lassen?
War ihm denn gar nicht bewusst, was er gerade in ihr anrichtete?
Welchen Schmerz er ihr zufügte?
»Ashley. Ich werde mich jetzt neben dich legen, okay?«
Eigentlich war es keine Frage von ihm gewesen. Er wollte sie nur warnen, damit sie sich nicht erschreckte.
Nachdem er sich neben sie gelegt hatte, flüsterte er ihr zart ins Ohr, dass er jetzt seine Hand auf ihren Arm legen würde. Wieso auch immer er das tat, doch er hatte das Gefühl, dass es besser war, ihr immer zu sagen, was er als nächstes machen würde. Er hatte große Angst sie wieder so zu erschrecken, dass sie sich von ihm entfernte.
Doch dies geschah nicht, sie blieb einfach nur reglos liegen. Nachdem er seine Hand auf ihren Arm gelegt hatte, um diesen vorsichtig zu streicheln, versuchte er sie ein wenig zu

beruhigen. Ihm schien es so, als sei sie noch immer sehr aufgebracht. Auch wenn sie nicht mehr zitterte, liefen ihr ein paar Tränen die Wangen entlang. Sie fühlte sich eiskalt an. Wie konnte das nur sein?
Auf ihrer Stirn stand noch immer Schweiß.
Wie konnte sie da nur so eiskalt sein?
Eben war sie doch noch so heiß gewesen. Auch wenn sie es sich stark vorgenommen hatte, sie schaffte es einfach nicht, mit ihm zu reden.
Auch wenn es schmerzhaft sein musste, sie brauchte einfach Antworten. Antworten auf ihre eine Frage, die sie sich immer und immer wieder stellte. Wieso nur, hatte er zu ihr *Nein* gesagt und das an dem schönsten Tag in ihrem Leben. Mit ganz schwacher und leiser Stimme versuchte sie erneut das loszuwerden, was in ihr vorging. Die Frage zu formulieren, die im Moment einfach alles für sie bedeutete. Adam streichelte noch immer ihren Arm.
»Wieso?«, fragte sie mit so leiser Stimme, dass Adam sich nicht sicher war, ob er sich diese Frage nur eingebildet hatte. Er hielt inne, in der Hoffnung, dass sie noch mehr sagen würde.
Und tatsächlich, sie sprach noch weiter. Wie froh Adam doch war, dass sie wieder mit ihm redete. Dass sie ihm nun vielleicht erzählen würde, was geschehen war.
»Wieso hast du das getan?«, fragte sie nun mit etwas festerer Stimme.
»Wieso habe ich was getan, Ashley?«, fragte er sie auch in einem Flüsterton, damit sie nicht wieder aufhörte mit ihm zu reden.
»Wieso hast du das gesagt? Es sollte doch alles perfekt sein.«
Ashley sprach in Rätseln.
Was hatte er gesagt?
Was sollte perfekt sein?
»Ashley, du musst etwas deutlicher sprechen. Was habe ich denn zu dir gesagt?«
»Nein.«
Nein?

War das nun eine Antwort auf seine Frage?
Sollte es bedeuten, dass sie nun nicht weiter redete?
Er musste versuchen so viel wie nur möglich, aus ihr herauszubekommen. Er versuchte es als Antwort auf seine Frage zu sehen.
»Wann habe ich *Nein* gesagt, Ashley?«
»Es sollte doch so perfekt werden.«
Immer noch sprach sie in Rätseln.
Wieso konnte sie ihm nicht einfach direkt auf seine Fragen antworten?
Wieso nur, redete sie so, als wäre sie an einem ganz anderen Ort?
Langsam versuchte er sich vorzutasten.
»Habe ich es kaputtgemacht, Ashley? War ich es, weswegen es nicht perfekt war?«
Insgeheim wusste er die Antwort schon längst, doch er brauchte die Gewissheit um zu wissen, was genau passiert war.
Sie nickte. Es war das erste Mal, dass sie sich bewegte, seit sie so dalag. Und noch mehr Tränen liefen auf das Kissen, welches ihren Kopf stützte. Sie fing vor lauter Aufregung an, schlechter Luft zu bekommen, also entschied Adam sich, sie erst einmal in Ruhe zu lassen. So lagen sie nun einige Zeit da. Keiner sprach und nichts bewegte sich. Außer Adams Hand, die immer noch Ashleys Arm streichelte.
»Wieso hast du das gesagt? Wieso nur hast du alles kaputtgemacht?«
Adams ganze Brust schmerzte. Also war er es, der schuld an dem Ganzen war. Er war der Grund, weswegen sie jetzt so leiden musste, er war schuld. Schuld an allem.
»Wann habe ich *Nein* gesagt, Ashley?«, fragte er mit vorsichtiger Stimme. Er war nun so kurz davor, so kurz davor, die Wahrheit zu erfahren. Zu erfahren, was passiert war.
Nein, es war nicht passiert. Er hatte doch nichts getan. Er hatte nichts Schlimmes zu ihr gesagt. Zumindest nichts, was sie so aus der Fassung hätte bringen können. Er war nicht

einmal im Zimmer gewesen. Weswegen auch immer sie so verängstigt und geschockt war, es war nicht seine Schuld, denn er hatte ihr nichts getan. Er brauchte eine Weile, bis seine Brust sich wieder beruhigt hatte, bis sie nicht mehr vor Schmerzen zu zerspringen drohte. Es brauchte einen Moment bis seine Gedanken klar genug waren, um zu erkennen, dass er keine Schuld hatte. Dennoch durfte er es ihr nicht sagen, denn wenn er das täte, würde er sie wieder verlieren. Und vielleicht nie wieder bekommen. Und das konnte er nicht riskieren, denn sie war sein Ein und Alles. Sie war der Grund, weswegen er sich jeden Abend freute, am Morgen wieder aufzustehen. Sie war der Grund, weswegen er nie aufhörte zu hoffen. War der Grund, weshalb er wieder hier war. War der Grund, wieso er nicht loslassen konnte. Denn er konnte nicht ohne sie sein, weder in diesem Leben noch in dem, was danach kommen würde. Sie war einfach alles für ihn. Sie war sein Leben.
Es dauerte einen langen Moment, bis Ashley die Kraft fand zu antworten.
»Ich stand vor dir. Voller Hoffnung und Freude. Und du machst alles kaputt.«
»Mein Gott, Ashley. Es tut mir leid! Was immer ich auch gemacht habe, es tut mir leid.«
Ihm war bewusst, dass er nichts getan hatte, dass es keinen Grund gab, wofür er sich hätte entschuldigen müssen. Doch er durfte sie jetzt nicht noch mehr verschrecken. Wenn er ihr jetzt sagen würde, dass dies alles nur ein Traum war, dann würde alles vorbei sein. Und dann behielt sie recht, denn dann hätte er wirklich alles kaputtgemacht. Sie rührte sich nicht. Sie sagte nichts und blieb einfach liegen.
»Ashley, ich werde dich jetzt in meine Arme nehmen, okay? Ich werde dich jetzt hochheben und halten. Dir kann nichts passieren. Ich werde dir nicht noch einmal wehtun.«
Er setzte sich auf und nahm seine Arme hoch, um Ashley hinzusetzen. Er merkte, dass sie es nicht wollte, dass sie noch immer ihm die Schuld für alles gab, doch er musste es tun. Er musste ihr Vertrauen zurückgewinnen. Also setzte er sie

aufrecht und nahm sie in seine Arme. Mittlerweile hatte sie aufgehört zu weinen. Vielleicht weil sie sich ein wenig beruhigt hatte, vielleicht aber auch nur weil sie keine Kraft mehr hatte. Oder einfach, weil sie kein Lust mehr hatte zu weinen, denn er wusste ja, wie sehr sie das hasste. Als er sie in seinen Armen hielt, wünschte er sich, er hätte das alles nicht gemacht. Hätte gestern Abend nicht mit ihr gestritten. Wünschte sich, dass es den Abend gestern nicht gegeben hätte. Dann würde sie jetzt nicht so sein, so verletzt und verstört. Leise fing er an zu singen. Er hoffte, dass er sie damit noch mehr beruhigen konnte. Er wusste nicht ob es funktionierte, doch sie schloss ihre Augen und versuchte anscheinend den Moment zu genießen. Er sang ihr Lieblingslied, direkt in ihr kleines Ohr.
Nachdem er es fertig gesungen hatte, schien sie in seinen Armen eingeschlafen zu sein. Der ganze Morgen musste für sie sehr anstrengend gewesen sein. Also setzte er sich ein wenig um, ohne sie dabei auch nur eine Sekunde loszulassen, damit sie nicht aufwachte. So saßen sie nun da und nach kurzer Zeit schlief auch Adam wieder ein.

Er meinte etwas zu hören, doch er konnte es nicht zuordnen. Also versuchte er sich zu konzentrieren. Und tatsächlich, auf einmal wurde es lauter und er konnte es verstehen.
»Komm mit mir, ich werde es dir zeigen.«
Ashleys Stimme. Er hörte sie, doch er sah seine Freundin nicht, er sah nur schwarz.
Wie konnte er dann ihre Stimme hören?
Stimmte etwas nicht?
War er bewusstlos und sie sprach nun zu ihm?
Wie sollte er es sehen, wenn er doch nur schwarz erkannte?
»Was willst du mir zeigen?«, fragte er.

Noch einmal hörte er ihre Stimme, ohne ihre Gestalt zu sehen.
»Komm einfach mit.«
»Aber wie? Wie kann ich mitkommen? Alles um mich herum ist schwarz.«
Er bewegte seine Hand nach vorne um zu gucken, ob auch er einfach schwarz war, doch das war er nicht. Er konnte sehen, wie seine Finger sich auf und ab bewegten. Er erwartete eine Antwort von der Stimme seiner Freundin. Zuordnen zu können, wo die Stimme herkam, war unmöglich. Sie schien von allen Seiten zu kommen.
»Sag mir doch wie. Wie soll ich mitkommen?«
Noch immer bekam er keine Antwort. Ein stechender Schmerz zuckte durch seine Schläfen und auf einmal sah er nicht mehr nur Schwarz. Er sah etwas, eine Kirche. Direkt vor ihm stand Ashley. Seine wunderschöne Ashley, in einem Hochzeitskleid. Er sah sie nur von hinten, aber sie sah so schön aus. Ihre Haare trug sie nach oben gesteckt, mit vielen kleinen, roséfarbenen Perlen verziert. Darüber legte sich ein weißer langer Schleier. Das Kleid hatte eine sehr lange Schleppe, sodass Adam aufpassen musste, dass er nicht darauf trat.
Langsam schritt sie den Weg entlang. Auf eine seltsame Weise waren sie verbunden. Er spürte was sie dachte und wie sie empfand. Spürte ihre Aufregung, ihre Freude, all das was gerade in ihr vorging. Und so zeigte Ashley ihm alles, was sie zuvor geträumt hatte. Zeigte ihm all die Freude die sie empfunden hatte und die dann wie eine Seifenblase zerplatzt war, nachdem er, der Mann, dem sie alles geben wollte, ihr nicht das gewünschte Ja-Wort gegeben hatte.

Hart wurde Adam aus seinem Traum rausgerissen. Er machte die Augen auf und sah Ashley, die ihn mit aufgerissenen Augen anstarrte. Mittlerweile war es bereits mitten am Tag.
»Ashley, mein Schatz. Es ist alles okay. Ich weiß was los ist, du brauchst keine Angst mehr zu haben.«
Zaghaft nickte sie.
»Ja, ja ich weiß«, stotterte sie.
Adam zog die Augenbrauen zusammen und seine Stirn legte sich in Falten.
Ich weiß?
Was meinte sie damit?
Was wusste sie?
»Ich habe es gesehen, Adam. Ich habe es noch einmal gesehen. Aber diesmal war es anders. Diesmal habe ich ...«, sie stockte.
Ashley atmete tief durch und setzte da an, wo sie nur kurz zuvor aufgehört hatte.
»Diesmal habe ich es jemandem gezeigt. Diesmal habe ich es dir gezeigt, Adam. Es war so ...«
Sie versuchte die passenden Worte zu finden.
»Ach, ich weiß auch nicht. Es war so real. So, als würde ich dir jetzt etwas zeigen. Aber ich habe meine Gefühle mit dir geteilt. Ich konnte dir meine Gefühle zeigen und dir meine Gedanken übertragen. Ich weiß auch nicht. Hört sich das nicht verrückt an? Ich bin verrückt geworden.«
Nun endlich sprach sie wieder normal mit ihm, worüber Adam sehr froh war. Er hatte so lange versucht das hinzukriegen. Und nun war alles wieder ganz normal, weil sie beide das Gleiche geträumt hatten.
Aber wie war das möglich?
Wie konnten sie beide genau das Gleiche träumen?
Wie konnte Ashley ihm ihren Traum zeigen?
Und nicht nur das, sie zeigte ihm auch was sie dabei gedacht und gefühlt hatte.
Aber wie war das alles möglich?
Adam schüttelte den Kopf.

Wieso machte er sich darüber Gedanken, wie so etwas möglich war?
So etwas passierte bestimmt sehr oft.
Also wieso verwunderte ihn das so sehr?
Viel verwunderlicher war es doch, dass er zurückgekommen war. Dass er noch einmal die Chance hatte, dieses Mal alles richtig zu machen. Jeden Moment zu genießen und glücklicher mit der Liebe seines Lebens zu werden, als jemals zuvor.
»Du bist nicht verrückt geworden, Ashley. Ich habe es auch gesehen. Ich konnte das Gleiche sehen wie du, zumindest glaube ich das.«
Zaghaft lächelte er sie an und hoffte. Und tatsächlich, sie lächelte zurück.
»Ich liebe dich, Ashley. Und wieso auch immer du so etwas Schreckliches träumst, denk bitte immer daran, ich würde dir nie, nie im Leben so etwas antun. Ich würde dich niemals verlassen, denn du bist das Einzige, was ich will. Ich könnte dich nie so verletzen, denn damit würde ich das aus meinem Leben reißen, was mir am meisten bedeutet.«
Sie sah ihm direkt in die Augen, doch sie konnte ihn nicht erkennen.
Alles war verschwommen, denn ihre Augen füllten sich mit Tränen.
Tränen des Glücks, der Trauer und der Verzweiflung.
»Aber Adam, das hast du schon. Du hast mir schon wehgetan und mich verlassen. Nicht dass es Absicht war, zumindest hoffe ich, dass es keine Absicht war, aber dennoch hast du es getan. Woher soll ich wissen, dass du es nicht noch einmal tust? Woher kann ich wissen, dass du mich nicht noch einmal verlässt, egal auf welche Weise?«
Adam dachte über all das nach, was in der letzten Zeit passiert war, dachte über das nach, wie sie sich wohl bei all dem gefühlt haben musste.
»Ashley, ich kann mir denken, dass all dies nicht einfach für dich war. Alles, was in letzter Zeit passiert ist, muss schrecklich für dich gewesen sein. Erst hast du mich verloren

und warst alleine und gerade, als du damit anfängst abzuschließen, da trete ich zurück in dein Leben, obwohl ich doch eigentlich tot sein müsste. Ich kann mir gar nicht vorstellen, wie schlimm das alles sein muss. Ich war schuld, dass du dich mit Fleur so zerstritten hast. Es tut mir leid, ich kann mir nicht vorstellen, wie es ist, das alles durchzumachen. Aber glaube mir, ich habe auch Gefühle, Ashley. Ich war auch getrennt von dir. Und es war die Hölle. Ich wusste nichts mit mir anzufangen ohne dich. Ich war so nah bei dir und doch so weit entfernt. Ich wollte dich so gerne in den Arm nehmen und dich trösten, als du getrauert hast. Aber ich konnte nicht. Und es war das Schlimmste, was ich in meinem Leben je durchgemacht habe. Das Schlimmste, was mir jemals hätte passieren können. Und glaube mir, ich kann das beurteilen, denn es war schlimmer als zu sterben. Ich würde weder dir, noch mir das jemals wieder antun. Denn ich weiß, was für riesige Narben das bei dir hinterlassen hat. Ich kann dir nicht versprechen, dass du dein Leben noch Jahre mit mir verbringen kannst. Dass wir zusammen im hohen Alter im Schaukelstuhl sitzen und unseren Enkeln dabei zusehen, wie sie spielen, aber glaube mir, mein Liebling, ich werde alles nur erdenklich mögliche dafür tun, dass es exakt so wird, wie wir beide es uns wünschen. Ich werde jede Sekunde in deiner Nähe genießen, im Wissen, dass es jeden Moment vorbei sein kann. Jetzt erst verstehe ich wirklich den Satz *lebe jeden Tag so als wäre es dein letzter*. Denn du weißt nie, wann alles vorbei ist. Aber das will ich nicht, verstehst du, Ashley? Ich will nicht, dass es vorbei ist. Ich will mit dir leben und niemals ohne dich sein. Ich will mit dir all mein Leid und meine Trauer teilen, so wie meine Erfolge und meine Freude, mein Glück und meine Liebe. Ich will dir alles geben was ich habe, denn du bist alles für mich. Du und das Baby, ihr zwei seid alles für mich. Denn ich liebe euch. Ich liebe euch beide so sehr, dass kannst du dir gar nicht vorstellen. Es ist eine unendliche Liebe, die sogar den Tod übersteht. Ashley, verstehst du nicht? Es ist unser Schicksal für immer miteinander verbunden zu sein.

Es ist unsere Bestimmung. Und dieses Wissen kann uns keiner nehmen, egal was auch passieren wird, dieses Wissen und diese starke, unendliche Liebe kann uns keiner mehr nehmen. All die wunderschönen Erinnerungen, so wie die traurigen, alle sind nur unser. Und das werden sie auch immer bleiben. Egal, was passieren wird, Ashley, mein Schatz, mein Ein und Alles, ich werde dich immer in meinem Herzen tragen. Ich werde dich immer lieben, egal was auch passieren sollte und dir, Ashley Marissa Cooper, wird immer mein Herz gehören. Es ist etwas, was man nur ein einziges Mal in seinem Leben wirklich verschenken kann, denn man kann es nicht wiederholen und mein Herz gehört nur dir und das wird auch immer so bleiben. Und ganz egal, ob du nun Ashley Cooper, Ashley Doyle oder Ashley Cooper-Doyle heißt oder sonst wie, ich werde für den Rest meines Lebens und für all das, was danach geschehen wird nur dir gehören. Weil ich dich einfach schon immer geliebt habe und immer lieben werde.«

Ashley kullerten die Tränen nur so die Wangen herunter. Eine nach der anderen. Sie wusste, dass er recht hatte, mit allem was er sagte. Sie wusste, dass ihre Liebe viel stärker war, wie die von anderen Menschen. Sie wusste, dass sie immer verbunden sein würden, egal ob im Hier und Jetzt oder im Jenseits. Sie würden sich immer lieben. Egal ob sie nun kirchlich seine Frau war oder nicht. Sie würden nie getrennt sein. Und im Herzen würde der andere für immer vorhanden sein, ob er nun auch real vor ihnen stand oder nicht. Sie würden niemals alleine sein, denn sie trugen ihre große Liebe stets bei sich.

»Ach Adam ...«

Sie machte einen riesen Satz und schon saß sie auf ihm, die Arme ganz fest um seinen Hals geschlungen. Wange an Wange. Adam spürte die Tränen an seinem Hals herunterkullern. Und es gefiel ihm. Er liebte es, wenn sie weinte. Liebte es, wenn sie diesen wundervollen Moment nur mit ihm teilte. Wenn er ihr in solchen Momenten den nötigen Halt geben konnte, doch das war in diesem Moment

nicht erforderlich, denn sie beide wussten, dass sie nicht weinte weil sie traurig oder verletzt war. Nein, es waren Tränen der Freude, der Erkenntnis und des Glücks, welches sie beide teilten.
Und plötzlich wusste sie es. Plötzlich wusste sie, dass Adam diesen Moment meinte. Den Moment purer Liebe und puren Glücks. Den Moment, den ihnen keiner mehr nehmen konnte. Und der einfach perfekt war.
Und auch Adam spürte, dass jetzt der Zeitpunkt gekommen war. Der Zeitpunkt um endlich ihre Liebe zu vereinen.
»Ich liebe dich so sehr, Adam. Ich will einfach nie wieder ohne dich sein. Und jetzt ist mir klar geworden, dass egal was sein wird, dies nicht passieren wird. Denn ich werde nie wieder ohne dich leben. Ich werde dich immer bei mir tragen. In meinem Herzen und meinen Erinnerungen.«

## *Zärtlichkeit*

Adam musste sich beeilen, sie würde bestimmt bald zurückkommen. Immerhin wollte sie ja nur kurz mal raus gehen, den Strand entlangspazieren und nachdenken. Einfach alleine sein und doch zu zweit. Auf diese Gelegenheit hatte er, seit sie sich wieder vertragen hatten, gewartet. Es war der perfekte Moment, der perfekte Moment, um endlich wieder mit ihr zu schlafen. Das erste Mal seitdem er zurückgekommen war. Er wollte es nicht einfach so zwischen Tür und Angel. Nein, er wollte, dass der Moment, nach all dem großen Durcheinander, besonders wird, romantisch und unvergesslich.
In der Wohnung vom Bad bis ins Schlafzimmer stellte er eine Menge Teelichter hin. Auch im Schlafzimmer hatte er welche platziert und andere große und kleine Kerzen, die den Raum mit sanftem Schein erfüllten. Es sah einfach wunderschön aus. Rund um das Bett lagen frische Rosenblüten und Blätter verteilt. Die halbe Wohnung war nun von Kerzen beleuchtet, denn auch im Bad und im Wohnzimmer hatte er verschieden große Kerzen hingestellt. Es war einfach ein wunderbarer Anblick. Aufgeregt zündete er gerade noch die letzten Kerzen an und schon hörte er den Schlüssel im Schloss der Wohnungstür.
Ashley, sie war wieder da. Schnell legte er das Feuerzeug in ein Regal und eilte zur Tür. Sie machte sie gerade auf, als er angerannt kam. Er nahm sie an der Hand, zog sie zu sich und küsste sie ein paar Mal liebevoll auf ihre Lippen. Dann legte er seine Handfläche so über ihre geliebten Augen, dass sie nichts mehr sehen konnte.
»Hier riecht es nach Kerzen«, stellte sie strahlend fest.

Sie liebte den Duft und den Anblick von brennenden Kerzen, das wusste Adam natürlich. Und zu einem perfekten Abend gehörten bei Ashley einfach Kerzen dazu.
Vorsichtig führte er sie ins Wohnzimmer, ließ sie einen Moment zappeln und machte dann seine Hand weg, sodass sie sehen konnte, was er in der kurzen Zeit alles für sie gemacht hatte.
»Oh Adam, es sieht einfach so wunderschön aus.«
»Ich hatte gehofft, es gefällt dir.«
»Ja, Adam. Ja, das tut es und wie!«
Und wieder küsste er sie sanft auf ihre weichen Lippen und den Weg zu ihrem Hals herunter und wieder herauf. Er wusste, dass sie es mochte wenn er ihren Hals sanft mit Küssen bedeckte.
»Lust auf ein kleines Bad mit deinem Liebsten?«, fragte er mit sinnlicher Stimme.
»Wie kann ich da noch *Nein* sagen?«, fragte sie mit einem Strahlen auf ihren Lippen.
So lange hatte sie diesen Moment herbeigesehnt. Und nun war es soweit, nun war er da. Und er war noch viel schöner, als sie es erhofft hatte, viel schöner als sie es sich je hätte ersehnen können.
Die Schmetterlinge tanzten nur so in ihrem Bauch. Sie gaben einfach keine Ruhe. Ashley liebte es, wenn sie dieses Kribbeln in ihrem Bauch spürte. Und diesen Drang, Adam nur durch ihre sanften Küsse zu zeigen, wie sehr sie ihn liebte, schätzte und brauchte. Ashley konnte nie verstehen, wie Leute diese Schmetterlinge nach kurzer Zeit nicht mehr spürten, denn sie hatten sie niemals verlassen, auch nach all den Jahren nicht.
Mit einem Ruck nahm Adam seine Ashley auf den Arm, so als wolle er sie über die Schwelle tragen.
»Ich will ja nichts sagen Schatz, aber du bist nicht gerade leichter geworden durch die Schwangerschaft«, sagte Adam lachend.
Für diesen gemeinen Satz, hob Ashley ihre Hand und gab ihm einen leichten Klaps auf den Hinterkopf.

»Sei nicht so frech zu der Mutter deines ungeborenen Kindes. Du kannst froh sein, dass ich mich von so etwas wie dir überhaupt tragen lasse.«
Ein Lächeln umspielte ihre Lippen. Wie sie die kleinen Neckereien von ihm vermisst hatte.
»Na hör mal, sei mal nicht so frech zu dem Vater deines Kindes.«
Liebevoll gab er ihr einen Klaps auf ihr wohlgeformtes Hinterteil. Als sie im Bad angekommen waren, setzte er Ashley, die nicht mehr aus dem Staunen heraus kam, wieder ab. Vor lauter Begeisterung vergaß sie sogar kurz Luft zu holen.
»Das Atmen nicht vergessen, mein Goldstück.«
Schnell holte sie Luft, um nicht noch umzufallen.
»Adam, es ist so, so ...«
Sie überlegte kurz, wie sie den Satz wohl beenden könnte, doch ihr fielen die richtigen Worte nicht ein.
»Es ist einfach unbeschreiblich schön, Adam.«
Er setzte sein strahlendes Lächeln auf. Der Kerzenschein flackerte leicht. Das Badewasser war bereits eingelassen. Ein wunderschönes Schaumbad, mit ebenfalls frischen Rosenblättern darin, wartete darauf, Ashley den Abend zu versüßen. Und rund herum waren, wie überall in der Wohnung, Kerzen verteilt. Auch auf den Schränken standen verschieden große cremefarbene Kerzen. Auf dem Rand der Wanne standen zwei Weingläser.
»Schatz, aber du weißt doch, dass ich keinen Wein trinken darf.«
»Ich weiß. Deswegen habe ich auch Saft rein, meine Teure.«
»Es ist so perfekt. Nein, du bist perfekt.«
»Als perfekt würde ich mich jetzt nicht gerade bezeichnen, aber ich bezweifle nicht, dass ich zumindest sehr nah dran bin.«
Die Beiden lachten aus vollem Herzen.
Ein kleines Stück vor ihm stehend, spürte sie Küsse auf ihrem Körper wandern. Zart zog er ihr das Shirt hoch und fing an, ihr den Rücken in Richtung Hals zu küssen. Ashley

genoss diesen Moment aus vollem Herzen. Es gab für sie nichts Schöneres auf der Welt. Sie hob ihre Arme so, dass er ihr das Shirt ausziehen konnte. Immer weiter küsste er den Rücken rauf und runter.
Langsam drehte sie sich um und zog auch ihm das Shirt aus. Genussvoll legte Ashley ihren Kopf nach hinten in den Nacken und erneut empfing sie lustvolle Küssen an ihrem Hals.
Die Erregung in ihr steigerte sich mit jedem Kuss und jeder noch so kleinen Berührung. Und auch ihn überkam die Erregung, mehr als er es erwartet hatte. Von der Lust gepackt, zog er sie an sich und küsste nun ihre Schultern. Voller Vorfreude spürte sie die pralle Erektion, die beinah seine Hose zu sprengen schien.
Langsam ging er in die Knie und küsste ihren Brustbereich hinunter zum gewölbten Bauch. Dort angelangt, knöpfte er hastig den Knopf der Hose auf und öffnete den Reißverschluss, in dem er mit den Zähnen den Schieber hinunter zog. Mit seinen starken Händen streifte er ihre Hose ihre glatten Beine hinunter. Voller Verlangen küsste er erneut ihren Bauch und wanderte zurück in Richtung Hals. Als er bei diesem angelangt war, biss er zart hinein. Sie lächelte ununterbrochen, doch nun entfuhr ihr ein kleines Kichern. Lustvoll nahm sie seinen Kopf in ihre zarten Hände und zog in zu ihrem Kopf. Sie küssten sich innig. Ihre Lippen schienen verbunden. Die Lust war so stark, dass sie gar nicht aufhören konnten, sich zu küssen. Voller Begierde nahm sie seine Unterlippe zwischen ihre Zähne und biss darauf. Langsam, die Lippe immer noch fest zwischen den Zähnen, zog sie den Kopf nach hinten, dass die Zähne die Lippe loslassen mussten. Man sah die Erregung förmlich in seinen Augen. Aber nicht nur in seinen, auch Ashley konnte man im Gesicht ansehen, dass sie ihre Lust kaum zurückhalten konnte. Ihr Mund wanderte zu seinem Ohrläppchen und sie fing auch dort an, sanft herum zu knabbern. Ihre Hände machten sich derweil an seiner Hose zu schaffen. Mit Geschick öffnete sie zuerst seinen Gürtel und danach die

Hose. Schnell zog Ashley sie herunter, sodass diese samt Gürtel geräuschvoll auf den Boden fiel, wobei die Gürtelschnalle einen lauten Knall von sich gab. Doch das interessierte beide nicht. Sie bekamen es nicht einmal mit. So vertieft in den Moment der Erregung, hätte das Haus neben ihnen einstürzen können und sie hätten es nicht einmal mitbekommen. Alles um sie herum war vergessen und nichts schien wichtiger als dieser eine Moment. Voller Lust streichelte sie mit ihrer Hand über die pralle Erektion.

Mit aller Kraft widerstand er der Versuchung, sie gleich hier auf die kalten Fliesen neben die Kerzen zu legen und sich mit ihr zu vereinen.

»Wir wollten doch erst ein Bad nehmen, dachte ich«, brachte er gerade noch so heraus. Bei diesem starken Verlangen, welches er in sich spürte, fiel es ihm schwer zu sprechen. Zu lange hatten beide auf diesen Moment gewartet.

»Wollten, ja. Doch jetzt will ich etwas Anderes.«

»Dafür haben wir nachher noch genug Zeit. Ich wollte es perfekt haben. Und wir dürfen uns jetzt nicht völlig vergessen.«

»Ich will mich aber vergessen, Adam. Ich will es so sehr. Und zwar jetzt und nicht nachher.«

Rasch hatte er seinen Arm unter ihre Beine gelegt und sie noch einmal hochgehoben. In dem Moment war es ihm egal, dass Ashley noch Wäsche trug. Er wollte sich den perfekten Abend jetzt nicht zerstören lassen. Also hob er sie über die Kerzen in die Eckbadewanne, die dort noch voller Schaum und den Rosenblättern auf sie wartete. Dann drehte er sich zu den Schränken, in denen eine Fernbedienung lag. Er drückte kurz darauf und schon hörte man sanfte Musik im ganzen Raum verteilt. Schnell zog er seine Shorts aus und setzte sich zu Ashley in die Wanne. Diese hatte mittlerweile ihre Panty ausgezogen, hielt sie zwischen Daumen und Zeigefinger fest und ließ sie anschließend klitschnass auf den Boden gleiten. Es war nicht eine halbe Minute vergangen, da hatte sie auch ihren schwarzen BH mit blauen Rüschen und kleinen Schleifen daran aufgemacht und war gerade dabei

ihn auszuziehen, als sie plötzlich Adams Hände auf ihren spürte. Sie stoppte, sah ihn an und legte die Arme zurück in die Wanne. Adam übernahm nun das, was sie angefangen hatte und streifte ihr den BH runter. Er nahm ihn und ließ ihn zu ihrem Höschen außerhalb der Wanne fallen.
Ashley konnte sich nicht mehr zurückhalten. Sie spreizte ihre Beine und setzte sich auf Adam drauf, der nun mit ausgestreckten Beinen in der Wanne saß. Sie nahm wieder seinen Kopf in ihre Hände und fing erneut an ihn wild und voller Leidenschaft zu küssen. So sehr er es auch wollte, er konnte dem Drängen seiner großen Lust nicht widerstehen. Er legte die Hände auf ihren Rücken und zog sie noch näher an sich ran.
»Oh, Adam«, hauchte sie ihm ins Ohr als ihre Lippen kurz voneinander ließen.
»Lass mich nicht noch länger warten, ich halte es nicht mehr aus.«
Ruckartig ließ sie von ihm los und stand auf.
Wie schön ihr Körper war erstaunte Adam immer wieder. Bei solch einem Anblick schmolz er jedes Mal dahin. Für ihn war ihr Körper perfekt. Jeden Zentimeter ihres wundervollen Körpers, liebte er. Um zu wissen, was sie vorhatte, musste er nicht überlegen. Ashley stieg aus der Wanne, sah Adam noch einmal an und ging dann ins Schlafzimmer.
Sie wusste genau, wie sie mit ihm spielen konnte. Wenn es darum ging, bekam sie so gut wie immer das, was sie wollte. Also stand auch er auf und ging ins Schlafzimmer, wo sie sich schon, bereit ihn zu empfangen, auf das Bett gelegt hatte. Gott, sie sah so sexy aus.
Auf der Seite liegend und den Kopf, der auf ihrem Arm lag, zur Tür gerichtet und die Beine übereinander geschlungen, lag sie da und wartete. Wer hätte bei diesem Anblick schon widerstehen können. Die Rundung bei ihrem Bauch machte den Anblick nicht weniger erotisch. Irgendwie hatte es seinen Reiz. Zu wissen, dass da drinnen etwas entstanden war, aus dem, was sie nun noch einmal taten. Aus dem wundervollen Moment, in dem sie ihre Liebe und Lust

vereinten. An ihren Hüften und den Beinen waren hier und da noch ein paar Schaumflocken, die dem Trocknen an der Luft trotzten. Es war ein bildhafter Anblick. Wie gerne hätte Adam diesen Moment für immer festgehalten. Diese erotische Spannung die zwischen beiden entstanden war und der Reiz, den Körper des anderen noch mehr zu fordern, als die Male davor.
Ashley schien zu ahnen was in ihm vorging. Sie hatte sich ja nicht ohne Grund in solch eine Pose gelegt. Dass Adam ihr aus der Badewanne folgen würde, wusste sie genau. Ihr Plan war wie immer aufgegangen. So sehr er es auch wollte, dem Drang einer erotischen Frau zu widerstehen, besonders wenn es die eigene Frau war, war wohl so gut wie unmöglich für einen Mann.
Sie wusste genau wie sie mit ihm spielen konnte, um das zu bekommen, was sie wollte. Wusste genau, wie scharf Adam auf sie war. Das war er die ganze letzte Zeit gewesen, auch wenn er es sich nicht hatte anmerken lassen. Wie gerne hätte er sie damals in der Dusche einfach genommen, doch er wollte es nicht und hatte sich stark gegen den Drang seines Körpers gestellt. Was sie damals nicht verstanden hatte war, wieso er es nicht getan hatte, obwohl sie es beide doch so sehr wollten. Doch jetzt verstand sie es. Denn dieser Moment, dieser ganze Abend war einfach perfekt dafür.
Langsamen Schrittes näherte er sich dem Bett, während ihre Augen zwischen den seinen und seiner prachtvollen Erektion Hin und Her wechselten. Als er am Bett angekommen war, drehte er Ashley mit einem lustvollen Stoß zur Seite, sodass sie auf dem Rücken lag und stemmte sich mit seinen beiden Armen so über sie, dass ihre Nasenspitzen sich leicht berührten. Vorsichtig ließ er sich auf sie sinken. Ashley hielt es kaum noch aus vor Spannung. Je länger sie die harte, pralle Erektion betrachtete und spürte, desto mehr Lust bekam sie, nun endlich mit ihm zu schlafen. Endlich ihre Lust in vollen Zügen auszuleben. Endlich wieder eins zu werden mit ihm. Auch er spürte, wie die Erregung sich vermehrte und in ihrem Körper ausbreitete. Zart biss er ihr

in den Hals. Sein Kopf wanderte diesen hinab, hin zu ihrem Bauch, den er liebevoll streichelte und küsste. Immer tiefer glitt sein Kopf bis er an ihrer Scham angekommen war. Voller Lust fing er an, diese zu küssen. Im Anschluss wanderten seine beiden Hände ebenfalls wie der Kopf zuvor, vom Bauch zur ihrer rasierten Scham. Gekonnt streichelte er sie, während Ashley dabei die Gänsehaut überkam. Sein Streicheln, mit der ganzen Handfläche, erstreckte sich zuerst nur über ihren Venushügel, bis sich die Handfläche langsam löste, sodass nur noch seine Finger diese berührten. Danach wanderten seine Fingerkuppen tiefer und ertasteten gekonnt ihre Schamlippen. Nachdem er diese einige Augenblicke sowohl mit den Fingern, als auch mit der Zunge verwöhnt hatte, wanderte einer seiner Finger langsam in sie und stieß diesen gekonnt bis zum Anschlag erneut hinein.

Ashleys Empfindungen schienen zu viel für ihren Körper zu sein, sie hatte das Gefühl zu zerspringen. Ihr Atem wurde lauter und schneller und versuchte so die endlose Lust unter Kontrolle zu bringen.

All seine Finger lagen nun nach dem ersten Vortasten wieder auf ihrer Scham und streichelten diese immer heftiger, während seine Zähne immer wieder sanft an ihren Schamlippen zogen. Ashley hielt es nicht mehr aus, still dazuliegen.

Ihre Hände krallten sich in das Bettlaken, welches sie dadurch beinah von der Matratze zog und ihre Hüften bewegten sich unkontrollierbar weiter zu seinem Mund. Er genoss den Augenblick, alles voll unter Kontrolle zu haben und Ashley erschien es wie eine Ewigkeit, zwar eine wunderbare aber dennoch eine Ewigkeit, bis er sie erlöste.

Denn plötzlich geschah es.

Erneut drang er mit seinem Finger in sie ein und ihr entfuhr ein lautes Stöhnen. Erst ganz vorsichtig und dann immer heftiger, immer verlangender bewegte sich sein Finger rein und raus, bis er schließlich einen zweiten mit einführte.

Die Erregung war nun so groß, dass Ashley kurz davor war zu kommen, doch sie wollte das nicht, noch nicht. Sie wollte

warten, bis er richtig in sie eindrang, mit dem Besten seines Körpers, was er zu bieten hatte. Doch nachdem er anfing mit der Zunge an ihrer Klitorisvorhaut und danach an der Klitoriseichel, ihrem lustvollsten Punkt zu lecken, konnte sie nicht mehr innehalten.
Ihr Atem raste nur so dahin und ihr Herz schlug, als könne man es noch zwei Straßen weiter hören. Gepackt von der Lust, fing sie an zu stöhnen. Immer heftiger glitt seine Zunge über ihren Kitzler. Ashley wurde es ganz heiß. Sie schwitzte am ganzen Körper und Blitze durchzuckten sie. Ihre Hände lösten sich von dem Bettlaken, das nun in Falten gelegt war und hielten sich an Adams wuscheligen Haaren fest. Sie krallte sich förmlich in die Haarpracht hinein. Ihre Hüfte bewegte sich nach oben und unten. Lustvoll streichelte sie ihm durch die Haare, die bereits ganz nass geschwitzt waren. Immer heftiger, fing sie an zu stöhnen. Sie konnte nichts dagegen machen, es kam einfach aus ihr heraus. Es musste einfach heraus, ihr Verlangen war nicht mehr zu verbergen. Es musste aus ihrem Körper, bevor Ashley vor Erregung platzte.
»Adam ...«, brachte sie mit Mühe hervor.
»Bitte Adam, schlafe mit mir. Jetzt!«
Adam hörte sanft auf sie zu lecken, gab ihrer Scham noch einen Kuss, bevor er mit dem Kopf wieder bei dem ihren angelangt war, um ihr genau in die Augen zu sehen.
Noch immer außer Atem, holte Ashley Luft, um einigermaßen normal sprechen zu können.
Es gelang ihr nur vage, ihr Satz war mehr gehaucht als gesprochen.
»Adam bitte, ich halte es nicht mehr aus. Ich will dich spüren. Ich muss dich spüren. Jetzt, bitte.«
Sein Lächeln zeigte, wie sehr Adam, die Überlegenheit ihr gegenüber genoss. Verlangend suchten sie den Mund des anderen und küssten sich heftig. Noch einmal biss Ashley ihrem Geliebten auf die Unterlippe. Sein Mund wanderte erneut zu ihrem Hals und saugte gepackt von purer Lust daran. Beinah schien es so, als könne der Mund nicht von

ihrem Hals lassen. Ashley genoss in vollen Zügen das, was er mit seinem Mund anstellte, egal auf welcher Stelle ihres Körpers, er seine Künste ausübte. Sie genoss es so sehr, dass sie nichts mitbekam, bis es soweit war.

Während sein Mund noch an ihren Hals gebunden zu sein schien, hob er seinen Körper und drang in sie ein, während sie mit noch immer gespreizten Beinen jederzeit bereit dazu schien.

Nach einem kurzen Aufstöhnen bewegte sie ihre Hüfte seiner entgegen. Immer wieder stieß er, mal heftiger mal weniger stark, in sie hinein. Beide bekamen kaum noch Luft, die Lust verschnürte ihnen den Hals. Zu lange hatten sie auf diesen Moment gewartet. Es dauerte nicht lange, da konnten beide nicht mehr innehalten und kamen im selben Moment. Ihr Stöhnen schien sich zu vereinen. Ashleys Fingernägel krallten sich in seinen Rücken, um sich an etwas festhalten zu können, damit sie nicht den Halt verlor. Gepackt von purer Leidenschaft, nahm er ihren Kopf in seine starken Hände und küsste sie erregt, bevor er sich mit seinen Handflächen erneut auf die Matratze stütze, um noch fester zustoßen zu können.

Der Akt dauerte über eine Stunde, die ihnen wie wenige Minuten vorkam. Langsam zog er sein noch immer steifes Glied aus ihrer Scham und legte sich neben sie.

Nein, dachte Ashley. Es darf noch nicht zu Ende sein. Sie brauchte mehr, sie wollte mehr, und zwar sofort. Also drehte sie sich auf die Seite, sodass sie mit dem Rücken zu ihm gedreht lag. Er verstand genau, was sie wollte. Sie hob ihr Bein und er verwöhnte sie erneut mit der Hand, bis er noch einmal in sie eindrang, doch dieses Mal nicht in ihre Scham. Seine Hände streichelten sie weiter, während er immer und immer wieder in sie eindrang. Wieder konnten Adam und Ashley nicht innehalten und kamen nach wenigen Minuten, wobei Ashley den Höhepunkt mehr als einmal fand. Immer schneller stieß er in sie ein und immer heftiger streichelte er ihre Scham. Ashley schien sich nicht mehr beruhigen zu können. Immer und immer wieder kam sie, was ihr die Luft zu rauben schien. Doch das war ihr in dem Moment nicht wichtig, denn wie schon zuvor schien sie alles um sich herum zu vergessen, um ihre Sinne voll auf die Empfindung zu konzentrieren, auf die sie so lange gewartet hatte.

Sie waren mittlerweile komplett nass geschwitzt, doch auch das hielt sie nicht davon ab, weiter zu machen. Adam nahm Ashley an der Hüfte und zog sie langsam nach vorne, von sich weg. Ashley verstand, ohne das er es aussprechen musste, was er vorhatte. Sie kniete sich, drehte ihren nassgeschwitzten Körper in Richtung des Kopfteils des Bettes und hielt sich daran fest.

Adam kniete sich hinter sie und stieß immer heftiger und schneller zu.

Voller Hingebung legte Ashley ihren Kopf in den Nacken. Adams Hände, immer noch bei Ashleys Hüfte liegend, nahmen sie nun noch fester.

Nach einigen Stunden war der ganze Liebesakt vollendet. Zumindest fürs Erste. Beide, nun total nassgeschwitzt, setzten sich noch einmal in die Wanne und stießen auf ihr großes Glück mit dem inzwischen warm gewordenen Saft an. Adam hatte warmes Wasser dazu gefüllt, damit die Mutter seines Kindes in dem kalten Wasser nicht frieren musste.

Ashley drehte sich mit dem Rücken zu Adam und wollte sich an ihn lehnen, als sie plötzlich seine Hände auf ihrem Rücken spürte, was sie dazu brachte, in ihrer Bewegung innezuhalten.

Zaghaft fing er an ihren Rücken zu massieren.

Dieser Abend war einfach perfekt, Ashley hätte ihn sich nicht schöner vorstellen können und war mehr als froh, dass Adam sie gezwungen hatte, zu warten.

Nichts konnte diesen Abend und diese Nacht nun mehr kaputt machen. Nachdem sie noch eine Stunde in der Badewanne saßen und den Strahl der Massagefunktion genossen, gingen sie zurück ins Bett, welches klitschnass geschwitzt war.

Daher legten sie eine der Decken unter sich und teilten sich die andere Decke. Eingekuschelt wie Murmeltiere, schliefen beide zufrieden ein und wussten, dass es nicht lange dauern würde, bis die Lust wieder da war, die noch in dieser Nacht befriedigt werden wollte.
Immer wieder wachten beide auf, da der andere seine Finger nicht von dem jeweils geweckten lassen konnte. Daher schafften sie es nicht mehr als drei Stunden die Nacht zu schlafen.

Am nächsten Morgen wachte Ashley zuerst auf. Ihre Müdigkeit spürte sie zwar stark, aber das Glück, welches in ihr verankert war, durch die letzte Nacht, ließ sie diese vergessen.
So lange hatte sie sich danach gesehnt, hatte darauf warten müssen.
Und gestern war es endlich soweit gewesen.
Endlich hatten sie wieder miteinander geschlafen und das mehr als einmal. Nach dem sie einen Schluck Wasser getrunken hatte, ging sie ins Bad.
Auf dem Weg dorthin sah sie, wie unordentlich die ganze Wohnung nun wirkte. Während sie durch das Wohnzimmer ging, sah sie sich um und konnte ihren Augen nicht trauen. Die Kerzen waren alle runtergebrannt und standen verteilt in der ganzen Wohnung. Wie viel Arbeit das machen würde, dies alles wieder sauber zu bekommen. Aber dennoch war es das eindeutig wert gewesen.
Gähnend ging sie weiter ins Badezimmer und auch hier sah es nicht besser aus. Die Badewanne war noch immer voll mit dem gestrigen Wasser, nur der Schaum war mittlerweile in sich gefallen und verschwunden. Die halb leeren Gläser standen auf dem Rand der Wanne und rundherum lagen noch die vielen Rosenblätter. Doch diese waren nicht mehr schön hingelegt, sondern wüst verteilt. Ihre Unterwäsche hatte,

zusammengefallen auf dem kalten Boden, keine Chance gehabt trocken zu werden und war noch immer klitschnass, als sie diese hochhob, um sie auszuwringen und dann zum Trocknen aufzuhängen. Sie hinterließ eine große Pfütze auf den Bodenfliesen.
Auch seine Shorts lagen in einer Pfütze neben der Wanne. Vorsichtig kletterte Ashley über die ganzen Kerzen und ließ das Wasser aus der Badewanne. Der laute Sog des Abflusses brachte sie zum Lachen. Es war ein irre komisches Geräusch, wie der Abfluss das Wasser in sich zog, um es dann weiterzuleiten, damit es am Ende zu seines gleichen kommen und wiederverwendet werden konnte. Nachdem sie sich die Zähne geputzt und die zerzausten Haare gebürstet hatte, betrachtete sie ihren noch immer nackten Körper in der langen Spiegelfront. Streng blickend drehte sie sich zur Seite, sodass sie ihren gewölbten Bauch betrachten konnte. Sie strich zart darüber. Bald würde alles Glück auf Erden nur ihr gehören. Bald würde ihr kleiner Sonnenschein zur Welt kommen und Adam und ihr Leben für immer verändern. Ihr Bauch hatte mittlerweile eine Größe, bei der sie nicht mehr abstreiten konnte, schwanger zu sein. Normalerweise hatte Ashley große Angst vor Veränderungen. Sie brachten meist nur Unheil mit sich. Doch auf diese Veränderung ihres Lebens freute sie sich unheimlich. Besonders, da sie schon so lange geplant war. Es war das Größte und Beste, was je in ihrem Leben passieren würde. Schon immer hatte sie sich ein Baby gewünscht.
Ein kleines Wesen, für das sie verantwortlich sein würde. Das ohne sie nicht überleben könne. Schon als zehnjähriges Mädchen hatte sie sich auf den Spielplätzen auf die Bänke gesetzt, um den kleinen Kindern mit ihren Müttern beim Spielen zu zusehen, anstatt selbst das Klettergerüst zu erkunden. Hatte sich damals schon vorgestellt, wie es wohl sein würde, auf ein so kleines Wesen immer achtgeben zu müssen. Hatte überlegt, wie schön es wohl für Mütter sein musste, wenn ihr Kleines eine neue Stufe der Leiter zum Klettergerüst emporgestiegen war oder zum ersten Mal den

Mut hatte, die Rutsche alleine herunter zu rutschen. Wie glücklich sie wohl sein mussten, wenn sie das fröhliche, engelsgleiche Lachen ihrer Kinder zu hören bekämen, während diese mit anderen Kindern um die Wette rannten. Wie aufregend es sein musste, zu sehen wie das Kind immer wieder voller Mut aufstand, um weiter zu rennen, nur um dann noch einmal auf den Sand zu fallen. Schon immer hatte sie Mütter beneidet, die Kinder auf dem Arm hatten und schon seit sie denken konnte, hatte sie die Mütter gehasst, die einem so kleinen und zerbrechlichen Wesen so etwas Schreckliches, Brutales antun konnten, wie sie einfach vor eine Babyklappe zu legen, ohne zu wissen, ob sie diese eisige Kälte überleben würden. Ohne zu wissen, ob eine neue, nette Familie für das kleine Baby gefunden werden würde, eine neue Familie, die gut für ihr Kind, ihr eigen Fleisch und Blut sorgen würde.
Nicht nachzuvollziehen, wie man seinem Kind etwas so Grausames oder etwas noch viel Schlimmeres antun konnte. Man hatte schließlich die Verantwortung für das, was man in sich trug, für das, was man erschaffen hatte. Man konnte es doch nicht einfach so abgeben, indem man es wegwarf, als wäre es ein Stück Dreck. Gedankenverloren streichelte sie sich immer noch über den Bauch. Adam war mittlerweile aufgestanden und zu seiner Auserwählten ins Bad gekommen und betrachtet Ashley dabei, wie sie in den Spiegel sah, anscheinend um ihren wunderschönen Bauch mit dem kleinen Wunder darin zu betrachten, doch ihre Augen schienen ins Leere zu starren.
»Ashley?«, fragte er mit vorsichtiger Stimme.
Sie antwortete, ohne sich umzudrehen. Ohne auch nur die geringste Regung in ihrem Blick.
»Ich weiß nicht, ob ich das schaffe. Nein, ich weiß, dass ich es nicht schaffen werde. Ich bin nicht geschaffen dafür. Ich weiß, dass ich alles falsch machen werde. Ich will es nicht. Ich will das Baby nicht. Ich bin noch nicht bereit dazu. Ich werde nie bereit dazu sein. Es ist eine zu große Aufgabe. Ich

habe mich mein Leben lang drauf gefreut, aber jetzt wird mir immer mehr klar, dass ich es nicht schaffen werde.«
Adam bekam keinen Ton heraus. Geschockt von dem, was er eben gehört hatte, ging er ein paar Schritte nach hinten.
Was?
Hatte er sich eben verhört?
Oder hatte sie wirklich gesagt, sie wolle das Kind nicht?
Sie wolle ihre Ein und Alles, das, worauf sie ihr ganzes Leben gewartet hatte, nicht?
Das, was sie beide für immer und ewig verbinden würde.
Was war nur geschehen?
Wieso dachte sie auf einmal so?
Es verging eine kurze Zeit, bis Ashley endlich wieder blinzelte, sich umdrehte und zu ihm kam.
»Adam, es tut mir leid.«
Sie wollte mit ihrer Hand über seine Wange streicheln, doch er ging einen Schritt zurück, sodass sie diese nicht erreichen konnte.
Ihre Hand blieb kurz in der Luft, um danach wieder zurück auf ihren Bauch zu wandern.
»Adam? Rede mit mir. Sag mir was du denkst, bitte.«
Doch Adam bekam noch immer kein Wort heraus.
Wie konnte sie nur so etwas sagen?
Hatte sie das wirklich ernst gemeint?
»Verdammt Adam, sprich mit mir.«
»Du bist doch verrückt. Einfach verrückt bist du!«
Verwirrt schüttelte er den Kopf und ging mit eiligen Schritten aus dem Bad in den begehbaren Kleiderschrank. Er schnappte sich einen Koffer und wollte schon anfangen seine Sachen dort rein zu packen, als er Ashleys Hände auf den seinen spürte. Sofort zuckte er zusammen und hielt in der Bewegung inne.
»Adam, es tut mir leid was ich eben gesagt habe. Ich weiß nicht, wieso ich das getan habe. Du weißt doch, dass ich unser Kind will. Es ist mein Sonnenschein und ich würde alles dafür geben, das weißt du doch, oder Adam? Das weißt du doch?«

»Ich weiß nur, dass du ...«, sagte er verwirrt.
Doch der Rest des Satzes, kam ihm nicht über seine Lippen.
»Adam ...«
Ihre Hände waren mittlerweile von ihrem zu seinem Bauch gewandert.
Von hinten umarmte sie ihn ganz fest, als wollte sie ihn für immer festhalten.
»Ich liebe dich, Adam. Ich liebe dich so sehr. Und ich liebe unser Baby. Unser kleines Wunder, unseren Sonnenschein. Ich würde keinen von euch beiden je missen wollen. Glaub mir das doch, Adam. Unser Baby ist noch nicht geboren, aber meine Liebe für unser Kind ist schon jetzt so stark. Adam bitte glaube mir. Ich weiß nicht, wie ich das sagen konnte ...«
Sie wusste es wirklich nicht. Sie hatte keine Ahnung, woher diese Sätze gekommen waren. Es war, als hätte jemand anderes diese Sätze mit ihrer Stimme gesagt. Es waren nicht ihre Gedanken gewesen, nicht ihre Gefühle. Noch nie hatte sie darüber nachgedacht, das Kind nicht bekommen zu wollen. Noch niemals kam ihr in den Sinn, dass sie das mit dem Kind nicht schaffen würde. Natürlich würde sie das schaffen. Sie hatte jede nur erdenkliche Hilfe die man haben konnte, wenn man ein Kind großziehen wollte.

Nachdem sich die ganze Aufregung gelegt hatte, verbrachten sie einen gemütlichen Abend vor dem Fernseher. Alles schien wieder normal, doch Ashley wusste, irgendetwas stimmte ganz und gar nicht.
»Adam, was hast du denn?«
Fragend sah er sie an. Seine Stirn legte sich besorgt in Falten.
»Was soll ich denn haben? Es ist doch alles in Ordnung.«
»Mach mir nichts vor, Adam. Ich kenne dich wohl schon lange und gut genug, um zu wissen, dass nicht alles in Ordnung ist«, sagte sie in einem verärgerten Ton.

Sie mochte es gar nicht, wenn sie merkte, dass Adam ihr etwas verheimlichte.
»Ist es wegen mir? Habe ich etwas falsch gemacht? Oder ist es noch wegen vorhin? Bitte glaube mir doch, dass ich nicht wusste, was ich sage. Es waren nicht meine Gedanken und…«
Nun hörte man in ihrem Ton eher Sorge als Ärger.
Langsam schüttelte er den Kopf, bevor sie ihren Satz beenden konnte.
»Es ist wirklich nicht wichtig, Ashley.«
»Bitte rede mit mir. Ich möchte mich nicht schon wieder mit dir streiten.«
In seinen Augen spiegelten sich Trauer und Verzweiflung wider.
»Weißt du Ashley, es ist so ...«
Man merkte wie schwer ihm das Reden fiel. Er machte eine kurze Pause, holte tief Luft und fing den Satz noch einmal von vorne an.
»Es ist so, schon als ich noch klein war, hat mir meine Musik geholfen. Sie war immer für mich da. Wenn es mir schlecht ging, habe ich die Musik aufgedreht und laut mitgesungen. Dann ging es mir wieder gut. Wenn ich gut gelaunt war, dann war die Musik erst recht immer laut. Und unterstützte meine Fröhlichkeit.«
Ein vertrautes Lächeln überkam seine Lippen. Ashley konnte sich gut vorstellen, dass er in dem Moment an seine Vergangenheit dachte, seine Kindheit. An das Leben mit seinen Eltern, in der kleinen Wohnung auf der Westseite der Stadt. Es war nicht immer einfach für ihn, doch er hatte das Beste daraus gemacht und war stets ein zufriedener Junge gewesen. Die Musik war eben alles für ihn, das was ihm schon immer Halt gegeben hatte, das fühlte man einfach, wenn man ihn ansah, sobald Musik lief, oder wenn man ihn singen hörte. Doch ihn jetzt so verzweifelt zu sehen, weil ihm dieser Halt fehlte, machte Ashley unendlich traurig. Sie wünschte sich nichts sehnlicher, als dass er so glücklich war, wie früher, wie vor dem Unfall. Ohne Sorgen und ohne

Angst. Dass ihm die Musik fehlte, das Singen und die Auftritte vor Publikum, hatte sie sich bereits gedacht, doch dass es so schlimm war, dass er es sogar ansprach, weil es ihn so traurig machte, davon hatte sie keine Ahnung. Die Fortsetzung seiner Erzählung riss sie aus ihren Gedanken.
»Irgendwann fing ich dann an, selbst Lieder zu schreiben. Es fiel mir nicht schwer, es kam einfach so über mich, Lied für Lied. Und in diesen Liedern konnte ich meine Gefühle so gut ausdrücken, wie nie zuvor. Ich weiß nicht, was passiert wäre, wenn ich das nicht gehabt hätte, die Musik meine ich. Und jetzt? Immer wenn ich einen Auftritt hatte, war ich einfach nur glücklich und fühlte mich vollkommen. Du weißt wie gerne ich auf der Bühne gesessen habe, um die Leute glücklich zu machen, mit dem was mir so viel Freude bereitet. Damit ich ihnen Halt geben konnte, so wie ich ihn früher hatte. Doch jetzt Ashley, jetzt habe ich das nicht mehr. Wem kann ich jetzt noch helfen und glücklich machen mit meiner Musik? Alle denken doch ich bin tot. Alle denken, ich liege glücklich unter der Erde und sehe mit meiner in der Luft schwebenden Seele hinab auf sie. Ich mache dir ja keinen Vorwurf, für dich ist es auch schlimm, so wie es gerade ist, das weiß ich. Doch für mich ...«
Er machte eine kurze Pause um sich seinen Gefühlen nicht zu sehr hinzugeben.
»Es ist unerträglich, Ashley. Ich halte es nicht mehr aus, Tag für Tag hier in der Wohnung zu sitzen, ohne irgendetwas zu tun. Meine Arbeit fehlt mir. Ich habe gerne Wohnungen vermittelt. Es hat mir Spaß gemacht und ich war gut darin. Verstehst du? Das ist kein Leben für mich. Ich kann so nicht weitermachen. Es muss sich etwas ändern.«
Sie hatte ihm genau zugehört und dachte nun über seine Worte nach. Ashley wusste ja, dass Adam recht hatte. So konnten sie einfach nicht weiterleben. Ashley ging nicht zur Arbeit und auch Adam saß den ganzen Tag nur zu Hause herum. Das war kein Leben für die beiden. Sie hatten ihr Leben früher geliebt, genauso wie es war. Sie hatten ihre Arbeit geliebt und waren gerne dort. Für sie war es eines der

schönsten Gefühle, von der Arbeit zu kommen und zu wissen, dass sie beide bald wieder vereint waren und den Rest des Tages zusammen genießen konnten. Doch jetzt klebten sie jede Minute zusammen. Es gab keinen Moment mehr, in dem sie sich freuten nach Hause zu kommen, weil sie ihren Partner so lange nicht gesehen hatten, denn sie waren ja immer nur zu Hause. Es hatte sich einfach alles verändert.
»Ja Adam, ich weiß. Ich muss wieder zu meiner Arbeit gehen und du musst in einem anderen Büro wieder anfangen zu arbeiten.«
»Aber wo?«
»Was meinst du damit? Es gibt hier in der Nähe doch genügend Immobilienmaklerbüros. Eines wird dich schon einstellen mein Schatz, du bist doch gut in deinem Beruf. Du wirst schnell wieder eine Arbeitsstelle finden. Mach dir darüber mal keine Sorgen.«
»Ashley, verstehst du es nicht? Durch meine Auftritte kann ich mich hier doch nirgendwo mehr blicken lassen. Mich kennt doch so gut wie jeder und alle wissen sie, dass ich tot bin. Wie will ich denn hier wieder eine Arbeit finden?«
Daran hatte Ashley in diesem Moment gar nicht mehr gedacht. Es war wahr, so viele Leute kannten ihn. Alle hatten ihn geliebt und alle hatte der Tod von Adam schwer getroffen. All die Trauerkarten, die Ashley erreicht hatten.
Wie oft hatte sie den Satz *"Es tut mir ja so leid"* bloß gelesen?
Sie wusste es nicht. Aber eines war sicher, es war zu oft, als dass er hier je wieder Arbeit finden würde.

Die Tage vergingen.
Ashley und Adam redeten nicht mehr über das Thema Arbeit. Jeder machte sich seine eigenen Gedanken, aber sie zu teilen hielten beide für keine sinnvolle Idee, da niemand einen guten Vorschlag hätte vorbringen können.
Ashley telefonierte immer mal wieder mit ihrer Ma, die nach ihrem Aufenthalt im Krankenhaus wieder bei sich zu Hause war und noch immer viel lag, da Melinda sich nicht zu viel anstrengen wollte. Die ersten Wochen müsse sie noch ein wenig langsam machen, berichtete auch einer der Ärzte, aber sie sei auf dem besten Wege der Besserung.
Und als die Stunden nur so davonliefen, ohne dass etwas Bedeutendes passierte, klingelte auf einmal das Telefon.
Ashley ging schnell hin und nahm den Hörer ab, bevor der Anrufbeantworter anspringen konnte.
»Cooper«, meldete sie sich, in dem Wissen, es könnte ihre Arbeit sein oder sonst jemand, mit dem Ashley nicht rechnete.
Doch derjenige am anderen Ende der Leitung sagte nichts.
»Hallo? Wer ist denn da?«, fragte sie verwundert.
Noch immer hörte sie keine Stimme, die mit ihr sprach und auch kein Geräusch aus dem Hintergrund, welches ihr Anhaltspunkte gab, wer sie angerufen haben könnte.
Doch plötzlich schien es, als würden im Hintergrund Vögel zwitschern und versuchen, die Welt durch ihre kleinen aber kraftvollen Stimmen ein wenig friedlicher zu machen. Auch meinte sie, die Wellen des klaren Wassers immer wieder an die Mauer des Piers schlagen zu hören. Es war ein mächtiges, aber gleichzeitig beruhigendes und vertrautes Geräusch.
Doch auch auf die erneute Frage, wer am Telefon sei, erhielt sie keine Antwort. Mit einem Kopfschütteln legte sie auf.
Als sie gerade dabei war, die Hände von dem Hörer zu nehmen, riss sie die Augen weit auf, um sie dann mit einem festen Blinzeln wieder zu schließen. Die Hand noch immer auf dem Hörer liegend, sah sie auf die Displayanzeige des Telefons.

»Paul«, sagte sie erstaunt.
»Was hast du gesagt, Schatz?«, hörte man Adam aus dem Badezimmer rufen. Doch Ashley antwortete nicht. Adam kam besorgt zu ihr und sah wie sie dastand, den Hörer fest umklammert hielt und mit weitem Blick in die Ferne sah.
»Was hast du eben gesagt, Ashley?«
»Paul«, sagte sie noch einmal im gleichen, erstaunten Tonfall, wie schon das Mal davor.
»Was ist mit Paul? Wie kommst du jetzt auf ihn und wer war das eben am Telefon?«
Noch einmal sagte sie nichts anderes außer den Namen ihres Bruders.
Erneut klingelte das Telefon. Doch Ashley nahm nicht ab. Angst überkam sie und hielt ihre Hand zurück.
Wieso rief Paul an?
Seit dem Tag im Krankenhaus hatte er nicht mehr mit ihr gesprochen.
War irgendetwas passiert?
Und wieso sagte er nichts, wenn er schon anrief?
»Geh doch ran, Ashley.«
Geistesabwesend blickte sie Adam an, ohne sich zu rühren.
»Hörst du nicht, Schatz? Das Telefon klingelt. Jetzt nimm doch verdammt noch mal ab. Das ist ja nicht mehr auszuhalten.«
Vorsichtig nahm Ashley ab. Den Hörer nun am Ohr liegend, hörte sie die gleichen Geräusche wie zuvor.
»Paul?«, sagte sie mit leiser, vorsichtiger Stimme.
»Können wir uns treffen?«
Völlig perplex von der direkten Frage ohne ein "*Hallo*" oder sonstiges zuvor, hielt sie kurz inne.
»Aber natürlich doch«, stimmte sie, nach einer kurzen Pause, nun aber mit etwas festerer Stimme zu.
»Morgen, bei dir? So gegen Drei?«
»Okay.«
Ohne sich zu verabschieden, legte Paul auf. Noch immer perplex sah sie Adam mit dem gleichen geistesabwesenden Blick an, wie vor dem kurzen Telefonat. Ashley legte auf.

»War das eben wirklich Paul gewesen?«
Ashley nickte. Noch einmal presste sie fest ihre Augen zusammen. Ohne einen Gedanken in ihrem Kopf fuhr sie sich mit der Hand durch die Haare.
»Er hat sich, seit er aus dem Krankenzimmer gegangen ist, nicht mehr gemeldet. Meinst du, es ist etwas passiert?«
»Sieh doch nicht gleich wieder das Negative, Ashley. Bestimmt hat er nur endlich die Zeit des Grübelns hinter sich gelassen und ist nun bereit mit dir zu reden.«
»Meinst du wirklich?«
Adam nickte zuversichtlich. Er sagte das nicht nur um Ashley zu beruhigen. Er sah es wirklich so. Immerhin kannte er Paul sehr gut und wusste, wie seine Handlungen nach einem solchen Moment zu deuten waren. Ashley hatte in letzter Zeit nur so viel durchgemacht, dass ihr dieses Gefühl, abhandengekommen war. Natürlich hatte es das noch nie gegeben, dass Paul Abstand von allem genommen hatte, weil er erfahren hatte, dass sein bester Freund nach all der Trauer doch noch am Leben sei. Doch es gab bereits das ein oder andere Mal, dass er sich von allem zurückzog, wegen irgendetwas Abstand von seinen Freunden und allen Gewohnheiten nahm und einfach Zeit für sich brauchte, um über die Dinge noch einmal nachzudenken. Adam war sich sicher, dass es dieses Mal nicht anders sein würde. Bestimmt würde er sich mit Ashley treffen wollen, um dann noch einmal über alles zu reden.
»Was hat er denn gesagt? Das Gespräch war ja nicht gerade sehr lange«, sagte er scherzhaft, doch Ashley war in diesem Moment nicht zum Lachen zu Mute.
»Er will sich mit mir treffen. Hier, morgen um drei«, sagte sie in ernstem Ton.
Na also, das war die Bestätigung für Adam. Es war sicher so, wie er es sich dachte. Paul würde herkommen und mit Ashley über alles reden. Danach würden die beiden sich wieder vertragen und Adam hatte endlich einen Teil seines alten Lebens zurück.

# *Wut und Trauer*

Die Türklingel läutete. Ashley schaute noch ein letztes Mal in den Spiegel, bevor sie die Tür mit einem Strahlen auf dem Gesicht öffnete. Doch Paul lächelte nicht, als er seine Schwester sah. Mit einem ernsten Gesichtsausdruck ging er an ihr vorbei, ohne auch nur *"Hallo"* zu sagen.
Was war nur mit ihm los?
Wieso war er auf einmal so kalt zu ihr?
»Hallo Bruderherz, mich freut es auch, dich zu sehen«, begrüßte sie Paul, in einem sehr traurigen, bedrückten Ton.
Er drehte sich kurz zu ihr um, sah ihr direkt in die Augen und nickte einmal.
Nicht einmal ein Lächeln, nichts Herzliches zeigte er ihr.
Paul kannte sich in der Wohnung gut aus. Früher war er oft hier gewesen. Daher ging er, ohne auch nur ein Wort zu ihr zu sagen, auf die Terrasse. Ashley folgte ihm stumm. Als beide auf der Terrasse standen, drehte er sich zu ihr um, ohne erneut auch nur ein Anzeichen von Herzlichkeit in seinem Blick oder seiner ganzen Körpersprache zu versprühen. Ashley wollte gerade etwas sagen, doch noch bevor ein Ton aus ihrem Mund kam, übernahm Paul das Wort.
»Reden wir nicht groß drum herum, ich finde du bist krank, Ashley. Es ist verständlich, dass du ihn dir zurückwünschst. Doch das erklärt nicht, wie man so geisteskrank sein und denken kann, dass Tote wieder auferstehen können. Falls du dich nicht mehr erinnern kannst, wir haben ihn beerdigt. Sein Körper liegt unter der Erde und seine Seele, ach was weiß denn ich«, sagte er verärgert.
Ashley war total geschockt. Noch nie hatte sie ihren geliebten, stets gefühlvollen und herzlichen Bruder so erlebt.

Er hielt sie wirklich für krank. Immer hatte er versucht, sie zu verstehen, und hatte alles dafür getan, damit sie glücklich war. Es war ja verständlich, dass ihn der Tod seines besten Freundes so mitgenommen hatte. Doch sie konnte sich nicht erklären, wie ein Mensch sich von Grund auf so ändern konnte. Er war doch immer so warmherzig und verständnisvoll gewesen.
Die ganze Zeit hatte sie gespürt, dass etwas nicht in Ordnung war. Es war durchaus nicht der erste Streit in ihrem Leben gewesen, doch noch nie hatten sie danach so lange keinen Kontakt gehabt.
Und als er dann angerufen hatte, so seltsam, wie er sich am Telefon verhalten hatte, spätestens da, hätte sie wissen müssen, dass so etwas kommen würde.
Er war so anders am Telefon gewesen, abweisend und kalt.
Doch Adam hatte gemeint, alles würde wieder gut werden. Und sie hatte ihm geglaubt.
Warum nur hatte sie ihm geglaubt?
Er hatte ihr versprochen, dass alles wieder gut werden würde, dass Paul kommen würde, um sich wieder mit ihr zu vertragen. Doch nun, nun war genau das Gegenteil eingetreten. Er legte es direkt auf einen Streit an. Paul konnte doch nicht wirklich denken, dass sie geistesgestört war, geisteskrank und dass sie in die Irrenanstalt müsse. Das konnte er doch nicht wirklich denken. Nicht ihr liebevoller, kleiner Bruder Paul.
»Aber Paul, was sagst du denn da?«, fragte sie ihn stotternd.
»Du hast mich genau verstanden. Es kann nicht sein, dass Ad...«
Man konnte ihm ansehen, wie er mit sich rang, seinen Namen auszusprechen.
»Es ist einfach nicht möglich, dass Tote wieder auferstehen. Verstehst du mich? Also lass dich doch einfach untersuchen.«
Seine sonst so warmen, braunen Augen funkelten sie eiskalt an. Es war kein Gefühl in ihnen zu sehen. Sie waren einfach kalt und gefühllos.

»Aber was sagst du denn da, Paul? Du hast ihn doch selbst gesehen. Er stand doch vor dir. Du weißt, dass ich es mir nicht einbilde. Du hast ihn doch auch gesehen.«
Seine Augen zogen sich zusammen. In seinem Gesicht sah man nun endlich ein Gefühl. Ashley wusste nicht, ob sie sich lieber das Gefühllose, Kalte wieder zurückwünschte, denn die Reaktion ihres Bruders, verschreckte sie nur noch mehr. Es war Hass, purer Hass war in seinem Gesicht zu lesen.
»Versuche mir jetzt bloß nicht einzureden, ich sei so verrückt wie du, Ashley. Ich hatte mir da nur etwas eingebildet. Es war mein bester Freund. Ist es da nicht verständlich, dass ich ihn mir zurückwünsche?«
»Aber Paul ...«, versuchte sie mit zittriger Stimme anzusetzen.
Doch er unterbrach sie mitten im Satz.
»Lass gut sein, Ashley. Wenn du nun einmal nicht einsehen willst, dass du krank bist, dann kann ich dir auch nicht helfen. Lerne mit dem zu leben, was passiert ist, oder lass es eben bleiben. Aber im Falle der zweiten Tatsache möchte ich nichts mehr mit dir zu tun haben. Ich will doch keine Irre als Schwester haben. Es ist unmöglich, dass er wieder da ist und das weißt du tief im Inneren genauso gut wie ich!«
Ashley wollte etwas sagen, doch sie bekam ihren Mund nicht auf. Zu tief saß der Schmerz über das was sie eben gehört hatte.
Wie konnte ihr geliebter Bruder nur so etwas sagen?
Sie hatten doch immer über alles gesprochen und einander immer gut verstanden.
Sollte das jetzt nun wirklich alles zu Ende sein?
Meinte er das wahrhaftig Ernst?
Wollte er nichts mehr mit ihr zu tun haben, wenn sie an der Wahrheit festhielt?
Oder war es vielleicht doch nicht die Wahrheit?
Hatte sie sich die letzten Monate nur eingebildet?
Alles, was ab dem Moment passiert war, als Adam sterbend vor ihr lag?
Oder ab dem Moment, als er plötzlich vor ihr stand?

Aber wieso hatte Fleur ihn dann auch sehen können?
Wieso hatte Robert ihn sehen und mit ihm sprechen können?
Nein, das konnte nicht wahr sein. Fleur hatte ihn auch gesehen und sie halluzinierte nicht. Selbst wenn Ashley sich etwas eingebildet hätte, Fleur hatte ihn eindeutig gesehen.
Und er hatte ihn doch auch gesehen.
Paul hatte ihn ganz klar gesehen, wieso gestand er sich das nicht ein?
Wieso nur gab er es nicht zu?
Wieso nannte er sie eine Irre?
Und das nur weil sie an der Wahrheit festhielt. Einen kurzen Moment rührte sich keiner der beiden. Sie wusste nicht, was in diesem Augenblick in Paul vorging. Wie gerne hätte sie all das rückgängig gemacht und hätte Paul gleich am Anfang erzählt, was ihr passiert war.
Wieso hatte sie es ihm nur die ganze Zeit verschwiegen?
Es war ihre Schuld. Alles, was in den letzten Wochen passiert war, war allein ihre Schuld.
»Paul, glaube mir doch. Adam ist wirklich hier. Du hast ihn gesehen, genauso wie ich. Und Fleur hat ihn auch gesehen. Glaube mir doch bitte. Ich weiß, dass es nicht einfach zu verstehen ist, doch er ist wirklich hier. Paul, verlasse mich nicht, weil ich mich an die Wahrheit klammere.«
Während sie diese Worte sprach, füllten sich ihre Augen langsam mit Tränen. Doch Pauls Gesichtsausdruck änderte sich nicht. In seinem Gesicht war noch immer Hass und Verachtung zu lesen.
»Du bist verrückt«, platzte es, mit wütendem Ton, aus ihm heraus und wollte gerade an ihr vorbei wieder aus der Wohnung gehen, als er eine klammernde Hand an seinem Arm spürte. Er drehte sich um und sah Ashley wie sie da stand und weinte. So verzweifelt, so verletzt. Die Tränen liefen ihr nur so die Wangen herunter. Immer mehr Tränen fanden ihren Weg aus ihren Augen, so als würde es nie enden. Er riss seinen Arm los und wollte gerade weitergehen, um die Wohnung zu verlassen, als er seinen Augen nicht traute.

Adam, vor ihm stand sein bester Freund Adam. Aus Fleisch und Blut, wie es den Anschein hatte. Nein, das konnte doch alles nicht wahr sein. Jetzt hatte sie ihn schon so weit gebracht Geister zu sehen. Provozierend wollte er durch Adams Geist gehen, um ihr zu beweisen, dass er nicht wirklich da war, dass Adam tot war. Also ging er festen Schrittes auf Adam zu. Ein heftiger Stoß stieß Paul wieder ein Stück zurück. Sein Blick, der gerade noch auf den Boden geheftet war, hing nun an Adam. An genau dem Adam, durch den er eben vergeblich versucht hatte durchzulaufen. Dieser sah ihn mit ernsten Augen an.
»Paul. Du weißt, wie gern ich dich habe. Und ich kann deine Situation wirklich aus tiefstem Herzen verstehen, doch all das rechtfertigt nicht dein Verhalten deiner Schwester gegenüber. Meiner Verlobten, der Frau die ich über alles Liebe und auf die du Acht geben und die du nicht verletzen solltest.«
Paul schüttelte den Kopf. Er verstand die ganze Situation nicht.
Was war hier nur los?
Hatte er eben wirklich Adams Stimme gehört?
War er eben wirklich in seinen besten Freund gelaufen, nur um zu beweisen, dass es ihn nicht gab?
»Ashley, ich glaube es nicht, du machst mich noch einmal zum Irren, genau wie dich. Jetzt höre ich schon seine Stimme.«
Während dieser Worte hatte er sich wieder zu seiner Schwester umgedreht, die noch immer vollkommen aufgelöst vor ihm stand. Ashley schien durch ihn hindurch zu sehen.
»Hörst du mich, Ashley? Ich höre seine Stimme, du machst mich zum Verrückten.«
Ohne auch nur über sein Handeln nachzudenken, schritt er auf Ashley zu, packte sie bei den Armen und schüttelte sie, damit sie ihm zuhörte.
Das war eindeutig zu viel. Unerwartet spürte er einen heftigen Druck auf seinem Arm, sein Körper schwang

wieder in Richtung des nicht vorhandenen Adam und schon lag er auf dem Boden. Sein Auge schmerzte fürchterlich. Plötzlich sah er auf seinem linken Auge nur schwarz, doch durch sein rechtes Auge konnte er sehen, wie Adam vor ihm stand und seine Hand heftig auf und ab bewegte, wie Leute es taten, die gerade jemanden geschlagen hatten. Paul fasste sich auf sein linkes Auge und ihn durchzuckte ein stechender Schmerz.
Mein Gott, was war hier nur los?
Konnte das wirklich alles wahr sein?
Konnte Ashley wirklich recht gehabt haben?
Konnte Adam wirklich wieder da sein?
Adam packte den noch immer am Boden liegenden Paul und zerrte ihn in Richtung der Wohnungstür.
»Mein Gott Paul, reiß dich zusammen. Wenn du wieder normal bist, dann kannst du gerne wiederkommen und dich entschuldigen, für das was du deiner Schwester eben und die letzten Wochen angetan hast. Und bis dahin bist du hier nicht mehr erwünscht.«
»Aber, aber ...«, stotterte Paul vor sich hin, während er von Adam immer noch durch die Wohnung geschleift wurde.
»Ich kenne dich nun so lange, Paul. Ich habe dich noch nie so erlebt und ich möchte das auch nie wieder müssen. Einen Aussetzer kann jeder einmal haben, doch was du eben getan hast ist unverzeihlich. Das ist deine Schwester, denke doch mal nach, Mann. Sie trägt ein Kind in sich und wenn irgendetwas mit diesem Kind sein sollte, dann gnade dir Gott mein Lieber.«
Ohne auch nur auf eine Antwort von Paul zu warten, schmiss er ihn vor die Tür und warf diese mit einem lauten Knall direkt vor dessen Nase zu.

Vor lauter Anstrengung und Aufregung auf den Boden gesunken, entdeckte er Ashley, nachdem er zurück zu ihr gegangen war, um für sie da zu sein.
Ihre Hände über ihr Gesicht gelegt, weinte sie aus tiefster Seele. So etwas Schreckliches hatte sie noch nie erlebt.
Wie konnte das eben nur alles passiert sein?
Es war so verwirrend.
War das wirklich ihr kleiner Bruder gewesen?
Der kleine Bruder, mit dem sie ihre halbe Kindheit aneinander geklebt und all ihre Geheimnisse geteilt hatte?
Adam nahm sie besorgt in den Arm und versucht sie zu trösten. Was auch immer in Paul gefahren war, so wollte er ihn nicht in ihrem Leben haben. Er war eine Gefahr für sich selbst und alle Mitmenschen. Eine Gefahr für Ashley und ihr ungeborenes Kind. Und egal was nötig war, Adam würde alles tun, um seine kleine Familie zu beschützen. Er setzte sich neben sie und strich mit seinen großen Händen zärtlich über ihre duftenden Haare und gab ihr einen Kuss.
»Ich weiß nicht, was das eben war. Aber ich werde dafür sorgen, dass du so etwas nie wieder erleben musst. Und es tut mir wahnsinnig leid, dass du all das nur wegen mir durchmachen musst.«
Ashley wollte etwas darauf erwidern, doch ihre Tränen raubten ihr die letzte Kraft.

Die Tage vergingen ohne auch nur einen Ton von Paul zu hören. Von ihrer Mutter erfuhr sie, dass er aufs Land zu Freunden gefahren war. Melinda fragte ihre Tochter, was passiert sei, doch Ashley hielt es für besser, alles für sich zu behalten.
Mittlerweile arbeitete Ashley wieder und traf sich öfter mit ihrer Freundin Fleur, die ihr die Ohren vollquatschte, wie wunderbar Robert doch sei, und wie höflich und nett und romantisch er doch wäre. Mindestens fünf Mal pro Tag erzählte ihr Fleur, wie romantisch Robert sei. Sie konnte es ja verstehen, dass Fleur nach all der einsamen Zeit des Singledaseins nun auf Wolke sieben schwebte und das bei jeder sich bietenden Gelegenheit, ihrer Freundin auch erzählen musste. Doch ein klein wenig nervte es Ashley. Nicht, dass sie Fleur das mit Robert nicht gönnte, aber Ashley hatte einfach zu viele eigene Probleme, um sich auch noch so richtig mit Fleur mitfreuen zu können. Und so gerieten sie oft aneinander, weil Fleur ihr vorhielt sie würde es ihr nicht gönnen und sie sei eifersüchtig und Ashley versuchte ihr klar zu machen, wie viel sie mit ihrem eigenen Leben zu tun hatte.
Typisch Frau, dachte Ashley über Fleurs Verhalten, sie war am Anfang ihrer Beziehung mit Adam nicht wirklich anders gewesen. Dessen war sie sich nur zu genau bewusst.
Dem Baby ging es gut und Adam hatte angefangen wieder neue Lieder zu schreiben. Man hatte es sofort gemerkt, denn auf einmal ging er wieder mit einem Lächeln durch die Welt. Ein Lächeln, welches er nur seiner Musik verdankte.
Adam und Ashley hatten sich mittlerweile eine Menge Gedanken darüber gemacht, wie man das Problem mit den Auftritten, am besten lösen könnte. Doch auf die Lösung waren beide noch immer nicht gekommen. Aber das war im Moment auch nicht zwingend notwendig, denn sein Herz hatte wieder angefangen zu lächeln, als er nach langem das erste Lied geschrieben hatte.
Wenn man die Tatsache mit Paul einmal wegließ, war Ashleys und Adams Leben im Moment beinah wieder

perfekt. Alles lief so wie es sollte. Ihr Kleines würde bald zur Welt kommen und ihre Liebe zu einander spürten sie wie noch nie zuvor.
Erst jetzt verstand Ashley das Lieblingszitat von Adam wirklich.


*Und seit jeher war es so, dass die Liebe erst in der Stunde der Trennung ihre eigene Tiefe erkennt.*


Ihr Leben war einfach vollkommen.
Doch wie beide bald merken würden, war das Glück nicht von Dauer.
Nachdem einige Wochen, ohne Zwischenfall an beiden vorbei gerannt waren, jetzt da Ashley wieder arbeitete und Adam wieder an seinen Songs schrieb, da merkten sie, wie das Leben eben auch sein konnte. Man ging morgens aus dem Haus, erledigte eine Menge von Sachen, sowohl auf, als auch nach der Arbeit und kam spät nachmittags oder erst abends nach Hause.
Zwar war es das, was beide vermisst hatten, doch erst jetzt merkten sie, wie wundervoll die unendliche Zeit zusammen wirklich war, denn die Tage rannten nur so an ihnen vorüber. Der Bauch von Ashley wuchs immer stärker, wohingegen ihre Laune immer schlechter wurde. Schon früher hatte sie ein Problem damit gehabt, sich zu dick zu fühlen, sobald nur ein Gramm zu viel auf der Waage zu sehen war. Wenn sie schon nur das Gefühl hatte, zu viel zu wiegen, verschlechterte sich ihre Laune erheblich, denn sie hatte dann immer das Gefühl von allen angestarrt zu werden. Und die Tatsache, dass die Leute es nun wirklich taten, nicht weil sie fett, sondern weil sie schwanger war, machte die ganze Situation nicht leichter.
Adam schaffte es für kurze oder auch etwas längere Zeit Ashley abzulenken, aber ganz gelang es ihm nie. Er fand sie

wundervoll, ob schwanger oder nicht. Doch auch das konnte ihre Laune nicht heben.

So sehr sie am Anfang noch darum gebettelt hatte, so stark war der Wille nun, nach einigen Wochen nicht mehr mit ihm zu schlafen, da sie Angst hatte, dem Baby könne etwas passieren. Adam sagte ihr, dass viele Schwangere mit ihren Männern schliefen und dass da nichts passieren würde. So stark auch das Verlangen war, Ashley widerstand ihm. Sie hatte Adam schon einmal verloren und dann beinah noch ihre Ma, sie wusste wie es ist jemanden zu verlieren und sie konnte den Gedanken nicht ertragen, dass wenn dem Kleinen je etwas passieren sollte, sie schuld daran war.

Also weigerte sie sich mit Adam zu schlafen, so wie er es am Anfang mit ihr getan hatte. Es war nicht nur die Tatsache, dass sie Angst um ihr Kind hatte, auch gefiel es ihr, das mit Adam zu machen, was er kurz zuvor ihr angetan hatte. Sie liebte es, zu spüren wie in ihm der Drang immer stärker wurde, ihre Körper zu vereinen. Sie spielte gerne mit dem Trieb eines Mannes. Sie wusste genau, wie sie auf Männer wirkte und sie wusste, dass es für sie kein Problem war, Männer um den Finger zu wickeln, diese Kunst beherrschte sie erster Klasse. Adam hasste es, wie sie sich extra noch nach dem Duschen nackt in den Türrahmen stellte, um ihm zu zeigen, was er nicht haben konnte.

Und so vergingen einige Tage, in dem die Lust der beiden immer stärker und stärker wurde.

Adam schaffte es kaum, sich zurückzuhalten. Immer wieder versuchte er, sie zu überreden, doch mit ihm zu schlafen, da er wisse, sie wolle es auch, doch die Angst war einfach zu stark und so blieb sie, nicht ohne Trauer, über ihre Entscheidung, bei ihrer Meinung.

Samstagmorgen, Sonnenschein, frische Luft, wolkenfreier, strahlend blauer Himmel, Vogelgezwitscher, Summen der Bienen, Duft der Blumen, Vollkommenheit.
»Wir müssen es ihr sagen.«
Adams Blick wanderte zu seinem Goldstück, zu dem wertvollsten Menschen in seinem Leben. Ihren schönen Körper neben sich liegend und mit den Gedanken abgelenkt, legte sich seine Stirn in Falten.
»Wem was sagen?«
»Ma, wir müssen ihr endlich alles erzählen.«
»Du meinst das mit mir?«
»Das mit dir, das mit dem Baby. Einfach alles.«
»Aber ich dachte, du wolltest es ihr noch nicht sagen, du sagtest doch, dass sie noch zu schwach sei.«
»Ich habe noch einmal darüber nachgedacht, Adam. Sie ist nun schon eine Weile wieder zu Hause, ohne einen Zwischenfall. Ihr scheint es wieder gut zu gehen. Und verdammt Adam, ich bin im siebten Monat schwanger. Wenn nicht jetzt, wann soll ich es ihr dann sagen? Soll ich warten bis das Kind drei Jahre alt ist? Für eine Frau ist es etwas Wundervolles bei einer Schwangerschaft mit zu hoffen, dass alles gut geht. Und das habe ich ihr schon kaputtgemacht. Ich will ihr nicht noch den Moment rauben, in dem sie erfährt, dass gleich ihr Enkelkind zur Welt kommt. Das kann ich ihr nicht antun, Adam. Verstehst du? Wie lange soll sie noch nicht erfahren, dass ihr Schwiegersohn, von dem sie glaubt, er schaue oben vom Himmel zu uns allen hinab, schon längst wieder zurückgekehrt ist? Sie liebt dich wie einen eigenen Sohn, Adam. Sie hat dich von vornherein in ihr Herz geschlossen und war so glücklich, als sie erfuhr dass wir zwei heiraten werden. Sie strahlte über ihr ganzes Gesicht. Kleines, er ist der Richtige. Ich bin so froh, dass du ihn gefunden hast. Er ist perfekt für dich und eure Liebe wird alles überstehen, glaube mir, denn ihr seid einfach dafür geboren worden, um füreinander da zu sein. Um den anderen zu lieben, zu ehren und glücklich zu machen. Ich bin mir

sicher, er wird dich nie verletzen und ich hoffe von ganzem Herzen, dass euer Glück für ewig hält, das hat sie zu mir gesagt.« Verstehst du nun, dass ich es ihr nicht länger antun kann? Sie hat so gelitten, als sie erfuhr, was mit dir passiert ist. Sie leidet noch immer, weil sie denkt, dass ich leide und weil sie dich vermisst. Und ich kann ihr das nicht länger antun."

Ashley hatte ihren letzten Satz gerade beendet, als sie Adams Lippen auch schon auf den ihren spürte. Sie schloss die Augen und sie küssten sich lange.

»Es tut mir leid, was ich dir alles angetan habe. Was du wegen mir durchmachen musstest. Aber Melinda hat recht, Ashley. Ich werde dich nie verletzen. Meine Liebe zu dir ist durch nichts kaputt zu bekommen. Ich werde dich immer in meinem Herzen tragen. Egal, was passieren wird. Hörst du, Ashley? Ich habe dir mein Herz geschenkt, für immer und ewig. Unsere Liebe hat selbst den Tod überlistet. Glaube mir Ashley, meine Liebe zu dir ist mit keiner anderen Liebe zu vergleichen. Ich kann dir noch so oft sagen, wie sehr ich dich liebe, doch kein einziges Mal wird es wirklich das ausdrücken können, was ich für dich empfinde. Denn meine Gefühle für dich sind unendlich und mit keinem Wort der Welt zu beschreiben.«

Ashley schmiegte ihren Kopf an seinen Hals, schloss die Augen und genoss einfach den Moment.

»Sing für mich, Adam.«

Über Adams Gesicht huschte ein Lächeln. Zärtlich strich er ihr die Haare aus dem Gesicht und fing an zu singen. Ein sanftes leises Lied. Er hatte es selbst geschrieben und es handelte von ihnen beiden und ihrer ersten Begegnung.

# *Nervosität*

Noch einmal atmete Ashley tief durch.
»Ma?«
»Magst du dich morgen mit mir treffen?«
»Hm, okay ich verstehe, gut. Dann vielleicht übermorgen?«
»Am Strand?"
»Dann übermorgen am Strand, ja?«
»So gegen siebzehn Uhr vielleicht?«
»So spät kannst du nicht mehr? Verstehe.«
»Ja, ich verstehe.«
Ashley nickte ein paar Mal.
Adam hätte zu gerne gewusst, was Melinda sagte.
»Okay Ma, dann bis gleich im Park. Tschüss«
Ashley legte auf und betrachtete noch einige Sekunden den aufgelegten Hörer.
»Dann zieh dich schnell an, mein Schatz.«
»Jetzt? Du willst dich wirklich jetzt mit ihr treffen?«
»Ja, morgen und übermorgen hat sie keine Zeit und heute Abend treffen wir uns mit Fleur, ich hoffe mal, dass du das noch nicht vergessen hast.«
Adam hatte es vergessen.
»Natürlich habe ich das nicht vergessen, Ashley.«
Er machte ein ernstes Gesicht, damit seine Lüge glaubwürdiger herüber kam. Ashley wusste genau, dass Adam es vergessen hatte. Sie kannte ihn nun schon gut genug, um so etwas zu wissen. Aber ihm zu liebe, tat sie so, als würde sie es ihm abnehmen.
»Dann ist ja alles gut, Liebling. Ich dachte schon, du hast es wieder vergessen. Aber zieh dir bitte schnell etwas anderes an, denn ich will nicht, dass meine Ma dich das erste Mal wieder in Boxershorts sieht.«

Beide lächelten sich an und gaben sich einen hoffnungsvollen Kuss.
Adam ging ins Bad, während Ashley eilig im Kleiderschrank schon einmal die Sachen für beide raussuchte.
Nachdem er fertig war, tauschten sie die Plätze. Sie ging in das Badezimmer und er in den Kleiderschrank. Mit dem kleinen Unterschied, dass sie sich im Badezimmer nicht frisch machen, sondern ihre Klamotten anziehen wollte und er ebenfalls in den Schrank ging um sich anzuziehen und nicht um seine Sachen herauszusuchen. Denn er wusste, dass Ashley dies schon längst getan hatte, wie so oft in ihrem Leben.
Nachdem beide angezogen waren, gingen sie in den Flur, um noch die Schuhe anzuziehen.
Adam trug ein weißes Hemd, nicht ganz zugeknöpft und dazu eine blaue Jeans mit einem braunen Gürtel. Dazu zog er Schuhe in einem passenden Braunton an. Er sah sehr männlich und sexy aus. Ashley hätte ihn am liebsten auf der Stelle vernascht. Sie trug ein figurbetontes, lilafarbenes Shirt, mit einer schwarzen Modeschmuckkette darüber. Dazu trug sie einen schwarzen Minirock, denn es war schon sehr warm draußen und offene schwarze Schuhe, mit nicht ganz so hohem Absatz. In der Hand hielt sie eine etwas größere schwarze Lederhandtasche und die Sonnenbrille hatte sie leicht ins Haar gesteckt. Der Bauch machte sie nicht weniger sexy. Ashley war eine der wenigen Frauen, die Glück hatten und nur am Bauch zunahmen und nicht am ganzen Körper. Weshalb sie auch keine Probleme hatte einen Minirock anzuziehen, doch das änderte nichts daran, dass ihr Gewicht auf der Waage ihrer Meinung nach viel zu hoch war. Zum Glück hatte sie in einem schönen Geschäft passende Klamotten gefunden, in die ihr Bauch herein passte.
Ihre Arme und Beine, ihr Hals und ihre Hände, alles sah genauso aus wie vorher, nur ihr Bauch hatte eine starke Rundung. Überlegungen ob sie nun schwanger oder einfach nur dick sei, waren überflüssig, denn ihr Gewicht setzte sich

ganz klar nur auf ihren Bauch und dieser hatte sich im Laufe der Zeit, zu einem schöngeformten Babybauch entwickelt. Bei ihr konnte man ganz eindeutig erkennen, ja, sie war schwanger. Was unter normalen Umständen wundervoll war, doch in dieser Situation machte es ihr Angst. Wie würde Melinda wohl reagieren, wenn sie den schwangeren Bauch ihrer Tochter sah. Dieser war nun wirklich nicht mehr zu übersehen.

Mit schweißnassen Händen lief Ashley ihrer Mutter entgegen. Diese saß nervös auf einer Parkbank und erhob sich, als sie von weitem ihre Tochter auf sie zulaufen sah. Auch Melinda ging nun auf Ashley zu. Doch plötzlich blieb sie wie angewurzelt stehen. Ashley konnte Melindas Gesichtsausdruck noch nicht deuten, doch sie merkte, dass ihre Ma stehen geblieben war, weil sie ihren schwangeren Bauch gesehen hatte. Ashley wurde immer nervöser, als sie endlich bei Melinda angekommen war, sah sie Verwunderung aber auch Trauer und Wut. Verwunderung über den höchst schwangeren Bauch ihrer Tochter. Trauer darüber, dass sie schon so viel von der Schwangerschaft verpasst hatte. Und Wut darüber, dass ihre Tochter es ihr nicht schon früher erzählt hatte. Sie wusste nicht, welches Gefühl das stärkste war, aber sie wusste, dass die Gefühle zu stark für ihren immer noch sehr schwachen Körper waren.
Also drehte sie sich, ohne auch nur ein Wort zu ihrer Tochter zu sagen um und ging wieder in Richtung der Parkbank, auf der sie zuvor auf Ashley gewartet hatte.
Nach einem kurzen Moment purer Verzweiflung ging Ashley ihrer Mutter nach. So sehr hätte sie jetzt jemanden gebraucht, so sehr hätte sie jetzt Adam gebraucht. Aber es war unmöglich, dass er ihr in dieser Situation beistand. Denn Melinda hätte womöglich noch einen Schlaganfall

bekommen, wenn sie mit Adam und dem Baby auf einmal konfrontiert worden wäre. So beschlossen die beiden, dass Melinda erst einmal das mit dem Baby verkraften musste und dass Adam erst danach kommen würde.

Ashley setzte sich stumm neben ihre Mutter und wartete einen Augenblick, bis sich die Atmung von Melinda wieder normalisiert hatte. Melinda schien wie in Trance, ihre Augen starrten einfach geradeaus, als wäre sie an einem ganz fernen Ort. Ashley holte tief Luft und versuchte, sich innerlich ein wenig zu beruhigen. Ihre klitschnassen Hände streifte sie an ihrem Rock ab.

»Ma?«

Melinda reagierte nicht.

»Ma?«

Doch Melinda reagierte noch immer nicht. Zurückhaltend legte Ashley ihre Hand auf Melindas Rücken, während sie ihre Mutter nun schon das dritte Mal versuchte anzusprechen.

Endlich sah Melinda ihre Tochter an, doch ihre Augen schienen noch immer ins Nichts zu blicken. Zart streichelte sie den Rücken ihrer Ma und versuchte so, die Vertrautheit, die sonst zwischen beiden herrschte, wieder herzustellen.

»Mama? Hörst du mich?«, fragte sie mit nun sehr trauriger und bedrückter Stimme. Doch noch immer hatte sich der Blick nicht geändert.

»Ma, ich mache mir wirklich Sorgen um dich. Bitte rede doch mit mir.«

Ashley war zutiefst traurig. Sie hatte zwar damit gerechnet, dass es nicht einfach werden würde, wenn ihre Ma sah, dass sie schwanger war, aber dass es so schlimm sein würde, damit hatte keiner gerechnet. Und schon wieder war es ihre Schuld. Nur durch sie war ihre Mutter jetzt so verletzt und so in sich gekehrt. Hätte sie ihr doch nur von vornherein erzählt, dass sie schwanger war.

Doch die ganze Sache mit Adam hatte ihre ganzen Gedanken für sich beansprucht. Alles drehte sich nur um ihn und sie vergaß alle Menschen um sich herum. Hätte sie sich doch nur

nicht so auf ihn fixiert. Wenn ihre Liebe nicht so stark wäre, dann wäre alles anders gekommen. Sie war so glücklich gewesen, dass er wieder da war und sie hatte jeden Moment mit ihm so genossen, dass sie alles um sich herum vergessen hatte. Und auf einmal, war es auch schon zu spät gewesen und man konnte ihre Schwangerschaft erkennen. Ab diesem Moment hatte Ashley den Gedanken, dass ihre Mutter nichts wusste, vor sich her geschoben.
»Ma, es tut mir leid, wirklich. Ich weiß, ich hätte es dir früher sagen sollen. Und ich weiß, wie gerne du die ganze Schwangerschaft miterlebt hättest, aber glaube mir Mama, es tut mir wirklich aus tiefstem Herzen leid. Ich habe das alles nicht gewollt. Die Zeit ist einfach so an mir vorbeigerast, ich war so abgelenkt und ... Ach Ma, bitte nun rede doch endlich mit mir.«
»Warum?«
Ashley war erleichtert, dass sie nun endlich wieder mit ihr sprach, doch ihre zerbrechliche Stimme, ließ erkennen, wie es in Melinda aussah.
Warum?
Was sollte das bedeuten?
Ashley blieb nicht lange Zeit, um darüber nachzudenken, denn schon redete Melinda weiter.
»Warum hast du das getan? Wieso hast du es mir nicht erzählt? Was bitte hat dich so abgelenkt, dass du es nicht einmal geschafft hast deiner Mutter zu sagen, dass du ein Kind erwartest?«
Nun spürte Ashley richtig die Wut, die Melinda in sich trug. Sie war so enttäuscht von ihrer Tochter, dass Wut ihre Trauer überstieg. Ashley wusste, wieso sie so wütend war, denn wäre sie in ihrer Position gewesen, hätte Ashley es auch nicht verstanden. Beide hatten sich, seit sie denken konnte, so nah gestanden, wie Ashley es von niemand anderem und dessen Mutter kannte. Über alles hatten sie früher gesprochen und Ashley wusste genau wie viel es ihr bedeutete Enkelkinder zu bekommen. Und nun, nun sollte es soweit sein. Sie bekam endlich ihr ersehntes Enkelkind und jetzt hatte sie schon so

viel verpasst. Sie hatte es sich immer so schön vorgestellt mitzuerleben, wie der Bauch ihrer Tochter immer größer und größer werden würde, die Tritte des Babys immer fester werden würden und wie sie ihrer Tochter bei der Schwangerschaft helfen würde. Hatte mit Ashley darüber geredet, wie sehr sie diese Zeit genießen würde und davon geträumt, wie schön es sei, diese Zeit als Großmutter zu erleben.
Und nun?
Nun war alles vorbei, Ashley war schon so weit fortgeschritten in der Schwangerschaft und sie hatte alles verpasst. Die erste Aufregung, die ersten Termine, die ersten Tritte, alles was eine Schwangerschaft so besonders machte, vor allem wenn es die erste Schwangerschaft einer Frau war und dann auch noch die der eigenen Tochter.
Wieso hatte Ashley es ihr nur nicht erzählt?
Hatte sie kein Vertrauen mehr zu ihr?
Hatte sie Angst es zu erzählen?
»Ma, glaube mir bitte, es tut mir wirklich von ganzem Herzen leid, dass ich es dir nicht früher gesagt habe. Ich kann dir nicht sagen, was mich so sehr abgelenkt hat, noch nicht. Aber glaub mir Ma, du wirst es bald erfahren und ich bin mir sicher, dass du mich dann verstehen wirst und dich sogar freuen wirst.«
Melinda sah nun endlich wieder normal aus, nicht mehr als wäre sie in einer anderen Welt gefangen, sondern als wäre sie im Hier und Jetzt angekommen. Zwar sah man in ihren Augen Verwirrung und Unglaube, aber dennoch war sie bereit zuzuhören.
»Mama, ich weiß, es ist dein erstes Enkelkind und das ist immer etwas ganz Besonderes. Aber ich bin mir sicher, dass es nicht dein letztes sein wird. Und ich verspreche dir, bei der nächsten Schwangerschaft wirst du von Anfang an dabei sein.«
Melindas Stirn legte sich in Falten.
»Hast du jemand kennengelernt, Kleines?«
Ashley schüttelte verwirrt den Kopf.

»Nein, wie kommst du denn da drauf?«
»Aber du sprachst doch von einer weiteren Schwangerschaft. Ich hätte nie gedacht, dass du mir so etwas Wichtiges verschweigen würdest, und nun auch das? Ashley, es ist doch ganz klar, dass du dir nach Adam wieder jemand Neuen suchst. Natürlich hätte keiner damit gerechnet, dass es schon so schnell sein würde, aber wenn es nun einmal so ist, dann werden wir alle hinter dir stehen und ihn mit offenen Armen empfangen. Du hättest doch mit mir reden können, mein Kind. Ich verstehe wirklich nicht, wieso du auf einmal so wenig Vertrauen zu deiner Mutter hast.«
Und mit diesen Worten stand sie auf und ging in Richtung des Hauptweges, der aus dem Park führte.
Noch immer geschockt von den Worten ihrer Mutter, rannte Ashley hinter ihr her. Nach kurzer Zeit hatte sie Melinda eingeholt und stellte sich nun so vor sie, dass sie nicht mehr weiterlaufen konnte. Ashley war so geschockt von den Worten, dass sie gar nicht wusste, was sie sagen sollte.
»Ashley, kannst du mir bitte aus dem Weg gehen? Ich brauche jetzt ein wenig Zeit, um nachzudenken. Du weißt, mein Körper ist noch immer etwas schwach und ich möchte mich nicht überanstrengen.«
Ashley konnte es kaum fassen, ihre Mutter benutzte doch wirklich die Ausrede mit ihrer Lungenembolie. Melinda war ein Mensch der sagte, dass es ihm gut ginge, auch wenn jeder Mensch sah, dass dies nicht so war. Und es war nicht zu glauben, dass die Wut in Melinda so stark war, dass sie selbst so eine billige Ausrede benutzte, nur um nicht weiter mit ihrer Tochter reden zu müssen.
»Hast du mich gehört? Ich möchte jetzt bitte nach Hause gehen.«
Doch als Ashley sich nicht rührte, ging Melinda einfach zur Seite und schritt dann den Weg weiter entlang, der in den Hauptweg mündete. Ashley blieb noch kurz stehen, bis sie nun endgültig keine Lust mehr auf dieses Spiel ihrer Mutter hatte.
Wieder ging Ashley ihr nach und stellte sich vor sie.

»Ma, ich weiß ganz genau, dass du enttäuscht bist von meinem Verhalten, und dass du sauer auf mich bist, weil ich dir nicht schon früher etwas von meiner Schwangerschaft erzählt habe, doch das rechtfertigt kein Stück das, was du hier gerade abziehst. Du kannst doch jetzt nicht den Rest deines Lebens Ausreden finden, nur um nicht mehr mit mir reden zu müssen. Ich bin schwanger, ich bin im siebten Monat! Ich erwarte ein Kind und du hast dir schon immer ein Enkelkind gewünscht. Du bist jetzt sauer auf mich, weil du deiner Meinung nach schon viel verpasst hast, doch willst du wirklich auch noch den Rest verpassen? Und daran dann auch noch selbst schuld sein? Ich kann mir das nicht wirklich vorstellen. Und so sehr du dir auch wünschst, jetzt sauer auf mich zu sein und wünschst, mich nicht sehen zu müssen ...«
Ashley überlegte noch einmal kurz und holte tief Luft.
»Es gibt da noch etwas, etwas Wichtiges, dass ich dir sagen, nein zeigen muss!«
Zum ersten Mal, nachdem Ashley sich ihrer Mutter erneut in den Weg gestellt hatte, verschwanden die Falten auf Melindas Stirn. Sie sah ihre Tochter mit Tränen in den Augen an, denn Ashleys Sätze hatten sie tief getroffen.
»Was willst du mir denn bitte noch zeigen, Ashley?«
Innerlich fiel in Ashley die Erleichterung. Wie es schien hatte ihre Mutter ihr genau zugehört und auch verstanden was sie ihr damit sagen wollte.
»Es ist etwas Wichtiges, etwas sehr Bedeutendes, aber etwas Schönes. Glaube mir, Mama, du wirst dich darüber sehr freuen. Aber zuerst musst du dich wieder beruhigen. Du wirst danach noch genug erleben. Also setz dich mit mir auf die Parkbank unter der Weide dort, erzähle mir was du gerade denkst und beruhige dich dabei, okay?«
So gingen Ashley und Melinda wieder gemeinsam zu einer alleinstehenden Parkbank. Die Weide wehte leicht im Wind und die Wolken zogen nur so an beiden vorüber. Die Sonne schien, aber es war nicht so warm, dass man sich unbedingt in den Schatten setzen musste, weil man die Hitze nicht mehr aushielt. Dennoch saßen Melinda und ihre Tochter leicht im

Schatten und betrachteten die Sonnenstrahlen. Eine Menge Leute gingen an ihnen vorüber. Manche mit Hunden an der Leine, andere mit einem Stock in der Hand, in diesem Fall liefen die Hunde vor ihnen her. Andere gingen mit ihren Eltern eine kleine Runde durch den Park spazieren, da diese sonst wohl nicht mehr herausgingen. Wieder Andere liefen Hand in Hand oder Arm im Arm mit ihren Partnern. Alles war dabei, Jugendliche, frisch Verliebte aber auch Leute die in ihrem hohen Alter noch das Glück hatten, einen Partner zu haben. In diesem Fall sah es bei den meisten so aus, als wären sie schon Jahrzehnte zusammen, denn es schien alles so vertraut. Ashley machte es Spaß, diesen Leuten zuzusehen. Sie freute sich innerlich immer so für das Glück dieser Menschen und sie träumte davon, wie sie später auch so mit Adam durch den Park gehen würde.
Während Ashley alle weiter beobachtete, hörte sie dabei ihrer Mutter genau zu. Diese erklärte, was vorhin in ihr vorgegangen war, als sie Ashley sah. Was in ihr vorging, als diese sich vor sie stellte und sie beinah anschrie, dass sie nicht ihr Leben lang vor ihrer Tochter wegrennen könne, womit sie natürlich recht gehabt hatte. Ashley sah dabei immer wieder die Trauer in den grau-grünen Augen ihrer Mutter. Noch immer machte sich Ashley Vorwürfe, dass sie Schuld an der ganzen Sache war, weil Adam sie so abgelenkt hatte. Nach einer geschätzten halben Stunde war Melinda soweit, dass sie sich vollständig beruhigt hatte. Sie lag in den Armen ihrer Tochter und fühlte sich einfach nur geborgen. Die Liebe ihrer Tochter gab ihr eine Menge Kraft, genau die Kraft, die sie für das Bevorstehende brauchen würde.
»Es tut mir leid, dass ich dir mal wieder solche Umstände gemacht habe, mein Kind. Mein Körper verkraftet solche Schocks nicht so gut ich bin ja schließlich nicht mehr die Jüngste.«
Sie lachte bei diesen Worten.
Dieses Lachen hatte Ashley wirklich vermisst. Es war eines der wundervollsten Geräusche auf der Welt, die sie kannte. Es war ein Lachen, so tief aus dem Herzen, dass jedem der

es hörte, nichts anderes übrig blieb, als plötzlich einen Funken Glück in sich zu spüren.
»Ist doch kein Problem, Ma. Es tut mir auch leid, dass ich dir das jetzt sagen muss, aber ...«
Ashley machte eine kurze Pause.
Mittlerweile saß Melinda wieder neben ihr und sah sie gebannt an.
»Ich muss dir leider sagen, dass du wohl noch einen Schock heute überstehen musst.«
Wieder einmal legte sich Melindas Stirn in Falten und ihre Augen verengten sich.
»Wovon redest du Ashley? Ich finde, das war heute schon genug des Guten.«
»Wirklich? Du willst heute nichts Gutes mehr erfahren?"
Melinda antwortete nicht. Ashley kannte ihre Mutter sehr gut. Sie wusste genau was in ihr vorging. Und daher wusste sie auch, dass ihre Mutter nicht widerstehen konnte. Sie war eine sehr neugierige Frau und sie würde es sich nie nehmen lassen, etwas zu erfahren.
»Gut, Mama«, sagte Ashley lächelnd.
»Dann lass uns mal noch ein Stück weiter in den Park gehen, da wartet dann die wundervolle Überraschung. Ich bin mir sicher, du wirst sie lieben.«
»Ashley, spann eine alte Frau nicht so auf die Folter. Sag mir doch, was du mir zeigen willst.«
»Ach, wir sitzen hier jetzt schon so lange, die paar Minuten wirst du wohl auch noch warten können.«
Melinda machte ein mürrisches Gesicht, stand mit ihrer Tochter von der Parkbank auf und sie gingen ein Stück in Richtung des großen Teichs, der inmitten des Parks angelegt worden war. Es war ein sehr schöner Teich. In der Mitte stand eine Skulptur. Es waren zwei kleine, fliegende Engel. Diese sahen sich verliebt in die Augen und einer von ihnen hielt einen Kelch aus dem das Wasser lief. So, wie bei einem Springbrunnen. Im Teich schwammen eine Menge von Fischen und Seerosenblättern. Gelbe, weiße, zart rosafarbene Blüten, es sah wunderschön aus und dieser Teich war einer

der Gründe, wieso Ashley diese Gegend und besonders diesen Park so schätzte. Um den Teich hatten sie überall Lichter angebracht, dass er im Dunkeln beleuchtet wurde. Es sah einfach traumhaft aus, wenn man abends an ihm vorbeilief oder sich auf eine der vielen Parkbänke setzte, die in der Nähe aufgestellt waren.
So liefen Melinda und Ashley ein Stück den Weg entlang und redeten über den schönen Park und das sonnige Wetter, als Melinda auf einmal stehenblieb.
Sie blinzelte ein paar Mal mit ihren Augen und rieb sie sich, doch noch immer glaubte sie nicht, was sie sah. Ihre Augen hatte sie so sehr aufgerissen, als hätte sie ein Gespenst gesehen.
»Ashley ...«
Sie schaffte es kaum einen Satz zu sprechen, entsetzt holte sie tief Luft, als sie noch einmal ansetzte.
»Ashley, halt mich jetzt nicht für verrückt, aber da, da ...«
Auch diesen Satz beendete sie nicht. Ihr Verstand sagte ihr, dass es einfach unmöglich sein konnte.
»Da sitzt Adam, Mama.«
Melindas Kopf wirbelte nur so zu ihrer Tochter und ihre Augen rissen sich von ganz von alleine noch viel, viel weiter auf. Melinda verstand die Welt nicht mehr. Sie glaubte wirklich ihren toten Schwiegersohn in spe zu sehen. Und anscheinend sah Ashley ihn auch.
Aber wie konnte das sein?
Das war doch nicht möglich.
Und wie konnte ihre Tochter nur so ruhig dabei sein?
Sie selbst hatte das Unfassbare ausgesprochen und blieb dabei völlig ruhig, als ob es das Normalste der Welt wäre.
»Ashley, lass uns gehen. Das wird mir nun wirklich alles zu viel. Erst das mit deiner Schwangerschaft und nun sehe ich auch noch Tote.«
Melinda drehte sich schon um und wollte gerade loslaufen, als sie die ihr so vertraute Stimme hörte.
»Lange nicht gesehen, Schwiegermama.«

Melinda drehte sich ganz langsam herum und traute noch immer nicht dem Anblick, der sich vor ihren Augen auftat. Er stand wirklich da. Nein, das konnte nicht sein. Er stand da, er war es. Das Lächeln, das vertraute, herzliche Lächeln. Es war wirklich Adam.
Plötzlich wurde Melinda ganz heiß und sie fing an zu schwanken.
Schnell eilten Adam und Ashley hinter Melinda und konnten sie gerade noch auffangen, bevor diese auf dem Boden aufschlug.

Das Bewusstsein kehrte langsam zurück. Sie merkte die heißen, kitzelnden Sonnenstrahlen auf ihrer Nase und die frische, nach Gras duftende Luft, die ihr direkt ins Gesicht geblasen wurde.
»Ich denke du kannst jetzt aufhören zu wedeln, Schatz. Ich glaube sie wacht langsam wieder auf.«
Melindas Kopf schmerzte ein wenig und noch immer glühte ihr ganzer Körper. Sie versuchte zu realisieren, was um sie herum geschah, doch ihr Kopf schien leer, sie konnte sich an nichts erinnern.
Nach einem kurzen Moment der Orientierung versuchte sie langsam, die Puzzleteile wieder zusammenzufügen. Und auf einmal kam alles wieder.
Der Park, die Schwangerschaft, Adam!
Adam?
Nein, das konnte nicht sein. Melinda riss die Augen auf und sah ihre Tochter. Ashley lächelte sie vorsichtig an.
»Es ist alles okay, Ashley. Sie ist wieder wach.«
Melinda blinzelte einmal fest.
Nein, das konnte einfach nicht sein!
Hatte sie wirklich die Stimme von Adam gehört?
War es wirklich ihr toter Schwiegersohn in spe, auf dessen Knien sie lag?

»Adam?«, fragte Melinda mit noch schwankender Stimme.
Nun beugte sich auch Adam über Melinda, sodass sie ihn sehen konnte. Ihre Gefühle konnte sie nicht ordnen. Freude, Verwirrung, Angst und Unsicherheit sammelten sich in ihrem Herzen an und vereinigten sich zu einem Gefühl des Unbehagens.
Mein Gott, es war wirklich wahr. Sie sah und hörte den verstorbenen Verlobten ihrer Tochter.
Aber wie um Himmels Willen war das nur möglich?
Melinda dachte an den Film, den sie erst vor kurzem im Fernsehen gesehen hatte. Wieder schloss sie die Augen und versuchte klar zu denken.
War Adam ein Engel?
War er wieder auf die Erde gekommen, weil er noch etwas zu erledigen hatte?
»Ma?«
Ashley sprach sehr vorsichtig und leise mit ihrer Mutter. Melindas Augen öffneten sich und starrten die ihrer Tochter entsetzt an. Doch nun lächelte Ashley nicht mehr. Ihre Stirn war in Falten gelegt und in ihren Augen las Melinda Sorge.
»Mach dir keine Sorgen um mich mein Kind, es geht schon wieder. Ich habe ein wenig Kopfschmerzen, aber sonst ist alles in Ordnung, glaube mir.«
Melinda versuchte ihre Tochter anzulächeln, aber es war so anstrengend gewesen Ashley zu sagen, sie solle sich keine Sorgen machen, dass sie es nicht mehr schaffte zu lächeln.
»Adam?«
Er sah Ashley an.
»Hilf ihr doch bitte hoch, ich denke es wäre gut, wenn wir sie auf die Parkbank setzen würden. Da oben ist mit Sicherheit eine bessere Luft, als hier unten auf dem Boden.«
»Aber natürlich, du hast recht.«
»Bereit?«
Melinda nickte zaghaft. Vorsichtig half Adam ihr hoch. Sie spürte ihn und konnte es dennoch nicht fassen. Er war hier, hier bei ihr.

Kurze Zeit später saßen alle auf einer Parkbank. Mittlerweile hatten Adam und Ashley, Melinda erzählt, wie genau das mit Adam gewesen war. Wie es war, als er plötzlich wieder vor seiner großen Liebe stand und sein Glück selbst nicht fassen konnte. Sie erzählten, dass Fleur es schon wusste und auch, dass sie Paul von Allem erzählt hatten. Wie genau Paul reagiert hatte, das wollten sie Melinda nicht erzählen, es war schon schlimm genug für Ashley. Nicht auch noch Melinda sollte sich jetzt Sorgen um Paul machen, Sorgen über seine Reaktion und Sorgen darüber, was im Moment mit ihm los sein musste. Sie erzählten nur, dass er nicht gerade positiv auf die Neuigkeit reagiert hatte und dass er wohl deshalb weggefahren sei.

Melinda hörte gespannt zu, während sie noch immer versuchte alles zu verstehen. Vorsichtig hatte sie Adams Arm berührt und festgestellt, dass er sich noch immer anfühlte wie früher. Er sah aus wie früher, fühlte sich so an und benahm sich wie er selbst.

Aber wie konnte so etwas nur passieren?

Was geschah nach dem Tod eines Menschen?

Und wieso schaffte es ein ganz normaler Mensch wieder zurück ins Leben zu finden, ohne selbst zu wissen, wie so etwas möglich war?

Zurück in der Wohnung ließ sich Ashley erst einmal Wasser in die Wanne ein. Der ganze Tag war sehr anstrengend für sie gewesen. Es war alles andere als einfach gewesen ihrer Ma zu erzählen, dass sie schwanger war. Die Gewissheit, dass Melinda nicht positiv darauf reagieren würde, hatte sie schon längere Zeit gequält. Daher war es einfach an der Zeit gewesen, es ihr zu sagen, um endlich diese Last loszuwerden. Trotz der großen Trauer und Wut, die Melinda wegen des Geheimhaltens in sich spürte, war sich Ashley sicher, dass wenn nur ein paar Tage vergehen würden, die Freude über das so lang ersehnte Enkelkind eindeutig überwiegen und sie die Trauer über die verpasste Zeit gut überstehen würde. Aber trotzdem war es kein schöner Augenblick gewesen, mit ansehen zu müssen, wie verletzt sie über das Verhalten ihrer Tochter war. Ashley hatte ihrer Ma nie so wehtun wollen und wäre das mit Adam nicht passiert, dann wäre alles anders gekommen.
Das mit Adam ...
Es war ein großer Schock für Ashley gewesen als ihre Mutter in Ohnmacht gefallen war. Zuvor hatte sie sich überlegt, wie ihre Mutter reagieren würde, doch dass so etwas passieren würde, damit hatten weder Adam noch sie gerechnet. Voller Panik war sie kurz davor gewesen ihr Handy aus der Tasche zu holen, um einen Krankenwagen zu rufen, doch Adam hatte sie davon abgehalten. Sein Vater war Mediziner gewesen und so kannte er sich ein wenig in diesem Gebiet aus und wusste, dass sie bald wieder zu sich kommen würde.
»Schalte bitte das Wasser ab, Adam. Ich komme gleich ins Bad, ich brauche nur noch einen Moment frische Luft.«
Ohne etwas zu sagen, ging Adam ein Stück auf sie zu, strich ihr über die Haare, gab ihr einen Kuss auf die Stirn und ging dann ins Badezimmer.
Ashley stand einfach da, die Arme vor der Brust verschränkt und die Augen fest geschlossen, versuchte sie den Duft der Blumen einzufangen und genoss den Wind, welcher an ihr vorbeizog und einzelne Haarsträhnen ab und an anhob und ihr ins Gesicht wehte.

Sie lauschte dem leisen, wunderschönen Klavierstück, welches von irgendwoher erklang. Noch einmal dachte sie über alles Mögliche nach. Nicht nur über die Sache mit Melinda, nicht nur über die Sache mit Adam, nein über alles. Über ihre ganze Lebenssituation, ihre Freunde, ihre Familie, ihren Beruf. Einfach alles, was sie ausmachte. Was sie zu dem Menschen machte, der sie war.

Aneinander gelehnt saßen beide in der Eckbadewanne. Adam hatte Kerzen aufgestellt, damit Ashley nach solch einem Tag ein wenig Aufmunterung empfand. Die Kerzen dufteten nach Vanille, Ashleys Lieblingsduft bei Kerzen. Adam dachte darüber nach, wie gut er seine Verlobte kannte. Manchmal kam es ihm vor, als würden sie eins miteinander sein. Er kannte nicht nur einfache Dinge, wie den Lieblingsduft der Kerzen oder die für sie schönsten Blumen. Nein, auch sonst wusste Adam so gut wie alles von ihr. Er wusste genau, wie er ihre Reaktionen zu deuten hatte, wann sie was dachte und fühlte und wie sie mit allen Situationen umging. Und trotz dessen, dass er sie in und auswendig kannte, konnte er nicht genug von ihr bekommen. Er liebte sie einfach über alles und konnte sich nicht einmal eine Woche mehr ohne sie vorstellen.
»Sonnenschein?«
Ashley drehte ihren Kopf so zur Seite, dass sie Adam sehen konnte.
Sie lag zwischen seinen Beinen, ihr Rücken an seine starke Brust gelehnt und ihre Haare so hochgesteckt, dass sie ihn nicht im Gesicht kitzelten. Verliebt lächelte sie ihn an. Mit liebevoller Stimme sprach er weiter.
»Du weißt doch, wie sehr ich dich liebe, oder?«
Sie nickte. In ihr machte sich Aufregung breit. Schmetterlinge fingen an in ihren Bauch auf und ab miteinander zu tanzen.

»So etwas fragtest du auch in dem Moment, als du wissen wolltest, ob ich deine Frau werden will.«
Sie lächelte.
»Genau.«
Auch er lächelte.
»Und genau in diesem Moment Liebling, möchte ich dich erneut fragen, ob du noch bereit bist meine Frau zu werden. Ob du noch immer bereit bist, dein Leben mit dem meinen zu vereinen, Noch immer bereit bist, mein Leben mit Liebe und Glück zu bereichern, während ich stets versuchen werde, dir dasselbe zu ermöglichen. Ob du noch immer bereit bist, dir meine Sorgen und Ängste anzuhören, für mich da zu sein, wenn ich dich brauche. Ob du noch immer bereit bist, mir deine Sorgen und Ängste zu erzählen, mit dem Wissen, dass ich mein Möglichstes tun werde, um dich immer und überall zu unterstützen. Ich möchte dich als meine Frau wissen, Ashley. Ich möchte für immer mit dir verbunden sein. Im Leben, wie im Tod. Vor deiner Familie, deinen Freunden und vor Gott. Du weißt, ich kann mir kein Leben ohne dich vorstellen und nur Gott weiß wie und warum ich noch einmal die Möglichkeit habe, mein Leben zu genießen und dazu gehörst du, Ashley. Denn du bist meine Welt, du bist mein Leben, du bist mein Ein und Alles.«
Ashleys Herz pochte so stark, dass sie es im ganzen Körper spürte.
»Adam du kannst dir gar nicht vorstellen, wie sehr ich dich liebe. Du bist so wundervoll, du bist perfekt und du kannst dir nicht vorstellen, wie überglücklich ich bin, dass ich die Frau sein darf, die in deinem Herzen ist. Ich liebe dich mehr, als alles andere auf der Welt, Adam. Und mein größter Wunsch ist es dich zu heiraten. Du bist einfach alles für mich, Adam. Alles was du sagst, alles was du tust, es ist so perfekt, so wundervoll, so einzigartig.«
Ashley fiel es schwer zu sprechen, denn währen sie das sagte, fingen Tränen an, ihre Wangen herunter zu kullern.
»Du glaubst nicht wie gerne ich mein Leben mit dir für immer teilen möchte. Wie gerne ich mit dir alt werden

möchte. Und dieser Wunsch war schon einmal verloren und ich werde die Letzte sein, die dafür sorgt, dass dieser Traum wieder zerbricht. Ja, Adam. Ja! Ich will noch immer deine Frau werden und ich würde alles, alles nur Erdenkliche dafür tun.«
Ashley drehte sich in der Wanne um, sodass sie nun voll und ganz auf ihm lag. Ihr Kopf näherte sich seinem und sie küssten sich innig.

# *Schock*

So vergingen die Tage. Fleur und Melinda kamen Adam und Ashley oft besuchen. Von Paul hatten sie noch immer nichts gehört und die Anspannung wegen des Babys wurde immer größer. Immer mehr geriet der Hormonspiegel von Ashley ins Wanken. Adam wunderte sich nur noch über das, worauf Ashley plötzlich Lust verspürte. Sie stopfte alles in sich hinein, was sie nur finden konnte, doch außer an ihrem kugelrunden Bauch nahm Ashley noch immer nicht ein Gramm zu. Die Tritte des Babys wurden immer kräftiger und auch die Drehungen im Bauch spürte sie nun stark.

Alles schien ganz normal zu sein.

Adam war gerade dabei sich im Badezimmer fertigzumachen, als er auf einmal etwas hörte.

Was konnte das bloß gewesen sein?

Ashley schlief doch noch.

Oder war sie nun aufgewacht?

Adam hielt in der Bewegung kurz inne. Doch er hörte nichts und so machte er sich weiter fertig.

Als er gerade dabei war, seine noch nassen Haare mit einem Handtuch durchzurubbeln, meinte er erneut etwas gehört zu haben.

Und so entschied er sich, noch seine Haare fertig zu trocknen und danach einfach nachzuschauen, was los war.

Nachdem er aus dem Bad kam, ging er geradewegs ins Schlafzimmer, da er dachte Ashley schliefe dort noch friedlich vor sich hin. Doch das Bett war leer. Er blieb kurz stehen und lauschte. So lauschend stand er eine kurze Zeit da, als er endlich erneut ein Geräusch hörte. Es schien von der Terrasse zu kommen. Und so ging er hastig in die

Richtung, von der er glaubte, die lauten Geräusche zu hören. Als er im Wohnzimmer angelangt war, sah er sie auch schon. Ashley stand auf der Terrasse und hatte die Hände auf ihren Bauch gelegt. Adam wusste nicht was, aber er wusste, dass etwas nicht stimmte. Er spürte es, es durchzog seinen ganzen Körper, dieses schlechte Gefühl, dass etwas nicht in Ordnung war.
»Ashley!«
Schnell schritt er auf sie zu. Seine Sorge um sie wuchs mit jedem Schritt. Wieso nur hatte er dieses unangenehme Gefühl im Bauch, dass etwas nicht in Ordnung war?
»Adam ...«
Ihre Stimme hörte sich schmerzverzerrt an.
»Liebling, was ist denn los? Stimmt etwas nicht? Setz dich doch lieber.«
Sie schüttelte nur den Kopf und schloss gequält ihre Augen. Ihr Gesicht spiegelte Angst, Verzweiflung und Schmerz wieder und Tränen fingen an darüber zu laufen.
Sie schien große Schmerzen zu haben, doch Adam wusste nicht wie er ihr helfen sollte.
»Es tut so weh!«
Plötzlich sah er es.
Blut.
Ihre Kleidung war voller Blut. Er musste etwas tun, und zwar sofort.
»Schatz, ich lasse dich kurz alleine um einen Krankenwagen zu rufen, okay? Ich bin sofort wieder da, mach dir keine Sorgen.«
Sie nickte, während sie sich nun doch langsam auf einen Stuhl setzte.
Nach kurzer Zeit kam Adam zurück. Nun spiegelte sich auch in seinem Gesicht Angst und Verzweiflung wieder.
»Ich habe einen Krankenwagen gerufen, Ashley. Nicht mehr lange und dir geht es wieder gut, alles wird wieder gut werden.«
Während dieser Worte war Adam zu ihr gegangen und hatte seine Arme schützend um sie gelegt.

Er wusste nicht, was er in dieser Situation tun sollte, also entschied er sich dazu, dass es im Moment das Beste war, für sie da zu sein, sie einfach zu halten und nicht alleine zu lassen. Ihr Halt zu geben und Mut zu machen, dass alles wieder so werden würde wie es gewesen war.

Verzweifelt schritt Adam den Weg auf und ab.
Den mittlerweile kalten aber noch vollen Kaffeebecher behielt er die ganze Zeit in der Hand. Er brauchte etwas woran er sich klammern konnte. Nachdem sie Ashley mit dem Krankenwagen mitgenommen hatten, hatte Adam Melinda und Fleur angerufen. Kurz hatte er auch darüber nachgedacht Paul anzurufen, hatte sich dann aber doch dagegen entschieden. Nach der letzten Begegnung war die Wut auf ihn noch immer zu groß. Und bis Paul da wäre, würden bestimmt sowieso mehrere Stunden vergehen. Adam wusste ja nicht einmal, wo genau er hingefahren war. Und tief im Inneren wollte er ihm nicht unnötig Sorgen bereiten. Denn trotz der Sache, die Adam wirklich erstaunt und verletzt hatte, war er noch immer sein allerbester Freund. Daher hatte Adam es sich nach dem langen Gang im Krankenhaus nun fest vorgenommen ihn anzurufen, wenn er wusste, was Ashley hatte. Melinda und Fleur saßen auf den Stühlen, die extra für solche Momente bereitstanden. Schon seit sie angekommen waren, ging Adam auf und ab und konnte sich nicht ruhig hinsetzen. Es machte ihn innerlich verrückt, dass es Ashley und dem Kind anscheinend schlecht ging und dass er nicht einmal wusste, was genau los war.
Nach einiger Zeit kam endlich eine Krankenschwester vorbei, Adam eilte sofort zu ihr, um zu erfahren was los sei.
»Können sie mir helfen? Bitte, ich muss wissen was mit ihr los ist. Wird sie es schaffen? Wird mein Kind es schaffen?«
Die Frau war stehengeblieben und versuchte den aufgewühlten Mann vor ihr zu beruhigen.

»Wegen wem sind sie denn hier? Beruhigen sie sich erst einmal und erzählen mir in Ruhe, wer sie sind.«
»Ich heiße Doyle, ich bin der Verlobte der vor kurzem eingelieferten Ashley Cooper. Sie wurde mit Blutungen und großen Schmerzen eingeliefert und ich weiß nicht was ich machen soll. Was ist nur mit ihr?«
Die Frau deutete an, er solle sich erst einmal auf den Stuhl setzen und tat es ihm gleich.
»Beruhigen sie sich erst einmal Mister Doyle.«
Sie sprach in einer sehr fürsorglichen Stimme, welche Adam aber nicht seine Verzweiflung nahm. Er setzte sich und nickte still. Seine innerliche Anspannung schien alles in ihm zu sprengen. Er hielt es nicht mehr aus. Er machte sich zu große Sorgen.
Was war mit ihr und ihrem gemeinsamen Kind passiert?
»Mein Name ist Stewart. Ich bin vertraut mit diesem Fall und kann ihnen daher sagen, dass ihre Verlobte bei Doktor Taylor in den besten Händen ist. Er ist wirklich einer der besten Leute auf seinem Gebiet.«
Mit festem Griff nahm Adam ihre Hand.
»Bitte, können sie mir endlich sagen, was mit Ashley und meinem Kind ist?«
Seine Stimme wirkte nun fester als zuvor. Sein Äußeres schien an Fassung gewonnen zu haben, doch in seinem Inneren brodelte es noch immer wie wild.
»Ihrer Verlobten, Mister Doyle, geht es den Umständen entsprechend. Sie befindet sich zurzeit in Narkose.«
»Was soll das heißen, Doktor?«
»Sie erlitt eine Plazentaablösung. Wir haben es rechtzeitig erkannt, sodass dieser Vorfall ihrem Baby allem Anschein nach keinen Schaden zugefügt hat. Haben sie den Krankenwagen gerufen?«
Adam nickte verwirrt. Er versuchte noch immer zu begreifen was passiert war.
»Sie haben ihr und auch ihrem Kind vermutlich das Leben gerettet.«
Seine Augen verrieten wie es in ihm aussah.

»Eine was?«
»Also, Mister Doyle ...«
Die junge Krankenschwester holte noch einmal tief Luft und setzte nun zu einer längeren Rede an.
»Bei einer Plazentaablösung geschieht, wie der Name schon sagt, dass sich die Plazenta löst. Die Plazenta ist ein wichtiges Organ in der Schwangerschaft. Unter anderem ist die Plazenta dazu da, das noch ungeborene Kind mit Nährstoffen und Sauerstoff zu versorgen. Wenn die Plazenta sich löst, kann dies, wie im Falle ihrer Verlobten, zu Blutungen und Krämpfen führen. Während ich ihnen das gerade erklärt habe, nimmt Doktor Taylor den Notkaiserschnitt vor. Haben sie soweit alles verstanden? Oder haben sie noch Fragen?«
Adam nickte nur unbeholfen.
»Gut, Mister Doyle, machen sie sich keine Sorgen, es scheint soweit alles in Ordnung zu sein. Sie haben großartig reagiert. Ihnen ist es zu verdanken, dass ihr Kind den Plazentaabstoß, wie es scheint, gut überstehen wird. Ich muss nun wieder gehen. Gedulden sie sich noch ein wenig und gönnen sie sich noch einen Kaffee. Die Ärzte werden zu ihnen kommen, sobald alles vorbei ist.«
Mit diesen freundlichen Worten verabschiedete sich die Krankenschwester und ging in die Richtung, aus der sie gekommen war.
Adam stand einfach nur da.
Was sollte er nun tun?
Was bedeutete das, was er eben erfahren hatte?
Nachdem er einige Minuten still versucht hatte, alles zu verkraften, ging Adam zu Fleur und Melinda und versuchte, so gut wie möglich das wiederzugeben, was ihm berichtet wurde. Melinda und Fleur verstanden das Ganze wohl besser als er und so machte sich Melinda auf den Weg nach draußen vor das Krankenhaus, um Paul zu benachrichtigen. Fleur setzte sich mit Adam hin, und versuchte, ihm in Ruhe alles noch einmal genau zu erklären.

Paul hatte sich in dem Moment auf den Weg gemacht, in dem er erfahren hatte, was mit seiner Schwester passiert war. Die schief gelaufene Situation hatte ihn schwer belastet und er hatte viel darüber nachgedacht. In aller Ruhe hatte er noch einmal über das nachgedacht, was er gesehen und gehört hatte. Dass es falsch war, was er getan hatte, war ihm bewusst, aber ihm war ebenfalls bewusst, dass es nicht mehr rückgängig zu machen war. Schmerzhaft wurde ihm bewusst, was für ein schlechter Bruder er in letzter Zeit gewesen war, aber das sollte sich von nun an wieder ändern. Nun für Ashley da zu sein und sie zu trösten, ihr zuzuhören und ihr Halt zu geben, genau wie früher als sie sich noch alles erzählten, war jetzt das Wichtigste für ihn. Es tat ihm sehr leid, dass er in so einer tollen und wertvollen Zeit wie der Schwangerschaft nicht für sie da gewesen war, aber in dieser schweren Zeit konnte und wollte er sie nicht alleine lassen. Er nahm sich seinen braunen Lederkoffer, packte die nötigsten Klamotten hinein und beeilte sich, so schnell wie möglich für das Wichtigste in seinem Leben da zu sein. Und zwar für seine Familie. Es ging nicht nur um Ashley oder ihr Baby, auch ihrer Mutter Melinda musste es schrecklich gehen, und als ihr einziger Sohn und der wichtigste Mann in ihrem Leben, war es seine Pflicht, sein Möglichstes zu tun, damit es seiner Mutter gut ging.

Ashley kam so langsam zu sich. Sie merkte, dass ihre Nase kitzelte. Das Gefühl im Bauch, welches sie verspürte, konnte sie nicht genau beschreiben. Ihre Augenlider waren schwer und sie hatte Mühe sie zu öffnen. Nach einigen Minuten der Kraftlosigkeit kam sie immer mehr zu sich und merkte wie sich der ganze Kreislauf normalisierte.

Ihr Kopf war noch immer schwer und sie schaffte es kaum ihn zu heben. Nachdem es ihr doch gelang, öffnete sie ihre Augen. Ihre ganze Umwelt schien noch etwas verschwommen.

Und so blinzelte sie ein paar Mal, um sie besser wahrnehmen zu können. Vor sich sah sie einen Schrank, so wie der große Schrank, der im Krankenzimmer ihrer Mutter gestanden hatte. Angestrengt drehte sie ihren Kopf zu dem hellen Licht, welches durch das große Fenster schien. Es war ziemlich hell, beinahe blendend. Deshalb musste sie noch ein paar Mal blinzeln, bis sie wieder alles klar sehen konnte.

Und dann sah sie ihn, Adam.

Er stand in ihrem Zimmer und beobachtete lächelnd wie sie mehr und mehr zu sich kam. Langsam schritt er auf sie zu. Vorsichtig nahm er ihre Hand und streichelte sie. Voller Erleichterung setzte er sich auf den Stuhl, der neben das Krankenbett gerückt worden war, nachdem er Ashley noch einen liebevollen und erleichterten Kuss auf die Stirn gab.

»Willkommen zurück, mein Engel.«

Adam lächelte Ashley aus tiefstem Herzen an. Auch Ashley versuchte ihn anzulächeln, schaffte es aber nicht wirklich.

Alles fühlte sich so erschöpfend an. Selbst die Augen offen zu halten schien ihr kaum machbar.

Adam erklärte ihr kurz was passiert war, und dass ihr Kleines auf der Frühchen-Station liegen würde, da es schließlich gerade einmal die dreiunddreißigste Woche gewesen war, in der sie zur Welt gekommen war.

Nachdem die ganze Anstrengung immer mehr verflog, drängte sich der Wunsch in ihr auf, ihr Kind sehen zu wollen.

Adam hatte ihr mit Stolz erzählt, dass sie nun ein kleines, wundervolles Mädchen ihr Kind nennen durften.

Ihr kleiner Sonnenschein, war ein kleines zerbrechliches Mädchen geworden.

»Ich will sie sehen, Adam. Ich will sie streicheln und küssen. Ich will sie spüren, unbedingt.«

Diese Worte auszusprechen war ihr schwerer gefallen, als gedacht. Noch immer merkte sie die Auswirkungen der Vollnarkose.

»Ich weiß, mein Liebling. Aber du musst deinem Körper noch mehr Zeit geben.«

Doch ihr Verstand wollte dies nicht einsehen. Ihr Körper fühlte sich doch schon wieder stärker an und das Reden fiel ihr mit jedem Wort leichter.

»War ich schuld?«

»Woran schuld?«

»Daran, dass ich hier jetzt liege. An dem, was uns passiert ist.«

»Die Ärzte sagen, sie wissen nicht, woran es gelegen hat.«

Er streichelte ihr liebevoll über ihre Haare. Dass sie dachte, sie sei schuld an dem, was passiert war, brach ihm fast das Herz. Er fand es wundervoll wie gefühlsbetont seine Frau war, aber es brachte ihr auch so viel Leid in ihr Herz, welches er mit allen Mitteln von ihr fernhalten wollte.

»Mach dir bitte keine Vorwürfe, okay? Ruh dich erst einmal ein wenig aus, mein Schatz.«

Ashley nickte vorsichtig mit dem Kopf.

»Bist du bereit für die anderen?«

Ashleys Stirn legte sich in Falten.

Von welchen anderen sprach Adam?

Wie konnte er von anderen sprechen? Nur er wusste doch was passiert war.

Oder etwa doch nicht?

»Draußen steht deine Familie, Ashley. Sie warten auf dich. Sie wollen dich alle sehen. Und auch Paul ist hier.«

»Paul?«

Ashley machte eine kurze Pause.

»Wirklich?«, fragte sie mit Wehmut in der Stimme.
Aber auch die Freude und die Erleichterung waren darin zu hören und ihr zartes Lächeln unterstützte diese Gefühle.
Nun schaffte sie es vollkommen. Ohne große Anstrengung, ohne schiefen Mund, sie lächelte ihn einfach an, mit dem schönsten Lächeln, welches er je gesehen hatte.
Paul war wirklich da, er hatte ihr alles verziehen. Er musste eingesehen haben, dass es falsch war, dass sie so zerstritten waren, und er wollte ihr beistehen. Ashleys Herz machte einen großen Sprung. Sie wusste nicht, wie sie mit all der Erleichterung klarkommen sollte, ohne zu platzen. Ihre Tochter war auf der Welt und allem Anschein nach, ging es ihr gut. Ihr Bruder hatte ihr verziehen und wartete darauf, sie zu sehen und endlich, nach all der Trauer, all dem Leid, war ihre Familie das erste Mal wieder vollkommen vereint.
»Ich hole sie rein. In Ordnung, Liebling?«
Ashley nickte noch immer lächelnd.

Nachdem sie alle bei Ashley waren und sie getröstet und ihr Halt gegeben hatten, hatte Ashley sie dazu überredet wieder nach Hause zu gehen. Ihr ging es gut im Krankenhaus und Adam würde sowieso bei ihr bleiben. Er gab Fleur den Schlüssel, damit sie in der Wohnung alles regeln und noch die Sachen für Ashley holen konnte.
Glücklich verabschiedeten sich alle. Alle, außer Adam und Paul.
»Ich bin ja so froh, dass es dir gut geht, Schwesterherz!«
Paul setzte sich nun auf den Stuhl, auf dem zuvor noch Adam gesessen hatte und nahm wie auch er zuvor Ashleys Hand.
»Es tut mir ja so leid, was alles passiert ist. Ich habe viel nachgedacht und ich habe erkannt, dass ich der Volltrottel war, dass ich der Verrückte war und nicht du, meine Süße.«
Ashley nickte leicht und lächelte ihren Bruder glücklich an.

»Kannst du mir noch einmal verzeihen?«
In Pauls Augen konnte man Hilflosigkeit und Bedauern, Scham und einen Funken Hoffnung lesen.
»Du kannst auch noch einmal darüber nachdenken. Aber ich hoffe, dass du dich für das Richtige entscheidest, denn wir gehören doch zusammen, Schwesterlein.«
Paul lächelte sie vorsichtig an.
»Natürlich!«
Ashley strahlte Paul mit all der Herzlichkeit an, die sie in sich trug.
»Natürlich verzeihe ich dir, Paul. Ich habe dich sehr vermisst.«
»Ich habe dich auch sehr vermisst, Ashley.«
Mit diesen Worten stand er auf und gab Ashley einen leichten aber zärtlichen Kuss auf den Mund.
»Du kannst dir ja nicht vorstellen, wie lieb ich dich habe, Ashley. Keiner kann das.«
Er sah ihr noch kurz in die Augen, bis er sich von ihr losreißen konnte und sich zu Adam drehte, der sich von der Szene entfernt hatte.
Still hatte Adam es bevorzugt, die Szenerie vom Tisch aus zu beobachten und abzuwarten. Mit festem Schritt ging Paul auf ihn zu.
»Ich weiß nicht, was ich sagen soll.«
Adam erhob sich vom Stuhl und tat einen Schritt nach vorne.
»Ist schon okay, Kumpel.«
In Pauls Gesicht stand pure Erleichterung geschrieben.
»Ist schon okay!«, wiederholte Adam noch einmal und ging noch einen Schritt auf Paul zu.
Dieser konnte nicht länger und schnappte sich seinen besten Freund.
Seine Arme fest um Adam geschlungen, liefen Paul die Tränen über die Wangen.
»Wie konntest du uns das nur antun? Einfach zu gehen! Ich habe dich so vermisst, Adam.«
»Natürlich Kleiner, ich würde mich schließlich auch vermissen.«

Ashley lächelte über die vertrauten Witze ihres Partners. Auch Adam und Paul lachten. Lachten zusammen, denn sie hatten sich wieder.

Nach sieben Stunden kam die Schwester und half Ashley das erste Mal wieder auf die Beine. Es war eine sehr anstrengende und kraftraubende Aktion für Ashley und sie war froh, als sie wieder in ihrem Bett lag. Wie wichtig es war, so schnell wie möglich wieder aufzustehen, war ihr bewusst, um Thrombosen vorzubeugen und den Kreislauf zu stabilisieren, dennoch hatte es sie viel Kraft gekostet.
Kurz danach kam ein Arzt vorbei und erklärte ihr, dass es bei dem Eingriff keine Komplikationen gegeben habe, und dass es ihrem Kind soweit gut ginge.
Ihre Tochter war noch ein wenig schwach und war deswegen auf der Frühchen-Station an einen Beatmungsschlauch angeschlossen. Sie wog 1924 Gramm und war 43 cm groß. Somit war sie ein Frühchen, was eine große Chance hatte durchzukommen. Er erklärte ihr, dass wenn sie sich stark genug fühle, sie ihre Tochter besuchen könne.

Während der nächsten Tage konnte Ashley sich noch nicht viel bewegen, alles schmerzte. Die Trennung von ihrer Kleinen war für sie sehr schwer zu ertragen. Da ihre Tochter ein Frühchen war, wurde sie sofort auf die entsprechende Station gebracht und war somit weit weg von ihrer Mutter. Und da Ashley starke Schmerzen hatte, schaffte sie es nicht, zu ihrer Kleinen zu gehen, und hatte bisher keine Chance gehabt, sie zu sehen.
In den Tagen in denen Ashley nicht zu ihrem Kind konnte, um ihre Hand zu halten oder sie einfach zu beobachten, übernahmen das andere für sie. Wenn Adam nicht gerade bei Ashley war, dann war er bei ihrem kleinen Sonnenschein. Natürlich war Melinda auch sofort bereit für Adam einzuspringen, sowohl bei Ashley, als auch bei der Kleinen. Auch Robert und Fleur kamen Ashley besuchen, doch diese hielten es für wichtig, dass, bevor sie das Baby sahen, Ashley sie gesehen hatte und da dies noch nicht der Fall gewesen war, hatten sie sich damit zurückgehalten.
Melinda hatte ebenfalls mit diesem Gedanken gespielt, hielt es aber für wichtiger zu ihrer Enkeltochter zu gehen, denn sie wusste wie wichtig es für Frühchen war viel Körperkontakt zu spüren. Und da ihre eigene Tochter Adam besonders in solch einem Moment brauchte, fasste sie sich ein Herz und überging den Gedanken, dass es falsch war sein Enkelkind zu sehen bevor die Mutter des Babys es gesehen hatte.

Nach weiteren Tagen war es nun endlich soweit. Ashley war stark genug, um mit Hilfe einer Krankenschwester und mit Hilfe von Adam das Baby zu besuchen.
Auf das, was gleich passieren würde, freute sie sich unheimlich, denn bisher war es ihr durch all die Schmerzen verwehrt geblieben. Sie würde zum allerersten Mal ihr Baby sehen, ihr kleines, zartes Kind, ihren Sonnenschein. Auch wenn Adam und Melinda ihr alles erzählt hatten, war es nichts im Vergleich zu dem, was sie nun erwarten würde. Das Gefühl sie selbst zu sehen, sie zu berühren und endlich wieder mit dem vereint zu sein, was sie so lange in sich getragen hatte, das ein Teil von ihrem Körper gewesen war und das dann einfach aus ihr genommen wurde, ohne dass sie etwas davon bewusst miterlebt hatte, war unbeschreiblich aufregend. Es war eines der schönsten Gefühle auf der Welt, dessen war sie sich sicher.

## *Ersehnter Moment*

Langsam schritt sie den Gang entlang. Ihr Herz klopfte so wild, dass sie meinte es in jedem Zentimeter ihres Körpers spüren zu können. Ihre Atmung musste sie unter Kontrolle halten, damit sie nicht hyperventilierte. Es war unglaublich aufregend für sie.
»Gleich wirst du sie das erste Mal sehen, mein Schatz.«
Ashley nickte nur eifrig. Sie verstand zwar, was Adam gesagt hatte, doch es schien ganz weit weg. Einzig ihre Freude nahm sie bestimmt war, alles andere schien nicht wichtig und von ihrem Körper abzuprallen. Aber sein Satz steigerte ihre Vorfreude nur noch mehr, es war wahr. Gleich würde sie ihr Baby in den Armen halten können. Ihr Baby zum ersten Mal spüren, zum ersten Mal lachen sehen und zum ersten Mal mit ihm sprechen können.
Endlich bei ihrer Kleinen angekommen, musste Ashley erst einmal tief einatmen. Es machte ihr große Angst, wie hilflos ihr Baby da lag. Die Sorgen wuchsen in ihrem Körper und Tränen stiegen in ihre Augenwinkel. Ein Beatmungsschlauch in ihrer Nase, die lauten Geräte, die bei ihr alles genau überwachten. Es war einfach schrecklich.
Wie konnte es nur so weit kommen?
Wie konnte das nur passieren?
Ob sie wohl gerade Schmerzen hatte?
Ob sie mitbekam, dass sie eigentlich noch nicht bereit für die große Welt gewesen war?
»Hat sie Schmerzen?«
Sofort fühlte sich die Krankenschwester angesprochen und antwortete ohne zu zögern auf Ashleys Frage.
»Nein, Miss Cooper. Die Geräte und der Inkubator, sind zur Vorsorge damit ihrem Baby nichts geschieht, machen sie

sich deswegen keine Sorgen, ihrer Kleinen geht es gut. Wirklich, sie gehört zu den größten und stärksten auf dieser Station. Sie ist noch ein wenig schwach, weswegen wir sie künstlich beatmen und ernähren, aber das wird nicht mehr lange so sein müssen, Miss Cooper. Glauben sie mir, ihre Kleine ist eine Kämpfernatur und sie wird es schaffen, da bin ich mir sicher.«
Ashley nickte.
»Ihr Mann ist ja nun auch bei ihnen, ich werde sie nun kurz alleine lassen. Machen sie sich erst einmal vertraut mit ihrer Kleinen. Ich komme in zehn Minuten wieder und dann werde ich sie ihnen geben und haben sie keine Angst, ihre Mama zu spüren, wird der kleinen hübschen Maus viel Kraft geben.«
Mit diesen Worten verabschiedete sich die Krankenschwester. Adam nahm Ashley in seine Arme, um ihr Halt zu geben. Beide gingen noch ein Stück näher an ihr Baby, um es besser beobachten zu können.
»Mach dir keine Gedanken, Schatz. Ich habe mit den Ärzten gesprochen. Sie ist wirklich eines der größten und schwersten Frühchen auf dieser Station. Du musst dir keine Sorgen um sie machen. Ihr geht es gut, sie hat keine Schmerzen und bald wird sie verlegt werden können.«
»Wirklich?«, Ashleys Stimme klang traurig aber auch hoffnungsvoll.
»Ja, wirklich. Sie muss noch ein wenig stärker werden und ein bisschen zunehmen und dann kann sie schon bald nach Hause.«
Nach diesem Satz gab Adam ihr einen zärtlichen Kuss auf ihr Haar.
»So, Ashley und nun brauchen wir noch einen Namen.«
»Einen Namen?«
»Ja natürlich.«
Adam lachte.
»Oder denkst du unser kleiner Sonnenschein will ohne Namen durch die Welt laufen?«
Nun verstand Ashley.

Sie waren so damit beschäftigt gewesen, dass die Kleine ein Frühchen war und überleben sollte, und dass Ashley wieder zu Kräften kommen sollte, dass sie sich noch keine Gedanken über den Namen gemacht hatten.
Murmelnd ging sie noch einen Schritt näher zu ihrer Tochter.
»Was murmelst du da, Ashley?«
»Hope.«
»Hope?«
»Ja, Adam, ich finde Hope sehr schön und ich finde es passt gut zu ihr. Sieh sie dir doch an, sieht sie nicht aus wie eine kleine Hope?«
Ashley lächelte und auch Adam konnte ein kleines Kichern nicht unterdrücken.
»Ja Ashley, du hast recht. Ich finde auch, dass sie wie eine kleine Hope aussieht.«
»Aber ich wollte doch immer mehr als einen Namen für mein Baby haben, Adam.«
»Tja, da müssen wir sie uns wohl noch einmal genau anschauen und sehen wonach sie noch so aussieht.«
Ashley lächelte, während sie ihren Blick nicht mehr von ihrer Tochter losreißen konnte.
»Felicity.«
»Wie?«
»Hope Felicity.«
Ashley dachte kurz über den Vorschlag ihres Verlobten nach.
Dann wanderte ihr Blick wieder zu ihrer gemeinsamen Tochter.
»Ja, Adam. Sie sieht aus wie unsere kleine Hope Felicity, unser Sonnenschein.«
Kurz nachdem sie sich für die beiden Namen entschieden hatten, kam auch schon die Krankenschwester wieder. Ashleys Herz klopfte nun noch schneller. Jetzt war es endlich soweit, sie würde zum ersten Mal ihr kleines Baby spüren. Die Schwester erklärte ihr, dass sie ihr Shirt ausziehen müsse, da ihre Körperwärme für die Kleine sehr wichtig war. Also legte die Schwester die Kleine Hope

Felicity auf die Brust ihrer Mutter. Der Beatmungsschlauch war noch immer mit Hope verbunden, denn sie wollten kein Risiko eingehen.

Das Känguruhen erinnerte an die Zeit im Bauch der Mutter, was besonders für Frühchen ein wundervoller Moment ist, da diese ja normalerweise die heile Welt im Bauch der Mutter noch länger erlebt hätten.

Stille, keiner traute sich etwas zu sagen und diesen einzigartigen Moment damit zu zerstören. Ashley war wie gefesselt, sie schaute ihre kleine Hope ununterbrochen an und schien vollkommen gebannt von diesem kleinen, starken Wesen. Keiner der Anwesenden konnte sich vorstellen, was in diesem Moment in Ashley vorging. Aber egal was es war, es schien wunderbar zu sein, denn Ashley wollte nicht mehr aufhören zu lächeln. Es schien, als wolle sie den Moment für immer festhalten. Nach kurzer Zeit liefen Ashley Tränen die Wange herunter. Adam fragte nicht was los sei, denn das wusste er genau. Es waren keine Tränen der Trauer, sondern Tränen der Erleichterung, der Zufriedenheit. Ashley schien so glücklich wie noch niemals zuvor.

Zurück in ihrem Zimmer legte sie sich glücklich wieder in ihr Bett. Es war zwar ein wirklich toller Tag gewesen, aber auch sehr anstrengend. Den Kaiserschnitt merkte sie noch immer, aber es war schon um einiges besser geworden, was bedeutete, dass sie bald aus dem Krankenhaus entlassen werden konnte.

Adam verbrachte so viel Zeit, wie nur möglich bei Ashley aber auch bei seiner kleinen Tochter. Er liebte sie schon jetzt über alles. Sie war mit Ashley das Wichtigste auf der Welt für ihn.

Die Tage vergingen sehr langsam. Ashley ging es immer besser und auch Hope, die mittlerweile aus dem Inkubator in ein Wärmebettchen und danach in ein normales Bett verlegt wurde, ging es schon viel besser.
»Miss Cooper, ich denke, sie sind nun so weit. Ich denke, wir können sie entlassen. Ihr Kreislauf scheint sehr stabil. Ihre Werte sind ganz normal, alles scheint bestens. Auch mit ihrer Kleinen ist alles so, wie wir es uns vorstellen. Sie können sich freuen, heute können wir sie beide entlassen.«
Ihr Gesicht erstrahlte vor Glück und ihr Mund schien nicht groß genug für das Lächeln, welches sie überkam. Wie lange hatte sie bereits auf diesen Moment gewartet. Und nun war es so weit, endlich durfte sie mit ihrer Tochter nach Hause. Adam hatte in der Zeit in der er nicht im Krankenhaus gewesen war, das Zimmer fertiggemacht. Er hatte es in Vanille und einem schwefelgelb gestrichen und passend dazu helle Möbel gekauft und bereits aufgebaut. Sie selbst hatte das Zimmer bisher nur auf Bildern sehen können und freute sich, es endlich betreten zu können.
Adam drehte sich zu Ashley um.
»Und mein Engel? Hast du alles?«
Sie nickte.
Ihr Bauch kribbelte und ihren Herzschlag spürte sie in ihrem ganzen Körper.
»Ich bin ja so nervös, Adam.«
»Ja, ich weiß, aber wir schaffen das zusammen. Du hast dich so lange auf diesen Moment gefreut und ich auch.«
Adam ging zu ihr hin und nahm sie in den Arm.
Er streichelte ihr sanft über den Rücken und flüsterte ihr ins Ohr, dass alles wieder gut werden würde. Jetzt würde endlich alles wieder gut werden.
Adam nahm ihre Sachen und Ashley nahm ihre noch immer sehr kleine Tochter Hope Felicity und verließ freudestrahlend das Zimmer.
Vorsichtig gingen sie zum Auto.

Den Kindersitz und alles was man für ein Baby brauchte, hatten die beiden schon während der Schwangerschaft gekauft.
Unbeholfen schnallte Ashley Hope in ihrer Babyschale an.
»Stimmt es so auch wirklich, Adam?«
Er hatte sich bereits hinter das Steuer gesetzt.
»Ja, Ashley. Ich bin mir sicher, dass du es richtig gemacht hast.«
»Kannst du nicht doch noch einmal nachgucken?«
Genervt stand Adam wieder aus dem schwarzen Audi aus und ging zu Ashley.
Er schaute sich an, was seine Partnerin gemacht hatte, zog noch einmal zur Sicherheit an den Gurten und ging zurück.
Wieder eingestiegen versicherte er ihr, dass alles in Ordnung sei und sie konnten endlich losfahren.
Ausgestiegen blieb Ashley erst einmal stehen und atmete noch einmal tief ein.
»Stimmt irgendetwas nicht?«
Sie schüttelte den Kopf.
»Nein, nein. Es ist alles okay.«
Sie machte eine kurze Pause, dann sprach sie weiter.
»Es ist nur so, jetzt beginnt ein neues Leben. Sobald ich den ersten Fuß in die Wohnung setze, wird nichts mehr so sein, wie früher. Alles wird anders sein.«
Adam stellte sich hinter Ashley und nahm sie in den Arm.
»Ich weiß, mein Engel, aber es ist doch nicht schlimm. Wir haben uns doch ewig ein kleines Baby gewünscht. Und jetzt wo es da ist, brauchst du keine Angst haben. Ich bin doch wieder da. Du wirst es nicht alleine großziehen müssen. Ich werde dich unterstützen und nicht nur ich, nein alle werden das tun. Ich verspreche es dir.«
Ashley lief eine Träne die Wange herunter, diese wischte sie eilig weg.
Wieso nur machte sie sich plötzlich solche Gedanken?
Sie hatte die beste Familie und die besten Freunde der Welt.

Wieder gefasst, spannte sie einmal kurz ihren Körper an, atmete tief ein und wieder aus und dann ging sie zu der kleinen Hope Felicity, um sie aus dem Auto zu holen.
Ashley wusste nichts davon und daher war sie noch viel gerührter, als sie es ohnehin gewesen wäre.
Alle waren da. Ihre Ma, ihr Bruder, ihre beste Freundin und auch Robert. Fleur hatte ihr schon erzählt, dass sie ihm gesagt hatte, er solle lieber nicht so oft ins Krankenhaus kommen, da es eine Familiensache wäre. Deshalb war Ashley auch keineswegs enttäuscht, dass er sie nicht so oft besucht hatte. Sie alle kannten ihn ja noch nicht so lange, aber umso mehr freute sie sich nun auch ihn zu sehen.
Die ganze Familie war da, um Ashley zu begrüßen. Sie hatten ein riesiges Banner selbst beschriftet, auf dem stand:

*Willkommen zurück Ashley, wir haben dich vermisst!*

Überall hatten sie Luftballons verteilt. Es war einfach wunderschön. Ihre Lieblingsblumen hatten sie auch gekauft und in einer Vase für sie bereitgestellt. Alle hatten sich so viel Mühe gegeben, das Ashley schon wieder anfing zu weinen. Genervt aber lächelnd wischte sie sich ihre Tränen aus dem Gesicht.
Wieso nur musste sie immer weinen?
Nun sahen auch Fleur und Paul die kleine Hope Felicity zum ersten Mal, denn bisher hatten sie nicht die Möglichkeit gehabt sie zu sehen. Nachdem sie in ein normales Bett verlegt wurde, war es beiden nicht mehr möglich gewesen Ashley im Krankenhaus zu besuchen. Sofort eilten sie zu der Kleinen und wollten sie in den Arm nehmen und knuddeln. Ashley gab Hope zwar noch sehr ungerne aus der Hand, weil sie noch immer die starke Angst verspürte, ihrer Tochter könne etwas passieren, aber es waren ja immerhin Paul und Fleur, und so fasste sie sich ein Herz und gab sie ihnen. Die

Beiden waren wie verzaubert, ununterbrochen schauten sie die Kleine an, fassten die kleinen Händchen an und strichen ihr über die zarten Bäckchen. Währenddessen unterhielt sich Ashley mit ihrer Ma und mit Robert, schaute sich das Kinderzimmer an, welches sie noch mehr begeisterte, als die Bilder es erahnen ließen, und aß ein Stück von der selbstgemachten Torte ihrer Mutter. Auch Fleur hatte für Ashley einen Kuchen gebacken, auf den sie liebevoll etwas in blauer Schrift geschrieben hatte.

*Ich habe dich sehr vermisst, Große*

Als Ashley das las, liefen ihr erneut die Tränen ihre rosigen Wangen hinunter. Die wundervollen Gefühle wurden aber von der seltsamen Abneigung, die Adam noch immer gegenüber Robert verspürte, vermindert. Es schien niemandem aufzufallen, nicht einmal Robert selbst, aber Ashley kannte Adam so gut, dass er dies nicht vor ihr verbergen konnte.
Doch den so wunderschönen Moment wollte sie sich durch nichts kaputtmachen lassen und so beschloss sie, diese Empfindung zu ignorieren und genoss weiterhin die ausgelassene Stimmung, die Freude und das Glück.
»Es ist so schön, wieder hier zu sein. Als richtige Familie.«
Adam legte seine Arme um sie und hielt sie einen Moment fest. Es war einer dieser Momente, den man nie wieder loslassen wollte. Pures Glück herrschte in der Wohnung. Alle freuten sich genau in diesem Moment, mit genau diesen Menschen, an genau diesem Ort zu sein.
»Und bist du bereit?«
Ashley sah ihren Partner erstaunt an, doch sein schiefes Lächeln verriet, was er vorhatte.
Er drehte die Musik etwas lauter, nahm Ashleys Hand und ging mit ihr in die Mitte des Wohnzimmers. Voller Vorfreude nahm er die Stellung ein und fing gekonnt an zu

tanzen. Er war ein wirklich guter Tänzer, was man von Ashley nicht gleich hätte behaupten können. Am Anfang ihrer Beziehung war sie ihm so oft auf die Füße getreten, dass sie das Tanzen schon fast ganz aufgegeben hatte. Doch Adam war ein so leidenschaftlicher Tänzer, dass Ashley ihm das nicht verwehren konnte. Und so hatten sie stundenlang abends bei ihnen in der Wohnung geübt.
»Mittlerweile schaffst du es doch ganz gut«, flüsterte er mit Anerkennung in ihr Ohr und Stolz überkam sie.
Nach einer Drehung applaudierten alle und Ashley war einer der glücklichsten Menschen in diesem Moment. Alles war perfekt. Ihr Leben war so, wie sie es sich schon immer gewünscht hatte und ihr Glück schien nie enden zu wollen.

Mittlerweile waren fünf Wochen vergangen. Der kleinen Hope Felicity ging es prächtig. Sie entwickelte sich gut und zeigte die typischen Verhalten eines Babys. Ashley hatte anfangs noch große Probleme mit den Schmerzen gehabt, aber mittlerweile schaffte sie es auch, den Haushalt ohne Adams Hilfe zu schmeißen. Auch wenn dies selten vorkam, da Adam ja noch immer keine Arbeit und somit eine Menge Zeit hatte zu helfen. Auch Ashley hatte viel Zeit, da sie in Mutterschaftsurlaub war. Ihr Chef war nicht gerade begeistert gewesen eine seiner besten Mitarbeiterinnen, die er gerade erst wiederbekommen hatte, schon wieder gehenlassen zu müssen. Aber er war ein wirklich guter und verständnisvoller Chef und so hatte er nichts dagegen, dass sie in Mutterschaftsurlaub ging. Er freute sich für seine Angestellte, dass es nun in ihrem Leben wieder Glück und Freude gab, jetzt wo sie ein Baby hatte. Denn davon, dass Adam zurückgekommen war, davon hatte er ja keine Ahnung.

Adam spürte ihre Hand sanft über sein hellblondes Haar streicheln.
»Aber Liebling, was ist denn los?«
Adam schüttelte leicht den Kopf.
»Nichts, was soll denn sein?«
Mit ernstem Blick sah er sie an. Die Zeitung, welche sie gerade las, legte sie aus der Hand auf den Tisch, setzte sich zu ihm aufs Sofa und gab ihm zart einen Kuss auf seine Wange.
»Ich merke doch, dass etwas nicht stimmt. Du weißt doch, vor mir ein Geheimnis zu haben, ist so gut wie unmöglich. Ich merke, dass dich etwas bedrückt und das nicht erst seit heute. Schon die ganzen letzten Tage stimmt etwas nicht mit dir.«
Der ernste Gesichtsausdruck, welcher zuvor noch seine Stimmung wiedergespiegelt hatte, wandelte sich in einen traurigen Ausdruck, der Ashley selbst traurig machte.
»Ja doch, du hast ja recht. Es tut mir leid, dass ich nicht schon längst mit dir darüber gesprochen habe.«
Ashleys linke Hand streichelte noch immer leicht sein Haar, während die andere auf Adams Bein ruhte.
»Es ist nur so, weißt du ... Ich möchte mehr. Ich will euch einfach mehr bieten, dir und Hope. Ich weiß, dass ihr alles Nötige habt, aber es gibt noch so viele Sachen, die ich für euch machen möchte, die euch ermöglichen möchte. Doch dazu brauche ich einfach mehr Geld.«
Adams Stirn legte sich in Falten. Es war ein sehr trauriger, aber leider gewohnter Anblick für Ashley. Sie merkte schon seit langem, dass Adam immer nachdenklicher und voller Sorgen wurde. Doch wie sie ihm helfen sollte, wusste sie nicht. Also versuchte sie wenigstens mit ihm zu reden, doch sie hatte das Gefühl, dass er ihr oft aus dem Weg ging, wenn sie versuchte ein Gespräch zu beginnen.
»Adam ich weiß, dass du dir viele Gedanken und Sorgen machst, aber glaube mir doch, uns fehlt es an nichts! Wir haben alles was wir brauchen. Und das Wichtigste haben wir sowieso und dazu braucht man kein Geld, Adam. Das

Wichtigste ist unsere starke Liebe. All das, was wichtig ist, besitzen wir schon und nichts davon ist mit Geld zu kaufen. Wir haben eine wunderbare Familie, nicht nur uns Adam, nein wir haben auch noch meinen Bruder und meine Mutter, Fleur und ... Ach Adam, verstehst du denn nicht? Wir brauchen kein Geld um glücklich zu sein, alles was wir brauchen haben wir schon. Hope ist bei uns zu Hause und sie ist gesund. Ihr Lächeln, Adam, ach ihr Lächeln, das ist mit keinem Geld der Welt zu bezahlen. Ich verstehe ja, dass du dir viele Gedanken machst, wirklich. Aber glaube mir doch, mein Liebling, deine Sorgen sind unnötig, denn wir haben das, was wir zu unserem Glück brauchen. Familie, Liebe, Geborgenheit, Gesundheit, all das besitzen wir bereits.«

Adam rieb sich mit seiner Hand über die Stirn. Dass Ashley sich Sorgen um ihn und sein Verhalten in der letzten Zeit machte, war ihm bewusst und so entschied er, ihr einfach recht zu geben. Dass es nicht richtig war wusste er, auch kam er sich dabei falsch vor, doch er war sich sicher, dass es zumindest das Richtige für diesen Moment war. Sie hatte genug mit dem Haushalt und der Kleinen zu tun, sie sollte sich nicht auch noch um ihn sorgen.

»Ja, es tut mir leid, mein Engel. Du hast ja recht. All das, was wir brauchen, besitzen wir schon. Es tut mir leid, dass du dir meinetwegen Sorgen gemacht hast.«

Doch innerlich wusste Adam, dass das, was er gerade gesagt hatte, nicht der Wahrheit entsprach. Er wusste, dass Geld bei einem Kind das A und O war. Und er wusste, was Ashleys allergrößter Traum war, nämlich ihn zu heiraten. Und dazu brauchte man nun einmal Geld. Er hielt es für besser, nichts weiter zu diesem Thema zu sagen. Für ihn schien es am besten zu sein, einfach eine Arbeit zu suchen, ohne dass Ashley etwas davon merkte. Wenn er erst einmal eine gefunden hatte, das wusste er genau, dann würde sie sich sehr für ihn freuen, und wenn erst einmal ein bisschen Zeit vergangen war, dann würde sie auch nicht auf die Idee kommen, dass er den Job nur gesucht hatte, um mehr Geld zu haben, sondern um glücklicher, erfüllter zu sein.

Erneut vergingen einige Wochen ohne dass etwas Interessantes passierte. Täglich veränderte sich ihr Tagesablauf und blieb doch stets gleich, denn ihre ganze Welt drehte sich nur noch um Hope Felicity. Während Ashley den Haushalt machte, passten Adam oder ein anderer aus der Familie auf die Kleine auf. Ihr beides zuzumuten erschien der ganzen Familie einfach falsch, weil doch jeder gerne mit der Kleinen zusammen war und der stolzen Mutter unter die Arme greifen wollte. Für alle war es etwas ganz Besonderes, wenn sie auf den kleinen Sonnenschein aufpassen durften.
Besonders für Robert und Fleur war es etwas ganz Wunderbares die Kleine zu haben. Denn dann fühlten sie sich wie eine kleine Familie. Mittlerweile lebten Robert und Fleur zusammen. Ihre Beziehung war voller Liebe, Lust und Leidenschaft. Und so verstand es sich für beide von selbst, dass sie nach kurzer Zeit zusammenzogen. Robert hatte nicht viel in die Wohnung von Fleur mitgebracht, sodass der Platz für beide ausreichte.
Jedes Mal wenn Ashley die zwei mit der Kleinen besuchte, oder sie zu den beiden ging, um ihre Tochter in sicheren Händen zu wissen, sah sie ein glückliches, bis über beide Ohren verliebtes Paar. Ashley freute sich für ihre Fleur. Denn das, wofür sie Ashley immer beneidet hatte, gehörte nun auch ihr, das Glück, eine Liebe gefunden zu haben, die einen komplett erfüllte. Ashley und auch Melinda fanden, dass Robert und Fleur ein zauberhaftes Paar abgaben. Sie sahen die beiden gerne zusammen, denn Fleur konnte in Roberts Nähe gar nicht mehr aufhören zu lachen. Nur Adam war noch immer nicht begeistert von der Wahl seiner Cousine, egal wie viel Zeit verging, er konnte ihn einfach nicht an ihrer Seite dulden. Niemand außer Ashley hatte es bisher gespürt. So sehr sie auch versuchte es aus Adam herauszuquetschen, er wollte einfach nicht sagen was los war und was er gegen einen solch netten Menschen, wie Robert einer war, hatte.

Oder war es einfach nur die Tatsache, dass er jetzt mit seiner Cousine zusammen war?
War es der starke Beschützerinstinkt den Ashley an ihrer großen Liebe so sehr schätzte, der Adams klares Denken vernebelte. Was auch immer es war, Ashley wollte es wissen. Sie hielt diese Neugier und Ungewissheit nicht länger aus.
Was war so Geheimes an Robert?

Als sie abends alleine auf dem Sofa saß, während Adam die Kleine ins Bett brachte, dachte sie noch einmal über das erste Treffen mit Robert nach.
Auch ihr schien er gleich komisch, sie erinnerte sich genau, damals bekam sie ihn einfach nicht mehr aus dem Kopf.
Und hatte er sich damals nicht sehr auffällig für sie interessiert?
Ja, das hatte er, dessen war sie sich ganz sicher. Er hatte sich damals sofort für sie interessiert und nicht für Fleur.
War das wirklich möglich?
Konnte es wirklich so sein, dass er sich damals für sie interessiert hatte, oder bildete sie sich das nur ein?
In Gedanken versunken saß sie auf dem Sofa, während Adam sich ihr näherte. Er legte seine Hand auf ihren Rücken, um diesen zu streicheln. Plötzlich zuckte sie zusammen. Ruckartig drehte sie sich zu Adam um und sah ihn mit weit aufgerissenen Augen an. So tief in ihre Gedanken versunken, hatte sie gar nicht gemerkt, dass Adam wiedergekommen war.
»Was ist denn los?«
Nun realisierte Ashley die Situation und schüttelte verwirrt den Kopf.
»Nichts ist los Schatz, es ist alles okay.«

Sie versuchte ein Lächeln auf ihre Lippen zu bringen, aber es gelang ihr nicht. Adam sah sie mit zusammengezogenen Augenbrauen an.
»Und das soll ich dir jetzt glauben? Du zuckst ohne Grund einfach zusammen, so als hättest du einen Geist gesehen?«
»Es ist wirklich nichts, ich war nur in Gedanken.«
»Das müssen ja sehr angsteinflößende Gedanken gewesen sein.«
Erneut schüttelte sie den Kopf.
»Ach nein, ich war nur so vertieft, dass ich gar nicht mitbekommen habe, wie du hereingekommen bist.«
Sie hoffte sehr, dass er es ihr so einfach abnahm und nicht weiter nachhakte.
Da sie spürte, dass er mit ihr nicht über Robert sprechen wollte, entschied sie sich dazu, das Gleiche zu tun.
Adam schaute sie noch einmal mit ungläubigem Blick an und entschied, es gut sein zu lassen. Er wusste, er würde keine Chance haben sie dazu zu bewegen, ihm zu sagen, über was sie nachgedacht hatte. Und er konnte es verstehen, er wusste zwar nicht um was es gegangen war, aber er tat es ja auch nicht. Er behielt auch all seine Gedanken für sich, aber er hatte nun einmal entschieden, dass es besser für alle Beteiligten war, wenn er erst einmal mit Robert selbst sprechen würde. Es musste ja niemand erfahren. Vielleicht hatte er sich auch in ihm getäuscht. Aber das, was er gesehen und gehört hatte, das hatte er nun einmal gesehen und gehört, da war nicht dran zu zweifeln. Beide spürten, dass sie ein Geheimnis voreinander hatten. Aber niemand war bereit, den ersten Schritt zu tun und offen über alles zu reden. Woher hätte Ashley auch wissen sollen, dass sie für die Antwort, die sie so verzweifelt suchte, nur die richtige Frage stellen brauchte.

Noch einmal atmete er tief ein, bevor er zum Hörer griff und die Nummer wählte.
»Hey, Fleur.«
»Hi, Adam. Schön von dir zu hören. Wie geht es euch denn? Ich wollte nachher mal vorbeischauen, wenn es für dich und Ashley okay ist.«
Adam dachte kurz nach und entschied, dass es das Beste war, was ihm im Moment passieren konnte.
»Aber gerne doch.«
»Super. Ich freue mich schon.«
Nach einem kurzen Moment des Zögerns, entschied sich Adam dazu, seinen Plan durchzuziehen.
»Hat Robert denn auch vor herzukommen?«
»Ich denke schon, wenn du möchtest kann ich ihn ja mal schnell fragen. Ich finde es wirklich sehr lieb, dass du gleich an ihn denkst. Ist es nicht wunderbar, dass er schon so selbstverständlich zu uns gehört? Zu unserer kleinen Familie meine ich. Ach, wenn du ihn nur erst richtig kennst, Adam ...«
Fleur brach mitten im Satz ab, da sie Robert anscheinend gefunden hatte. Und das war Adam auch ganz recht so. Er hatte keine Lust darauf, sich anzuhören, wie toll Robert doch sei und wie gut die beiden zusammenpassten und was für tolle Freunde er und Robert doch werden könnten. Nein, darauf hatte er nun wirklich keine Lust. Nach einem kurzen Moment, in dem er Fleur im Hintergrund hatte reden hören, kam sie wieder ans Telefon und versicherte ihm, dass ihr Partner auch kommen würde, und dass auch er sich schon sehr auf die kleine Hope freuen würde.
Nachdem die beiden sich noch kurz unterhalten und dann verabschiedet hatten, legte Adam mit einem mulmigen Gefühl in der Magengegend auf.

## *Seltsame Situation*

Es klingelte. Fleur, Robert, sie waren da. Ashley nahm Hope auf ihren Arm und ging eilig zur Tür. Adam hatte ihr natürlich längst berichtet, dass die beiden sich heute eingeladen hatten, und sie hatte sich sehr gefreut. Ashley hatte Fleur nun seit gut einer Woche nicht mehr gesehen. Für normale Menschen war das nicht sehr lange, aber für die beiden war es so, als hätten sie sich jahrelang nicht gesehen. Adam wartete auf dem Sofa im Wohnzimmer und versuchte sich innerlich zu beruhigen. Ihm passte es gar nicht, dass Robert nun in seiner Wohnung war, und dass er ihn auch noch eingeladen hatte. Nachdem auch Adam beide begrüßt hatte und die beiden Frauen den neuesten Tratsch miteinander geteilt hatten, entschied sich Adam, dass nun der richtige Zeitpunkt gekommen war.
»Gut, meine Lieben. Ich merke, ihr habt euch noch sehr viel zu erzählen. Ich denke, wir Männer können euch auch einige Zeit alleine lassen.«
Er lächelte Ashley an, und diese verstand nicht was los war. Ihm war bewusst, dass Ashley in diesem Moment sehr verwirrt sein musste, und daher sprach er, ohne ihre Reaktion abzuwarten, weiter.
»Also Robert, dann lass uns doch mal eine Runde im Park drehen und ein Männergespräch führen, während unsere beiden Tratschtanten noch ein paar wichtige Informationen austauschen.«
Ashley bekam ein ganz schlechtes Gefühl im Bauch, ihr Magen zog sich förmlich zusammen.
Was sollte das?
Was war denn nur auf einmal los?
Was genau plante Adam?

Doch Antworten sollte sie noch nicht bekommen.
Robert schien begeistert, er freute sich, dass auch Adam endlich versuchte, ihn besser kennenzulernen. Gespannt auf das Gespräch, stand er eilig auf. Etwas Aufregung sammelte sich in seinem Körper an, immerhin war Adam der Cousin seiner Freundin, und er wollte es sich mit ihm nicht verscherzen. Es dauerte nicht lange, bis das Knallen der Wohnungstür im Türschloss verriet, dass die beiden die Wohnung verlassen hatten und Ashley mit einem flauen Gefühl im Magen zurückgelassen wurde.
»Oh Ashley, ist es nicht schön wie Adam versucht, Bob besser kennenzulernen? Ich habe das Gefühl, dass die beiden Jungs richtig dicke Freunde werden könnten. Immerhin war es ja auch Adams Idee, dass er mitkommt.«
Ashleys Stirn legte sich leicht in Falten.
»Ach, wirklich? Es war also Adams Idee?«
»Ja also naja, ich denke, dass Bob auch so mitgekommen wäre, aber Adam fragte mich, ob er auch kommt und es schien so, als würde Adam sich darüber freuen, wenn Bob mitkommen würde.«
Ashley nickte langsam.
»So, so. Sehr interessant.«
»Ashley? Ist alles okay?«
»Natürlich. Wieso denn auch nicht?«
»Ach, ich weiß nicht. Ich finde, du benimmst dich gerade ein wenig seltsam.«
Ashley schüttelte leicht den Kopf.
»Ach nein, es ist alles okay. Wirklich, ich freue mich auch sehr, dass Adam versucht Robert ein Stückchen besser kennenzulernen, glaube mir.«
Ashley lächelte Fleur an, und diese lächelte mit einem Honigkuchenlächeln zurück. Doch das Gefühl, das sich in Ashley aufgebaut hatte, war noch immer nicht verschwunden, etwas war faul an dieser Situation, das spürte sie ganz genau.
Wollte Adam Robert wirklich besser kennenlernen?
Ganz plötzlich?

Wollte er mit ihm nur über Fleur reden?
Vielleicht um ihm zu sagen, er solle gut auf sie aufpassen?
Hatte er endlich akzeptiert, dass Robert nun zu ihr gehörte?
Und hatte er nun endlich seine Mauer abgebaut?
Oder steckte doch eine ganz andere Absicht dahinter?

Adam schritt den steinigen Weg im Park entlang.
Neben ihm lief Robert, noch immer etwas nervös. Er war ein sehr gefühlsbetonter Mensch, auch wenn man ihm das auf den ersten Blick nicht ansah. Da er keine Ahnung hatte, wieso Adam plötzlich mit ihm alleine reden wollte und dazu auch noch in den Park gehen musste, war er aufgeregter, als es ihm lieb war. Nach einem kurzen Zögern, nahm Robert all seinen Mut zusammen und versuchte das Gespräch in Gang zu bringen, denn aus Adam kam bisher kein Ton heraus.
»Ganz schöne Labertaschen unsere beiden Frauen, nicht wahr?«
Er lächelte, doch sein Gegenüber machte nicht die geringsten Anstalten darauf zu reagieren.
»Ich bin wirklich froh, Fleur begegnet zu sein. Sie ist ein so wundervoller Mensch.«
Noch immer machte Adam nichts, was darauf deuten ließ, dass er Robert zuhörte. Dieser wunderte sich wirklich über das Verhalten seines Gesprächspartners. Wieso wollte er mit ihm in den Park gehen und reden, wenn er nun nur geradeaus blickte, und, ohne etwas zu sagen, neben ihm herlief. Was in Adam vorging, bemerkte er nicht. Es war Wut, die in Adams Körper immer mehr emporstieg.
Wie konnte er sich nur erlauben jetzt davon zu reden, wie er Fleur kennengelernt hatte?
Er wusste genau, wie er Fleur kennengelernt hatte, das brauchte ihm keiner zu erzählen. Und es war bei weitem keine schöne Erinnerung für Adam. Robert versuchte

weiterhin die Stimmung aufzuhellen und erzählte fleißig weiter.
»Ich weiß noch, als ich sie das erste Mal sah, da habe ich mich sofort in sie verliebt. Ich hatte nur Augen für sie. Ich musste einfach sofort zu ihr hingehen und sie ansprechen. Nicht auszudenken, ich hätte sie aus den Augen verloren ohne mit ihr gesprochen zu haben.«
Robert machte eine kurze Pause und dachte anscheinend an den Moment zurück, in dem er Fleur das erste Mal traf.
Lüge, das war eine Lüge, dass wusste Adam ganz genau. Die Wut verstärkte sich mit jedem Wort, welches aus Roberts Mund zu ihm drang.
»Ich habe mich nicht getraut, sie anzusprechen. Versehentlich bin ich gegen Ashley gelaufen, musst du wissen. Meine Gedanken galten nur meiner hübschen Fleur.«
Lügen, alles Lügen.
Wie konnte er nur so extrem lügen, ohne auch nur mit der Wimper zu zucken?
Nein, das war einfach zu viel. Adam konnte nicht mehr, abrupt blieb er stehen. Glücklich, dass er überhaupt eine Reaktion zeigte, aber zugleich verwirrt über das plötzliche Anhalten, blieb auch Robert stehen und sah ihn irritiert an.
Was war nur los mit ihm?
Wieso blieb er einfach stehen?
Seit sie rausgegangen waren, hatte er nicht ein Wort gesagt. Und er selbst hatte doch ununterbrochen von Fleur erzählt. Eigentlich sollte es Adam freuen, dass seine Cousine jemanden gefunden hatte, der so verliebt in sie war.
»Adam? Ist alles okay?«
»Nein, nichts ist okay!«
Robert wusste nicht wovon Adam sprach.
»Nichts ist okay. Einfach gar nichts. Wie kannst du es nur wagen? Fühlst du dich denn gar nicht schlecht?«
Robert war geschockt.
Wovon sprach Adam denn nur?
»Aber Adam, wovon redest du denn? Warum sollte ich mich schlecht fühlen?«

Nein, das konnte doch nicht wahr sein. Robert hatte keine Ahnung wovon er sprach. Adam platzte die Geduld. Voller Wut ging er einen Schritt auf Robert zu und holte aus.
»Au verdammt, Adam!«
Robert lag auf dem Weg im Park und schloss vor lauter Schmerz seine Augen.
»Meine Nase, Adam! Hast du sie noch alle?«
Er hielt sich seine blutende Nase.
»Was ist denn nur in dich gefahren? Was habe ich denn gemacht?«
»Das weißt du ganz genau.«
»Gott verdammt Adam, wovon redest du denn nur? Ich weiß nichts. Woher auch? Seit wir hier draußen sind, hast du nicht einmal mit mir gesprochen, und völlig ohne Grund schlägst du mich? Glaube mir, wärst du nicht Fleurs Cousin und würdest somit zu ihrer Familie gehören, dann würde ich dich jetzt so was von zusammenschlagen.«
»Bitte mein Lieber, tu dir keinen Zwang an.«
»Verdammt Adam, was ist denn nur mit dir los? Kannst du mir mal bitte verraten, was ich dir getan habe?«
»Na dann denk mal ganz scharf nach. Ich weiß genau was an dem Tag war, als du Fleur das erste Mal gesehen hast. Ich weiß genau was ablief, und dass du nicht wegen Fleur zu den beiden hingegangen bist.«
Robert schien verwirrt. Seine Stirn legte sich in Falten, während er noch immer das Blut mit seiner verschmutzten Hand auffing. Vorsichtig versuchte er aufzustehen.
»Was? Aber Adam ...«
»Und weißt du nun was ich meine?«
Robert schwieg.

Ohne zu ahnen, was sie erwarten würde, öffnete Ashley die Tür. Fleur hatte gerade die kleine Hope im Arm und blickte sie voller Liebe an. Wütend stolzierte Adam an den beiden vorbei und ging geradewegs in das Badezimmer, gefolgt von Robert. Ashleys Augen weiteten sich und ein Laut des Erschreckens entfuhr ihr.
»Gott, Robert ...«
Er schüttelte leicht den Kopf während er weiterging.
»Schatz? Ach du meine Güte. Was ist denn nur passiert? Was ist denn los? Was ist mit deiner Nase?«
Fleur ging sofort auf Ashley und Robert zu, gab ihrer Freundin ihre Tochter zurück und ging noch näher auf ihren Freund zu.
»Was ist denn passiert? Verdammt noch mal, rede doch bitte mit mir.«
»Ist schon okay, Fleur. Ich würde einfach sagen, wir gehen jetzt nach Hause.«
Fleur machte sich große Sorgen.
Was war passiert?
War Adam das gewesen?
Und wenn ja, wieso?
Adam war doch sonst so ein lieber Kerl und konnte keiner Fliege etwas zu leide tun. Außer er musste seine Familie beschützen. Aber Robert war ja wohl kaum die Person, vor der er seine Familie beschützen brauchte. Fleur nickte irritiert, vertraute ihrem Partner aber genug, um zu wissen, dass es besser war erst einmal zu gehen.
»Okay Bob. Gehen wir heim. Wirst du mir dann erzählen, was passiert ist?«
Robert schüttelte den Kopf.
»Ich denke nicht.«
Fleur und Ashley schwiegen.
Was sollten sie nur davon halten?
Was war bloß passiert und wieso wollte Robert nicht darüber reden?
Ohne auch nur ein weiteres Wort zu sagen, verließ Robert die Wohnung. Fleur drückte ihre beste Freundin noch einmal

und dann ging auch sie ohne sich von Adam zu verabschieden. Ashley stand noch einige Minuten reglos da, bis sie sich entschloss, ihr Kind ins Bett zu legen und danach sofort der Person auf den Zahn zu fühlen, die wohl bestens wusste, was passiert war. Nunmehr hatte sie weder die Geduld noch die Lust zu warten. Adam musste endlich auspacken und erzählen, welches Problem er mit Robert hatte. Wieso konnte er ihn nicht leiden, sogar so sehr, dass er ihn nun schlug?
Die Geduld abzuwarten und weiter im Dunkeln zu tappen war nun vorbei. Es musste geklärt werden, und zwar jetzt.
Adam wusch sich das Gesicht. Das kalte Wasser sollte seine Nerven beruhigen.
Was war nur im Park losgewesen?
Wieso hatte er sich nicht unter Kontrolle gehabt?
Schon wieder hatte er jemand geschlagen um seine Familie zu beschützen. Natürlich war das ein ehrenvoller Grund, aber sie lebten doch nicht mehr im Mittelalter. Man sollte seine Gefühle kontrollieren können und solche Situationen auch ohne Gewalt lösen können. So stark seine Wut auch gewesen war, ihn zu schlagen, das hatte er nicht gewollt. Normalerweise war es gar nicht seine Art handgreiflich zu werden. Doch seit all das passiert war, seit er wieder zurückgekommen war, hatte er Probleme seine Gefühle zu kontrollieren. Es fühlte sich so an, als seinen all seine Gefühle verdoppelt worden. Egal was er fühlte, es war stärker, als je zuvor. Aber was geschehen war, war nun einmal geschehen und ließ sich auch nicht mehr rückgängig machen. Und so hoffte er, dass der Schlag wenigstens etwas gebracht hatte. Vielleicht entschied sich Robert ja nun endlich reinen Tisch zu machen und die Wahrheit zu gestehen. Noch tief in Gedanken versunken, zuckte Adam plötzlich zusammen, als er erschrak. Wie wild hämmerte etwas gegen die Badezimmertür. Das konnte nur Ashley sein. Er wusste, dass es irgendwann so kommen musste.
Doch ausgerechnet jetzt?
Musste es jetzt passieren?

Jetzt, wo er doch selbst keine Ahnung hatte, was mit ihm durchgegangen war?
Wieder hämmerte es heftig gegen die Tür.
»Ist gut, ich komme ja.«
Er nahm sich das kleine blaue Handtuch, welches neben dem Waschbecken lag, trocknete sich seine Hände und sein Gesicht ab und ging mit vorsichtigen Schritten zur Tür, das Handtuch noch immer in der Hand. Mit einem Ruck ging die Tür auf und Ashley stand mit wütendem Gesichtsausdruck davor. Es war der Gesichtsausdruck, welcher wiederspiegelte, dass sie innerlich nur so kochte vor Wut.
»Mir reicht es jetzt. Sag mir endlich was los ist, Adam. Es reicht eindeutig. Ich habe lange genug nichts getan, aber nun ist Schluss! Du warst das doch, oder? Du hast ihm das angetan. Hast du mal gesehen wie er aussah? Wie verängstigt er war? Gott verdammt, Adam, was ist denn nur los mit dir? Was hat dich dazu veranlasst, etwas so Absurdes zu tun? Was hat er dir denn bitte getan, dass du solch einen Hass gegen ihn hegst? Er war immer sehr nett und höflich und ich verstehe einfach nicht, was mit dir los ist. Kannst du nicht einfach akzeptieren, dass Fleur endlich ihr Glück gefunden hat? Dass sie jemanden gefunden hat, den sie wirklich liebt und der das Gleiche auch für sie fühlt? Hast du denn gar keine Ahnung, wie lange sie nach so etwas gesucht hat?«
Adam öffnete seinen Mund, um etwas zu erwidern, doch dazu kam er erst gar nicht.
»Nein Adam, du hältst jetzt deinen Mund und machst ihn erst wieder auf, wenn du bereit bist, mir die ganze Sache zu erklären, und ich hoffe, dass du recht schnell dazu bereit bist, denn sonst mein Lieber, darfst du heute und den Rest des Monats auf dem Boden schlafen.«
Ashley schloss kurz die Augen und atmete tief durch.
»Es reicht, Adam. Es reicht ein für alle Mal. Ich kann nicht mehr. Ich habe keine Lust mehr darauf, nie zu wissen was los ist, was du denkst und wieso du so denkst und fühlst. Ich hatte schon ein schlechtes Gefühl als du ihm vorschlugst, mit ihm rauszugehen. Und ich hätte es verhindern sollen, aber

das habe ich nun einmal leider nicht, weil ich dir vertraut habe. Aber ich habe keine Lust, mir an dem was passiert ist die Schuld zu geben. Also Adam, sag mir was los ist, sag mir Gott verdammt noch mal, dass ich nicht schuld bin.«
Adam schüttelte den Kopf.
»Du bist nicht schuld. Ashley, glaube mir, du bist nicht schuld. Du hättest es nicht verhindern können. Wenn es nicht heute geschehen wäre, dann irgendwann anders. Aber es war nicht zu verhindern.«
Ihr Gesichtsausdruck hatte sich in Sorge gewandelt, die Wut war zwar noch nicht verflogen, doch die Sorge überwog.
»Gott Adam, was ist denn nur mit dir los?«
Mit ihrer Hand strich sie ihm zart über die Wange.
»Was geht nur in dir vor, dass du dich nicht mehr unter Kontrolle hast? Du warst doch früher nicht so. Du warst nie so aggressiv und voller Wut. Bitte Adam, rede mit mir. Lass die Wut raus. Aber nicht mit Gewalt, hörst du? Das ist doch keine Lösung. Wenn du nicht mit mir reden willst, dann rede eben mit einem Psychiater, aber bitte Adam, du musst endlich mit jemandem darüber reden. So kann es doch nicht weitergehen. Willst du jetzt jedem Menschen, der mal ein falsches Wort sagt, eine verpassen? Das kann nicht deine Absicht sein Adam, so bist du doch nicht. Das kann ich einfach nicht glauben. Also lass dir helfen, bitte. Egal von wem, aber lass dir helfen.«
Adam machte ein trauriges Gesicht und seine Stirn war voller Sorgenfalten. Er nahm Ashley und zog sie zu sich ran. Eng umschlungen stand er eine Weile mit ihr da, küsste ihr Haar und streichelte ihr noch einmal kurz über den Rücken, bevor er sie losließ.
»Ich liebe dich.«
»Ich liebe dich auch, Adam. Ich liebe dich wirklich, von ganzem Herzen.«
Ashleys Augen füllten sich mit Tränen. Adam hätte nur zu gerne gewusst, über was sie in diesem Moment nachdachte. Sanft legten sich seine Lippen auf die Ihren. Voller Zärtlichkeit strich seine Hand durch ihr frisch gewaschenes

Haar. Mit einem Ruck hob er sie hoch und trug sie zu den cremefarbenen Schränken in dem die Waschbecken eingefasst waren. Er setze sie auf einen freien Fleck des Unterschranks und sah ihr mit tiefem Blick in die Augen. Diese funkelten und ihre Lippen verzogen sich zu einem Lächeln. Sanft küsste er ihr den Hals. Ashleys Hände legten sich auf Adams Haar und fingen an sich darin zu verkrallen. Immer verlangender küsste er ihren Hals und auch ihre Lust steigerte sich mit jedem Kuss, den er ihr gab. Sein Kopf wanderte zurück zu ihrem Gesicht und er fing an, sie auf die Wangen und die Stirn zu küssen. Ashley stieß Adam ein Stück von sich weg und zog ihr schwarzes Top aus. Dann schnappte sie Adam an seinem weißen Hemd, das kleine Blutflecken abbekommen hatte und zog ihn wieder zu sich ran. Ihre Lippen vereinten sich immer heftiger, immer lustvoller. Ashleys Hände wanderten über Adams Bauch hoch zu seiner Brust. Dort fing sie an sein Hemd aufzuknöpfen, während sie ihn noch immer verlangend küsste. Nachdem alle Knöpfe geöffnet waren, strich sie ihm sein Hemd von dem Armen ab und es fiel geräuschlos auf den Boden. Seine Lippen wanderten zu ihrem Ohr, welches er sanft küsste, und er biss immer wieder vorsichtig hinein. Während er das tat, krallte Ashley sich noch fester in sein wundervolles Haar. Seine Lust steigerte sich mit jedem Kuss und jeder Berührung mehr in unbändiges Verlangen. Mit zitternden Händen öffnete er den Knopf und den Reißverschluss ihrer Hose. Ruckartig wurde sie vom Unterschrank gezogen, eilig stülpte sie ihre Hose über die Füße auf den Boden und ließ sich danach wieder auf den Schrank heben. Voller Vorfreude, öffnete sie seine Hose und strich mit ihren zarten Händen, soweit es ihr gelang, seine Beine herunter, bis sie die Hose fallen ließ und diese ihren Platz bei den anderen Klamotten auf den Boden fand. Sie waren so in ihre Lust vertieft, dass sie nichts um sich rum mitbekamen. An ihren Beinen spürte sie seine Erektion und merkte, wie dieses vertraute Gefühl sie noch mehr anheizte. Wieder schnappte er die in seinen Augen erotischste Frau mit einem Ruck und legte sie vorsichtig auf den kleinen weichen Teppich der vor dem Unterschrank, in dem die Waschbecken eingefasst waren, lag. Seine Hand strich leicht zitternd über ihr linkes Bein hin zu ihrer Scham. Diese streichelte er erregt durch ihren feuchten schwarzen Slip der an beiden Seiten mit feinem, verziertem Tüll bedeckt war und nur das Wichtigste mit undurchsichtigem Stoff bedeckte. Seine andere Hand folgte der Spur der Ersten nun auch auf ihrem rechten Bein und fand sein Ziel mit Leichtigkeit. Sein Körper kam dem ihrem näher und sein Kopf wanderte den Bauch abwärts küssend zu ihrem Slip. Mit seinen Zähnen zog er ihr diesen geschickt über die Beine und über ihre kleinen Füße aus und warf ihn wie ein Tiger in die Ecke. Ashley konnte ihre Lust kaum noch bändigen. Es war schon wieder viel zu lange her, seit er das letzte Mal in sie eingedrungen war. Seine Hände wanderten wieder ihre Beine hoch zu ihrer Scham, während sie ihm bereitwillig ihr Becken entgegenstreckte. Ashleys Oberkörper hob sich so, dass ihre Hände an seinen Körper reichten. Diese schlangen sich um seine Boxershorts und rissen sie herunter. Mit seinen Beinen streifte er sie ganz ab. Sein Körper lag nun komplett über ihrem. Seine Arme nahmen die ihren und legten sie über Ashleys Kopf. Dort hielt er die Hände fest und küsste ihre gierigen Lippen innig. Ihre Zungen spielten nur so miteinander. Immer wieder bissen sie sich gegenseitig auf die Lippen, was ihr Verlangen nur noch mehr verschärfte. Seine linke Hand übernahm nun beide Arme, während die Rechte wieder zu ihrer Scham wanderte. Diese streichelte er so gekonnt, das Ashley nicht anders konnte, als mit ihrer Hüfte immer wieder gegen seine Hand zu stoßen. Mit seinen Fingern drang er nun in sie ein. Ein heftiger Stoß von Ashley zeigte, wie erregt sie war und dass sie es kaum abwarten konnte, dass er vollkommen in sie eindrang. Immer wieder stieß er mit seinem Finger in sie ein und drehte diesen dabei, was die Bewegung noch intensiver machte. Ihre Lust schien mit jeder Minute ihren Höhepunkt erreicht zu haben und wuchs doch unerwartet immer weiter. Sie wusste, dass es nicht mehr lange dauern würde, bis sie kommen würde, und bestimmt nicht zum letzten Mal an diesem Tag, dessen war sie sich sicher. Langsam zog er seinen Finger wieder heraus und streichelte sie nun mit seiner kompletten Hand, während ein Finger immer wieder in ihre Scham glitt. Jedes Mal, wenn er über ihren Kitzler streichelte, überkam sie eine Hitzewelle und ihr Körper wurde wie von Blitzen durchzogen. Es war eine solche Erregung, dass sie immer jedes Mal das Gefühl hatte, die Hitzewelle übermannte sie zu sehr, um es noch länger aushalten zu können. Doch sie wollte es. Sie wollte nicht, dass er damit aufhörte. Erneut drang er in sie ein mit einem heftigen, drehenden Stoß. Plötzlich überkam es sie und es war ihr unmöglich ihren Orgasmus länger zurückzuhalten und mit schnaufendem Atem kam sie. Ashley stöhnte so heftig, dass Adam nicht aufhören konnte. Er schien wie in einem Rausch. Seine Lippen küssten dabei immer wieder zart ihren Körper. Nun nahm er seine andere Hand zur Hilfe, damit er noch fester zustoßen konnte. Die Wucht überkam Ashley unerwartet und in ihr schien die eine Lustexplosionen der anderen nahtlos zu folgen. Dann legte er sich neben sie und machte seinen Arm so über Ashleys Beine, dass seine Hand sie gespreizt hielten. Mit der anderen Hand streichelte er weiterhin ihren Kitzler. Immer wieder stieß sie mit ihrer Hüfte nach oben. Plötzlich legte er sich mit seinem Kopf zwischen ihre Beine, welche er weiterhin spreizte, dieses Mal aber mit beiden Händen. Seine Lippen legten sich auf ihren Bauch und küssten diesen herunter zur Scham. Lüstern fing seine Zunge an, die Arbeit zu übernehmen, die zuvor noch seine Hand erledigt hatte. Er leckte ihren Kitzler rauf und runter und ab und an zog er begierig daran. Ashley krallte sich in den weichen Badezimmerteppich auf dem sie lag und dessen Oberfläche mittlerweile durch ihren Schweiß an ihrem Körper klebte. Immer wieder stöhnt sie lauthals auf. Mit einem Ruck legte er seine Hände so unter ihr Gesäß, dass er dieses anheben konnte. Ihre Beine schlangen sich um seinen Hals und legten sich auf seine Schultern. Mit Leichtigkeit hielt er ihre glatten Beine fest, während seine

Zunge nun in sie eindrang. Immer fester krallte sie sich in den Teppich, während ihre Lust ihren ganzen Körper durchzuckte und merklich ihre Arme und den Rest des Oberkörpers zittern ließ. Ihre Hüfte stieß in gleichmäßig kurzen Abständen gegen sein Gesicht, dabei steigerte sich sein Atem und übertönte ihren merklich. Sie spürte dieses heftige Atmen auf ihrem Venushügel, während seine Zunge immer wieder in sie eindrang. In ihr breitete sich Zufriedenheit und Stolz aus, dass er auch noch nach ihrer Schwangerschaft solch eine Lust empfand, wenn er ihren Körper zum Höhepunkt trieb. Ihr Herz pochte so laut, dass sie Angst hatte, dass Hope dadurch aufwachen könnte. Was natürlich völliger Schwachsinn war, denn diese hatte sie, bevor sie an die Badezimmertür geklopft hatte, schlafen gelegt, da Ashley nicht wollte, dass sie mitbekam, wie ihre Eltern stritten. Wer hätte auch wissen können, dass sie sich nicht anschrien, sondern ihre Lust vereinten. Aber auch hier war für Hope eindeutig kein Platz. Dieser Moment gehörte nur ihnen beiden und sollte durch nichts und niemanden gestört werden. Doch noch vertieft in die Gedanken an ihre Tochter, hörte sie diese plötzlich ganz leise weinen.

»Adam, hör auf. Hörst du sie denn nicht? Ich muss zu ihr.«

Doch Adam hörte nicht auf, immer wieder drang er mit seiner Zunge in sie ein. Es fiel ihr nicht leicht, denn sie musste sehr stark gegen ihre Lust ankämpfen, doch sie schaffte es und bat ihn noch einmal aufzuhören. Und tatsächlich hörte er sofort auf, doch nicht in der Absicht sie gehen zu lassen. Er brauchte nur seinen Mund, denn er wollte etwas sagen.

»Ashley bitte, tu das nicht. Mach uns das nicht kaputt. Sie wird es schon aushalten. Sie wird mit Sicherheit gleich wieder einschlafen.«

Ashley dachte kurz darüber nach, währenddessen streichelte er weiter ihre Scham. Sie wusste, dass es falsch war und ihr Mutterinstinkt machte ihr ganz stark klar, dass sie gerade die falsche Entscheidung traf, doch sie konnte nicht anders. Sie konnte nicht länger gegen ihre Lust ankämpfen, gegen das

Verlangen ihn in sich zu spüren. Seit dem Moment, in dem sie für sich selbst entschieden hatte, dass sie nun nicht mehr mit ihm schlafen wollte, was noch in der Schwangerschaft gewesen war, hatte sie das Verlangen immer wieder unterdrückt. Doch nun, da Ashley ihrem Ziel so nah war, konnte sie nicht mehr aufhören. Sie schaffte es einfach nicht und so legten sich ihre vor Lust zitternden Hände wieder in seine nun ebenfalls nassgeschwitzten Haare. Sie lächelte ihn an, mit der Gewissheit, was für einen Genuss dieser Moment ihnen beiden noch bringen würde. Ihre Hände wanderten zitternd über seinen Rücken. Immer wieder strich sie mit ihren Nägeln darüber und als er wieder mit seiner Zunge in sie eindrang zog sie seinen Oberkörper fester an sich ran. Nach einigen Minuten purer Lust legte sie ihre Beine wieder von seinen Schultern und lächelte ihn verschmitzt an. Er runzelte die Stirn, während er auch schon angewiesen wurde, sich auf den weichen Teppich zu legen, den sie bis eben noch belegt hatte. Mit beiden Händen streichelte sie seinen Bauch und hob elegant ihr Bein an, um sich auf ihn setzten zu können. Ihre Hände wanderten weiter zu seiner Brust und ihre Beine hatten ihren Platz neben den seinen gefunden. Nach einem kurzen Moment legte sie sich auf ihn und zwar so, dass sein Glied nicht in sie eindringen konnte, sondern nur auf ihren Venushügel traf. Animalisch packte sie mit ihren Händen seine Schultern und zog sich immer weiter daran hoch. Ihre Beine hatte sie nun auf beiden Seiten seines Körpers gelegt. Sein Stöhnen verriet, dass es nun auch bei ihm nicht mehr lange dauern konnte, bis er zum Orgasmus finden würde. Ihre Scham wanderte weiter seinen Körper herauf und hielt einen Moment auf seinem Gesicht an, sodass er mit Genuss ihre Klitoris in seinen Mund ziehen konnte. Ein Kichern konnte sie sich nicht unterdrücken. Bestimmend legte sie ihre Hände auf seinen Kopf und drückte sich so noch weiter. Nun lag er da, völlig willenlos und unwissend, was als nächstes passieren würde. Sie drehte ihren Körper rum, gab ihm einen kleinen Kuss auf seine Stirn und öffnete eine Schublade des Unterschranks. Sie kramte in der

Schublade rum, hob hier und da etwas an und fand letzten Endes das, wonach sie gesucht hatte. Lächelnd riss sie die Packung auf und schmiss diese in das Waschbecken. Das durchsichtige Präservativ nahm sie genussvoll in den Mund und bewegte ihren Körper zurück zu ihm, sodass ihr Kopf über seinem Glied endete. Mit ihren Händen nahm sie sein pralles Stück und legte ihren Mund so darum, dass sie das Kondom mit Leichtigkeit darüber stülpen konnte. Sein Geräusch ließ vermerken, wie sehr er sich anstrengen musste, nicht in dieser Sekunde zum Orgasmus zu finden. Erneut wanderten ihre Hände seinen Bauch hoch zu seiner Brust und ihre Beine schlangen sich um seinen Körper, doch ihre Scham schwebte in der Luft. Ashley genoss das Gefühl den Moment vollkommen im Griff zu haben. Sie ergötzte sich an dem flehenden Blick ihres Verlobten und setzte sie schließlich auf ihn. Das Glied in ihrer Scham lehnte sie sich zurück, ihre Hände auf sein Bein gestützt, bewegte sie sich so, dass sein Atem immer stärker und lauter wurde. Auf einmal spürte sie seine Fingerkuppen an ihrem Gesäß. Seine großen Hände hatten es nun vollkommen gepackt und versuchten sich daran zu halten. Sein Oberkörper zog sich zu ihr hoch und seine Hände wanderten weiter zu ihrem Rücken. Sie merkte, dass es nun soweit war, bald würde er kommen. Ihre Hände streichelten nun liebevoll seinen Rücken. Indessen hatte er seine auf ihren Brüsten platziert und knetete diese triebhaft. Er packte ihre eine Brust von unten, die andere streichelte und knetete er weiter. Genüsslich leckte er mit seiner Zunge die Rundung ihres Nippels nach, biss zart auf ihn und zog mit seinem Mund daran. Für ihn gab es nun kein Halten mehr. Ein Orgasmus überkam ihn, wie er ihn schon lange nicht mehr erlebt hatte. Sein Stöhnen wurde immer heftiger. Sein Atem immer lauter. Sein Verlangen nach mehr immer größer, bis er schließlich zum ersten Mal an diesem Tag seinen Höhepunkt erreichte.

Die beiden wussten nicht wann genau es gewesen war, aber während sie tief in ihrer Lust versunken waren, war Hope wieder eingeschlafen.
Als sie zu ihr ans Bettchen kamen, schlief sie tief und fest. Adam stellte sich hinter seine Auserwählte und umarmte sie von hinten. Seine starken Arme umschlangen ihren Bauch und so standen sie noch eine Weile da, sagten nichts und bewegten sich nicht. Beide betrachteten einfach stolz das Ergebnis ihrer endlosen Liebe. Mittlerweile war es tiefe Nacht. Das Grummeln in den Bäuchen der beiden zeigte, wie hungrig sie nach einem solch ereignisreichen Abend waren. Daher beschloss Ashley noch eilig eine Kleinigkeit zu kochen. Nachdem sie das kleine Nachtmahl gegessen hatten, entschieden sie sich ins Bett zu gehen und machten sich fertig um gut in die Nacht zu starten. Gerade als sie auf dem Weg ins Schlafzimmer waren, wachte Hope auf und beklagte sich unüberhörbar über ihren großen Hunger und ihre volle Windel. Ashley entschied das schnell zu übernehmen und war sich sicher, gleich auch ins Bett gehen zu können. Derweil ging Adam alleine ins Schlafzimmer, legte sich auf das ersehnte Bett und dachte nach. Darüber, was alles passiert war die letzte Zeit und besonders an diesem Tag. Es musste dringend geklärt werden, er musste endlich mit Robert Tacheles reden. Daher entschloss er sich dazu, dass wenn Robert sich innerhalb einer Woche nicht meldete, er persönlich zu Fleur und Robert in die Wohnung gehen würde, um dem endlich ein Ende zu setzen. Auf diesem Wege hatte Robert keine Chance zum Auflegen oder die Möglichkeit, sonst etwas zu tun, um nicht noch einmal mit ihm reden zu müssen. Adam dachte darüber nach, wie das Gespräch verlaufen könnte und merkte dabei gar nicht wie viel Kraft ihm der Tag geraubt hatte und er ohne Anzeichen einschlief.

Es waren drei Tage vergangen, ohne dass Ashley mit ihren Nachforschungen über die Abneigung Adams gegenüber Robert weitergekommen war. Inzwischen hatte sie zwar einmal mit Fleur telefoniert und erfahren, dass Robert mit ihr über das, was im Park passiert war, wie zu erwarten kein Wort gewechselt hatte. Aber auch ob sonst irgendwo etwas passiert war, was all das hätte auslösen können, konnte Fleur ihrer Freundin nicht mitteilen. Vielleicht gab es wirklich einen vernünftigen Grund für das Verhalten von Adam, doch das konnten sich beide beim besten Willen nicht vorstellen. Zwar hatte Ashley sich an dem Abend des Vorfalls fest vorgenommen, herauszubekommen, was genau der Grund dafür war, doch ihre Anziehung zu Adam hatte diesen Gedanken beiseitegeschoben. Und in den Tagen danach war nichts mehr aus Adam herauszubekommen. Zudem hatte Fleur erzählt, dass Robert sich irgendwie seltsam verhalten würde, seit diesem Abend. Sehr distanziert und abweisend, so kannte sie ihn gar nicht. Ashley konnte ihr in diesem Fall nicht helfen und nur mithoffen, dass sich sein Verhalten schnell wieder normalisieren würde. Doch Ashley hatte ein schlechtes Gefühl im Bauch, so als würde dies nicht passieren, bis sie herausgefunden hatte, wieso es solche Probleme zwischen Robert und Adam gab und diese geklärt wurden. Denn bei einem war sie sich ganz sicher, seine Distanziertheit und seine Abweisungen hatten ganz klar etwas mit dem zu tun, was zwischen Robert und Adam passiert war. Sie dachte über das Telefonat nach, welches sie mit Fleur geführt hatte und versuchte eine Lösung zu finden, ihrer Freundin zu helfen. Sie stand auf einem Stuhl, um auf dem hohen Schrank im Wohnzimmer den Staub wegzuwischen. Ihre Tochter lag in ihrem Bett, welches sie extra für das Wohnzimmer gekauft hatten, damit sie Hope jederzeit bei sich haben konnten, ob diese nun schlief oder wach war. Zurzeit schlief sie, sodass ihre Mutter ohne schlechtes Gewissen den Haushalt schmeißen konnte. Adam

war im Badezimmer duschen und merkte nicht, welche Sorgen Ashley sich über die ganze Situation machte.
Was wenn nichts wieder so sein würde wie vorher?
Was wenn sie nun nicht mehr so befreundet sein konnten, wie vor dem Vorfall?
Was wenn sich Fleur zwischen ihr und Robert entscheiden würde?
Sie könnte unmöglich ohne ihre Freundin weiterleben. Sie war es, die ihr in jeder Situation Halt gegeben hatte. Selbstverständlich hatte sie auch noch ihre Familie, doch das konnte man nicht vergleichen. Sie brauchte Fleur und es war undenkbar, dass sie sich gegen sie entscheiden könnte, undenkbar, dass sie es vielleicht müsste, nur weil ihr Verlobter Probleme hatte mit dem Partner ihrer besseren Hälfte.

# *Erklärungen*

Das Telefon klingelte, während Ashley sich gerade um Hope kümmerte. Deswegen eilte Adam aus dem Bad und hob eilig den Hörer ab.
»Adam? Bist du es?«
Er runzelte die Stirn. Zwar war er verwundert, die Stimme des Anrufers zu hören. Dies hinderte ihn allerdings nicht daran, die Person am anderen Ende der Leitung heftig anzufahren.
»Dumme Frage! Wer soll es denn sonst sein?«
»Wir müssen reden.«
»Ach wirklich? Müssen wir das?«
»Jetzt mach bitte nicht so rum. Du warst derjenige, der reden wollte. Also sei froh, dass ich nun bereit dazu bin.«
»Ach wirklich? Du nimmst dir ganz schön viel raus, findest du nicht?«
Der Anrufer am anderen Ende schwieg.
»Wie dem auch sei. Wann und wo?«
Adam wollte das Gespräch so schnell wie möglich beenden.
»Im Park würde ich sagen. Ähm, wann passt es dir denn am besten?«
»Ist mir schnuppe.«
»Okay, hast du heute noch Zeit?«
Adam antwortete nicht.
»Ich fasse das einfach mal als *Ja* auf. Also in zwei Stunden im Park? Wie beim letzten Mal, ja? Gut. Bis dann.«
Zwar wartete der Anrufer auf eine Antwort von Adam, doch dieser legte ohne etwas zu sagen wieder auf. Nachdem Ashley mit Hope auf dem Arm aus dem Kinderzimmer kam, fragte sie wer denn die Person am Telefon gewesen sei. Doch Adam gab ihr keine Antwort.

»Ist alles okay, Liebling? Ich mache mir Sorgen. Du schaust schon wieder so seltsam.«

»Es ist alles okay. Ich möchte nur ein wenig meine Ruhe. Ich geh noch mal in den Park. Ist das okay? Soll ich Hope in den Kinderwagen packen und mit ihr dabei spazieren fahren?«

»Oh, das ist eine wundervolle Idee, Adam. Ich packe schnell alles zusammen und ziehe die Kleine noch an. Bei dem warmen Wetter muss ich genau gucken, dass ich sie nicht zu warm einpacke, sonst bekommt sie noch einen Hitzschlag.«

Sie lächelte Adam liebevoll an, doch dieser schaffte es nur schwer zurückzulächeln, da er tief in Gedanken versunken war. Nach einer Dreiviertelstunde hatte Ashley alles zusammengepackt, die Kleine noch einmal gefüttert und auch nach ihrer Windel geschaut, die allerdings nicht gewechselt werden musste. Adam legte seine Tochter behutsam in den Kinderwagen, gab der stolzen Mutter noch einen Abschiedskuss und schon konnte es losgehen.

Als sie im Park angelangt waren, setzte er sich kurz auf eine Bank. Er betrachtete die zufriedene Hope, die sichtlich die frische Luft und die Sonnenstrahlen genoss und versuchte, sich voll auf seine Gedanken zu konzentrieren. Nach einiger Zeit raffte er sich auf und schob den Kinderwagen weiter durch den Park. Hope war mittlerweile eingeschlafen. Adam guckte auf die Uhr, es war bald soweit. Bald waren die zwei Stunden rum, so machte er sich auf den Weg, zu dem Ort, an dem sie sich das letzte Mal getroffen hatten.

»Hi, Adam.«

Dieser betrachtete Robert von Kopf bis Fuß. Bevor er sich auf eine in der Nähe stehende Parkbank setzte, nickte er ihm kurz zu.

Auch Robert setzte sich auf die Parkbank und warf einen Blick auf Hope, die noch immer friedlich in ihrem Kinderwagen schlief.

»Du wolltest reden?«

»Adam, ich weiß nicht, was du weißt oder was du denkst zu wissen, aber ich habe nichts getan, wofür ich mich schämen müsste.«

Adam betrachtete ebenfalls seine Tochter und zeigte, genau wie letztes Mal keine Anzeichen davon, dass er seinem Gegenüber zuhörte.
»Ich weiß, dass du dich nicht für das entschuldigen wirst, was du letztes Mal getan hast und das ist okay. Wie du siehst, ist ja alles soweit in Ordnung. Aber ich will wenigstens verstehen, wieso du es getan hast.«
Adam musste schwer mit sich kämpfen, doch schließlich schaffte er es, sich zu überwinden und mit Robert offen und ehrlich zu reden, denn schließlich war er genau dafür hergekommen.
»Du weißt genau was los ist, Robert. Du weißt es ganz genau.«
»Ich weiß es eben nicht, Adam. Und deswegen bitte ich dich, mit mir zu sprechen. Ich habe darüber nachgedacht, stundenlang habe ich gegrübelt, was du gegen mich haben könntest, was ich dir getan haben könnte, dass einen solchen Hass gegen mich rechtfertigt, aber ich habe dir nie etwas getan.«
»Ich weiß genau was war, als du Fleur zum ersten Mal gesehen hast. Ich weiß genau wieso du auf die beiden zugegangen bist.«
Roberts Stirn legte sich in Falten und als er darauf antwortete, schüttelte er immer wieder verwirrt den Kopf.
»Aber wovon redest du denn nur, Adam? Du kannst gar nichts wissen. Du warst doch überhaupt nicht dabei.«
Adam setzte ein unerklärliches Lächeln auf.
Robert verwunderte es, und er fragte sich nun langsam wirklich was hier los war.
»Adam, sag mir jetzt endlich was los ist und was du zu wissen meinst.«
»Sam.«
»Was?«
Adam starrte ihm weiter tief in die Augen und schwieg.
»Was hast du gesagt, Adam?«
»Sam, habe ich gesagt", wiederholte Adam, sein Blick nun wieder auf den Kinderwagen gerichtet.

»Sam? Wer zum Teufel ist Sam?«
»Du weißt genau, wen ich mit Sam meine.«
»Aber ...«
Robert musste sich zusammenreißen, um nicht zu stottern.
»Woher kennst du Sam, Adam? Und was hat er mit der ganzen Sache zu tun? Ich habe ihn euch nie vorgestellt, und ich habe auch keinen Kontakt mehr zu ihm. Also sag mir, woher du ihn kennst.«
Adam entschloss sich, sich wieder seinem Schweigen hinzugeben.
»Sag es, Adam.«
Langsam kamen Adam Zweifel, ob es wirklich richtig war, was er gerade tat. War es nicht vielleicht doch besser die ganze Sache auf sich beruhen zu lassen.
Sollte Robert wirklich erfahren was passiert war?
Dass er ihn beobachtet hatte?
Und zwar als Geist?
War es die ganze Sache wirklich wert?
Er dachte an Ashley, mit der er so oft wegen dieser Sache, die er hier gerade durchzog, Streit gehabt hatte.
War es das wert gewesen?
Wieso hatte er ihr nicht gesagt, dass er sich mit Robert treffen wollte?
Wieso hatte er es ihr verschwiegen?
Was hatte die ganze Sache nur mit ihm gemacht?
Er hatte jemanden geschlagen und das ohne wirklichen Anlass. Und er hatte sie belogen, hatte Ashley Sachen verheimlicht, obwohl sie ihn mehrmals danach gefragt hatte.
Wieso hatte er all das für ihn in Kauf genommen?
»Adam?«
Adam zuckte zusammen und Robert sah ihn mit sorgenvollem Blick an. Mit den Gedanken wieder bei dem Gespräch, sah er sich um. Das schöne Wetter war plötzlich verflogen, am Himmel zogen sich immer mehr dunkle Wolken zu einer grauen Gewitterfront zusammen. Wie lange hatte er wohl hier so gesessen? Eben war doch noch alles voller Sonnenstrahlen gewesen.

»Adam ich weiß nicht, was auf einmal mit dir los ist. Und ich weiß auch nicht, was das eben war. Ich habe dich anders kennengelernt. Und das, was mir Fleur von dir erzählt hat, entspricht auch keinem Meter der Person, die ich die letzten Wochen erlebt habe.«
Adam sah Robert auf einmal tief in die Augen und versuchte zu verstehen, was er sagte. Noch immer war sein Kopf so voller Sachen, dass es ihm schwerfiel zu verstehen, was Robert ihm klarmachen wollte. Er schloss kurz seine Augen und versuchte seine Gedanken und Gefühle zu ordnen. Seine Wut, die er immer in sich trug, sobald er in Roberts Nähe war, hatte sich plötzlich aufgelöst. Sie war im Nichts verschwunden, wie als wäre sie niemals da gewesen. Und mit einem Mal fühlte er sich befreiter.
»Ich denke, ich muss dir einiges erklären. Ich weiß nicht, was du weißt, und deshalb werde ich dir jetzt einfach alles von vorne erzählen. Bitte lass mich ausreden, danach kannst du mich von mir aus anschreien oder was auch immer du tun möchtest. Aber lass es mich dir erst einmal ganz genau erklären.«
Adam nickte.
»Als ich noch klein war, da war ich ein ganz schöner Rabauke. Als ich Sam kennenlernte, verstanden wir uns nicht sonderlich gut. Ich ärgerte ihn immer und dachte mir wohl weniger bei den Dingen die ich anstellte, als sie bei ihm ankamen. Denn irgendwann reichte es ihm und er schlug zu, um dem ein Ende zu setzen. Danach verstanden wir uns prima und spielten zusammen anderen Leuten die Streiche und nicht mehr einander. Er war einer meiner besten Freunde. Das hielt bis vor einigen Monaten an. Bis zu dem Tag am Strand.«
Adam sah Robert noch immer an, doch dieser konnte mit seinem Blick nichts anfangen und so erzählte er einfach weiter.
»Sam und ich gingen immer mit ein, zwei anderen Freunden von uns zusammen am Strand joggen. Ich liebe es, der Gewalt der Wellen zuzusehen, man meint sie könnten die

ganze Welt beherrschen, wenn man sie nur ließe, aber das ist jetzt Nebensache. Wir gingen also wieder einmal an unserem Strandstück joggen und auf einmal blieb Sam stehen. Ich joggte noch ein Stück weiter, da ich es nicht sofort mitbekam, doch als ich es merkte, drehte ich mich um und joggte zurück zu ihm. Auf seinem Gesicht spiegelte sich ein merkwürdiges Lächeln und ich fragte ihn, was los sei. Er berichtete mir von einer Idee. Er erzählte, dass er eben zwei Frauen gesehen habe und dass ihm die Idee gekommen sei um diese zu wetten. Es ging darum erst die eine und dann die andere für sich zu gewinnen, eine Nacht mit ihnen klar zu machen und als Beweis ein Foto zu schießen.«

Robert hielt inne und wartete Adams Reaktion ab. Er war sich sicher, dass Adam ihm gleich wieder eine verpassen würde, doch nichts geschah. Also entschloss er sich, einfach weiter zu erzählen.

»Wir wetteten also um zweihundert Piepen, dass ich erst die eine und dann die andere herumkriegen würde. Er zeigte auf die beiden Frauen, die er sich ausgesucht hatte. Ich drehte mich zu ihnen und betrachtete die beiden. Als ich sie von hinten sah, nahm ich die Wette selbstverständlich an. Ich war Single und kannte die beiden Frauen nicht und zudem sahen sie erstklassig von hinten aus. Was hatte ich also zu verlieren? So entschied ich mich dazu, die Beiden auf mich aufmerksam zu machen. Ich überlegte mir, wie ich dies am besten schaffen könnte. Also joggte ich einfach auf eine der beiden zu und entschied mich dazu, ganz versehentlich in sie hereinzulaufen. Es war purer Zufall, dass es Ashley war, in die ich reinlief. Wie gesagt, ich kannte keine der beiden und sah sie zuerst nur von hinten. Als ich auf sie zulief, sah ich nur auf das Wasser. Ich hätte genauso gut in Fleur laufen können, aber wie auch immer. Als ich dann vor den beiden stand und Ashley genau betrachtete, dachte ich mir, da hast du aber einen richtig guten Treffer gelandet, mein guter Sam. Doch plötzlich als ich Fleur sah, durchzuckte es mich wie ein Blitz. Ich wusste nicht ob ich wirklich schon bereit dazu war, da ich ja erst meine Frau verloren hatte, und so entschied ich, es zu ignorieren. Ich machte die beiden also wie nach Plan auf mich aufmerksam und ging zurück zu Sam. Es würde nicht lange dauern, bis ich die Wette gewonnen hatte, dessen war ich mir sicher. Doch je länger ich darüber nachdachte, wurde mir immer mehr bewusst, dass ich die Wette nicht mehr gewinnen wollte. Ich wollte nicht einfach plump die beiden Frauen herumkriegen. Denn ich hatte mich verliebt. Und so kam es dann dazu, wie es heute ist. So baute sich die Liebe zwischen Fleur und mir immer mehr auf, bis wir uns irgendwann sicher waren nicht mehr ohne einander leben zu können. Ich hatte schon einmal eine Frau verloren, die ich liebte, und ich wollte das nicht noch einmal durchmachen. Du weißt nicht, wie es ist, jemanden so leiden und dann sterben zu sehen, dem du dein Herz geschenkt und immer geglaubt hast bis zu deinem Ende mit diesem Menschen dein Leben teilen zu können. Es ist das Schlimmste was ein Mensch durchmachen kann, zumindest soweit ich das beurteilen kann. Für mich war es das Schlimmste und ich bedaure nicht die Liebe zu ihr, aber ich bedaure, dass sie mir so früh genommen wurde. Ich hätte nie gedacht, dass ich noch einmal mein Herz für jemanden öffnen könnte. Denn man weiß ganz genau, man ist hilflos. Egal was man macht, es wird nichts helfen. Die geliebte Person wird dich verlassen, und zwar für immer und ewig. Gott Adam, verstehst du? Ich bin erst einunddreißig und sie war Gott verdammte fünfundzwanzig Jahre. Sie hatte ihr ganzes Leben doch noch vor sich. Wir waren gerade einmal zwei Jahre verheiratet. Das ist doch kein Leben. Ich wollte ihr alles geben, ich wollte sie glücklich machen und dann stirbt sie nach gerade einmal zwei Jahren Ehe an Leukämie, Adam. Wunderschöne, aber viel zu kurze zwei Jahre. Du kannst nicht verstehen, wie kaputt einen das innerlich macht. Sie war so schwach und so hilflos. Ich wäre für sie gestorben, hätte ich doch nur ihr Leben retten können. Hätte sie doch nur ihr Leben genießen und alt werden können. Sie war ein so wundervoller Mensch und sie hatte ein besseres Leben verdient. Jedes Mal wenn ich Hope ansehe, bricht es mir das

Herz. Sie hatte sich so sehr Kinder gewünscht, doch sie hatte nie die Chance bekommen diesen Wunsch wahr werden zu lassen. Und ich verstehe nicht wieso ein so guter und liebenswerter Mensch so früh von dieser schrecklichen Welt gehen musste.«

Während Robert von seiner verstorbenen Frau sprach, standen ihm immer wieder Tränen in den Augen. Doch er schaffte es die Fassung zu wahren und nicht zu weinen. Immer hin war er ein Mann und Männer weinten nicht. Schon gar nicht in der Öffentlichkeit.

»Ich war dreißig Jahre alt, als ich meine Frau verlor. Sam war in dieser Zeit für mich da, wie kein anderer es war. Nicht auf die Weise, die man in solch einem Moment vielleicht erwarten würde. Aber dank ihm konnte ich wieder lachen. Er hat immer einen Witz auf Lager und dank ihm habe ich es geschafft wieder so sein zu können, wie ich bin. Ich werde sie nie vergessen, aber ich habe gelernt damit zu leben und nach vorn zu sehen. Verstehst du, Adam? Was auch immer du weißt und dich so verletzt und wütend gemacht hat, kann ich nicht beurteilen. Aber ich hoffe, dass du die Dinge nun ein wenig anders siehst. Ich wollte mich nie an Ashley heran machen und ich will es auch jetzt nicht. Falls du irgendwie dachtest ich bin nur mit Fleur zusammen, um an Ashley zu kommen, das ist totaler Schwachsinn. Und auch wenn du dachtest ich würde Fleur nur ausnutzen. Glaube mir, sie ist die erste Frau nach dem Tod dieses wunderbaren Menschen, die ich wieder angesehen habe. In der ich wieder das Liebenswerte und den Glauben an die Liebe gesehen habe. Und ich würde höchst persönlich jeden um die Ecke bringen, der sie ausnutzen würde, daher kann ich dein Verhalten verstehen. Ich liebe sie wirklich sehr. Es ist grausam so etwas zu sagen, aber ich denke ich liebe sie sogar ein wenig mehr, wie meine verstorbene Frau, natürlich ist unsere Liebe noch frisch und ich kann das erst mit Sicherheit nach einer Weile sagen, aber ich habe solch eine Verbundenheit mit ihr, die ich nicht kannte. Wirklich Adam, glaube mir, ich kann verstehen, dass du deine Familie beschützen willst, und dass du alles für sie machen würdest. Aber ich bin bestimmt nicht die Person, vor der du sie beschützen brauchst. Ich will deine Familie nicht zerstören, sondern ich will dazu gehören. Ich will in eure heile Familie aufgenommen werden und so akzeptiert und geliebt werden, wie es bei eurer Familie Brauch ist. Ich finde es einfach wundervoll, wie ihr für die anderen aus der Familie da seid und euch um alle kümmert. Ich möchte von euch lernen und euch nichts wegnehmen. Ihr seid alle so liebe Menschen und ich glaube, dass ich das nun mehr brauche denn je.«

Robert hielt inne und dachte noch einmal über all das nach, was er eben gesagt hatte. Adam wusste nicht genau, was er sagen sollte. Mit so einer ausführlichen Erklärung und einer so traurigen noch dazu, hatte er nicht gerechnet.

Wie konnte er Robert nur so etwas unterstellt haben?

Wieso hatte er ihn nicht gleich angesprochen?

Er war geschockt und brauchte einen Moment für sich. Robert merkte, was gerade in Adam vorging und schlug vor, noch eine kleine Runde mit Hope zu drehen, bevor es anfangen würde wie aus Eimern zu gießen. Adam nickte und war froh, für einen Moment alleine zu sein, um nachdenken zu können. Er wusste nicht genau, wie lange Robert mit Hope weg gewesen war, aber der Himmel wurde immer dunkler. Er konnte nicht genau sagen, wie lange es noch trocken bleiben würde, aber den Moment in dem der Regen herunterfallen und die Welt in kaltes Nass tauchen würde, wollte er in einem geschlossenen Raum erleben.

»Du musst es ihnen sagen. Ashley und Fleur, sie müssen es erfahren.«

Robert nickte schweigend. Adam stand auf und legte seine Hände auf den Kinderwagen, bereit jederzeit loszulaufen, um dem Regen zu entkommen.

»Danke. Danke, dass du mir das alles erzählt hast. Aber nun brauche ich ein wenig Zeit, Robert. Ich muss ein wenig nachdenken. Ich würde vorschlagen, wir gehen jetzt nach Hause und reden ein anderes Mal wieder darüber.«

»Das verstehe ich und ich lasse dir die Zeit. Aber bitte, glaube mir, ich liebe Fleur wirklich sehr und ich will sie nicht verlieren, und schon gar nicht wegen einer solch dummen Sache, die sich nun hoffentlich geklärt hat. Ich würde ja sagen, dass es mir leid tut. Dass dieser Tag nicht hätte passieren sollen, aber das wäre nun einmal gelogen. Wäre dieser Tag nicht gewesen, dann hätte ich Fleur nie kennengelernt und deswegen bin ich sehr, sehr glücklich dass es so war, wie es nun einmal war. Und ich hoffe, du verstehst ein wenig, was ich versucht habe dir zu sagen.«
Ohne auf eine Reaktion zu warten, zog Robert die Kapuze auf, welche zu seiner Stoffjacke gehörte, bereit dem Regen für kurze Zeit zu trotzen und machte sich auf den Weg zu dem zu Hause, in dem er nun mit der Frau wohnte, in der sein Herz seine große Liebe gefunden hatte. Adam blieb noch einen kurzen Moment sitzen, bis er sich ebenfalls entschloss aufzustehen, denn er hatte keine große Lust, doch noch von dem kalten Abendregen erwischt zu werden. Kurz bevor er zu Hause war, fing es zu tröpfeln an, und er beeilte sich noch mehr, seine Tochter ins Trockene zu bringen.

Die Regentropfen prasselten geräuschvoll gegen die Scheiben.
Der Wind wehte so stark, dass die Äste wie Peitschen gegen die Fenster schlugen, während er selbst so angsteinflößende Geräusche machte, das sich mit hoher Wahrscheinlichkeit alle Kleinkinder in das Bett ihrer Eltern verkrochen, weil sie meinten, Geister heulen zu hören. Von draußen hörte man die Blätter umherwirbeln, während der Wind durch sie durch pfiff und unaufhörlich versuchte, die widerspenstigen Blätter von den Ästen zu reißen. Selbst für erwachsene Menschen war es unheimlich dies mit anzusehen.
Hope war so müde von dem Geschrei, welches sie noch eine halbe Stunde zuvor veranstaltet hatte, dass sie nun so fest schlief wie ein Stein. Und auch Ashley war neben Adam sofort eingeschlafen, nachdem sie sich nach gefühlten drei Stunden wieder hinlegen konnte, als die Kleine endlich wieder eingeschlafen war. Adam konnte sich nicht erinnern, dass Ashley schon einmal so geschafft von dem Gebrüll ihres kleines Sonnenscheins gewesen war, dass sie ohne etwas zu sagen in die Matratze gefallen und sofort eingeschlafen war. Hope war zwar von den Schlafangelegenheiten ein sehr einfaches Kind, aber wenn mal etwas passierte, wodurch sie geweckt wurde und nicht von selbst aufwachte, ließ dies sie eine ganze Weile nicht mehr schlafen, da konnten die sich sorgenden Eltern machen, was sie wollten. Nach einem weiteren Schreianfall beschloss Ashley, sich auf den Sessel zu setzen, den sie sich extra für solche Fälle in das Kinderzimmer geräumt hatten, nahm Hope in ihre Arme und wiegte sie müde aber liebevoll wieder in den Schlaf. Adam war zwar auch bei den beiden gewesen und hatte versucht, ihr leise etwas vorzusingen, in der Hoffnung es würde sie so beruhigen, wie es bei ihre Mutter der Fall war, aber sie war nun einmal ein Mama-Kind und so war es nicht verwunderlich, dass sie bei ihr viel stiller war als bei ihm. Daher hatte Ashley ihm gesagt, er solle sich ruhig zurück ins Bett legen und seine Nacht genießen, da er sowieso nichts

tun konnte, was das Ganze beschleunigte. Zurück in seine warme Decke gewickelt, lag er wach und hörte aus dem Kinderzimmer seine Tochter schreien. Er nutze den Moment, um noch einmal über das Gespräch mit Robert nachzudenken. Sein Blick war aufs Fenster geheftet, bei dem es schien, als würden die Regentropfen im Dunkel der Nacht, nur durch das Leuchten der Sterne sichtbar, gegen das Fenster schlagen, in der Hoffnung durch die Fensterscheibe dringen und ihn mit jedem Tropfen eine Wunde zufügen zu können. Wie sie aufprallten und dann voller Trauer das Fenster hinabliefen, nur um wieder in den Kreis einzutauchen und erneut aus einer Wolke zu fallen, um abermals gegen ein Fenster zu schlagen. Er betrachtete jeden Tropfen den er erhaschen konnte, und mit jedem Regentropfen fühlte er mit. Es musste schrecklich sein in einem Kreis festzuhängen und immer wieder den Schmerz ertragen zu müssen und zu wissen, dass es nicht lange dauern würde bis der Schmerz sie wieder einholte.

Was war nur mit ihm los?

Wieso hatte ihn das so mitgenommen, was Robert erzählt hatte?

Wieso fühlte er nun schon mit einem Regentropfen mit?

War er verrückt geworden?

War er wirklich so fertig, dass er sich und seine Gefühle nicht mehr unter Kontrolle hatte?

Wieso nur war Paul nicht ans Telefon gegangen, als er verzweifelt versucht hatte ihn zu erreichen?

Wieso nur konnte er nicht mit Ashley darüber reden?

War es wirklich besser wenn Robert dies übernahm?

Wenn sie merkte, dass Adam es die ganze Zeit gewusst und nichts zu ihr gesagt hatte?

Was würde passieren wenn Robert es Fleur erzählte?

Wäre sie zutiefst am Boden zerstört?

Würde auch sie sauer auf Adam sein, wenn sie erfuhr, dass er es gewusst, aber nichts gesagt hatte?

Würde es ihr egal sein, da sie möglicherweise wahrhaft die Liebe ihres Lebens gefunden hatte?

Gedanken über Gedanken schwirrten in seinem Kopf herum. Sprunghaft wechselten sie von der einen zur anderen Frage. Ungewissheit und Angst machten sich in ihm breit. Während er so da lag, aus dem Fenster blickte, um den Gewalten des Unwetters zuzusehen und nachdachte, merkte er nicht, dass seine Augenlider immer schwerer und schwerer wurden und irgendwann wie ganz von selbst, vor lauter Erschöpfung zufielen, ohne dass er es auch nur mitbekam. Um kurze Zeit später voller Gedanken im Kopf wieder wach zu werden.

Noch immer müde wachte Adam auf. Die Augen ließen sich nur schwer öffnen und am liebsten wären sie sofort wieder zugefallen. Widerwillig setzte er sich auf, drehte sich zu der Bettseite bei der er einen warmen, schlafenden Körper erwartete, doch Ashley lag nicht mehr in ihrem gemeinsamen Bett.
Wo war sie nur?
Schaute sie gerade nach der Kleinen?
Die Augen noch halb geschlossen, sah er aus dem Fenster. Draußen tobte noch immer das Unwetter und ununterbrochen schlugen die Äste gegen das Fenster. Nachts war ihm gar nicht aufgefallen, was für einen Höllenlärm die Äste dabei machten und er wunderte sich darüber, wie er dabei einschlafen konnte. Seine Beine jetzt außerhalb des Bettes, lauschte er den Geräuschen seiner Umgebung. Doch außer dem peitschenden Geräusch der Äste und dem Heulen des Windes war nichts zu vernehmen.
Sein Kopf schmerzte und er war ungewohnt müde und kraftlos. Seine Augen fühlten sich geschwollen an. Nach wie vor schwer sehend, schaute er sich im Zimmer um. Plötzlich rieb er sich seine Augen und sah nach einem wiederholten Ausgenreiben abermals zu seinem Nachttisch. Und tatsächlich, neben seiner Bettseite stand eine halbleere Flasche Jack Daniels und ein umgekipptes Glas, welches eine kleine Pfütze auf der Kante hinterlassen hatte. Die

Flüssigkeit hatte sich ihren Weg auf den Fußboden gebahnt, um dort erneut zu einer Pfütze zusammen zu fließen. Sein Kopf schmerzte mit jedem Augenzwinkern mehr. Dagegen musste er dringen etwas unternehmen. Vorsichtig und leicht schwankend stand er auf. Zur Sicherheit hielt er sich am Türrahmen fest und wartete einen Moment, bis er sich etwas sicherer auf seinen Beinen fühlte. Langsam schlich er weiter bis zu dem Schränkchen mit den Arzneimitteln. Gierig suchte er eine Tablette des Aspirins, welches er letzte Woche erst neu gekauft hatte. Es waren so viele Packungen voller Tabletten und Tropfen in dem Schränkchen, dass er Mühe hatte die richtige zu finden und so schmiss er jedes andere Päckchen, welches er nicht gebrauchen konnte einfach hinter sich auf den Fußboden. Nach erfolgreicher Suche, drehte er sich mit leichtem Schwindelgefühl um und betrachtete den Kalender. Und abrupt fiel es ihm wieder ein, Ashley war arbeiten. Sie hatte einen wichtigen Auftrag in der Firma bekommen und jeder Mitarbeiter musste voll ran, auch Ashley. Sie hatte mit ihrem Chef zwar ausgemacht, wegen der Kleinen erst einmal kürzer zu arbeiten, aber manchmal im Leben, ging die Arbeit eben vor. Und Ashley wusste ja, dass sie sich auf den Mann zu Hause verlassen konnte. Sie hatten sich beide darauf geeinigt, dass er die Hausarbeit und die Kleine übernahm und sie wieder arbeiten ging. So hatte jeder wieder eine Aufgabe, sie hatten mehr Geld zu Hause und sie brauchten sich keine Gedanken darüber zu machen, ob jemand Adam erkannte oder nicht. Also war er an der Reihe nach der Kleinen zu sehen. Er griff sich verzweifelt an den Kopf. Ausgerechnet heute, sein Kopf schmerzte immer stärker und schien mit jeder Minute die er sich anstrengte platzen zu wollen. Langsam schlich er weiter in die Küche und nahm sich ein Glas, in welches er was zu Trinken füllte, damit er die Tablette nehmen konnte. Normalerweise hätte er eine Runde frische Luft bevorzugt, entschied sich aber nach einem Blick nach draußen um. Nachdem er die Tablette genommen hatte, ging er ins Bad und stellte sich unter die Dusche. Wie gut es tat, das kühle Nass auf seiner Haut zu spüren. Nachdem er fertig geduscht hatte, machte er sich in aller Schnelle frisch, das Handtuch noch immer umgebunden ging er zu seiner Tochter. Bei ihr angekommen, überkam ihn ein übler Geruch und er wusste sofort, woher dieser stammte. Windeln wechseln war angesagt. Also tat Adam sein Bestes mit immer noch schmerzendem Kopf die Windel der Kleinen zu wechseln.

Frisch gewickelt hielt Adam sein Kind auf seinem Arm und überlegte, was er mit ihr am besten machen konnte, ohne dass er sich an diesem Tag groß anstrengen musste. Er ging mit ihr in die Küche, fütterte sie und legte sich zusammen mit ihr zurück ins Bett. Er schaltete ihr eine Spieluhr ein, damit sie beruhigt war und das schlechte Wetter nicht so sehr mitbekam und legte beschützend seinen Arm um sie. So verging der Tag, die beiden legten sich vom Sofa zum Bett und wieder zurück. Adam liebte seine Tochter sehr, doch an diesem Tag wäre sein Leben ohne sie wohl um einiges einfacher gewesen. Seine Schmerzen vergingen nicht und so schleppte er sich von der einen zur anderen Sache. Er massierte ihr den Bauch, las ihr Geschichten vor, kuschelte mit ihr, fütterte sie, wickelte sie und beobachtete sie beim Schlafen.

Ashley hatte sehr lange arbeiten müssen und war froh am Abend bei ihrer Familie zu sein und den Stress des Tages vergessen zu können.

Adam entschied sich nach dem Anruf von Ashley, die ihm mitgeteilt hatte, dass sie bald nach Hause kommen würde, dazu Paul noch einmal anzurufen. Er setzte sich auf das Sofa, wählte die Nummer und hoffte darauf, dass Paul abnehmen würde. Doch noch immer ging er nicht ans Telefon.

Was war nur los?

Wieso ging Paul nicht ans Telefon?

War er sauer auf ihn und nahm mit Absicht nicht ab?

Oder war ihm etwas passiert?

Nein, das konnte nicht sein. Das wäre einfach zu viel. Und noch während er darüber nachdachte, übermannte ihn der Schlaf. Als Ashley die Tür aufschloss, traute sie ihren Augen

nicht. Alle Tablettenpackungen waren auf dem Boden verteilt. Adam lag mitten auf dem Sofa, halb im Sitzen und halb im Liegen und schlief den Schlaf der Gerechten.
Wie lange lag er da schon?
Und wieso stank es hier so nach Alkohol?
Ihren Sonnenschein hört sie bereits aus dem Kinderzimmer und daher entschied sie sich erst einmal ihre Tochter zu begrüßen, bevor sie dieses Chaos beseitigte, welches verwunderlicherweise herrschte. Hope ging es prächtig, ihre Windel war gewechselt, und da sie nicht schrie, schien er sie auch gefüttert zu haben. Sie lächelte aus dem Bett heraus und betrachtete das Mobile, welches über ihrem Bett angebracht worden war. Zudem war die kleine Lampe an, die Tierschatten an die Wand warf und ihr kleiner Vogel, der eine Spieluhr in sich trug, welche ein Schlaflied abspielte, ertönte ebenfalls. Ashley schloss daraus, dass Adam erst vor kurzem eingeschlafen sein konnte. Er sah sehr schlapp aus und sie fragte sich was wohl dazu geführt hatte, dass solch ein Chaos herrschte. Da Hope zufrieden aussah, gab sie ihr einen Kuss auf die Stirn und entschied sich dazu sie liegen zu lassen, da es ohnehin nicht lange dauern würde, bis sie zu ihr müsse, da die Kleine Durst hatte oder etwas anderes passierte, was Hope dazu veranlasste nach Hilfe zu schreien. Ashleys Blick wanderte durch das unordentliche Wohnzimmer und dabei fielen ihr die Verpackungen, verteilt auf dem kompletten Boden, wieder ein. Doch so sehr sie Adam den Schlaf auch gönnte, konnte sie sich den Gedanken nicht verkneifen, die Packungen aufzuheben, auf dem Arm zu sammeln und jede Einzelne gegen Adams Kopf zu werfen, denn nach solch einem Arbeitstag, war die Lust die Wohnung zu putzen ungefähr so groß, wie die Wahrscheinlichkeit das ihre Nachbarn sich in Aliens verwandeln und sie alle auffressen würden. Doch als sie Adam so erschöpft auf dem Sofa liegen sah, entschied sie sich dazu, ihn schlafen zu lassen. Sie machte sich auf den Weg ins Schlafzimmer, um ihm eine Decke zu holen und entdeckte dort geschockt die halb leere Flasche, welche sie

vor lauter Eile am Morgen gar nicht gesehen hatte. Kopfschüttelnd stand sie da, die Decke in der Hand und starrte entsetzt die am vorigen Morgen noch voll gewesene Flasche an. Die Wut machte sich in ihr breit. Das konnte ja wohl nicht wahr sein.
Hatte Adam fast die ganze Flasche auf einmal getrunken?
Kein Wunder, dass er so fertig aussah und so musste er sich dann auch noch um Hope kümmern. Empört schüttelte sie den Kopf und war dankbar, über das Wunder, dass alles gutgegangen war.

Vorsichtig öffnete Adam die Augen und noch in dieser Sekunde blendete ihn die Sonne. Diese schien durch die großen Fenster des Wohnzimmers und hatte seit Stunden die verregnete Welt wieder in ihren Normalzustand versetzt.
Wieso hatte er nur diese verdammte Flasche halb geleert?
Die Schmerzen hinter seiner Stirn merkte er noch immer leicht. Sich die Augen reibend stand er auf, streckte sich und erschrak bei dem Anblick, welcher sich ihm bot. Oh mein Gott, wie es hier aussah.
War Ashley gestern nicht nach Hause gekommen?
Oder hatte sie es nur einfach nicht wegräumen wollen?
Sein Baby kam ihm in den Sinn und daher entschied er sich nach ihr zu sehen. Sie lag nicht im Bett im Wohnzimmer, da fiel ihm wieder ein, wie er sie ins Bett im Kinderzimmer gelegt hatte. So machte er sich auf den Weg zu ihrem anderen Bett. Doch schon auf dem Weg ins Kinderzimmer, bekam er ein mulmiges Gefühl in der Magengegend. Er konnte es nicht begründen, es war einfach gekommen. Ohne weiter darüber nachzudenken, schob er dieses Gefühl beiseite und schritt weiter. Doch ruckartig blieb er stehen. Das Gefühl wollte einfach nicht verschwinden. Er beschleunigte seinen

Schritt und im Kinderzimmer angekommen, brach in ihm die Panik aus.
Was war hier los?
Wo war Hope?
Wieso lag sie nicht in ihrem Bett?
Er hatte sie doch hineingelegt und alles gemacht wie sonst, die Lampe hatte er angeschaltet und den kleinen Papagei hatte er aufgezogen, oder etwa nicht?
Hatte er das alles etwa nur geträumt?
Aber wo war dann Hope?
Hatte er sie einfach irgendwo in der Wohnung liegen lassen? Nein, so etwas hätte er nicht einmal im Zustand des Komasaufens zustande gebracht. Die Sorge, wo seine Tochter war, wuchs mit jedem Atemzug. Eilig ging er ins Schlafzimmer, danach ins Badezimmer und so ging er alle Räume ab, doch nirgendwo lag sie. Er rief nach ihr und lauschte, doch in keinem Zimmer war die geringste Spur. Seine Kehle schien als hätte sie tagelang keine Flüssigkeit zugeführt bekommen und so entschied er sich, um einen klaren Kopf zu bekommen und das unangenehme Gefühl los zu werden, etwas zu trinken, bevor er die Suche fortsetzen wollte. Rasch ging er in die Küche, in der er noch nicht nachgesehen hatte, doch auch hier lag keine kleine, hilflose Hope Felicity. Doch etwas Anderes fiel ihm sofort ins Auge. Ein kleiner, gelber Zettel lag auf der Arbeitsplatte.

*Guten Morgen, mein Liebling.*

*Ich hoffe du hast deinen Kater genossen.*

*Ich habe Hope zu meiner Ma gebracht, in der Hoffnung, dass wenn ich nachher nach Hause komme, alles wieder so aussieht, wie ich es gestern Morgen hinterlassen habe, bevor ich zur Arbeit gegangen bin. (Bis auf die Flasche auf deinem Nachttisch. Die darfst du auch entfernen.)*

*Ich liebe dich, Ashley.*

*PS: Wenn du gerade dabei bist, kannst du auch kurz die anderen Räume mit saugen und noch schnell alle Oberflächen abstauben. Und bevor ich es vergesse, der Müll müsste vor die Tür gebracht werden und das Bad müsste auch dringend geputzt werden. Ich hoffe, es macht dir nicht zu viel aus, denn du hast ja den ganzen Tag nichts zu tun. (:*


Adam blinzelte noch einige Male, bevor er verstand, was hier los war.
Nachdem er noch kurz verdutzt dastand, entschied er sich dazu, erst einmal seinem Plan zu folgen und etwas zu trinken. Im Anschluss wollte er gleich loszulegen, denn er hatte nicht viel Zeit. Bald würde Ashley nach Hause kommen, denn heute musste sie nicht so lange arbeiten, wie gestern. Er blickte noch einmal kurz in das verwüstete Wohnzimmer.
Aber wo fing er bloß an?

Bevor Ashley durch die Tür ging, den Schlüssel schon in der Hand, atmete sie noch einmal tief durch. Hoffentlich hatte Adam das getan, was sie ihm gesagt hatte.
Aber was, wenn er den Zettel gar nicht gesehen hatte?
Was, wenn er sich einfach wieder hingelegt und weiter seinen Rausch ausgeschlafen hatte?
Nein, so war Adam nicht. Aber er war eigentlich auch nicht so, eine halbe Flasche Jack Daniels alleine zu trinken. Adam, noch immer voll in seiner Tätigkeit, hörte mit Schreck den Schlüssel in der Wohnungstür.
War es schon so spät?
Gut, dass er abgeschlossen hatte, das verschaffte ihm noch ein wenig Zeit. Schnell eilte er zum Tisch und zündete die Kerzen an. Danach ging er rasch zur Wohnungstür, denn er wollte Ashley abfangen. Diese kam gerade herein und traute ihren Augen nicht. Adam hatte alles aufgeräumt. Es sah aus wie geleckt. Und es roch unheimlich gut.
Hatte er etwa für sie gekocht?
Er nahm ihr ganz Gentleman ihre Jacke ab und gab ihr einen zärtlichen Kuss zur Begrüßung.
»Guten Tag, meine Hübsche. Ich hoffe, dein Tag war heute nicht zu anstrengend.«
Ashley lächelte zaghaft, da sie sich über die etwas übertriebe Freundlichkeit wunderte. Adam legte ihre Jacke zur Seite und nahm die Hand seiner Freundin. Vorsichtigen Schrittes folgte sie ihm. Ihr Blick wanderte, dem Weg, den sie ging, folgend und erhob sich im Wohnzimmer. Sie erblickte einen gedeckten Tisch und realisierte die Situation. Tatsächlich, er hatte für sie gekocht. Und wie romantisch er wieder den Tisch gedeckt hatte, er war ein wunderbarer Mann. Ashley ließ ihre Tasche und die Einkaufstüten fallen und eilte zu Adam, der im Türrahmen stehen geblieben war. Perplex konnte er sich gerade noch halten, als sie ohne Vorwarnung auf ihn sprang und ihm einen innigen Kuss gab.
»Vielen Dank, Adam. Es sieht toll aus. Und es riecht so gut.«

Sie lächelte ihn an. Und er schmolz bei diesem Anblick jedes Mal dahin. Adam liebte dieses Lächeln, denn es kam direkt aus ihrem Herzen. Seine Arme legten sich um ihren Körper und er gab ihr noch einen innigen Kuss, bevor er mit ihr zum Sofa ging und sich drauffallen ließ. Ihr entglitt ein kleines, engelsgleiches Kichern. Noch einmal küsste sie ihn und spürte dabei wie ihre Liebe zu ihm, ihren ganzen Körper durchzog, bis in die letzten Enden jedes Körperteils.
Die beiden genossen den Abend der Zweisamkeit sehr. Ashley hatte ihrer Ma genug Sachen mitgegeben, damit Hope die Nacht über bei ihr bleiben konnte und Melinda hatte sowieso ausreichend Babysachen bei sich zu Hause gelagert, sodass Hope ohne Probleme einen Monat bei ihr überleben konnte. Bevor sich Ashley ganz dem Abend widmen konnte, hatte sie ihre Ma noch einmal angerufen, um nachzufragen ob es in Ordnung sei, dass sie Hope über Nacht bei ihr ließe. Melinda war begeistert, dass sie ihr kleines Enkelkind bei sich behalten konnte und wünschte den beiden einen erholsamen und verdienten Abend zu zweit. Nach dem Essen, welches vorzüglich geschmeckt hatte, machten die beiden sich einen romantischen Abend in der Badewanne und legten sich danach ins Bett um die Nähe des anderen zu spüren, ohne an den Alltagsstress zu denken. Solche Tage waren Ashleys beste Heilung. Wann immer es ihr schlecht ging erinnerte sie sich an einen ruhigen, schönen Tag, wie dieser es gewesen war und danach ging es ihr wieder gut. Sie wusste, was auch immer sein würde, Adam würde immer für sie da sein und ihr in jeder Situation Halt geben. Und dieser Abend verdeutlichte ihr nur noch einmal, wie froh sie über die romantische Ader ihres Verlobten war, ohne die, da war sich Ashley sicher, sie heute nicht da wären, wo sie waren. Aus dem Alltag auszubrechen und einfach das Leben zu genießen, das war mit Adam an ihrer Seite eine Leichtigkeit.

# *Sorgen*

Die Tage vergingen und Adam machte sich langsam große Sorgen um Paul.
Warum nur ging er die ganze Zeit nicht an sein Handy oder das Telefon bei ihm zu Hause?
Auch auf die Mails, die Adam ihm geschickt hatte, reagierte er nicht. Was war nur los mit ihm?
Konnte wirklich etwas passiert sein?
Etwas weshalb Paul sich zurückzog und alleine sein wollte?
Adam dachte an all die vergangen Tage, welche zwar voller Trubel waren, Paul aber nicht betroffen hatten.
War etwas anderes passiert?
Etwas wovon er nichts wusste, weil Paul ihm nichts erzählt hatte?
Bei all den Problemen in letzter Zeit wusste Adam nicht, ob er Ashley erzählen sollte, dass er Paul nicht erreichte. Sie hatte so viel um die Ohren und es reichte doch eigentlich schon, dass nun er sich Sorgen um Paul machte. Aber auf der anderen Seite war die Sorge so groß, dass etwas passiert sein konnte, dass er es sich im Nachhinein nie verzeihen könnte, wenn er Ashley nichts davon erzählt hatte. Was nur, wenn ihm wirklich etwas Ernsthaftes zugestoßen war und er nun in seiner Wohnung lag, von keinem entdeckt. Nein, dieser Gedanke war einfach zu extrem, um weiter darüber nachzudenken. Es ging ihm gut, es musste ihm gut gehen. Diese Familie hatte in letzter Zeit zu viel durchgemacht, als dass Gott sie nun mit so etwas Schrecklichem bestrafte. Seine Schmerzen bei den Gedanken waren zu groß, als dass sein Körper sie weiter dulden wollte und so wanderten seine Gedanken weiter zu Robert.
Wann würde er beiden endlich die Wahrheit sagen?

Wann würde er Ashley und Fleur erzählen, was im Park los war und wieso es dazu gekommen war?
Würde er es denn überhaupt tun?
Adam dachte darüber nach, wie er reagieren würde in solch einer Situation. Mit dem Gedanken den Menschen, den man liebte zu verschrecken, wegen einer Tat, die nichts mehr mit dem Hier und Jetzt zu tun hatte.
Aber er musste es sagen!
Sie hatten die Wahrheit verdient, alleine schon, um all das zu verstehen, was zwischen ihm und Robert vorgefallen würde. Robert musste es sagen, damit Fleur ihm verzeihen konnte, was er ihm angetan hatte und nachvollziehen konnte, dass er es nur zu ihrem Besten getan hatte, um sie zu beschützen.

Hope lauschte gerade friedlich der Geschichte, die ihr Papa ihr vorlas, während Mami sie zärtlich im Arm wiegte, als plötzlich das Telefon klingelte. Sie fing fürchterlich an zu weinen. Ashley brachte sie in ein anderes Zimmer, damit Adam am Telefon alles gut verstand. Das war nun einmal bei kleinen Kindern so. Von einem auf den anderen Moment setzte das Weinen ein und es brach Ashley das Herz es mit anzusehen. Aber es machte sie stolz und glücklich, wenn sie es schaffte ihre Tochter zu beruhigen und ihr ein Gefühl der Geborgenheit und der Sicherheit zu geben.
»Hallo?«
»Adam, bist du es? Gut dass ich dich gleich an der Strippe habe. Es tut mir wirklich leid, dass ich mich die ganze Zeit nicht gemeldet habe, aber hier ist die Hölle los. Mein Telefon funktioniert nicht richtig und mein Internet ist auch weg.«
»Gott, Paul. Ich habe mir wirklich Sorgen um dich gemacht. Ich dachte, dir wäre wer weiß was passiert. Du glaubst nicht, wie froh ich bin, dass du dich meldest. Hast du vielleicht mal zwei Stunden Zeit für deinen besten Freund?«

»Heute ist es wirklich schlecht, aber ich rufe dich die Woche noch mal an und dann machen wir was aus, ja?«
»Ähm, Paul. Da gibt es noch etwas ...«
»Es tut mir leid, Adam. Aber ich muss auch schon wieder auflegen. War schön dich mal wieder zu hören. Sag Ashley ganz liebe Grüße von mir. Ich melde mich. Bis dann.«
Und schon vernahm Adam ein Tuten, welches bedeutete, dass der Anrufer aufgelegt hatte. Kopfschüttelnd legte Adam den Hörer zurück.
Er ging zu Ashley und half ihr dabei, Hope wieder zu beruhigen.
Sie hatten es gerade geschafft, als erneut das Telefon zu klingeln begann.
»Nicht schon wieder!«
Wie bei dem Mal davor, fing Hope fürchterlich an zu weinen und Ashley warf verzweifelt den Kopf nach hinten.
»Dieses Mal bist du dran, Adam, und ich gehe an den Apparat.«
Und schon verließ Ashley das Kinderzimmer. Adam stand noch immer verwirrt von Pauls kurzem Anruf da und betrachtete einen kurzen Moment seine schreiende Tochter, bevor er sich ihr widmete. Was für ein lautes Organ in diesem winzigen Körper steckte. Was für eine Kraft hinter diesem Schreien steckte, es war faszinierend zu beobachten, wie aus einem so kleinen Körper ein so ohrenbetäubender Schrei kommen konnte. Während Adam weiterhin darüber nachdachte und sich um Hope kümmerte, versuchte Ashley am Telefon etwas zu verstehen, was sich als nicht so einfach herausstellte, denn Hope schrie dieses Mal mindestens doppelt so laut.
»Hey, Ashley.«
»Hey. Schön von dir zu hören, wie geht es euch?«
»Ach, soweit ganz gut. Und bei euch auch alles klar?«
»Das Übliche. Was gibt es denn? Wieso rufst du an?«
»Ashley, es gibt da etwas, über das ich gerne mit dir sprechen würde.«
Kurze Stille trat ein.

Was konnte er denn mit ihr zu besprechen haben?
War etwas passiert?
Aber er hatte doch eben gemeint, dass alles in Ordnung sei.
Also, was war es dann?
Musste sie sich Sorgen machen?
Noch bevor Ashley weiter darüber nachdenken konnte, fing Robert wieder an zu sprechen.
»Wann würde es dir denn passen? Ich meine, wann hast du Zeit, damit wir unter vier Augen sprechen können?«
Unter vier Augen?
Was war es bloß, was er mit ihr zu besprechen hatte.
»Unter vier Augen, Robert? Ist denn etwas passiert? Ist es was Schlimmes, was du mit mir besprechen möchtest?«
»Mach dir jetzt nicht so viele Gedanken. Sag mir einfach, wann du Zeit hast und ich werde zu dir kommen und dir alles erklären.«
»Alles erklären? Aber was, um Himmels Willen, willst du mir erklären? Was ist so wichtig, dass du es mir nicht am Telefon sagen möchtest.«
»Wirklich, Ashley. Mach dir jetzt bitte keine Gedanken. Das ist es nun einmal nicht wert. Sag mir einfach, wann du Zeit hast und dann vergiss, das Gespräch, okay?«
»Aber das kann ich nicht, Robert. In letzter Zeit ist so viel passiert. Und ich weiß nicht, wie viel ich noch verkraften kann. Bitte sag mir einfach worum es geht. Ich muss wenigstens wissen, worum es geht.«
»Also gut, Ashley. Es geht unter anderem um den Tag im Park. Glaube mir, es ist nichts Schlimmes, aber ich finde, du solltest es wissen.«
Der Tag im Park?
Sie erinnerte sich gut an diesen Tag. Und verstand nicht, wieso Robert ausgerechnet jetzt mit ihr über diesen Tag reden wollte.
Wieso konnte er das nicht gleich an dem Tag sagen?
Er hatte ja weder mit ihr, noch mit Fleur danach über diesen Tag gesprochen und auch Adam hatte ihr nichts Weiteres dazu gesagt.

Sie solle es wissen?
Aber was und warum bloß?
Was war so wichtig, dass er meinte, sie müsse es erfahren. Hatte es etwas mit Adam zu tun?
Was war, wenn er fremdgegangen war und Robert es herausgefunden hatte?
Ihr wurde kalt und ihr ganzer Körper fing plötzlich an zu zittern.
Was war, wenn Adam ihn geschlagen hatte, damit er seinen Mund hielt?
Die Gedanken schwirrten in ihrem Kopf Hin und Her und versuchten, mit dem was sie wusste, einen logischen Ablauf zu schaffen. Diesen Gedanken konnte sie einfach nicht für sich behalten. Dieser schreckliche Gedanke schien so unvorstellbar und dennoch kam er ihr unerwartet in den Sinn und brannte sich rein.
Wieso?
Wieso kam ihr ausgerechnet solch ein Gedanke in den Sinn? Gab es etwa Anzeichen, die sie die ganze Zeit versucht hatte zu verdrängen?
Nein, das konnte einfach nicht sein. So etwas würde Adam ihr und auch sich selbst nie antun. Denn er machte sich damit alles kaputt. Seine Familie zerstörte er damit und das wusste er genau. Das, was ihm am meisten bedeutete. Und das würde er doch nicht tun.
Oder etwa doch?
»Robert, ich weiß wir kennen uns noch nicht so lange und auch noch nicht so gut, aber dennoch gehörst du für mich zur Familie.«
»Danke, Ashley. Das ist wirklich lieb von dir.«
»Aber als Familie, nun ja, ich meine, da sagt man sich doch alles ...«
»Worauf willst du hinaus, Ashley?«
»Sei bitte ganz ehrlich, ja?«
»Aber natürlich.«
»Geht Adam mir fremd?«
»Bitte was?", fragte Robert ganz verblüfft.

»Ob Adam mir fremdgeht. Hast du ihn etwa dabei erwischt und er hat dich deswegen geschlagen, ich meine damit du es nicht erzählst? Das würde zumindest erklären, wieso er in letzter Zeit so seltsam war und wieso er ein Problem mit dir hatte und wieso er es nicht sagen wollte und...«
Ashleys Stimme war angsterfüllt.
Was, wenn er nun ja sagen würde?
Was, wenn Adam wirklich fremdgehen würde?
Wie sollte sie bloß darauf reagieren?
»Oh nein, es macht alles einen Sinn. Jetzt macht alles einen Sinn...«
Am anderen Ende der Leitung hörte Ashley ein schallendes Lachen. Es war ein so mächtiges Lachen, dass es ihr den Magen verdrehte.
Was war daran so lustig?
Wie konnte er nur in so einer schrecklichen Situation lachen?
Es war ihr wirklich ernst.
Es ging um ihr Leben, ihre Familie, ihr Ein und Alles, und er lachte. Er lachte einfach. Es zerriss ihr beinah das Herz.
War Robert ein so herzloser Mensch und lachte sie aus, weil sie es erst jetzt begriffen hatte?
Weil sie vorher mit Erfolg versucht hatte, die Augen vor der Wahrheit zu verschließen?
Nachdem das Lachen abgeklungen war, hörte sie Robert wieder sprechen.
»Es tut mir wirklich leid, Ashley. Ich hätte nicht lachen sollen, aber ...«
Noch bevor Robert seinen Satz beenden konnte, platzte sie mit ihrer Vorahnung heraus.
»Aber du findest es so lustig, dass ich es erst jetzt mitkriege. Du lachst mich aus, weil ich meine Augen die ganze Zeit vor der Wahrheit verschlossen habe, ist es das was du sagen wolltest?«
»Ashley, was ist denn heute nur los mit dir? Nein, das wollte ich ganz bestimmt nicht sagen. Und ich kann beim besten Willen nicht verstehen, wie du so etwas denken kannst. Wie kannst du nur meinen, dass ich jemanden auslachen würde,

der gerade erfährt, dass sein Partner fremdgeht, für den gerade die ganze Welt zusammenbricht. Wie kannst du nur denken dass ich über so etwas lachen würde? Und das Allerschlimmste Ashley ist, wie kannst du nur denken, dass Adam fremdgeht? Ich habe gelacht, weil diese Vorstellung einfach so absurd ist. Er liebt dich wirklich von ganzem Herzen und er würde alles für dich tun. Ich kenne ihn bei weitem nicht so lange und schon gar nicht so gut wie du, Ashley. Aber selbst ich sehe, wie sehr er dich liebt, und dass er so etwas dir und eurer Familie nie antun würde. Gott Ashley, er würde alles für dich tun, siehst du das denn nicht? Er würde für dich sterben. Ashley, er würde sogar aus dem Totenreich für dich zurückkehren, nur um dich nicht alleine zu lassen. Um nicht schuld daran zu sein, dass du seinetwegen trauerst. Ich weiß, wie dumm dass gerade klang was ich gesagt habe, Ashley. Aber er liebt dich so sehr und er würde wirklich alles für dich tun.«

»Nein, Robert, es klang nicht dumm. Es klang nach der Wahrheit«, sagte sie geistesabwesend.

»Was redest du denn da, Ashley? Hast du vielleicht gestern zu viel getrunken? Es war totaler Stuss, was ich eben gesagt habe und du redest von der Wahrheit. Ich glaube, du solltest dich mal lieber hinlegen. Ich komme einfach morgen Abend vorbei. Und du ruh dich mal lieber aus, meine Liebe. Ich glaube, dir geht es wirklich sehr schlecht. Alles Gute und bis morgen.«

Und mit diesen Worten legte er auf.

Hope hatte sich schon lange wieder beruhigt, aber in seinem Bauch machte sich ein mulmiges Gefühl breit. Ein Gefühl, was ihm sagte lieber bei ihr zu bleiben und nicht zu Ashley zu gehen. Nach einigen Minuten kam Ashley zurück ins Kinderzimmer. Ohne zu zögern, schritt sie auf Adam zu und umarmte ihn sanft.

»Es tut mir leid, Adam. Ich liebe dich«, sagte sie mit warmherziger Stimme.

Zart gab er ihr einen Kuss auf ihr Haar.

»Ich liebe dich auch, Ashley. Aber was tut dir leid?«

Verwirrt sah er zu ihr hinunter. Doch sie entschied, dass es das Beste sei, einfach nichts mehr zu sagen und den Moment zu genießen, um ihn für immer in ihre Gedanken einzuschließen.

D er Tag verging ohne weitere Ereignisse und auch der nächste Tag verlief wie geplant, bis es auf einmal an der Tür klingelte. Ashley war gerade mit ihrem kleinen Sonnenschein im Park spazieren. Adam schritt zur Tür und machte sie mit einem schnellen Ruck auf, nicht erwartend, wer vor der Tür stand.
»Robert! Was willst du denn hier?«, fragte er verblüfft.
»Hat Ashley dir nichts erzählt?«, fragte er ebenfalls verblüfft.
»Nein, was soll sie mir denn erzählt haben?«
»Ich hatte sie angerufen. Ich bin nun endlich dazu bereit, es beiden zu sagen. Ich möchte es aber beiden getrennt unter vier Augen sagen. Aber darf ich vielleicht erst einmal hereinkommen?«
»Natürlich doch, komm herein und setz dich schon ins Wohnzimmer. Ashley ist gerade mit der Kleinen draußen, aber sie wird bald wieder da sein.«
Als beide im Wohnzimmer saßen herrschte zuerst Stille. Keiner der Anwesenden wusste, was er sagen sollte, bis sich Adam ein Herz fasste und anfing zu reden.
»Und? Wie hat es Fleur aufgenommen?«
»Nun ja Adam, um ehrlich zu sein, sie weiß es noch nicht.«
»Wie, sie weiß es noch nicht? Ich dachte du wärst hier um es Ashley zu sagen?«
Seine Stirn zog sich in Falten.
»Willst du mir also sagen, dass du es Ashley vor Fleur sagen willst?«

»Um ehrlich zu sein, ja. Ich hatte gehofft, dass Ashley es leichter auffassen würde, wie Fleur. Und dass sie Fleur dann vielleicht gut zureden würde.«
»Du bist echt ein Schuft, hat dir das schon mal jemand gesagt?«
Robert grinste Adam verlegen an. Und dieser lächelte zurück. Die beiden hatten sich endlich vertragen. Nun, nach all dem, schien es ein normales Verhältnis zwischen den Verhassten zu sein. Wie würde sich Ashley freuen, das zu sehen. Es hatte sie die ganze Zeit schwer belastet, dass Adam ein Problem mit Robert hatte und dass sie nicht einmal wusste, worin das Problem eigentlich bestand. Aber dies würde sie heute erfahren.
»Möchtest du etwas trinken?«
»Ja, ein Glas Wasser wäre nett.«
Und schon eilte Adam in die Küche, um ein Glas Wasser zu holen.
»Mit oder ohne Kohlensäure?«, hörte Robert Adams Stimme aus der Küche rufen.
»Mit bitte«, antwortet er ebenfalls in einem etwas lauteren Tonfall.
Nachdem sie wieder zusammen im Wohnzimmer saßen, fühlten sie sich noch immer unwohl in der Situation. Keiner der beiden wusste, wie lange sie noch so dasitzen mussten, wann Ashley kommen würde und wie sie reagieren würde. Robert hatte panische Angst davor, dass sie ebenfalls wie Adam reagieren könnte.
Was, wenn sein Plan Fleur mit Ashley zu besänftigen, nicht klappen würde?
Er kannte Fleur nun sehr gut und er wusste, dass sie es nicht so einfach akzeptieren würde. Deshalb hoffte er von ganzem Herzen, dass Ashley nicht so austicken und ihn aus der Wohnung schmeißen würde. Sondern, dass sie ruhig bleiben und ihm zuhören würde. Das Geräusch des laufenden Fernsehers riss Robert aus seinen Gedanken. Erstaunt sah er zu Adam hinüber. Dieser lächelte ihn nur an und Robert verstand sehr gut weshalb. So stand keiner unter dem Zwang

etwas zu sagen. Beide konnten sich mit dem Fernseher ablenken und sie mussten sich diese unerträgliche Stille nicht antun. Nach gefühlten eineinhalb Stunden kam Ashley endlich mit der kleinen Hope Felicity wieder, die beim Spaziergang im Park eingeschlafen war.
»Nanu, was macht ihr denn hier?«
Sofort hatte Adam den Fernseher wieder ausgeschaltet, überglücklich dass Ashley wieder da war und diese schrecklich unangenehme Situation endlich sein Ende gefunden hatte.
»Hi, mein Engel.«
Adam war vom Sofa aufgesprungen und ging nun eiligen Schrittes auf sie zu, um ihr einen Kuss zu geben.
»Robert hatte mir gesagt, dass er mit dir verabredet sei und dass er hier auf dich warten wolle, weil es etwas Wichtiges zu besprechen gäbe.«
Ashley sah die beiden verblüfft an.
Was war hier nur los?
Wieso saßen beide ganz friedlich auf dem Sofa und guckten zusammen Fernsehen?
Hatte sie etwas verpasst?
Hing es vielleicht mit dem zusammen, was Paul ihr sagen wollte?
Wusste Adam Bescheid?
Wusste er was Robert ihr sagen wollte?
Und wieso machte er es dann nicht selbst?
»So Schatz, ich wollte noch schnell etwas einkaufen, also ich entführe mal unsere Tochter und ihr unterhaltet euch schön, okay?«
Glücklich, dass er sich der Situation entziehen konnte, gab Adam ihr einen Kuss auf ihr nach Rosen duftendes Haar und schon war er weg. Kopfschüttelnd sah Ashley ihm nach. Robert hatte sich bis jetzt noch nicht getraut etwas zu sagen. Er war damit beschäftigt gewesen, all seinen Mut für die nächsten Minuten zusammen zu nehmen. Nun sah Ashley ihn gespannt an. Mit Magenschmerzen und Fiebergefühl machte er sich bereit, ihr alles zu erzählen.

»Hey, Ashley.«
»Robert, was ist hier los?«, fragte sie mit ernstem Tonfall.
»Setz dich doch erst mal, Ashley. Ich hoffe, es macht dir nichts aus, dass ich noch ein wenig mit Adam geredet habe, als ich auf dich wartete.«
»Ganz und gar nicht.«
Verwirrt und kopfschüttelnd schritt sie auf das Sofa zu und setzte sich mit aller Vorsicht hin, ihre Augen stets gebannt auf Robert gerichtet.
»Ich muss dir etwas erzählen, Ashley. Und egal, wie komisch sich alles anhören wird, es ist alles wahr und ich bitte dich, mir bis zum Ende zuzuhören.«
Ashley nickte mit dem Kopf, gespannt darauf, was Robert ihr gleich mitteilen würde. Und so fing Robert an zu erzählen. Er sprach von dem Tag, an dem er sie das erste Mal getroffen hatte, von der Wette, die er mit seinem damaligen Freund Sam verabredet hatte, wie er sich Hals über Kopf in Fleur verliebt hatte und alles was ihm wichtig erschien. Immer wieder machte er kleine Pausen, um zu sehen, wie Ashley reagieren würde, doch sie blieb ganz ruhig sitzen und lauschte dem, was er ihr zu erzählen hatte. Nach einer geschätzten Dreiviertelstunde, Adam war noch nicht wieder zurückgekommen, hatte Robert seinen Vortrag beendet. Nun wartete er darauf, dass Ashley reagieren würde, doch diese saß noch immer einfach ganz still auf dem Sofa den Blick gebannt auf ihn geheftet.
»Ashley? Sag doch bitte etwas.«
Nach einem kurzen Moment weiterer Stille, war Robert überglücklich endlich wieder ihrer Stimme lauschen zu dürfen.
»Wow, ich muss ehrlich sagen, ich weiß nicht, was ich dazu sagen soll.«
»Ja Ashley, ich weiß! Ich kann wirklich verstehen, dass dich das jetzt erst einmal geschockt hat und du ...«
Robert konnte nicht einmal den Satz zu Ende sprechen, als Ashley ihn auch schon unterbrach.
»Nein, Robert. Ich weiß nicht was ich sagen soll ...«

»Ja, ich weiß, Ashley, wie ich eben schon sagen wollte ...«, unterbrach er nun sie, um ihr zu erklären, was er sagen wollte.

Hecktisch mit den Händen in der Luft herumwedelnd, versuchte sie ihm klar zu machen, dass er endlich aufhören solle sie zu unterbrechen.

»Nein, Robert. Wirklich! Ich weiß nicht, was ich sagen soll. Wegen einer solchen Lappalie macht ihr einen so großen Aufstand? Na und? Dann haben eben du und dieser Sam gewettet, dass du uns beide flachlegen sollst, aber ich meine, du hast es ja nicht getan und darauf kommt es ja wohl an. Ich glaube es ja nicht, dass ihr beide wegen einer so kleinen Sache so rummachen müsst. Und wieso konnte Adam nicht mit mir darüber reden? Gott, ich habe es fast nicht mehr ausgehalten, nicht zu wissen was los ist.«

Robert traute sich nicht ein einziges Wort zu sagen. Er hatte zwar gehofft, dass sie ihm nicht gleich an die Kehle springen würde, aber ganz so hatte er es dann doch nicht erwartet.

»Ich meine, ich habe mir totale Gedanken gemacht, was mit dir nicht stimmt. Habe mir solche Sorgen gemacht, als Adam dich geschlagen hat. Was ich noch immer nicht verstehe. Ich meine, wieso musste dich Adam schlagen? Und wenn er dich schon schlagen wollte, wieso in diesem Augenblick und nicht schon früher?«

Robert fasste noch einmal seinen Mut zusammen, um ihr zu erklären, was sie noch immer nicht verstand.

»Aber verstehst du es denn nicht, Ashley? Er hatte Angst, Angst um Fleur, Angst um seine Familie und ganz besonders Angst um dich! Ich meine, Ashley ...«

Noch einmal holte er Luft.

»Ashley, ich habe um dich gewettet! Ich beschloss, mit seiner Familie zu spielen. Ich beschloss, seine große Liebe auszunutzen, nur um eine dumme Wette zu gewinnen. Kannst du denn nicht verstehen, dass er dann durchdreht? Kannst du denn kein bisschen nachvollziehen, dass er sich verdammte Sorgen gemacht hat. Er hatte Angst, dass ich Fleur nur ausnutzen würde, um an dich ranzukommen,

Ashley. Er hatte bis dahin die Befürchtung, ich wolle nur an dich ran kommen, denn Fleur hatte ich ja bereits in meinen Bann gezogen, laut seinen Vorstellungen, warst nun du an der Reihe. Er dachte die ganze Zeit, dass die Wette noch laufen würde. Kannst du denn wirklich kein kleines bisschen verstehen, was ihn im vorging? Kannst du nicht verstehen, welche Sorgen er sich machte? Ich bin wirklich froh, dass du mich nicht anspringst und mir mit deinen Nägeln das Gesicht zerkratzt, aber dass du so reagierst, dass es dir völlig egal ist, damit hab ich im Traum nicht gerechnet!«
Ashley lächelte ihn an.
»Ach Robert, weißt du ...«
Sie schloss kurz ihre Augen und es schien, als dachte sie an etwas, was ihr viel bedeutete.
»Ich habe in letzter Zeit so viel erlebt, ich musste so viel durchmachen Robert, da ist das eine Kleinigkeit, mit der es sich wirklich bestens leben lässt, glaube mir.«
Ashleys Stirn zog sich in Falten. Ihre Augen schienen auf einmal, als würden sie an einem ganz anderen Ort sein. Robert machte sich ein klein wenig Sorgen. Doch schon sprach sie weiter.
»Doch Robert, Fleur wird das anders sehen. Sie ist meine beste Freundin und ich kann dir sagen, für sie wird eine Welt zusammenbrechen. Ich weiß nicht, ob sie dir das so leicht verzeihen kann. Sie träumt schon ihr Leben lang von der großen Liebe und ihrem Traumprinzen. Wenn sie nun erfährt, was ihr Traumprinz vorhatte. Nun ja, ich weiß nicht, ob sie dir das je verzeihen kann.«
In diesem Moment brach auch eine Welt für Robert zusammen. Endlich hatte er sie gefunden und nie wollte er sie freiwillig wieder hergeben. Nichts wollte er tun, was sie verletzen konnte.
Doch nun sollte er der Grund dafür sein, dass sie nie wieder etwas mit ihm zu tun haben wollte?
Das konnte nicht sein, das durfte einfach nicht sein. Er brauchte Fleur, sie war es, die ihn nach seinem schweren Schicksalsschlag wieder glücklich machte, die ihm zu dem

Menschen machte, der er sein wollte. Sam hatte ihn zwar aus seinem Loch geholt, doch erst durch sie war er wieder vollkommen glücklich geworden. Und er würde alles, wirklich alles dafür tun, damit er sein Leben mit ihr bis zum letzten Atemzug würde teilen dürfen.

B evor sie ins Bett ging, entschied sich Ashley dazu, ins Bad zu gehen und ihr Gesicht einzucremen. Noch immer dachte sie über das nach, was ihr Robert erzählt hatte. Dachte über Adam nach und darüber, wie es nun weitergehen würde. Eines war ganz sicher, Fleur würde es nicht gelassen hinnehmen. Aber sie würde alles dafür tun, dass Fleur sich zusammenreißen und mit Robert zusammenbleiben würde. Sie passten so gut zusammen und Robert war ein toller Mensch. Und allein das, was er ihr heute erzählt hatte, zeigte ihr, wie viel Fleur ihm bedeutete, und dass er sie wirklich über alles liebte und große Angst hatte, sie zu verlieren.
Nachdem Ashley sich die Creme ins Gesicht massiert hatte, legte sie sich mit Adam ins Bett und entschied sich erst dann mit ihm über die Sache zu reden, wenn sie mit Fleur darüber gesprochen hatte. Und ein schlechtes Gewissen musste sie dabei bei weitem nicht haben, schließlich hatte auch er die ganze Zeit nicht mit ihr geredet und nicht mal in dem Moment, als er alles wusste und alles verstand, nicht einmal da kam er auf die Idee mit ihr zu reden. Sie konnte auf der einen Seite irgendwie verstehen, dass er es ihr vorher nicht erzählt hatte, aber auf der anderen Seite, war es ihr völlig unklar.
Natürlich, er hatte sie schützen wollen, sie und ihre gemeinsame Tochter, seine Familie, aber war es denn nicht normal, wenn man Probleme hatte, mit seinem Partner darüber zu reden?

War es nicht normal, sich von der Person, mit der man zusammen war, trösten und aufbauen zu lassen?
Sie nahm es ihm übel und wusste nicht, ob, wenn das noch einmal passieren würde, er wenigstens dann auf die Idee kommen würde, dass es besser sei, mit ihr als seiner Partnerin zu reden. Sie hätten dies schon längst klären können und zwar ohne Streit und vor allem ohne Gewalt. Immerhin war Ashley eine Frau, und Frauen hatten ein Gespür für bestimmte Dinge. Sie war sich sicher, dass sie die Geschichte viel schneller erzählt bekommen hätte, hätten Adam und sie offen gesprochen und hätte sie daraufhin gleich das Gespräch mit Robert gesucht. Aber so mussten Monate vergehen, ohne das Ashley wusste, was los war, ohne dass sie auch nur den geringsten Anlass sah, dass das Verhalten von Adam gerechtfertigt war.


Ihre dünnen, gepflegten Finger strichen elegant durch das duftende Haar, während ihre längeren frisch lackierten Fingernägel immer wieder über die Kopfhaut streiften und ein Gefühl des Verlangens nach einer Kopfmassage in ihr weckten. Ashley machte sich gerade einen Zopf und betrachtete noch einmal ihren Bauch, der in diesem Oberteil schon wieder sehr flach wirkte. Sie hatte Glück und die guten Gene ihrer Großmutter geerbt. Denn sie war eine dieser Frauen, die man nach einer Geburt beneidete. Eine dieser Frauen, bei der sich die Pfunde wieder von sich aus ins Nichts auflösten, als wären sie nie da gewesen. Sie freute sich, bald wieder auf ihrem Normalgewicht zu sein. Jetzt müsste sie sich nur noch im Fitnessstudio, an dem sie jeden Morgen vorbeilief, wenn sie zur Arbeit ging, anmelden und schon hätte sie wieder ihre alten Maße oder zumindest annähernd. Auf der Hüfte war es zwar ein bisschen mehr geworden, aber das störte weder Ashley noch Adam, denn es zeigte nur welch schönes Geschöpf in diesem Körper herangewachsen war. Ashley fand es zwar nicht gerade fair, dass sowohl Mann als auch Frau sich am Ende der Schwangerschaft an dem Baby erfreuen durften, während die Frau ganz alleine die ganzen Unannehmlichkeiten und Schmerzen ertragen musste, wie die schnelle Gewichtszunahme, die Fressattacken, die Übelkeit, die dauerhaft drückende Blase, die unglaublichen Schmerzen, all das mussten nur die Frauen ertragen, während Männer ihr Leben so weiterleben konnten, wie sie es schon vor der Schwangerschaft taten. Aber sie war froh, der glückliche Part einer Schwangerschaft gewesen zu sein, der die Freuden direkt spürte. Wie zum Beispiel die kleinen zarten Versuche des ersten Trittes oder die Drehungen im Bauch. Sie war froh, einen Mann in der Schwangerschaft gehabt zu haben, der für sie da war. Einen, der ihr einiges abnahm und der sich schon wie wild auf das Baby gefreut hatte. Der dem Baby schon im Bauch Geschichten vorgelesen und ihm gesagt hatte, wie lieb Mama und Papa es hätten. Einen, der sich nicht beschwert hatte, wie dick die Partnerin durch die Schwangerschaft geworden sei, oder wie lange es noch dauernd würde, bis sie endlich wieder attraktiv für ihn sei. Ganz im Gegenteil, Adam hatte ihr wie oft gezeigt, dass er sie liebte und sexy fand, ob sie nun einen Nilpferdbauch hatte, oder nicht. Er hatte sich nicht beschwert, wie viel sie auf einmal in sich rein schaufelte und was für komische Dinge sie zu sich nahm. Er hatte ihre Launen ertragen, ohne sich deswegen auch nur einmal richtig mit ihr zu streiten. Adam war eine so große Hilfe in der Schwangerschaft gewesen, dass sie sich fragte, wie Frauen all das ohne Mann durchhielten. Es verging nicht ein Tag, an dem sie sich nicht glücklich schätzte mit einem so wundervollen Mann ihr Leben teilen zu dürfen.

# *Aufregung*

Bald würde es soweit sein. Bald müsste sie in dem Gespräch zwischen Fleur und Robert vermitteln. Sie hatte sich eine Woche Gedanken gemacht, wie sie es am besten machen sollte, und kam zu dem Schluss, es einfach auf sich zukommen zu lassen. Es machte keinen Sinn, sich zuvor Gedanken darüber zu machen, denn die Realität würde sowieso ganz anders aussehen.

Man dachte so oft über eine Situation nach und wie der andere Mensch darauf reagieren würde, nur damit es am Ende doch ganz anders ablaufen würde. Das beste Beispiel dafür war das Gespräch welches Robert mit ihr geführt hatte. Er hatte sich zuvor große Sorgen gemacht, wie sie reagieren würde, was sie sagen und wie sie handeln würde. Doch so wie das Gespräch abgelaufen war, fiel ihm nichts Passendes ein. Denn mit so einer Reaktion hatte er nicht gerechnet und sich daher auch nichts zurechtgelegt. Es machte keinen Sinn immer über alles genau nachzudenken. Manchmal war es besser, Momente auf sich zukommen zu lassen, ohne sich davor den Kopf zu zerbrechen.

Noch schnell entschied sie sich dazu, dass es besser sei, eine andere Hose anzuziehen, denn es war doch schon sehr warm in dieser Hose gewesen und das in einem gekühlten Zimmer. Wie warm würde es dann erst draußen sein?

Nein, das wollte sie sich nicht antun. Und deshalb ging sie noch einmal eilig in den Schrank und wählte mit Bedacht die kurze schwarze Hose aus. Schnell nahm sie ihre Handtasche, denn sie war schon ein wenig zu spät dran. Sie wollte vorher mit Fleur frühstücken gehen und ein bisschen ihre Laune abwägen und womöglich besänftigen. Noch ahnte ihre beste Freundin nicht, was an diesem Tag auf sie zukommen würde.

Noch einmal atmete Ashley tief ein, betrachtete sich einige Sekunden im Spiegel und entschied, bereit für den bevorstehenden Tag zu sein und so verließ sie, mit laut zuschlagender Tür, die Wohnung.

Fleur saß schon an einem der kleinen Tische. Sie hatten sich in einem ihrer Lieblingscafés verabredet. Die Landschaft dort war sehr schön. Viel Grün, viel Weite, also genau das, was man brauchte, wenn man abschalten wollte. Das Wetter war so wunderbar, dass sie sich entschieden hatte, die Sonnenstrahlen draußen aufzufangen und zu genießen. Die Tische und Stühle waren aus einem sehr hellen Holz mit noch leicht erkennbarer Maserung. Ashley kannte sich mit Holz nicht so gut aus und wusste nicht was für eine Holzart es war, aber sie gefiel ihr mit jedem Mal besser. Der Boden war sehr schön gefliest. Die Fliesen waren durch ihre Bordeauxfarbe ein echtes Highlight. Überall standen in auf alt gemachten Blumentöpfen immergrüne Pflanzen. Das Grundstück war mit einem niedrigen Mäuerchen von dem angrenzenden Feld abgetrennt. Es war eine echte Seltenheit solch ein schönes Café in einer sonst so bebauten Gegend zu finden. Man konnte, wenn man auf einem der Stühle saß, perfekt die kleinen Vögel betrachten, die auf dem Feld auf und ab hüpften. Es war ein echter Traum, um sich mal fallen zu lassen und sich vom, meist sehr stressigen, Alltag zu befreien. Fleur saß da und trug einen weißen Rock mit passenden weißen offenen Stilettos. Ihre dunkelrot lackierten Nägel konnte man gut sehen und sie waren der perfekte Kontrast zu ihrem weißen Outfit. Dazu trug sie ein eng anliegendes, weißes Sommertop mit blühenden Rosen darauf. Ashleys Geschmack wäre es nicht gewesen, aber sie musste zugeben, zu Fleur passte es einfach bezaubernd. Fleur hatte ihre Freundin noch nicht entdeckt. Sie schlürfte

schon ein wenig an ihrem kalten Orangensaft. An den großen Eiswürfeln, die in dem Glas schwammen, konnte man erkennen, dass sie noch nicht allzu lange dort saß. Nun bemerkte sie Ashley und sprang noch in diesem Augenblick auf, um sie zu umarmen. Sie hatte sich schon so lange auf das Brunchen mit ihr gefreut.
»Hey, Kleine.«
»Hey, Mausi.«
Fleur strahlte und auch Ashley war froh mit ihr an diesem Ort zu sein. Endlich mal abschalten von dem Stress, den sie Tag für Tag hatte. Nicht nur die anstrengende Arbeit, auch ihre Tochter verlangte viel ihrer Aufmerksamkeit und es war nicht immer ein Zuckerschlecken sich um sie zu kümmern, denn durch sie war Ashley auch zu Hause immer auf Trapp. Dazu kam auch noch, dass sie merkte, dass Adam noch immer unglücklich war, da ihm die Arbeit fehlte, zwar hatte er jetzt eine Aufgabe und kümmerte sich wirklich gerne um seine Tochter, doch viel Abwechslung brachte sein Alltag ihm nicht und es war kein Vergleich zu seinem früheren Leben, in dem er so oft weg war, dass Ashley sich manchmal gefragt hatte, ob er überhaupt noch wisse, wo sein zu Hause sei. Durch seine vielen Auftritte und seinen Job, den er so gut gemacht hatte, dass er wirklich viele Kunden betreuen konnte, war er so viel weg gewesen und hatte so viel Abwechslung erleben dürfen, dass ihm das Leben zur Zeit wie ein Gefängnis vorkommen musste.
»Du siehst fertig aus, Ashley.«
Sie schmunzelte leicht.
»Sei froh, dass du keinen kleinen Schreihals daheim hast.«
Fleur lächelte zaghaft.
»Nun ja, um ehrlich zu sein. Darüber wollte ich auch mit dir reden.«
Ashleys Stirn legte sich in Falten. Ihre Augenbrauen zogen sich leicht zusammen. Ihre Augen verengten sich und ihr scharfer Blick durchbohrte Fleur. Sie dachte über das nach, was Fleur eben sagte, während sie sich setzte. Wie ein Blitz durchzog es sie. Oh, mein Gott, das konnte nicht wahr sein.

War es wirklich wahr?
Konnte es wahrhaftig das sein, was Ashley dachte?
Fleur merkte ihrer Freundin an, was diese gerade dachte, und mit einem kleinen Lächeln auf den Lippen, während sie leicht nickte, bestätigte sie Ashleys Gedanken. Ihrer Freundin entfuhr ein kleiner Freudenschrei, während ihre Augen sich, wie von selbst, vergrößerten und ihre Hand sich auf ihrem Mund ausbreitete, sodass sie nicht allen Leuten um sich rum einen Herzinfarkt durch ihren Schrei verpasste. Vor lauter Freude, sprang sie auf, ging um den Tisch herum zu Fleur und umarmte sie so sehr, dass diese fast keine Luft mehr bekam.
»Ashley«, brachte sie mit ganz leiser Stimme heraus.
»Ich ... ich ... be...«
Und schon ließ Ashley los. Ihr war nicht bewusst gewesen, wie stark sie Fleur umarmt hatte. Kurz nachdem Ashley sie losgelassen hatte, überkam Fleur ein kleiner Hustenanfall. Sie griff zu ihrem Glas, das noch dreiviertel voll war, und nahm zwei große Schlucke ihres Orangensaftes. Ashley hatte sich wieder auf ihren Platz gesetzt.
»Erzähl mir alles. Wie weit bist du? Musst du dich übergeben? Wann hast du es erfahren? Und vor allem, was hat Robert dazu gesagt?«
»Halblang, halblang, Ashley. Lass mich doch erst einmal wieder normal atmen, bevor du mich mit deinen Fragen bombardierst.«
Sie lächelte ihre Freundin an. Für diesen Moment hatte Ashley ganz vergessen, was sie und Robert ihr noch sagen wollten und wie viele Gedanken sie sich doch heimlich gemacht hatte, wie Fleur wohl reagieren würde. Für diesen Moment zählte nur die wohl wunderschönste Nachricht, die ihr jemand in der letzten Zeit überbracht hatte. Sie freute sich wahnsinnig für Fleur und Robert. Noch vor wenigen Monaten hatte sie gedacht, sie würde nie ihre große Liebe finden. Und nun hatte es nicht einmal ein Jahr gedauert, bis sie ihrer großen Liebe begegnet und mit ihm zusammengekommen war. Und um alles noch abzurunden

war sie auch noch schwanger. Es war einfach wie ein Märchen. Es fehlte nur noch eine Hochzeit und alles war perfekt. Fleur erzählte ihr, dass sie es erst vor wenigen Tagen erfahren hatte, und dass sie in der neunten Woche wäre. Es war eine ganz normale Routineuntersuchung, als ihr Arzt auf einmal die Augenbrauen hob und ihr gratulierte. Robert hatte sie es noch nicht erzählt und außer ihr wollte sie es auch noch niemandem erzählen, da sie die kritischen ersten drei Monate noch nicht überstanden hatte. Es war das Größte, was in letzter Zeit für sie geschehen war und das musste sie zuallererst mit ihrer besseren Hälfte teilen. Sie erzählte Ashley, dass sie große Angst habe, ihre Schwangerschaft würde die nächsten Tage oder Wochen ihr Ende finden, immerhin war das öfter der Fall, als man mitbekam. Man hörte ja so oft, dass es bis zum dritten Monat nicht selten vorkommen würde, dass man sein Kind verliere. Und wie viele Frauen verloren es wohl, ohne jemandem davon zu erzählen.
»Es gibt da noch eine Sache die ich dir sagen muss, Ashley.«
»Ja? Was denn?«
Mittlerweile hatten sie sich schon etwas zu essen geholt. Neben Fleurs Teller lagen mehrere kleine Croissants. Sie legte sich eines auf ihren Teller.
»Wenn es in deinem Bauch so aussah ...«
Sie machte eine kurze Pause. Und veränderte die Anzahl auf ihrem Teller.
»Dann sieht es in meinem Bauch so aus.«
Ashley riss ihre Augen so weit auf, wie es nur ging. Sie blinzelte mehr als einmal. Doch das Bild veränderte sich nicht. Auf Fleurs Teller lagen noch immer drei Croissants.

Nachdem beide in Fleurs Wohnung angelangt waren, überkam Ashley ein merkwürdiges Gefühl. Die beiden saßen auf dem honiggelben Sofa, welches Fleurs Wohnzimmerstiel abrundete und redeten über allgemeine Sachen, während Fleur ihre Wäsche zusammenlegte. Ashley half ihr dabei und machte sich große Sorgen, was der Tag noch bringen würde. Der Plan mit Robert bestand noch immer und es war alles so perfekt durchdacht gewesen. Doch nun hatte sich einfach alles geändert. Sie war schwanger von ihm. In ihr wuchsen seine drei Kinder heran und das machte sie zu einer Familie. Ihre Freude darüber, dass Fleur es ihr als erste Person erzählen wollte, konnte sie nicht verbergen. Es machte sie sehr stolz. Auf der anderen Seite hätte es alles um so vieles leichter gemacht, hätte sie nichts davon erfahren. Wenn Fleur ihr nicht von der Schwangerschaft erzählt hätte, dann bräuchte sie nun nicht solch ein ziehendes Gefühl im Magen haben, bei der ganzen Sache. Denn dann wäre sie sich ganz sicher, dass es das Richtige sei, es ihr zu sagen. Sie hatte Angst, dass sie das Falsche tun würden, wenn die beiden ihr alles erzählten.
Wäre es besser ihr lieber nichts zu sagen?
Aber wäre das nicht falsch?
Die Wahrheit für sich zu behalten, ein Geheimnis daraus zu machen und Fleur als einzige Person nicht daran teilhaben zu lassen?
Würde die Wahrheit irgendwann herauskommen, wenn sie es ihr nicht sagten?
In Ashley wirbelten die Gedanken nur so Hin und Her. Das Wissen, was falsch und richtig war, schien sich in ihren Gedanken zu vermischen. Aber sie wusste, dass sie ihre Freundin nicht belügen durfte, dass sie es nicht wollte und schon gar nicht konnte. Sie würde dafür sorgen, dass Fleur es erfuhr, was immer dann auch passieren würde.

Robert kam gerade die Tür herein, als er die beiden auch schon miteinander reden hörte. Noch ein letztes Mal machte er sich selbst Mut und trat dann, mit entschlossenem Schritt auf die beiden zu. Ashley sah ihn zuerst, da sie mit dem Gesicht zur Wand saß, in der sich die Tür befand, und nickte ihm mit ernster Miene zu. Auch er nickte zurück, doch in seinen Augen spiegelte sich Angst. Fleur drehte sich um und fing sofort an zu lächeln als sie ihn entdeckte.

»Bob, was machst du denn schon hier?«, fragte sie ihn mit aufgeregter Stimme.

Sie eilte zu ihm hin und umarmte ihn liebevoll. Ihre Liebe war so stark, so frisch, noch war sie ohne Wunden. Sie hatten sich noch nie so sehr gestritten, dass eine Wunde entstanden war, die man nicht mehr heilen konnte. Sie freute sich noch jedes Mal so sehr, wenn sie ihn sah. Ihr Herz pumpte schneller und lauter und ihr Gesicht verwandelte sich, wie ganz von selbst, in das Gesicht eines Kindes, welches sich von dem einen Geldstück, welches es sich hart erarbeitet hatte, endlich einen Lutscher holen durfte. Dieses Lächeln auf den Lippen und dieses Strahlen in den Augen, es war genau das Gleiche. Und Robert hatte große Angst, diese Momente purer Freude, puren Glückes zu verlieren. Große Angst, alles kaputt zu machen. Angst, dass er schuld sei, dass die erste große Wunde entstehen könnte, bei der es sehr lange dauern würde, bis sie verheilen würde. Doch vergessen würden beide diese Wunde nie mehr. Das alles machte es ihm nicht leichter, aber er hatte es sich vorgenommen und beschlossen, was immer passieren würde, er würde es durchziehen, er würde ihr die Wahrheit sagen, denn Fleur hatte sie verdient.

»Fleur, ich denke wir müssen uns mal unterhalten«, sagte er mit ernstem Tonfall.

Abrupt verschwand Fleurs Fröhlichkeit und Sorgenfalten traten anstelle des verspielten Lächelns und der leuchtenden Augen in ihr Gesicht.

»Was ist denn los?«

Ihre Stimme klang verzweifelt.
»Komm, wir setzen uns erst mal zu Ashley, okay?«
Ohne auf eine Antwort zu warten, schritt er in Richtung Sofa und setzte sich hin. Sein Blick wanderte von Ashley zu Fleur und verharrte auf ihr, bis diese sich entschloss, es Robert gleich zu tun, und sich ebenfalls zu Ashley zu setzen. Fleur guckte ihre Freundin mit flehenden Augen an. Ashley wusste genau, was gerade in ihr vorging, doch so sehr sie es auch wollte, dieses Mal konnte sie ihr nicht helfen. Robert nahm die Hand der Frau, die er über alles liebte, und der er nun etwas erzählen musste, was er liebend gerne rückgängig gemacht hätte. Und so erzählte er ihr die Geschichte, wie es kam, dass er Ashley und sie kennenlernte. Er erzählte von der Wette und wie er sich sofort in sie verliebt hatte. Zwischendurch übernahm Ashley Teile der Geschichte, da sie fand, sie würde dafür die besseren Worte finden. Fleur starrte die beiden entsetzt an. Den Blick immer wechselnd auf die Person, die gerade sprach. Sie konnte nicht glauben, was sie da hörte, sie konnte und wollte es nicht fassen.
Wie konnte es nur sein, dass Ashley von all dem gewusst und ihr nichts erzählt hatte?
Wie konnte sie ihr nur so etwas Gemeines antun?
Wieso erzählten Robert und Ashley es erst jetzt?
Wieso spielte Robert nicht von vornherein mit offenen Karten?
Nachdem alles erzählt war, wusste Robert nicht genau was er tun sollte. Er konnte nicht einschätzen, was Fleur gerade dachte, denn ihre Augen schienen leer. Ihr Gesicht zeigte kein Gefühl, weder Hass noch Trauer und auch ihr Körper war starr, wie der einer Statue. Ihre Hand hatte sie schon nach den ersten zwei Sätzen von der seiner gelöst. Sie saß da, aber es schien als sei sie ganz weit weg.
»Maus?«
Doch Fleur reagierte nicht darauf, sodass beide versuchten mit ihr zu reden. Sie wieder in das Hier und Jetzt zu holen, um ihr zu sagen, dass es ja nichts Schlimmes sei, denn er sei schließlich mit ihr zusammen und er liebe sie wahrhaftig.

Doch trotz allem, konnte Ashley sie gut verstehen. Fleur hatte sich doch immer ein Märchen gewünscht und nun so etwas. Jetzt war ihr ganz persönliches Märchen vorbei. Und das zerriss ihr das Herz.

»Fleur, bitte rede doch mit mir.«

Ashley legte ihre Hand auf Fleurs Schulter.

»Ich weiß, dass es jetzt erst einmal schwer für dich zu verstehen ist, aber es ist doch nichts Schlimmes. Es hat sich doch nichts geändert. Nicht an der Situation und schon gar nicht an den Gefühlen die dich und Robert verbinden.«

»Es ist also nicht schlimm? Du findest es also okay, dass er zuerst dich wollte? Dass er dich flachlegen wollte? Das ist also normal für dich, ja?«

Ashley hatte Fleurs Stimme noch nie so hysterisch gehört. Beide hatten ja gewusst, dass es nicht einfach werden würde. Aber dass sie so sauer werden würde, damit hatten sie nicht gerechnet.

»Aber Fleur, was redest du denn da? Er wollte doch gar nicht lieber mich, als dich. Du hast das falsch verstanden.«

»Aber das hat er ja wohl gerade eben erzählt. Er wollte dich, Ashley und nicht mich!«

»Nein, du verstehst das total falsch. Sam hatte mich ausgewählt und ... Ach Fleur, jetzt mach doch bitte nicht so eine große Sache daraus. Es ist doch nichts Schlimmes. Er ist mit dir zusammen und er liebt dich. Und nicht mich. Er wollte noch nie mich, er wollte vom ersten Moment an dich. Hörst du denn eigentlich gar nicht zu? Hörst du denn nur das, was du hören willst?«

Fleur schüttelte langsam den Kopf. Man merkte, wie die Wut in ihr aufstieg und all ihre Gedanken zu übernehmen anfing. Ihr Gesicht strahlte nun Verzweiflung, Wut und Enttäuschung aus.

»Ich fasse es einfach nicht, wie kann er mir das nur antun!«

Fleur redete so, als ob Robert gar nicht im Raum sei.

»Wie kann er mich nur so verletzen. Hat er mich genommen, weil du schon vergeben warst? Ist er nur deswegen mit mir zusammen gekommen? In der Hoffnung, dass du vielleicht

irgendwann doch noch einmal Gefühle für ihn entwickeln würdest?«
Nun verstand Robert, wieso Adam und Fleur sich so nah standen. Sie waren sich ja so ähnlich. Und beide hatten solche verrückten Gedankengänge, dass ein normal denkender Mensch über beide nur den Kopf schütteln konnte. Was für eine Fantasie die beiden teilten, es war einfach wahnsinnig, auf was für Ideen sie kamen.
»Bitte Fleur, reg dich doch ab, bitte! Ich will nicht, dass ihnen irgendetwas passiert. Stell dir nur vor, du verlierst sie wegen deiner Wut. Bitte beruhige dich doch erst einmal.«
Robert schüttelte verwirrt den Kopf.
»Wen verliert sie? Wovon sprichst du? Ashley, sag es doch.«
Doch diese ignorierte das Flehen von Robert und versuchte weiterhin, ihre Freundin zu beruhigen.
Nach einer Menge weiterer, immer verrückter werdender Ideen die in ihrem Kopf entstanden, reichte es Fleur, und sie verließ abrupt die Wohnung. Ashley und Robert saßen hilflos da und starrten die Tür an, durch die gerade eben eine wutentbrannte Fleur gerannt war, um hinter sich die Tür so fest zuzuknallen, dass alle Bilder, die an der Wand neben der Tür hingen, drohten herunterzufallen. Doch es fiel nur ein Bild herunter. Und es war ausgerechnet das einzige Bild, auf dem Fleur und Robert alleine und als glückliches Paar abgelichtet worden waren. Auf allen anderen Bildern waren Freunde und Familie mit abgebildet. Nur auf diesem einen nicht. Ausgerechnet auf dem Bild, das als einziges klirrend zu Boden fiel.
Hatte das etwas zu bedeuten?
Hieß das, es war für immer aus?
Es war vorbei mit ihrer Liebe?
Diese wundervolle Romanze war nun für immer zu Ende?
Nein, das konnte nicht sein, das durfte einfach nicht sein.
Aber was sollten sie jetzt tun?
»Ich denke Robert, es ist besser, wenn du jetzt erst einmal zu mir und Adam und der Kleinen kommst. Vielleicht ist es

besser, wenn sie alleine ist. Für heute Nacht kannst du gerne bei uns schlafen, wenn du magst.«
»Das ist wirklich sehr nett, Ashley. Aber ich glaube, ich werde nur kurz zu euch gehen. Es ist besser, wenn sie heute Nacht nicht alleine ist und sieht, dass ich sie liebe und für sie da bin.«
Ashley dachte kurz nach und nickte zaghaft.

Wieder in der Wohnung angekommen, wartete Adam schon geduldig auf den Bericht, wie das Gespräch verlaufen war. Ashley erzählte genau was passiert war, sie versuchte, jedes Wort widerzugeben, was natürlich nicht ging, aber sie wollte eben alles so gut es ging genau erzählen, so wie es sich ereignet hatte. Robert schlürfte an seinem Tee und lauschte dem, was Ashley erzählte. Er korrigierte ein, zwei Mal und nickte sonst mit Augen die widerspiegelten, dass Robert in Wirklichkeit nur bei Fleur und ihrem wutentbrannten Abgang war. Und dann plötzlich fiel es ihm wieder ein. Er dachte an das, was Ashley nur wenige Minuten zuvor zu Fleur gesagt hatte.
Stell dir nur vor, du verlierst sie.
Wen?
Von wem hatte Ashley da nur gesprochen?
Wen könnte Fleur verlieren?
Hatte Fleur etwa ein Geheimnis vor ihm?
Etwas, das er wissen sollte, dass sie ihm aber nicht gesagt hatte?
Was war so wichtig, dass Ashley Angst hatte, Fleur könnte sie verlieren?
Aber wen nur?
Von wem hatte Ashley gesprochen?
Ob sie es ihm wohl jetzt sagen würde?
Wenn er sie noch einmal darauf ansprechen würde, würde sie es ihm dann sagen?

Oder würde sie ihn wieder ignorieren?
Er entschied sich dazu, sie noch einmal zu fragen.
Doch nicht jetzt gleich, erst morgen oder in ein paar Tagen.
Dann würde sie es ihm bestimmt erzählen.

R oberts Augen weiteten sich.
Was war hier los?
Was sollte das?
Nachdem er die Wohnungstür zu ihrer gemeinsamen Wohnung aufgeschlossen hatte, glaubte er zu träumen. Das konnte doch nicht wahr sein. Vor ihm standen vollgepackte Koffer und auf einem lag ein mit Füller geschriebener Zettel. Dass er mit Füller geschrieben worden war, erkannte er daran, dass hier und da die Tinte ein wenig verlaufen war. Ganz so, als wären Tränen auf das Blatt geflossen und hätten die Tinte verwischt. Er ließ sich an der Wand hinunter und saß nun, mit der Hand an der Stirn, verzweifelt auf dem Boden des Flurs, an dem er und Fleur noch vor wenigen Tagen neue Bilder aufgehängt hatten, Bilder von ihnen und ihrer Familie. Im Kopf las er es immer und immer wieder durch. Doch schon nach dem ersten Mal hatte er verstanden, was der Brief bedeuten sollte.

*Liebster Robert,*

*Es fällt mir schwer diese Zeilen zu schreiben und ich hätte nie gedacht, dass ich sie jemals schreiben muss, doch nun ist die Zeit gekommen ...*

*Ich weiß nicht genau, wie ich anfangen soll. Dieser Tag hat einiges in mir verändert. Ich muss zugeben, in mir schlummerte noch immer das kleine dumme Mädchen, das an die große Liebe, den vorbeireitenden Prinzen auf seinem Schimmel und das ewige Glück mit Happy End glaubte. Nun hast du mir gezeigt, dass es so etwas nicht gibt. Ich bin sehr enttäuscht, denn du hast mir heute mein Herz gebrochen. Aber ich bin dir auch dankbar, denn ab dem heutigen Tag, werde ich nie wieder das kleine dumme Mädchen sein, dass an das Märchen mit der unendlichen Liebe glaubt.*

*Die Zeit mit dir war einfach wundervoll, dafür möchte ich dir danken.*

*Doch ich hätte nie gedacht, dass gerade die Person, mit der ich so glücklich war, mir etwas so Verletzendes antun könnte. Ich muss zugeben, die Zeit mit dir war die Schönste in meinem Leben und es wird schwer sein, sie zu vergessen, aber ich weiß, dass ich es schaffen muss.*

*Die Geschichte, die du mir so lange verheimlicht hast, hat mir klargemacht, dass du nicht der richtige Mensch für mich bist. Und nicht nur die Tatsache an sich, also das was geschehen ist, sondern noch viel mehr die Tatsache, dass du es mir die ganze Zeit verheimlicht hast.*

*Es hatte so viele Momente gegeben, in denen du mir hättest sagen können, was dir so auf dem Herzen lag. Doch du hast es nicht getan. Ich habe in dir immer den starken Mann voller Leidenschaft und Mut gesehen. Doch nun muss ich feststellen, dass du alles andere als mutig bist. All deine*

*Geschichten, haben mich glauben lassen, dass dein Herz voller Mut und Tapferkeit steckt. Doch nun wird mir klar, dass der Mut den ich in dir vermutete, bei den wichtigen Sachen schwindet. Mein Herz ist so zerbrochen, dass es mir schwer fällt, dir diesen Brief zu schreiben.*

*Während ich ihn schreibe, stelle ich mir vor, wie du in dem Flur stehst, in dem wir viele schöne Momente erlebt haben. Ich stelle mir vor, wie dein Körper an die Wand fällt und dann hinab zu Boden gleitet. Womöglich wird es genauso aussehen und es tut mir leid, dass ich dir wahrscheinlich nun dein Herz breche. Doch ich bin mir sicher, es wird schneller heilen, als das meine.*

*Ich hätte mein Leben für dich gegeben und ich hätte dir eine so wichtige Sache nie verheimlicht.*

*Ich gebe zu, auch ich habe ein Geheimnis, doch es betrifft nicht mich. Denn alles was mit mir zu tun hat, habe ich dir erzählt, denn ich hatte vor, den Rest meines Lebens mit dir zu teilen. Auch eine andere Sache hätte ich dir mit Freude erzählt, aber nun ist es ganz alleine meine Sache und braucht dich nicht mehr zu kümmern.*

*Doch nun trennen sich unsere Wege.*

*Ob es das Richtige sein wird, was ich tue oder nicht, das wird sich erst später zeigen. Doch für mich ist es im Moment das Beste, denn ich schaffe es nicht weiter, deinen Anblick zu ertragen.*

*Ich komme erst sehr spät am Abend wieder, aber ich bin sicher, du weißt, was ich nun von dir verlange. Ich bin mir sicher, du weißt dein Leben auch ohne mich meistern.*

*Alles Gute*
*Fleur*


Robert wiegte sein Gesicht in seinen Händen. Sein Kopf dröhnte und sein Magen hatte sich zusammengezogen. Das konnte nicht wahr sein, es durfte nicht wahr sein.
Hatte er sie nun für immer verloren?
Wollte sie wirklich, dass sie getrennte Wege gingen?
Er konnte sie nicht verlieren, er durfte sie nicht verlieren. Er brauchte sie doch, ein Leben ohne sie ...
Wie sollte das bloß aussehen?
In jeder Situation würde er sich an einen Augenblick zusammen mit ihr erinnern. Bei jeder Kleinigkeit würde er an einen Moment mit ihr denken. Wie sie zusammen badeten, duschten, zusammen kochten oder auch einfach nur fernsahen. Alles was er nun alleine machen sollte, würde ihn an sie erinnern.
Wollte Fleur wirklich, dass er seine Koffer nahm und für immer aus ihrem Leben verschwand?
Das konnte sie doch nicht wirklich wollen. In der Zeit, in der sie zusammen waren, war ihre Liebe zu ihm doch so stark und durch nichts zu zerstören gewesen, das hatte er zumindest so empfunden. Sie hatte ihm so oft gesagt und gezeigt, wie sehr sie ihn brauchte.
Und all das sollte nun für immer vorbei sein?
All das, wegen einer solchen Kleinigkeit?
Er hatte ihr so oft gesagt, wie sehr er sie liebte und sie hatte ihm versichert, dass sie das Gleiche fühlte. Das konnte doch nicht alles auf einmal wie weggeblasen sein. Ihre Liebe

durfte doch nicht erloschen sein. Das war einfach nicht möglich. Roberts Welt zerfiel in tausend kleine Stücke.

Ihre Stirn legte sich in Falten. Ihre Augen verrieten ihre Unsicherheit und ihren Unglauben. Ashley stand verzweifelt am Telefon und hielt den Hörer mit zitternder Hand an ihr Ohr. Sie glaubte nicht, was Robert ihr gerade erzählt hatte. Das konnte doch nur ein schlechter Scherz sein. So etwas Dummes konnte Fleur doch nicht tun. Oder etwa doch?
Robert hatte seinen Koffer genommen und wie sie es verlangt hatte, die Wohnung verlassen. Doch er konnte ihre gemeinsame Zukunft nicht einfach vergessen und so hatte er noch zwei Bilder mitgenommen die er an Stellen gefunden hatte, an die er sie zuvor hingestellt und die Fleur wohl übersehen hatte. Die meisten Bilder, auf denen sie gemeinsam mit Freunden und der Familie zu sehen waren, welche einmal in der Wohnung gestanden hatten, waren schon weggeräumt. Überhaupt waren all seine persönlichen Sachen und Dinge, die sie an ihn erinnern konnten, weg. Fast so als hätte er nie in dieser Wohnung gelebt. Als wäre er nie in ihr Leben getreten, fast so als hätte es ihn nie gegeben.
Erschöpft ließ Ashley sich aufs Sofa fallen. Adam sah sie traurig und besorgt an.
»Jetzt sag noch einmal genau, was Robert dir erzählt hat und was in diesem merkwürdigen Brief steht.«
Stockend erzählte sie erneut wie Fleur bei dem Gespräch reagiert und was Robert ihr erzählt hatte, was los war, als er wieder nach Hause gegangen war. Sie erzählte von dem Brief und den weggeräumten Sachen. Adams Stirn legte sich immer wieder in Falten. Seine Augenbrauen zogen sich so oft zusammen, dass man meinen konnte, sie seien so angewachsen. Immer wieder rieb er sich seine Augen, da er nicht fassen konnte, was für einen Müll seine Cousine schon

wieder angestellt hatte. Er konnte nicht glauben, dass die kleine, liebenswerte, zarte Fleur solch einen gemeinen Brief schreiben konnte. Er hatte zu Anfang auch übertrieben, aber wenn man genau darüber nachdachte, hatte Robert nichts getan, wofür er sich schämen musste. Und ihm dann zu sagen, dass er deswegen nicht der richtige Partner sei, und dass er schuld sei, dass sie nicht mehr an die wahre Liebe glauben würde, das fand er nun doch sehr übertrieben und sehr gemein. Unerwartet tat Robert ihm auf einmal leid. Adam konnte nachvollziehen wie er sich fühlen musste. Es war schrecklich in seiner eigenen Wohnung nichts mehr von sich zu entdecken, damit die Frau, die man über alles liebte, mit einem abschließen konnte.
»Robert hat gesagt, er hat erst einmal seine Koffer genommen und ist in ein Motel gezogen.«
Adam nickte langsam.
»Doch er sagt, er will sie auf keinen Fall aufgeben und er wisse nicht was er ohne sie tun soll. Ich glaube, es hat nicht mehr viel gefehlt, bis Robert angefangen hätte, am Telefon zu weinen. Er ist total verzweifelt. Ich weiß nicht, wie Fleur ihm so etwas Grausames antun kann, dem Vater ihrer Kinder. Er hat doch nichts Schlimmes verbrochen. Er liebt sie von ganzem Herzen und sie ist so kalt zu ihm.«
Adam nickte nachdenklich.
»Ja Engel, du hast recht. Wenn man darüber nachdenkt hat er nichts getan, was erklären würde, wieso sie nun auf einmal so reagiert. Allerdings weißt du ja nicht was noch so vorgefallen ist.«
Er dachte kurz nach.
»Wobei, Fleur hätte es dir oder mir schon erzählt, wenn irgendetwas passiert wäre.«
»Ja, da bin ich mir sicher, das hätte sie getan. Und ich finde es unverantwortlich, was sie sich in den Kopf gesetzt hat.«
Plötzlich zuckte Ashley zusammen. Mit aufgerissenen Augen sah sie ihren Verlobten an, der wie von der Tarantel gestochen mit einem Schrei aufgesprungen war.
»Aber Schatz, was ist denn los?«, fragte sie verdutzt.

»Sag noch einmal was du eben gesagt hast ...«
»Ähm so etwas, wie was los sei, denke ich. Wieso?«
»Nein, davor!«
»Ja, da bin ich mir sicher, das hätte sie getan?«
»Nein, noch früher!«
Adam brüllte Ashley fast an, während diese verzweifelt nachdachte was sie davor zu ihm gesagt hatte.
»Dass Robert nicht aufgeben will, und dass er erst einmal in ein Motel gezogen ist. Und dass ich nicht verstehe, wie Fleur ihm so etwas antun kann.«
Adam schüttelte den Kopf.
»Nein, nein. Du hast noch etwas anderes gesagt, da bin ich mir ganz sicher!«
Adams Stimme wurde immer lauter und er immer aufgeregter.
Was genau meinte er nur?
Was sollte sie denn so wichtiges gesagt haben?
Plötzlich schoss es Ashley durch den Kopf. Jetzt wusste sie, wieso Adam so aufgesprungen war. Und was er noch einmal hören wollte, um sicher zu gehen, dass er es richtig verstanden hatte. Ashley dachte kurz nach.
»Ich weiß nicht, wie Fleur ihm so etwas Grausames antun kann, dem Vater ihrer Kinder«, beendete Ashley, mit einem triumphierenden Lächeln, das gespannte Leiden ihres Geliebten.
Sie nickte.
»Ja, genau, das habe ich gesagt.«
Adams Mund war aufgeklappt und seine Mimik machte deutlich, dass er noch immer nicht verstand, was Ashley eben zum wiederholten Male gesagt hatte. Wobei, verstanden hatte er es bestimmt, doch glauben konnte er es wohl nicht. Ashley stand auf und ging zu ihm hin. Liebevoll streichelte sie sein Haar.
»Ja, Schatz. Sie ist schwanger. Deine Cousine bekommt nun endlich Kinder«, bestätigte sie, mit einem Lachen, welches an das eines sorgenfreien Kindes erinnerte, die unerwartete Tatsache.

Es war so herzhaft, ohne Sorgen, völlig frei. Adam stutzte.
»Kinder?«, fragte er in einem ernsten Ton.
»Oh, sagte ich wirklich Kinder?«, fragte sie scheinheilig nach und lächelte dabei über ihr ganzes Gesicht.
Nun ließ Adam sich erschöpft auf das Sofa fallen.
»Sie bekommt also Zwillinge?"
»Nun ja ...«, sagte sie in einem Ton, der Adam verriet, dass es keine Zwillinge werden würden.
Adams Stirn legte sich, wie schon so oft, in Falten.
»Oh mein Gott, Ashley. Aber bitte, bitte sag mir, dass es nicht mehr als drei sind. Ashley, es sind doch nicht mehr als drei, oder?«
Innerlich machte er sich schon bereit, mit der Antwort klar zu kommen, die Adam alles andere als lieb war, doch das musste er zu seinem Glück nicht. Ashley setzte sich zu ihm aufs Sofa und gab ihm einen Kuss auf seine Stirn, während sie sanft sein Haar streichelte.
»Beruhige dich, mein Liebling. Aber soweit ich weiß, sind es nicht mehr als drei.«
Wieder lachte sie aus vollem Herzen, so sehr genoss sie den Blick ihres Partners. Er sah aus als wäre er schwanger. Sie musste so über ihn lachen, dass sie für kurze Zeit vergaß, in welcher Situation sie gerade steckten.

# *Unverständnis*

Ashley hatte sich gleich am nächsten Tag vorgenommen, sich mit ihrer Freundin zu treffen, um über all die Dinge, die am Tag zuvor passiert waren, noch einmal zu reden.
Fleur stimmte dem Treffen nicht gerne zu, doch sie tat es ihrer Freundin zu liebe. Ashley war zu Fleur in die Wohnung gegangen und es war so, wie Robert es ihr beschrieben hatte. Es fand sich nicht ein Bild von beiden zusammen mehr in der Wohnung. Sie hatte jedes Bild und alles, was sie an ihn erinnerte, aus ihrer Wohnung verbannt. An jenen Stellen befanden sich nur die Nägel, die zeigten, dass dort einmal etwas gehangen hatte.
Ashley versuchte stundenlang mit ihr zu reden und sie wieder auf den richtigen Weg zu bringen. Doch es hatte keinen Sinn. Jedes Mal, wenn sie versuchte, mit Fleur über Robert zu sprechen, blockte diese ab und sah sie finster an. Fast so, als wolle sie Robert aus ihrem Leben verbannen und nicht einmal mehr seinen Namen hören. Fleur bemühte sich sonst stark zu sein und sich ihre Stimmung nicht anmerken zu lassen, doch Ashley konnte spüren, was in ihr vorging. Auch wenn sie nach außen normal schien, wusste sie, dass ihre Freundin tief im Inneren ein tiefes Loch hatte, welches sich nicht füllen wollte. Die beiden verbrachten den Tag zusammen. Spaß konnten die beiden immer haben, in der schlimmsten Situation. Und so auch an diesem Tag, doch sobald Ashley versuchte das Gespräch auf Robert zu lenken, brachte dies schlechte Stimmung und am Ende gab Ashley es auf. Sie verstand nicht, wieso sich ihre Freundin so wehrte. Sie hatte wirklich übertrieben und machte sich dazu noch mit dieser Aktion ihr ganzes Glück kaputt, auf dass sie

so lange gehofft hatte. Aber im Moment ließ Fleur nicht mit sich reden und das akzeptierte Ashley. Zumindest für den Moment.

A ls Ashley wieder zu Hause angekommen war, berichtete sie Adam sofort, wie seltsam Fleur sich benommen hatte, wenn es um Robert ging. Er schüttelte während des ganzen Gespräches den Kopf. Zwischendurch legte er ihn immer wieder ins Genick und atmete tief durch. Beide wussten einfach nicht, was mit Fleur los war und beschlossen, die Woche vergehen zu lassen und ihre Laune zu akzeptieren. Sie beschlossen, dass es an der Zeit war Robert anzurufen und auch ihm zu sagen, er solle sie diese Woche lieber in Ruhe lassen. Vielleicht würde sich das Ganze von alleine wieder legen, das zumindest hoffte Ashley. Fleur würde sich schon wieder beruhigen und merken, wie sehr Robert ihr fehlte, sie musste einfach wieder zur Vernunft kommen. Alle waren sich einig, dass Melinda von der Sache nichts zu erfahren brauchte. Sie sollte sich nicht unnötig aufregen. Doch Adam würde Paul gleich an diesem Abend noch anrufen und ihm berichten, was mit Fleur los sei. Womöglich würde er zu ihr durchdringen können. Zudem sollte Paul nicht wieder der Letzte sein, der etwas Wichtiges erfuhr.

Die Wochen vergingen und alle machten sich allmählich Sorgen um Fleur. Sie machte keinerlei Anstalten, Robert um Entschuldigung zu bitten. Auch erwähnte sie nicht ein einziges Mal, dass ihr Robert fehlen würde. Nur einmal kam es vor, dass sie überhaupt seinen Namen erwähnte.
Was sollte man bloß tun?
Würde sie noch eine Woche brauchen?
Würde sie noch einige Monate brauchen?
Das durfte doch nicht sein.
Sie hatte sich so gefreut über ihr Glück, welches sie mit ihm gehabt hatte. Und nun sollte wirklich alles durch ihren Dickkopf vorbei sein?
Wie würde Robert das bloß verkraften?
Würde es ihm völlig das Herz brechen?
Wie befürchtet, ging Fleur überhaupt nicht auf das Gerede von allen ein. Sobald der Name Robert fiel, machte sie dicht und tat, als hätte sie nichts gehört. Es waren mittlerweile mehrere Wochen vergangen und Robert hatte sich eine kleine, billige Wohnung gemietet, für seine alte Wohnung hatte er gleich nach seinem Auszug einen neuen Mieter gefunden und so suchte er sich eine Bleibe, die näher an der Wohnung von Fleur lag. Adam und Ashley hatten ihm Möbel, die bei ihnen nur in der Wohnung standen und nicht benutzt wurden, geliehen, da er bei seinem Umzug zu Fleur ja nur wenige Sachen mitgenommen hatte. Und so fehlten ihm nun die nötigsten Sachen zum Leben. Alle hofften natürlich, dass Fleur so schnell wie möglich wieder zur Vernunft kommen würde, doch im Moment, machte es noch nicht den Eindruck, dass dies schnell passieren würde. Und Ashley verzweifelte immer mehr.
Was war nur mit Fleur los?
Sie erkannte ihre beste Freundin nicht mehr. Ashley kannte sie nun so lange und noch nie hatte sie Fleur so erlebt. Sie war so dickköpfig und nun ja, ein anderes Wort als dumm fiel Ashley beim besten Willen nicht ein.

Robert hatte sie noch einige Male gefragt, was sie mit den Worten gemeint hatte, doch Ashley hatte sich bis jetzt nicht dazu entschließen können, es ihm zu sagen.
War es richtig wenn sie es ihm sagte?
Sollte Adam es ihm sagen?
Oder war es das Beste zu warten bis Fleur sich beruhigte und es ihm selbst sagte?
Sie beschloss, dass sie ihm sagen würde, dass es etwas gab, was er wissen musste und das es etwas sehr Positives war.
Mittlerweile hatte sie herausgefunden, dass Robert sich sehr auf Kinder freute. Er hätte gerne eine Familie und liebte Kinder. Und er kümmerte sich sehr gut um Hope, wenn er diese im Arm hatte. Ashley war sich sicher, dass er ein guter Vater werden würde und daher fand sie es das Beste, wenn die Mutter seiner Kinder, ihm selbst erzählen würde, welches Glück sein Leben nun erfüllen würde.

Erneut vergingen einige Wochen. Ashley hoffte, dass die Mauer nun endlich bröckeln würde. Sie merkte, wie sehr Fleur Robert vermisste und wie alleine sie sich fühlte. Die Tage mehrten sich, an denen Fleur schlecht gelaunt und deprimiert war. Das Leben schien ihr keinen Spaß mehr zu machen. Egal was Ashley mit ihr anstellte, ein Lächeln bekam sie nur noch sehr selten von ihr. Und wenn, dann war es keines von Herzen, wie sie es früher immer ausstrahlte. Es war ein gezwungenes Lächeln, damit Ashley zufrieden war. Dass das Lächeln nur gespielt war, merkte Ashley sofort und die Hoffnung, dass ihre Freundin wieder normal werden und zur Vernunft kommen würde, stieg mit jedem Tag. Und tatsächlich, nach noch zwei grausamen Wochen für alle und ganz besonders für Robert, der die Hoffnung mittlerweile fast aufgegeben hatte, machte Fleur nun ganz offen Anspielungen, dass sie wieder mit Robert zusammen sein wollte und ihr Leben nicht länger ohne ihn

führen konnte. Ashley machte sich Gedanken, wie sie die beiden wieder zusammen führen sollte. Nach kurzem Überlegen kam ihr die perfekte Idee.
Den Hörer in der Hand und den Kopf an Adams Schulter gelehnt, wählte sie die Nummer.
»Fleur?«
An den Geräuschen, die durch den Hörer drangen, merkte man, dass sie gerade etwas im Mund hatte. Wahrscheinlich einen Löffel, den sie nun erneut in ihr Kirschjoghurt steckte. Sie aß sehr gerne Joghurt, doch nichts war ihr lieber als eines mit leckeren Kirschstücken.
Ashley kicherte bei dem Gedanken, wie ihre Freundin dasaß und genüsslich ihr Joghurt löffelte und sich über jedes Kirchstück mehr freute, wobei sie diese Stücke immer bis ganz zum Schluss aufhob. Denn das Beste, kommt für gewöhnlich zum Schluss.
»Nun ja. Da heute Samstagabend ist, dachte ich, ich rufe dich mal an und frage, was du so vorhast.«
Fleur dachte kurz darüber nach, denn sie hatte sich noch nicht wirklich Gedanken über ihren Abend gemacht.
»Wahrscheinlich werde ich mir einen Film in der Videothek holen und es mir vor dem Fernseher gemütlich machen. Und was macht ihr so?«
»Ach, weißt du, da die Woche so anstrengend war, ist Adam so lieb mir einen Abend frei zu geben.«
Sie zwinkerte Adam mit einem breiten Lächeln auf den Lippen zu.
»Und da dachte ich mir, ich entführe dich mal zu einem Abendessen. Damit wir mal auf andere Gedanken kommen und uns ein wenig von dem Alltag entspannen können, was hältst du davon, meine Liebste?«
»Ich weiß nicht so ganz, meine Woche war ziemlich anstrengend und ich wollte einfach einen gemütlichen Abend vor dem Fernseher verbringen und mich mit Popcorn vollstopfen. Wenn ich mich jetzt noch fertig machen müsste, würde es doch auch schon viel zu spät werden.«
Ashley verdrehte die Augen.

»Och bitte, Fleur. Ich habe mich schon so auf den Abend mit dir gefreut. Ich war so sicher, dass du zusagen würdest.«
Ashleys Tonfall kam mehr einem Flehen als einem Bitten nah. Ashley hielt kurz inne und wartete ab, ob ihr Versuch bei Fleur zog. Und das Ganze hatte seine Wirkung nicht verfehlt, denn Fleur versprach tatsächlich sich fertigzumachen und sich zu bemühen, auch schick auszusehen. Ashley versicherte ihr dann, so gegen halb acht ein Taxi vorbeizuschicken. Fleur brauchte nichts machen. Einen Ort, an dem sie essen würden, hatte Ashley auch schon im Sinn. Und so stimmte Fleur mit Vorfreude zu und Ashley legte mit einem triumphierenden Lächeln auf. Sie guckte Adam an und dieser gab ihr noch eilig einen Kuss.
»Und nun bin ich dran.«
Er nahm sich das Telefon, wählte die Nummer und wartete, bis abgenommen wurde.
»Hey Robert, ich hatte mir überlegt, ob wir heute Abend mit Ashley essen gehen wollen, wir möchten noch einmal mit dir über Fleur reden.«
Nachdem Adam ebenfalls zufrieden aufgelegt hatte, sprang Ashley auf, zog Adam zu sich hoch und umarmte ihn so sehr, dass er schon schlecht Luft bekam. Zusammen hatten sie sich den perfekten Plan ausgedacht. Jedem schickten sie ein Taxi, welche sie getrennt zum Restaurant fahren würden. Adam und Ashley warteten beim Restaurant. Aber nicht um sich mit ihnen zu treffen, sondern nur versteckt hinter einem Busch. Beide Taxifahrer durften nicht verraten, wohin sie fahren würden, und wenn sie mit den beiden dort ankamen, war es bereits zu spät für beide, um ihren Plan zunichtemachen zu können. Denn spätestens da würden sie wissen, dass etwas faul war. Ashley kam die wunderbare Idee, dass wenn beide ihr Treffen in dem Restaurant haben würden, bei dem sie ihr erstes Date hatten, sie nicht anders könnten, als sich wieder einander zu widmen und zuzugeben, dass sie einander liebten.

Der Abend verlief wie geplant. Ashley und Adam hatten Hope zu Melinda gebracht und sich draußen außerhalb des Platzes, auf dem die Tische standen, hinter einem der Büsche versteckt. Während ihnen so langsam die Beine einschliefen, kamen beide Taxen an und Robert und Fleur sahen sich seit Monaten das erste Mal wieder. Ganz wie erhofft, drehte keiner der beiden ab. Sie gingen schweigend zum Tisch und man merkte ihnen ihre Unsicherheit mit bloßem Auge an. Innerlich verfluchte Fleur Ashley einerseits für diese Lüge, aber andererseits liebte sie ihre beste Freundin für das, was diese für sie getan hatte. Denn Fleur hätte niemals den Mut gefunden, Robert anzurufen und sich zu entschuldigen. Tief im Inneren war sie Ashley unglaublich dankbar, dass sie das Wiedersehen heimlich eingefädelt hatte. Ashley kannte Fleur sehr gut und sie wusste, hätte sie Fleur in den Plan eingeweiht, wäre diese dagegen gewesen und es hätte ihr der Mut gefehlt mitzuwirken.
»Siehst du etwas?«
Ashley schaute den neben sich sitzenden nervösen Mann etwas genervt an.
»Sei doch still. Wir sind nicht weit entfernt und sie könnten dich hören«, flüsterte sie ihm zu.
»Ich kann nichts sehen, dieser gewichtige Mann sitzt vor mir und versperrt meinen Ausblick.«
Bei diesen Worten musste Ashley kichern und den Mann angucken, der sich seine Spaghetti zuführte, als gäbe es kein Morgen und dabei seinen kompletten Anzug ruinierte.
»Ich würde wetten, ich weiß, woher sein Gewicht auf den Rippen kommt.«
Adam musste lächeln, rückte an seine Freundin und gab ihr einen Kuss auf ihre Wange. Von diesem Ort konnte er endlich wieder das sehen, wofür er gekommen war.
»Denkst du die junge Frau neben ihm ist freiwillig mit ihm da?«

Ashley beobachtete die braunhaarige Frau, welche dem Mann gegenüber saß, der sich nun einen zweiten Teller der Pasta bestellte.
»Ich bin mir sicher, sie möchte sein Geld. Sie schaut an ihm vorbei, das kann man ganz deutlich sehen. Sieh mal, an seiner linken Hand, am kleinen Finger trägt er einen gewaltigen Klunker, er hat bestimmt eine Menge Zaster. Und bei seinen Essgewohnheiten bin ich mir sicher, sein Herz macht das nicht mehr lange mit. Sie lässt sich von ihm heiraten, verschönert ein paar Monate sein Leben und danach ist sie eine reiche Frau.«
Adam bewunderte ihre Beobachtungsgabe und streichelte ihr zart über den Arm.
»So eine kluge Frau«, sagte er stolz und nahm sie von hinten in den Arm.

Als Ashley mit Adam an diesem Abend zu Hause ankam, war sie mehr als glücklich, denn ihr Plan hatte geklappt. So sehr sie es auch gehofft hatte, ein kleiner Zweifel hielt sich tief in ihr fest. Doch dieser war umsonst gewesen, denn nun hatte es wahrhaft funktioniert. Fleur und Robert hatten zu Abend gegessen, sie hatten sich köstlich amüsiert und Fleur konnte gar nicht mehr aufhören zu lächeln. Nachdem Adam und Ashley gemerkt hatten, dass alles gut läuft, hatten sie sich wieder auf den Heimweg begeben, denn sie wollten den beiden ihre Privatsphäre gönnen. Als sie in die Wohnung kamen, rannte Ashley zu Adam und gab ihm einen innigen Kuss. Sanft liebkoste sie seinen Hals. Eng schmiegte sich ihr Körper an den seinen und sie merkte wie Adams Glied hart wurde.
»Ashley ...«, stöhnte er.
Ruckartig riss er sie hoch und hielt sie fest. Seine Lippen fanden sich nun an ihrem Hals wider. Kurz d spürte sie seine Zungenspitze auf ihren Brüsten. Erregt zog sie ihr langes

Top aus, während er sie noch immer auf seinen Armen trug. Adam lief mit ihr ins Wohnzimmer und legte sie vorsichtig auf das Sofa. Seine Lippen liebkosten ihre Brüste. Eilig zog er ihr gekonnt den BH aus und warf ihn in die andere Ecke des Zimmers. Ashley spürte wie Adams Zungenspitze um ihre Brustwarzen wanderte und er sie gefühlvoll mit seinen Zähnen immer wieder nach oben zog. Ashleys Atem steigerte sich langsam. Auch Adam atmete lauter und fing leise an zu stöhnen. Seine Hände massierten ihre Brüste, während seine Lippen ihren dünnen Körper herunter wanderten. Ihre Hände lagen auf dem Sofa und fingen langsam an sich in die Kissen neben ihr zu krallen. Plötzlich nahm sie ihre Hände, legte sie an seinem Kopf, um ihn zu dem ihren zu ziehen, damit sie ihm etwas ins Ohr flüstern konnte.
»Dreh mich nach oben«, hauchte sie erregt, während ihre Zähne immer wieder zart an seinem Ohrläppchen knabberten.
Adam nahm seine Verlobte, die mittlerweile schon wieder eine so tolle Figur hatte, dass man hätte meinen können, sie sei nie schwanger gewesen, legte sie so auf das Sofa, dass beide sich drehen konnten und nun er unten lag. Erregt sah er ihr in die Augen. Ashleys Hände machten sich an seinem Knopf zu schaffen, bis dieser endlich die Oberseite des Reißverschlusses los ließ und der danach wie von selbst aufging. Von der Lust gepackt, stemmte er seine Hüfte nach oben, damit Ashley ihm seine Hose herunterziehen konnte. Während sie ihm seine dunkelblaue Jeans über die Füße abstreifte, nahm sie mit ihren Händen seine schwarzen Socken und streifte diese mit ab, sodass beides kurz darauf zu Boden fiel und der Weg nun frei war, für Dinge die Ashley die Nacht rauben würden. Ihre Hände bahnten sich ihren Weg zu seinem braunen Poloshirt. Auf jedes kleine Stück, in dem das Shirt hoch gezogen wurde, folgte ein gehauchter Kuss auf seinen Oberkörper. Nachdem sie es ihm ausgezogen hatte, legten sich ihre Lippen auf die seinen und küssten diese so innig, als wäre es das Letzte, was sie in

ihrem Leben tun würde. Nun lag Adam nur noch in einem Kleidungsstück da, und seine Erregung hob den Stoff der karierten Boxershorts an, sodass sein steifes Glied nicht zu übersehen war. Es schien so prall, dass es den Stoff beinah auseinanderzureißen schien. Bei diesem Anblick biss sie sich auf ihre Unterlippe und ließ diese noch immer die Zähne darauf, nur langsam wieder in ihre Normalform wandern. Zärtlich wanderten ihre Lippen über seine Beine hoch zu seinem Bauch. Ihre Lippen pressten sich an seine Brust, während ihre Zungenspitze mit seinen Brustwarzen spielte, so wie seine Zunge es zuvor mit ihren tat. Sie wanderten weiter zu seinem Hals, an dem sich der Duft seines Parfums mit dem seines Schweißes so vermischt hatte, dass, wäre Ashley nicht schon dabei ihn zu vernaschen, sie bei diesem Duft nicht hätte widerstehen können. Behutsam biss sie in seinen Hals und zog seine Haut in ihren Mund. Ihre Lippen wanderten zurück zur Boxershorts, während ihre Hände mit ihren Nägeln seinen Oberkörper rauf und runter wanderten. Voller Lust nahm sie seine Boxershorts und während Adam wieder seine Hüfte hob, streifte sie ihm nun auch diese über die Füße ab. Ihre Hände wanderten um sein Glied herum, während ihre Lippen seinen Körper hinauf wanderten. Innig küsste sie ihn und genoss erneut die Kontrolle über seine Lust. Unterdessen packten ihre Hände sein Glied und wanderten rauf und runter. Lustvolles Stöhnen ergriff ihn und er verlangte nach mehr. Ihr Mund, gelöst von dem seinen, näherte sich seinem steifen Glied und nahm dieses in sich auf. Voller Erregung packten seine Hände ihre Haare und streichelten diese, während ihr Mund zart sein bestes Stück massierte. Ihre Zunge spielte gekonnt mit ihm und seine Erregung wuchs mit jeder Sekunde. Ashley beschleunigte das Tempo und die Reibung ihres Mundes an seinem Glied, verstärkte seine Lust ins Unendliche, während er immer wieder stöhnte und sich der Verführung voll und ganz hingab. Ashley genoss ihr Treiben, doch Adam wollte noch nicht zum Höhepunkt kommen, er hatte andere Pläne. So sehr er dies auch genoss, er wollte mehr.

»Oh Ash... Ashley ...«, stöhnte er.
Liebevoll nahm er nochmals ihren Kopf in seine Hände und zog ihn nach oben, sodass sie ihn verwundert ansah. Seine Hände wanderten zu ihren Armen und zogen sie zu sich, sodass Ashley nun komplett auf ihm lag.
»Dreh dich um ...«
Ashley drehte sich vorsichtig auf ihm um, und wartete mit Freude auf das, was Adam mit ihr vorhatte. Seine Hände fanden sich an ihrem Reißverschluss wieder und öffneten diesen, nachdem sie zuerst den Knopf der Hose aufgemacht hatten. Nun zog Ashley ihre Hüfte nach oben, damit Adam ihr die enge Hose ausziehen konnte. Er zog zugleich ihre Hose, ihre Panty aus Spitze und ihre Seidensocken aus. Er hob sie kurz an und sein Glied fand sich in ihrem Körper wider. Ihre Hüfte lag genau auf seiner und mit seinen Händen drückte er Ashley, die Hände auf ihrem Beckenknochen gelegt, nach unten. Seine Hüfte stieß sie nach oben und das Ganze wiederholte er viele Male. Ihre Hände suchten etwas, woran sie sich festhalten konnten, während eine Hitzewelle sie überkam, und sie entschied sich für die Sofalehne, welche dick gepolstert war. Ashley fing immer heftiger und stoßweise an zu atmen, während Adam bereits laut stöhnte und dieses Stöhnen sich mit seinen Stößen vereinte. Seine Stöße wurden immer heftiger und verlangender. So lange zurückgehalten, schaffte es Adam es nicht länger und fand seinen Höhepunkt in einem ersehnten Orgasmus. Nachdem er gekommen war, lagen beide einen langen Augenblick einfach aufeinander, sodass sie erst einmal durchatmen und ihre Herzschläge wieder zu ihrem normalen Rhythmus finden konnten. Sie genossen die Nähe des anderen und empfanden nichts außer Glück. Glück über ihre Liebe und diese ausleben zu können. Als sich die Herzschläge der beiden normalisiert hatten, drehte sich Ashley um, sodass Adam ihre schön geformten Brüste auf seinem Brustkorb spürte. Sie liebkoste seinen Nacken und biss zart hinein. Nach einem flüchtigen Kuss auf seine Lippen, stand Ashley auf und er bestaunte den so schön geformten Körper der

Frau, mit der er sein Leben teilen durfte und die er noch so sehr liebte, wie am ersten Tag. Er streichelte ihre Hüften und gab ihr einen Kuss unter den Bauchnabel. Sie nahm seine Unterarme und zog ihn an diesen hoch, sodass auch er nackt in ihrem Wohnzimmer stand. Sein Glied war noch immer steif und bereit den wunderschönen Körper nach einer kurzen Pause erneut zu beglücken. Scheinheilig sah sie in seine Augen, während ihre Hände seinen Rücken streiften. Sie lief um ihn herum und kniete sich auf das Sofa. Ihre Hände legte sie auf die Sofalehne, bereit Adams pralles Glied noch einmal in sich zu spüren. Adam drehte sich hinter sie und streichelte ihre Brüste. Sanft küsste er ihren Rücken. Ashley genoss den Moment und unvorbereitet stieß er mit einem heftigen Stoß in sie hinein.

Ein intensives Stöhnen, verbunden mit einem kleinen, erregten Laut, verriet ihm, dass sie bereit war, noch einmal zu kommen. Er legte seine Hände neben die ihren auf die Sofalehne, um sich besser abstützen zu können und stieß immer wieder zu. Ihre Knie versanken bei jedem Stoß im Sofa und ihr lautes Stöhnen passte sich seinem Rhythmus an. Seinen Atem spürte sie immer wieder auf ihrer Schulter und in diesem Moment wünschte sie sich das Gefühl, welches sie vollkommen ausfüllte, nie wieder loslassen zu müssen.

Während einigen anderen Stellungen und vielen Glücksmomenten lief die Zeit nur so davon, und der Abend war der Nacht gewichen. Beide waren glücklich über die Nacht die sie zu zweit ohne Babygeschrei verbringen konnten und legten sich zufrieden und noch immer nackt in ihr großes Bett. Adams Atem war noch lauter und schneller als normal, während der von Ashley sich nicht anmerken ließ, welche wunderbaren, aber ermüdenden Stunden sie soeben verbracht hatte. Geschafft, aber glücklich schliefen beide nach nur wenigen Minuten ein.

# *Freude*

Vier Tage später kaufte Ashley eine Menge Süßigkeiten ein, denn es war ein Spielabend mit all ihren Freunden geplant. Melinda hatte keine große Lust gehabt, an diesem Abend etwas zu unternehmen und so musste noch jemand für Paul gefunden werden, damit die Anzahl der Spieler ausgeglichen war und sie in Teams spielen konnten. Deshalb stand Ashley ziemlich unter Zeitdruck. Sie musste sich mit dem Einkaufen nun wirklich beeilen. Adam war währenddessen mit Hope Felicity im Park spazieren. Eingeladen waren auch Tim und seine Partnerin Cassie und Stanley mit seiner Frau Marie. Diese hatten sie auf einem Wochenendurlaub vor einigen Monaten kennengelernt. Der Kontakt brach danach nicht wie bei den meisten Urlaubsbekanntschaften ab, sondern wurde noch intensiver und entwickelte sich zu wahren Freundschaften. Das einzige Problem an diesen Freundschaften war die Entfernung, welche zwischen ihnen lag. Aber Entfernung konnte wahre Freundschaft nicht zerstören. Ashley und Adam freuten sich daher besonders auf den Abend, da sie endlich wieder ihre Freunde treffen konnten, die sie nun schon lange nicht mehr gesehen hatten. Die Treffen mussten sorgfältig geplant werden, da eine lange Anreise gut überlegt sein musste. Es war ein Glücksfall gewesen, dass Fleur und Robert sich kurz davor wieder vertragen hatten, denn Ashley hätte an diesem geplanten Abend ganz sicher etwas gefehlt, wenn die beiden nicht dabei gewesen wären, trotz all ihrer anderen Freunde. Zwar hatte Ashley allen schon viel von den jeweils anderen für sie fremden Menschen erzählt, die Ashleys Herz als Freunde ausfüllten, aber nun war es doch an der Reihe die besten Freunde gegenseitig vorzustellen und zu hoffen, dass alle gut harmonieren würden.

»Adam, pack doch schnell die Einkaufstüten in die Küche. Ich muss mich ans Telefon hängen. In drei Stunden wollen schon alle kommen und ich hab noch immer keinen Partner für Paul gefunden. Und er will sogar schon in zwei Stunden kommen. Oh, ich freue mich ja so sehr ihn endlich wiederzusehen, du nicht auch?«

Die Antwort bekam sie gar nicht mehr mit. Schon hing sie über ihrem Adressbuch und überlegte, wer beim Spielen mit ihrem Bruder harmonieren würde. Nach einigen Minuten des Grübelns, dachte sie an eine ihrer Freundinnen, die sie vor langer Zeit im Park kennengelernt hatte. Damals war sie sehr traurig gewesen, da ihr Freund zwei Tage zuvor mit ihr Schluss gemacht hatte. Ashley dachte an das Treffen und ihren Charakter und war sich sicher, dass sie die richtige Partnerin war und hoffte nun, dass sie für den Abend noch keine Verabredung hatte.

Nach einigen Minuten telefonieren mit ihr, merkte sie schnell, dass Clarise doch nicht die Richtige war. Ihr Freund sei wieder mit ihr zusammen, er habe gemerkt dass er sie doch brauche und nun wollten sie zusammen ins Kino gehen. Enttäuscht legte Ashley den Hörer aufs Sofa und widmete sich noch einmal ihrem Adressbuch. Nach weiteren Minuten des Grübelns und Durchsuchens des Adressbuches, bekam sie eine andere Idee. Ihre alte Freundin Brittany, die sich schon immer gut mit Paul verstanden hatte. Beide hatten schon lange keinen Kontakt mehr mit ihr gehabt, aber sicher würde sie sich noch gut mit ihm verstehen. Ashley versuchte so lange anzurufen, bis der Anrufbeantworter ansprang. Es sollte wohl einfach nicht sein, aber sie war sich sicher, es hätte bestimmt gut gepasst. Ashley legte wieder auf und dachte weiter nach, was sie nun tun sollte, als auch schon das Telefon neben ihr klingelte.

»Ashley?«

»Ja?«, antwortete sie verdutzt.

»Wow, ich glaube es ja nicht. Hier ist Brittany, du hast eben bei mir angerufen. Ich hab die Nummer von dir gesehen und konnte es ja kaum glauben. Ich war gerade im Bad. Was bringt dich denn dazu mich anzurufen? Und sag, wie geht es dir? Und wie geht es Paul? Ist er noch immer so niedlich wie früher?«

Brittany lachte und Ashley konnte es kaum glauben, es gab also doch ein Schicksal, das eindeutig auf ihrer Seite war.

»Du glaubst ja nicht, wie froh ich bin, dass du zurückrufst. Glaub mir, ich bin ja schon fast verzweifelt.«

»Aber wieso das denn? Ist etwas passiert?«

Und so erzählte Ashley ihrer alten Freundin Brittany von dem geplanten Spielabend und dem Problem keine Spielpartnerin für Paul zu haben. Ashley täte es leid, sich erst jetzt und dann wegen so etwas zu melden, aber sie steckte wahrhaftig in der Klemme. Sie erzählte von dem Problem mit Fleur und Robert und sagte wie wichtig es für die beiden jetzt sei einen schönen Abend mit Freunden zu verbringen. Das würde die im Moment problematische Beziehung mit Sicherheit stärken. Brittany verstand das Problem und war Ashley keineswegs böse, dass sie ausgerechnet sie angerufen hatte. Sie versicherte Ashley, sie würde sich wirklich freuen und fühle sich geehrt. Nach einem kurzen Seufzer der Erleichterung versicherte Brittany ihr, sich gleich auf den Weg zu machen. Da sie noch kurz etwas erledigen musste, brauche sie etwas länger als drei Stunden aber wohl nicht viel. Ashley dankte ihr vielmals und freute sich nun, problemlos in den Abend starten zu können.

E s klingelte an der Tür und Ashley rannte schnell hin. Sie machte die Tür auf und sofort war ihr Körper schon an den ihres Bruders gepresst und ihre Arme um ihn geschlungen.

»Hey, Ashley«, sagte er mit einem Lächeln auf den Lippen. Nachdem sie ihn wieder losgelassen hatte, gab er ihr einen Kuss auf die Wange und ging in die Wohnung. Nachdem er seinen besten Freund begrüßt hatte, fragte Paul, ob er noch bei irgendetwas helfen könne. Adam verneinte und fragte zur Sicherheit, ob er denn daran gedacht hatte, die Spiele mitzubringen.

»Aber natürlich. Ich habe das mit den Leitern, das mit den großen Würfeln und das mit den Pantomimen.«

Ashley und Adam hatten sich aufs Sofa gesetzt und Paul ausgequetscht, was denn bei ihm alles so stressig gewesen sei in letzter Zeit und wieso er sich so oft zurückgezogen hatte. Nachdem Paul so ziemlich alles berichtet hatte, sah Ashley auch schon auf die Uhr. In einer Viertelstunde sollten die ersten der restlichen Gäste da sein und Tim und Cassie, das hatten sie mittlerweile gelernt, kamen immer mindestens zehn Minuten früher als vereinbart, denn sie hassten es, zu spät zu kommen. Ashley freute sich auf den Abend und darauf, all ihre Freunde wiederzusehen. Noch schnell füllte sie die schon bereitgestellten Schalen mit den frisch gekauften Süßigkeiten auf und stellte sie auf den Couchtisch. Kurz nachdem sie die Schalen abgestellt hatte, klingelte es auch schon und Ashley eilte zur Tür.

»Hey Tim, Cassie, schön, dass ihr kommen konntet.«

»Schön, dass wir eingeladen wurden«, sagte Cassie.

Sie war eine sehr hübsche Frau. Ihre Haare lagen bis über die Brust und waren rabenschwarz. Ihre Figur war sehr dünn, aber hatte trotzdem tolle weibliche Kurven. Cassie war eine relativ große Frau, aber noch gerade so einen Kopf kleiner als ihr Freund Tim. Er war ein eher gemütlicher Typ. Seine Haare waren braun und etwas länger, aber dennoch kürzer als Adams Wuschelhaar. Er trug gerne, wie auch an diesem Abend, Golfpullover. Aber in diesem stach wirklich gut sein

kleiner Bierbauch hervor. Ansonsten war sehr auffallend, dass er seit ungefähr einem Jahr einen kleinen Schnauzer trug, welcher ihm gut stand, dass fand zumindest Ashley. Die beiden waren seit gut zwei Jahren zusammen und ans Heiraten hatten beide noch nicht gedacht. Nachdem Ashley erst Cassie und dann Tim in ihre Arme geschlossen hatte, bat sie beide herein und stellte ihnen stolz ihren Bruder vor. Sie hatten sich von Anfang an viel zu sagen und Ashley freute sich über die gute Stimmung, welche bereits bei so wenigen Menschen herrschte. Die Harmonie passte einfach zwischen ihnen, wie sollte es auch anders sein, denn wenn Ashley alle mochte, konnte es gar nicht anders sein, als dass sie sich gegenseitig ebenfalls sympathisch waren. Nach zwanzig Minuten klingelte es auch schon wieder, doch dieses Mal ging Adam an die Tür. Nun waren es Fleur und Robert und Adam freute sich die beiden zusammen zu sehen, auch wenn es noch immer ein ungewohntes Gefühl war. Die Begrüßung verlief sehr überschwänglich. Wieder umarmten sich alle und er bat sie zu den anderen. Fleur hielt sich erst einmal an Robert und ging nicht sofort auf Cassie und Tim zu. Nachdem sich alle kurz unterhalten hatten klingelte es erneut. Paul beschloss, dass er dieses Mal die Tür aufmachen sollte, damit die anderen ihre hitzige Debatte nicht unterbrechen mussten und während die junge, hübsche Dame aufgeregt vor der Tür stand, als er diese öffnete, weitete Paul seine Augen ein Stück und traute dem Anblick nicht.
»Brittany?«, fragte er erstaunt.
Brittany zog ihre Augenbrauen zusammen.
»Paul, bist du es?«
Lächelnd nickte er.
»Ja, ich bin es.«
Ihm entfuhr ein leises Kichern.
»Wow, ich muss schon sagen, du bist ...«
Brittany lächelte.
»Ich muss sagen, du bist wirklich ein attraktiver Kerl geworden.«

»Oh, vielen Dank«, sagte er erstaunt und wäre er nicht der Typ, dem man es nicht ansah, hätte seine Röte im Gesicht seine Verlegenheit verraten.
»Aber lass dich doch erst einmal drücken, wir haben uns ja ewig nicht mehr gesehen. Was machst du denn hier?«
Während er sie umarmte, antwortet sie ihm.
»Oh, hat dir Ashley noch nichts erzählt? Sie meinte, du hättest keine Partnerin.«
Paul guckte verdutzt.
»Du bist hier, weil sie dir erzählt hat, dass ich keine Freundin habe?«, fragte er verwundert.
Brittany lachte lauthals.
»Aber nein, sie hat mir gesagt das du keine Partnerin für den heutigen Abend zum Spielen hast. Sag bloß du hast keine Freundin. Du veräppelst mich doch!«
Paul lachte verlegen.
»Nun ja. Wir haben ja noch den ganzen Abend, um uns eine Menge zu erzählen und unsere Leben besser kennenzulernen.«
Paul sah sie erstaunt an und war wahrhaft darüber verwundert, was für eine klasse Frau sie geworden war. Mit Sicherheit war sie bereits seit Jahren vergeben, vielleicht sogar schon verheiratet. Aber er gönnte es ihr von ganzem Herzen.
»Willst du mich nicht erst einmal reinbitten?«
»Aber gerne doch. Die Tür steht ja schon lange genug offen.«
Nun lachte auch er aus tiefstem Herzen. Brittany hatte blondes Haar, es war gesträhnt und gelockt und ging ein wenig über die Schultern. Sie hatte eine tolle Figur, wog wohl so um die sechzig Kilo und hatte wunderschöne Kurven. Die meisten Frauen würden sie mit Sicherheit um diese beneiden. Ihre Kleidung war sehr feminin und stilvoll. Sie hatte einen Ansatz von kleinen Grübchen und ein Lachen, das dazu einlud, aus vollem Herzen mitzulachen. Nachdem Paul die hübsche Brittany hereingelassen und sie sich allen vorgestellt hatte, fingen sie schon einmal das erste Spiel an.

Ashley wunderte sich wo Stanley und Marie blieben. Nach dem zweiten Spiel machte sie sich wirklich Sorgen um die beiden. Adam beruhigte sie und meinte, er rufe sie schnell an, doch das konnte Ashley nicht wirklich die Sorge um ihre Freunde nehmen.
Nachdem Adam wieder zurückgekommen war, eilte Ashley sofort zu ihm.
»Und? Adam, sag schon. Ist ihnen irgendetwas passiert?«
»Aber nein, mein Engel. Sie hatten nur eine kleine Panne. Sie sind in ungefähr einer halben Stunde da, meinten sie.«
Ashley fiel ein Stein vom Herzen. Sie widmete sich wieder ihren Freunden und dem spannenden Spiel zu, welches die Chance offenließ, dass noch alle gewinnen konnten, bis auf Ashley. Diese war vor lauter Sorge auf den letzten Platz gerutscht, aber sie hatte sich jetzt fest vorgenommen, das so schnell wie möglich zu ändern.
»Wenn ihr wollt, können wir gleich, wenn Stanley und Marie kommen, die Pizzen bestellen. Also ich muss zugeben, das ganze Spielen macht mich ziemlich hungrig.«
Alle lächelten sie an und stimmten ihr zu. Ashley spürte die Harmonie zwischen Paul und Brittany. Sie schienen so vertraut, als hätten sie nie den Kontakt verloren, als hätte es nie die Pause gegeben, in der jeder sein eigenes Leben geführt hatte. Sie lachten immer wieder zusammen und neckten sich, ganz wie in alten Zeiten. Ashley hatte das Gefühl, dass der Abend nicht der Letzte sein würde, den sie zusammen verbringen würden und das machte sie mehr als glücklich. Auch Adam hatte bemerkt, dass sich zwischen den beiden etwas anbahnte und wünschte seinem Freund dafür nur das Beste. Er beschloss, ihn nachher in der Küche darauf anzusprechen. Doch jetzt schien es ihm ziemlich unpassend, vor all den Menschen die ihre Ohren mit Sicherheit nicht verschlossen, wenn es um solch ein spannendes Thema ging. Die halbe Stunde verging wie im Flug und alle hatten einen riesigen Spaß zusammen.
Cassie und Tim hatten sich sehr gut in die Gruppe integriert. Sie spielten gerade ein Spiel, bei dem man schnell das finden

musste, was das gegnerische Team würfelt und es herrschte eine tolle Stimmung. Die Tür klingelte und Ashley freute sich auf die Menschen, die davor stehen mussten. Endlich würde die Gruppe vollständig sein. Sie ging zur Tür und öffnete mit einem Lächeln auf den Lippen.
»Ah, Ashley«, wurde sie von Stanley begrüßt.
»Da seid ihr ja endlich. Ich dachte schon, euch wäre etwas passiert.«
»Ach was, uns doch nicht. Du kennst uns doch, aus jedem Problem machen wir noch etwas Gutes. Bei uns ist selbst eine Panne etwas Gutes, wie du siehst.«
»Ich muss zugeben, dafür, dass ihr eine Panne hattet, seht ihr ziemlich glücklich aus.«
»Und wie meine Liebe, und wie. Wir erklären es dir besser drinnen.«
»Aber natürlich. Kommt doch herein, tut mir leid. Wie war denn eigentlich eure Fahrt? Abgesehen von der Panne natürlich.«
»Gut, wirklich. Lange aber gut.«
Ashley begleitete Stanley und Marie hinein, während die beiden ihr die unglaubliche Geschichte erzählten. Nachdem sie die Panne hatten, stellten sie sich an den Fahrbahnrand und stellten das Warndreieck auf. Zudem hatten sie das Warnlicht ordnungsgemäß angeschaltet und dazu gerade Westen in knalliger Neonfarbe angezogen. Plötzlich blieb ein Auto stehen und der Fahrer fragte, ob er ihnen helfen könne. Marie erzählte, dass sie die Person ja erst gar nicht erkannt hatte. Aber Stanley hatte ihn sofort erkannt. Er war der Besitzer eines Luxushotels. Sie erklärten ihm was los sei, und er nahm die beiden tatsächlich mit. Während der Fahrt redeten sie viel und erzählten ihm, wie wundervoll sein Hotel von außen aussah. Leider hatten sie noch nicht die Möglichkeit gehabt es von innen zu betrachten, denn sie hatten sich schon lange keinen Urlaub mehr leisten können. Alle hörten ihnen bereits gebannt zu, bis sie zu dem spannenden Teil der Geschichte kamen. Denn nach dieser Aussage hatte er ihnen doch, nicht zu fassen, eine ganze

Woche in seinem Luxushotel geschenkt. Und das einfach so. Allen stand der Mund offen, nachdem sie den Höhepunkt der Geschichte gehört und verinnerlicht hatten. Aber es war nicht verwunderlich, denn der gut aussehende Stanley und die gemütliche Marie waren echte Glückspilze. Wann immer es etwas zu gewinnen gab, die beiden standen ganz oben auf der Liste. Ob es eine Reise nach Paris war, ein Abend im Kino, ein romantisches Dinner am Strand oder einfach ein Obstkorb. Alles, was es zu gewinnen gab, wanderte in ihre Hände. Stanleys Vater war ein Spanier. Er hatte das gute Aussehen von ihm geerbt. Er hatte schwarze Haare und ein hübsches, markantes Gesicht. Sein Körper war sehr dünn aber dennoch muskulös. Sein Körper maß ungefähr einen Meter fünfundachtzig. Und seine Frau Marie war fünf Jahre jünger als er. Sie war der etwas gemütlichere Typ. Auf ihre Figur achtete sie nicht wirklich. Aber dick war sie noch nicht, man würde es als normal und gemütlich bezeichnen. Schminke war bei ihr auch nicht an der Tagesordnung, ganz im Gegensatz zu Cassie. Aber wenn Marie sich mal schminkte, sah sie einfach wundervoll aus, wie ein vollkommen anderer Mensch. Sie konnte sich wirklich toll schminken, was auch kein Wunder war, denn sie war Visagistin. Ihre Haare gingen bis kurz über den Bauchnabel und waren rot-orange. Mit Stanley war sie seit vier Jahren zusammen. Verheiratet waren sie davon sechzehn Monate und noch immer glücklich, dass merkte man, sobald man sie ansah. Ihre Hochzeit war eine Traumhochzeit gewesen. Alles in Weiß, mit fliegenden Tauben und einer Kutsche. Ganz so, wie es sich so gut wie jede Frau vorstellte.
Nachdem sie noch einige Stunden gespielt, die Pizza bestellt und beinah alles gegessen hatten, machten sich Fleur und Robert auf den Heimweg.
Gleich am nächsten Tag, nach dem gemeinsamen Essen, war Robert wieder bei seiner Fleur eingezogen und bis über beide Ohren verliebt und glücklich. Eine halbe Stunde später, machte sich auch Paul auf den Weg. Und zum Erstaunen aller lud sich Brittany selbst dazu ein, bei Paul zu

übernachten. Alle hatten gemerkt, dass es zwischen den beiden gefunkt hatte, aber dass es nun doch so schnell ging, das erstaunte nicht nur Ashley. Die Wände der Wohnung waren dick genug, dass Hope schlafen konnte, während alle gespielt und Spaß gehabt hatten, die wenigen Male die sie aufgewacht war, waren genauso plötzlich wieder herum, wie sie gekommen waren. Cassie, Tim, Marie und Stanley halfen noch beim Aufräumen und machten es sich dann auf ihren Isomatten und Schlafsäcken im Wohnzimmer gemütlich. Ashley und Adam gingen glücklich und zufrieden in ihr Schlafzimmer und schliefen nach nur wenigen Minuten ein.

Paul und Brittany trafen sich so oft es nur ging. Sie gingen gerne mit Ashley und Adam ins Kino. Brittany gefiel es so sehr bei Paul und seiner Familie und sie glaubte so stark an die Gefühle, die beide für einander hegten, dass sie nach gerade einmal zwei Monaten die sie nun zusammen waren überlegte, zu Paul zu ziehen. Ihr war es klar, dass es noch sehr früh war, aber jedes Mal, wenn sie wieder zu Hause ankam, fühlte sie sich unwohl und wollte ihren kleinen, niedlichen, gut aussehenden Paul bei sich haben. Ashley und Adam verstanden wie es war, nicht mit dem Partner zusammen sein zu können und konnten es daher gut nachvollziehen, dass sie das Bedürfnis hatte, immer bei ihm zu sein. Sie hatten so lange gehofft, dass Paul jemanden finden würde, der echte Gefühle für ihn hatte, aber dass es nun doch so schnell gehen würde, damit hatte wohl keiner gerechnet. Melinda freute sich sehr für ihren Sohn. Brittany war ihr sehr sympathisch und sie fand, dass sie gut in die Familie passte. Sie hatte Brittany schon als Kind sehr gemocht und auch Melinda fand, dass sie eine wunderbare Frau geworden war. Brittany war sehr höflich, nett und hatte einen guten Humor. Sie war wirklich lustig, tierlieb, einfühlsam und einfach liebenswert. So eine

Schwiegertochter hatte Melinda sich immer für ihren Paul gewünscht und sie war sehr froh, dass sie es noch miterleben durfte, wie glücklich ihr Sohn mit einer so tollen Frau war. Doch auch wenn das nun alles so schnell ging, würde es mit dem Heiraten sicherlich noch dauern. Denn nun waren erst einmal zwei andere Menschen an der Reihe, die es wirklich verdient hatten, endlich ihren Traum wahr werden zu lassen.

Ashley gab Adam noch einen innigen Kuss, bevor sie sich zu ihrer Familie drehte.
»So meine Lieben, Adam hat euch irgendetwas zu sagen. Fragt mich nicht was, denn mir wollte er es nicht verraten.«
Ashley lachte aus vollen Herzen. Adam blickte noch einmal in die Runde. Er sah Melinda, seine Cousine Fleur und Robert und natürlich Paul mit seiner Lebensgefährtin Brittany an. Adam gab seiner kleinen Tochter, die nun bald ein Jahr werden würde, einen Kuss und streichelte ihre wundervollen, zarten Haare.
»Liebste Familie, liebster Schatz.«
Er blickte zu allen, in der Reihenfolge, in der er sie aufgezählt hatte.
»Ich freue mich seit Wochen auf den Tag und ich bin wirklich sehr glücklich, dass er nun gekommen ist.«
Er lächelte Ashley an und diese warf ihm einen Kuss durch die Luft zu.
»Denn hier und heute darf ich euch allen mitteilen, dass meine wunderhübsche Ashley und ich in drei Wochen heiraten werden.«
Während des Satzes hatte er Ashleys Hand genommen und ihr einen zarten Kuss auf den Handrücken gegeben. Ashley konnte es noch immer nicht glauben, dass es nun endlich wahr werden würde. Sie würde heiraten. Und zwar nicht irgendwen, sondern die Liebe ihres Lebens, Adam.

Alle applaudierten und die beiden gaben sich einen Kuss.
»Wirklich?«, Ashleys Stimme zitterte ein wenig.
»Ja wirklich. Ich habe alles geplant und möchte nun endlich unseren Traum wahr werden lassen. Wir haben so viel durchmachen müssen und so vieles hat uns gezeigt, wie stark, wie bedingungslos unsere Liebe ist. Es ist nun an der Zeit, diese Liebe der ganzen Welt zu zeigen und Gott diesen Bund besiegeln zu lassen.«
Brittany liefen die Tränen die Wange herunter. Sie war ein sensibler Mensch und bei romantischen Dingen, besonders wenn es um Liebesgeständnisse, Hochzeiten und Momenten, bei denen man die Liebe fast greifen konnte, ging, konnte sie sich nicht zusammenreißen. Paul nahm Brittany behutsam in seine Arme und freute sich für seine Schwester. Er wusste wie groß ihr Traum gewesen war ihn zu heiraten und er wusste, anders als Brittany, dass dieser Traum fast ein Traum hätte bleiben müssen. Es war noch immer ein Wunder, welches er nicht verstand. Und hätte ihm jemand vor zwei Jahren erzählt, dass er einmal mit einem Menschen reden, lachen und sich sogar mit ihm schlagen würde, der eigentlich tot sein müsste, da er wahrhaftig gestorben war, der aber nun vor ihm stand als wäre all das, nur ein schlechter Traum gewesen, hätte er diesen Menschen wohl einweisen lassen.
»Du kannst dir gar nicht vorstellen, wie glücklich ich in diesem Moment bin. Es ist alles so perfekt. Du, unsere Familie, unsere wunderbare und beste Tochter auf der ganzen Welt und nun auch noch unsere Hochzeit. Ich weiß nicht, womit ich all dieses Glück verdient habe, aber es gibt keinen Menschen, mit dem ich dieses Glück lieber teilen möchte als mit dir. Denn du bist der Mensch, der mich vollkommen macht, der Mensch ohne den ich nicht leben wollen würde und der Mensch, der mir jeden Tag aufs Neue zeigt, wie wertvoll eine solche Liebe ist und wie unglaublich es ist, mit einer so großen, wahren Liebe durchs Leben zu gehen. Ich liebe dich.«
»Ich liebe dich«, sagte Adam, bevor er die Augen schloss und sich einem Kuss hingab, der ihn über die Wolken trug.

Drei Tage war es nun her, seit er vor der ganzen Familie gesagt hatte, dass er in nur drei Wochen ihr Mann werden wolle. Sie hatte sich so viele Gedanken zu dem Thema gemacht, dass in ihrem Kopf kein Platz mehr für andere Gedanken war.
Was sollte sie nur anziehen?
Wo würden sie sich trauen lassen?
Würde es so kurzfristig überhaupt einen Platz geben?
Würde Fleur es in ihrem Zustand schaffen Trauzeugin zu sein?
Würde Adam, wie in ihrem Traum, auf einmal doch *Nein* sagen?
Auch wenn dieser Gedanke so abwegig schien, war es ihre größte Angst und hatte sich tief in ihrem Herzen eingebrannt. So sehr sie sich auf diesen Tag auch freute, ließ sie die Panik vor diesem oder einem anderen Augenblick, der ihr jetzt noch ihren Lebenstraum kaputtmachen könnte, nicht los. Neben all den wirklich wichtigen und entscheidenden Dingen die noch für die Hochzeit zu regeln waren, zischten noch so viele andere Gedanken immer wieder durch ihren Kopf, blieben aber nicht eine Minute stehen, sodass sie sich darüber wirklich Gedanken hätte machen können.
Sie hatte sich so lange auf diesen Tag gefreut und hatte sich über all die Jahre viele Ideen gesammelt, die sie an ihrer Hochzeit verwirklichen wollte, doch nun, da der Tag gekommen war, waren all ihre Ideen, Vorstellungen, Gedanken und Wünsche wie verschwunden. Es war, als hätte sie sich nie Gedanken darüber gemacht, als hätte jemand Fremdes sie völlig unerwartet gefragt ob sie diesen Menschen in drei Wochen heiraten wolle und sie hatte weder Ahnung was ihr wichtig war, noch wusste sie, was der Bräutigam an diesem Tag für wichtig hielt.

Sie strich sich noch einmal die ins Gesicht fallende Strähne hinter ihr rechtes Ohr und betrachtete sich im Spiegel, ohne zu wissen, was sie von dem Anblick halten sollte. Danach wanderte ihr Blick zu Paul und Fleur. Diese sahen aus als wären sie gefesselt von dem Anblick.
»Was meint ihr? Ist es das?«
Fleur und Paul nickten gleichzeitig.
Ihre Augen noch immer auf das Kleid gerichtet, fingen beide an, ihr zu antworten. Und das auch noch gleichzeitig.
»Es ist einfach perfekt, Ashley. Es ist so wunderschön«, schwärmte Fleur, während Paul im selben Moment genau das Gleiche tat.
»Schwesterherz. Du siehst so toll aus. Du musst es einfach nehmen. Kein anderes kam bisher an dieses heran. Es ist, als wäre es nur für dich geschneidert worden.«
Ashley betrachtete sich noch einmal mit runzliger Stirn im Spiegel, bis sie plötzlich anfing zu lächeln und den beiden zuzustimmen.
»Ja, ihr habt recht. Es sieht toll aus.«
Ashley sah zu der Verkäuferin, die in kleinem Abstand neben ihr stand, um zu sehen, wie das Kleid an ihr aussah. Und diese nickte zufrieden.
»Ja, Miss Cooper. Ich denke, sie haben ihr Kleid gefunden."
»Ashley glaube mir, es sieht aus, als wärst du nur für dieses Kleid geboren worden.«
Tränen sammelten sich in den Augen ihrer Freundin an. Paul bemerkte es und nahm Fleur fürsorglich in den Arm.
»Also Fleur bitte, reiß dich doch zusammen«, sagte er lachend.
Diese gab ihm einen kleinen Faustschlag auf seinen Oberarm, bevor sie in ihrer Handtasche nach einem Taschentuch suchte, um sich die Tränen vorsichtig aus ihrem Gesicht zu tupfen.
»Ich kann da eindeutig nichts für. Das sind mit Sicherheit die kleinen Monster, die Hormone in mir loslassen, die ich nie haben wollte.«
»Die Hormone stehen dir aber wirklich fantastisch.«

Fleur sah ihre Freundin lächelnd an.

»Aber es dreht sich heute nicht um mich und meinen Überschuss an Heulhormonen. Es ist einer deiner wichtigsten Tage, Ashley. Und ich gönne dir so sehr, dass du nach all dem deinen Traum wahr werden lassen kannst.«

Sie eilte zu ihrer Freundin, die noch immer auf dem Podest stand und nahm sie in den Arm. Ashley stieg mit Hilfe der Verkäuferin und Fleur von dem Podest auf dem sie gestanden hatte, damit sie das Kleid besser hatte präsentieren können und drehte sich noch einmal zu Paul.

Dieser konnte seine Augen einfach nicht von dem wundervollen Anblick reißen. Er fand schon immer, dass seine Schwester eine hübsche Frau war, doch dieser Anblick toppte einfach alles. Sie sah wundervoll aus in diesem Kleid und er konnte den Anblick kaum abwarten, wenn Adam sie in diesem Traum von Kleid sah. Ashley drehte sich schwungvoll, bevor sie fast stolpernd in der Umkleide verschwand.

Genau beobachtete sie Adams Gesichtsausdruck. Doch er schien nicht sauer zu werden.

»Weißt du, ich meine nachdem du ... Also nachdem du ... Nun ja, du bist ja eigentlich tot, Adam. Und da fragte ich mich eben, wie alle reagieren würden, wenn ich dich auf einmal heiraten würde. Deswegen dachte ich an eine kleine Hochzeit. Nur mit der engsten Familie. Verstehst du?«

Er nickte langsam. Seine warme Handfläche legte sich über Ashleys ganze Wange.

»Ashley, es ist okay. Die Hochzeit wird so, wie du sie dir vorstellst. Für mich wäre es noch nie ein Problem gewesen, wenn wir nur im kleinsten Kreis gefeiert hätten, auch vor meinem Ableben. Und dass es jetzt besser ist, dass sehe ich natürlich ein. Aber wir machen es nur unter einer Bedingung.«

Ashleys Augenbrauen zogen sich zusammen.
»Und die wäre?«, fragte sie mit Sorge in der Stimme.
»Nur wenn du versprichst, nie sauer zu sein, weil du wegen mir keine große Hochzeit hattest. Nur wenn du mir versprichst, nie wütend oder enttäuscht zu sein, weil ich schuld bin, dass du deine Traumhochzeit nicht bekommst.«
Adams Gesichtsausdruck war ernst. Doch Ashley fing laut an zu lachen. Adam wurde etwas wütend, da ihm die Sache wirklich am Herzen lag und sie einfach lachte. Er nahm seine Hand von ihrer Wange und legte sie auf seinen Oberschenkel.
»Ashley, die Sache ist mir ernst und du fängst an zu lachen. Weißt du eigentlich, wie man sich dabei fühlt? Ich meine es wirklich ernst. Du glaubst ja nicht, was für eine große Angst ich davor habe, dass du mich dafür irgendwann mal hasst. Und du lachst einfach, ich glaube es nicht.«
Sofort hörte Ashley auf. Nun sah auch sie ihn ernst an.
»Aber Adam ...«
Ihre Hand fuhr kurz über sein Haar.
»Mein Liebling, ich lache dich doch nicht aus. Ich lache nur wegen deiner Vorstellung. Adam, wie kommst du denn auf die Idee, dass ich dich jemals dafür hassen würde, dass du gestorben bist? Wie könnte ich denn?«
Er legte seinen Kopf auf die Lehne des Sofas und Erleichterung kehrte in ihm ein.
»Du kannst dir nicht vorstellen, wie ich mich noch immer dabei fühle, zu sagen, dass du gestorben bist. Ich meine, es ist wie in einem Film. Wenn es über meine Lippen kommt, kommen alle Gefühle wieder hoch, die mir zeigen, dass es wirklich geschehen ist. Aber trotzdem ist es alles andere als einfach, das auszusprechen. Und es würde mir niemand glauben, was uns passiert ist.«
Bei diesen Worten sammelten sich Tränen in Ashleys Augen und Adam nahm sie liebevoll in den Arm.

## *Die Spannung steigt*

Mittlerweile waren es nur noch zwei Wochen bis zur Hochzeit. Das Kleid war schon gekauft, doch sonst war noch nichts geplant. Fleur, Robert, Paul und Brittany hatten sich zusammengetan und ein Hochzeitsplanungsteam erstellt. Jeder hatte seine Aufgabe. Die Männer kümmerten sich um den Pfarrer und den Ort und die Frauen übernahmen das Buffet und den ganzen Rest, wie zum Beispiel die Dekoration und die Feier danach. Ashley hatte ihnen davon erzählt, dass sie eine kleine Hochzeit wollte. Doch Brittany und Robert wussten ja noch immer nicht, was mit Adam mal passiert war. Und deshalb war Diskretion die oberste Regel. Irgendwann würden die beiden es schon erfahren, doch noch nicht jetzt. Aber auch Paul und Robert hatten vor den beiden Frauen ein Geheimnis und deshalb herrschte eine Menge Unruhe in der Truppe. Jeder musste gucken, dass die anderen das Geheimnis nicht erfahren sollten und dennoch musste gemeinsam das Konzept erarbeitet und durchgezogen werden. Doch die Geheimnisse waren das kleinste Problem.
Wo sollte die Hochzeit stattfinden?
Wo sollte die Feier stattfinden?
Was sollte es zu Essen geben?
Und wie sollte nur die Dekoration aussehen?
Fragen über Fragen und nur noch zwei Wochen, um für jede dieser Fragen eine Antwort zu finden.

Den Hörer am Ohr überlegte Ashley noch einmal.
»Also, ich denke, es kommen Paul mit Brittany, Fleur mit Robert, Tim mit Cassie, Stanley mit Marie, du mit Begleitung, wenn du magst und natürlich Adam und ich. Das macht dann zwölf Personen. Und du bist dir sicher, dass du das schaffst?«
»Aber natürlich, Töchterlein. Ich habe schon für weitaus größere Menschenmengen gekocht. Es wird ein Traumbuffet geben. Nur das Beste für meine Tochter.«
»Das bezweifle ich nicht, Ma. Aber ich weiß nicht, das ist schon eine Menge Arbeit. Bist du wirklich sicher, dass du das schaffst?«
»Meine liebe Tochter, denkst du wirklich deine Mama ist schon so alt, dass sie nicht einmal mehr kochen? Und das nur für winzige zwölf Personen?«
Ashley kicherte leise.
»Tut mir leid, du hast natürlich recht. Ich bin mir sicher, es wird klasse schmecken. Und ich danke dir sehr, dass du das für uns machen willst.«
»Ich würde alles für euch machen, Ashley. Ich hoffe, das weißt du auch. Und ich bin so glücklich, dass nun endlich dein Traum wahr wird. Ich freue mich ja so sehr für dich.«
»Danke, Ma.«
»Dann mach es mal gut, Ashley. Ich muss mir jetzt erst einmal Gedanken machen. Immerhin sind es nur noch eineinhalb Wochen. Und womöglich muss ich es noch vorkochen. Und ich möchte lieber zu früh als zu spät alle Zutaten besorgen, am Ende ist etwas vergriffen und ich kann das Gericht nicht kochen. Ich werde in meinen Kochbüchern nachlesen und rechtzeitig alles dafür einkaufen. Hast du denn bestimmte Wünsche?«
»Nein, da lasse ich mich ganz von dir überraschen. Alles was du kochst oder backst, schmeckt schon seit meiner Kindheit einfach unglaublich lecker. Such du etwas aus, ich bin mir sicher, es wird allen schmecken. Aber mach dir nicht zu viel Arbeit. Ich liebe dich, Ma.«
»Ich liebe dich, Ashley.«

Und schon hatte Melinda aufgelegt.
Ashley legte den Hörer an ihre Brust und lächelte verträumt. Sie war ihrer Ma sehr dankbar. Sie wusste, dass Melinda sie bei jeder Situation, so gut sie es konnte, unterstütze. Es gab in ihren Vorstellungen keine bessere Mutter, als die ihre. Und sie hoffte sehr, dass sie ihrer eigenen Tochter so eine tolle Mutter sein würde, wie Melinda es für sie und ihren Bruder schon immer gewesen war. Egal wie ihr Leben ausgesehen hatte, was für Probleme sie hatte, sie war immer für ihre Kinder da gewesen und hätte alles nur erdenklich Mögliche für sie getan. Bei diesen Gedanken sammelten sich Tränen in ihren Augen. Doch waren es keine Tränen der Trauer, sondern Tränen der Freude.

P aul hatte die zündende Idee gehabt, als er darüber nachdachte, dass das Grundstück seiner Freunde, die er vor kurzem besucht hatte, ein schöner Ort zum Heiraten wäre. Sie hatten auf dem Land ein altes Bauernhaus gekauft und renoviert und dazu gehörte eine alte Scheune. Er hatte gefragt, ob sie alle für drei Nächte dort übernachten dürften. Seine Freunde Thomas und Gabrielle hatten mit Freude zugestimmt, denn sie kannten Paul nun schon lange und hatten eine Menge Geschichten über seine Familie gehört. Sie freuten sich, diese nun endlich kennenlernen zu dürfen. Und wenn man von Freunden gefragt wird, bei großen Veranstaltungen zu helfen, war es ein absolutes Tabu, dieser Bitte nicht nachzukommen. Und dann auch noch bei einer Hochzeit. Es würde eine schöne Erfahrung für sie werden, dessen waren die beiden sich sicher. Zudem war es eine große Abwechslung von ihrem Alltag auf dem Land. Sie schätzten die Ruhe, doch ein wenig Aufregung und Trubel konnte nicht schaden. Der Ort war schon einmal geklärt. Auf dem Lande würde sicher keiner wissen, was mit Adam geschehen war, denn ansehen konnte man es ihm schließlich nicht und Paul hatte es seinen Freunden nicht erzählt. Und Platz genug, um etwas Schönes aufzubauen, war dort ebenfalls. Robert hatte die Aufgabe übernommen einen geeigneten Priester zu finden, der zudem genau an dem geplanten Tag Zeit hatte. Keine leichte Aufgabe, doch für Robert war dieser Punkt der Liste schnell abgehakt. Ein alter Bekannter von ihm war Priester und hatte sich dazu bereit erklärt, mit aufs Land zu fahren und die beiden dort zu trauen. Melinda würde das Buffet übernehmen. Sie war dafür einfach die perfekte Wahl, schließlich hatte sie vor sehr langer Zeit die Kochausbildung abgeschlossen und die Lust am Kochen und das Geschick nie verloren. Und die Fete könne auch auf dem Hof stattfinden. In einer kleinen, ebenfalls neu renovierten, aber noch leerstehenden Scheune. Alle vier waren sich sicher, dass, wenn man die richtige Dekoration hatte, es auch ohne Kirche und Menschenmassen eine Traumhochzeit werden würde. Das Hochzeitsplanungsteam hatte beschlossen, Adam und Ashley nicht zu verraten, wo die Hochzeit stattfinden würde. Es sollte eine Überraschung werden. Zwei Tage vor dem großen Tag würden alle zusammen hinfahren. Um die Spannung aufrecht zu erhalten, würden Ashley und Adam die Augen verbunden bekommen. So war es ihnen bis zur Ankunft ein Rätsel, an welchem Ort ihre Hochzeit stattfinden würde. Der Plan gab vor, dass einer des Teams erst Adam und dann ein weiterer, Ashley von dem Bauernhof weglocken würde. Indessen würde der Rest der Gäste die Scheune dekorieren, damit alles soweit fertig war, wenn die beiden Hauptpersonen den Ort zum ersten Mal sahen. Am Tag darauf würde draußen alles vorbereitet werden. Es lag eine Menge Arbeit vor ihnen, doch alle freuten sich ein Teil des Ganzen zu sein. Am Abend des zweiten Tages würden, ganz der Tradition nach, die Junggesellenabschiede gefeiert werden. Ashley und Adam müssten danach getrennt schlafen und dann war auch schon der entscheidende Tag gekommen, an dem die Hochzeit stattfinden sollte. Bis auf das Brautpaar waren alle in den Plan eingeweiht. Zusammen hatten sie die letzten Feinheiten besprochen und ab und an den Ablaufplan geändert. Auch Tim, Cassie, Stanley und Marie wussten von dem Plan und freuten sich sehr, eingeladen worden zu sein. Fleur hatte ihnen aufgetragen, die Dekoration und alles, was man für eine Junggesellenfeier brauchte, zu besorgen und bei weiteren Vorbereitungen zu helfen. Fleur hatte sich sehr gefreut die Aufgaben der Trauzeugin und die somit verbundene Freude ihr eigen nennen zu dürfen. Zusammen mit Brittany übernahm sie auch den Part der Brautjungfern. Über die Frage, ob Brittany zu den Brautjungfern gehören wolle, war sie zuerst zwar sehr erstaunt gewesen, freute sich aber nun umso mehr über diese Ehre. Kreislaufprobleme und Übelkeit gehörten bei Fleur schon lange zur Tagesordnung. Aber um nichts in der Welt würde sie die Hochzeit ihrer besten Freundin und ihres Cousins verpassen, auf die auch sie sich schon sehr lange Zeit gefreut hatte. Die Kleiderauswahl der Brautjungfern war alles andere als einfach. Jede der beiden hatte ihre eigene Vorstellung, welches Kleid wem stand und welches Kleid die richtige Farbe hatte. Die eine wollte das Kleid lang, die andere wollte es kurz. Eine der beiden fand längere Ärmel passend, wohingegen die andere gar keine Ärmel bevorzugte. Für die Auswahl der Brautjungfernkleider gingen ganze zwei Tage drauf. Doch am Ende hatten sie sich beide auf ein Kleid geeinigt. Es war ein bis etwas über die Knie gehendes Kleid in einem knalligen aber nicht zu sehr herausstechenden Apricotton. Das Kleid hatte keine Ärmel, wobei Fleur sich hartnäckig durchgesetzt hatte. Es war bis ungefähr zu den Schulterblättern rückenfrei, was beide mit ihren hübschen Rücken wirklich tragen konnten. Vorne war das Kleid so geschnitten, dass man leicht die Schultern sehen konnte, das Kleid aber keinesfalls zu sexy wirkte und nicht von der Braut ablenken konnte. An den Enden vorne, war der Stoff umgeschlagen, was ihm das besondere Etwas verlieh. Ansonsten lag es nicht sehr eng an, was besonders für Fleur ein Grund war das Kleid zu nehmen. Druck auf ihren Bauch konnte sie im Moment nicht sonderlich gut ertragen. Das

Kleid musste für Fleur am Bauch um einiges weiter gemacht werden. Aber die Schneiderin versprach, dass sie mit dem Kleid rechtzeitig fertig werden würde. Es war wirklich erstaunlich, wie schnell Fleurs Bauch heranwuchs. Ashley hatte schon davon gehört, dass bei jeder Frau der Bauch anders wuchs und immerhin trug Fleur gleich drei Kinder in sich. Doch dass der Bauch nach kurzer Zeit schon wieder merklich gewachsen war, erstaunte Ashley jeden Tag aufs Neue. Auch für Hope war ein passendes Kleid gefunden. Allerdings, hatte dies nicht zwei Tage, sondern zwei Stunden gebraucht. Sie hatten ihr ein süßes Kleid mit vielen Rüschen in einem zarten Fliederton besorgt. Es hatten mehrere Kleider zur Auswahl gestanden, die auch alle fleißig anprobiert wurden, doch das fliederfarbene Kleid hatte ihr so toll gestanden und durch ihr strahlendes Lächeln, hatte man sofort gemerkt, dass sie sich in dem Kleid wohlfühlte, was Ashley das wichtigste war. Sowohl Adam, als auch Paul hatten ihre Anzüge schon längst besorgt. Es war eine harte und strukturierte Auswahl gewesen, immerhin wollten beide gut aussehen, da sie als Bräutigam und dessen Trauzeuge im Mittelpunkt der Hochzeitsbilder stehen würden. Die Aufgabe die Bilder zu machen, hatte Paul seiner Begleitung Brittany übertragen. Er hatte schon viele Bilder von ihr gesehen und auch Hochzeitsbilder hatte sie schon für ein befreundetes Paar geschossen. Sie war eine leidenschaftliche Hobbyfotografin. Und durch die jahrelange Übung hatte sie ein gutes Auge für das Licht und das Detail.
Fleur hatte sich eine Woche vor der Hochzeit mit Robert auf den Weg gemacht, einen passenden Anzug für ihn zu finden. Nach etwa sechs Stunden in vier verschiedenen Geschäften, wurden sie fündig und kehrten glücklich aber mit reichlich schmerzenden Füßen wieder nach Hause zurück. Die Zeit eilte nur so davon und Melinda hatte auch fünf Tage vor der Hochzeit noch kein passendes Kleid gefunden. Zwar hatte sie viele verschiedene Kleider anprobiert. Eines in lindgrün, eines in lotusblüte, eines in zinnoberrot, eines in taupe, eines in schieferblau, es war jede nur erdenkliche Farbe und jede

Passform dabei gewesen. Sie hatte wirklich viele Kleider anprobiert und auch das ein oder andere Kleid gefunden, welches ihr gestanden hatte, doch die endgültige Entscheidung, hatte sie noch nicht treffen können. Es war einer der wichtigsten Tage in ihrem Leben, denn wenn alles richtig lief, würde sie nur zwei Mal als Mutter von dem einen Part des Brautpaares bei einer Hochzeit dabei sein.
Doch langsam wurde es Zeit das Kleid zu kaufen, denn man durfte nicht vergessen, dass die ganze Gesellschaft schon zwei Tage vor der Hochzeit aufs Land zu Pauls Freunden fahren würde. Da Fleur das Chaos um Melinda nicht weiter mitansehen konnte, schnappte sie sich Brittany, mit der sie sich sehr gut verstand und bei der Fleur das Gefühl hatte, dass eine sehr gute Freundschaft entstehen konnte, ging mit ihr zu Melinda überredete diese, noch einmal zusammen shoppen zu gehen, um das passende Kleid zu finden. Bei dieser Gelegenheit wollten Fleur und Brittany noch kleine Accessoires für ihr Outfit besorgen. Und auch einige Sachen für die Dekoration standen auf der Einkaufsliste, es würde ein sehr langer aber mit Sicherheit lustiger Tag für die drei werden.

Nun war es soweit, der Tag der Abreise hatte begonnen. Schnell packten alle noch ihre letzten Sachen zusammen und fuhren mit ihren Autos zu Ashley und Adam. Brittany und Paul nahmen Melinda mit, die einen guten alten Freund namens Alexander als Begleitperson ausgesucht hatte, der bereits mit Melinda bei ihr wartete. Alexander war zu dem Zeitpunkt, als all das mit Adam passierte, für sechs Monate verreist, da seine Tochter mit ihrem Ehemann und zwei Kindern in Südafrika lebte und er diese besuchte. Dort hatte seine Tochter sich zusammen mit ihrem Mann eine kleine Arztpraxis aufgebaut und deswegen war es unmöglich für längere Zeit dort wegzufahren, um ihren Vater und Schwiegervater zu besuchen. Ihre Praxis dort lief gut, sie hatten viele Patienten. Alexander hatte sein Leben lang hart gearbeitet und war nun in seiner wohlverdienten Pension. Er hatte sowohl die Zeit, als auch das Geld die beiden zu besuchen. Die Reise hatte Alexander schon länger geplant und sich dazu entschlossen, wenn er schon zu ihnen flog, dann sollte es sich auch lohnen, so beschloss er ein halbes Jahr zu ihnen zu ziehen und ihnen zu helfen. Er hatte sich sehr gefreut, endlich mal wieder Zeit mit seinen Enkelkindern zu verbringen und auf sie aufzupassen, während ihre Eltern bei der Arbeit waren. Und zu Melindas großer Freude, hatte er sie gefragt, ob sie bei seinem nächsten Besuch gerne mitkommen würde, da er wusste, wie sehr sie die Landschaft dort einmal sehen wollte. Nachdem sie gemeinsam das Gepäck im Auto verstaut und sich zu Paul und Brittany ins Auto gesetzt hatten, war dieses so voll, das jeder der Anwesenden bereute, so viel eingepackt und somit Platz verschwendet zu haben. Als sich alle bei Ashley und Adam trafen, verteilten sie die Koffer noch einmal um, damit die vier im Auto mehr Platz für ihre Arme und Beine hatten. Fleur und Robert hatten jeweils zwei zusätzliche Koffer im Auto, da diese aber noch gut in ihren Kofferraum gepasst hatten, störte sie es nicht und so konnten alle beruhigt die Reise antreten. Ashley und Hope saßen in Fleurs und Adam in Roberts Auto. Es war nicht einfach gewesen beide dazu zu bringen, sich die Augen verbinden zu lassen, doch nach langer und guter Überredungskunst, hatte Fleur es geschafft. Noch einmal prüften alle, ob sie alles Wichtige dabei hatten und machten sich dann auf den Weg zur Hochzeitslocation. Die Fahrt war ein ständiges auf und ab. Fleur musste mehrmals pausieren, da ihr schlecht wurde und Hope, um die sie sich kümmern musste, da Ashley die Augen verbunden hatte, fing mehr als einmal lauthals an zu weinen. Ashley durfte sich erst um ihre Tochter kümmern, sobald sie an einer Tankstelle hielten, an der man nicht sehen konnte, an welchem schönen Fleck die Reise enden würde. Bei jeder anderen größeren oder kleineren Angelegenheit,

kümmerte sich Fleur gewissenhaft um die kleine Hope. Die Fahrt hatte Fleur sich wirklich anders vorgestellt und hielt sich an dem Gedanken fest, dass auf der Heimfahrt Ashley sich die ganze Fahrt über selbst um Hope kümmern konnte und sie dann etwas Ruhe fand. Ihr wurde es leicht mulmig, bei der Feststellung, dass sie in nur wenigen Monaten selbst drei solcher schreienden Monster in ihrem Auto rumfahren musste. Und wieder einmal war sie mehr als glücklich, dass sie und Robert wieder zueinander gefunden hatten.
Wie hätte nur ihr Leben ohne ihn ausgesehen?
Wie hätte sie sich um drei Kinder alleine kümmern sollen?
Fleur konnte sich mehr als verlassen auf den Mann an ihrer Seite. Er freute sich unheimlich auf seine Vaterrolle und dafür liebte sie ihn noch mehr.
Fleurs Auto fiel durch die vielen Pausen, die sie einlegen mussten, immer weiter ab, doch nach anstrengenden fünf Stunden, hatten sie den gewünschten Zielort erreicht.

Ashleys Arme schlangen sich um Fleur, Paul, Brittany und Robert gleichzeitig.
»Ihr seid ja so lieb. Es ist wunderschön hier. Und eine fabelhafte Idee für unsere Hochzeit. Sie wird mit Sicherheit traumhaft. Vielen Dank.«
Alle lachten und umarmten Ashley so gut sie konnten, was nicht gerade einfach war, bei den vielen Menschen die sich gleichzeitig auf sie stürzten. Doch nicht nur, dass sie Ashley alle auf einmal umarmen mussten, sondern auch Fleurs dicker Bauch versperrte den Weg zu der Braut in Spe, denn sie allein beanspruchte die komplette linke Hälfte von Ashleys dünnem Körper.
»Es war Pauls Idee hierherzukommen. Seine Freunde Gabrielle und Thomas leben hier und sie erklärten sich mit Freude bereit, dass wir alle für drei Tage hier wohnen dürfen.

Wir alle zusammen, überlege dir das Mal, wie viel Platz das beansprucht. Ist das nicht nett, Ashley?«
Ashley nickte lächelnd. Und auch Adam stimmte in das Nicken mit ein. Nachdem sie sich alle von Ashley gelöst hatten, ging er zu jedem Einzelnen hin, und bedankte sich für die schöne Idee und die Mühe, die sie sich gemacht hatten, um seiner Braut eine Traumhochzeit zu verwirklichen.
Ashley näherte sich ihrem Bruder und umarmte ihn von hinten, so fest sie konnte.
»Ich danke dir so sehr.«
Dieser legte seine Hände auf die ihren und streichelte sie.
»Du bist meine Schwester, was hast du erwartet? Und ich musste schließlich noch etwas wiedergutmachen.«
Brittany blickte Paul verwundert an, doch dieser schüttelte mit einem besänftigenden Blick den Gedanken schnell aus ihrem Kopf.
»Sieh nur, da kommen auch schon Gabrielle und Thomas. Sie freuen sich schon sehr darauf, meine Familie endlich kennenlernen zu dürfen. Also richte noch schnell deine Haare, das Band über deinen Augen hat sie nicht gerade in Form gebracht.«
Er lachte laut auf und Ashley eilte schnell zu einem der Autos, um in den Spiegel zu sehen.
»Hallo alle zusammen.«
Thomas Stimme klang tief und sehr herzlich. Seinen Arm um seine Frau Gabrielle gelegt, kam er zu dem Haufen Fremder ohne einen Hauch des Unwohlseins. Sofort kehrte ein Gefühl ein, als würden sich alle schon Jahre kennen.
»Ich bin Thomas und das ist meine Frau Gabrielle.«
Sie war eine sehr hübsche Frau, trotz der mehr als fülligen Kurven. Ihre roten Haare hatte sie zu einem Bauernzopf gebunden und ihre Sommersprossen und ihre sichtbaren Lachfalten, rundeten ihre Herzlichkeit ab. Thomas hatte eine sehr muskulöse Figur, welche er sicher der harten Arbeit auf dem Land und dem Umbau des Hofes verdankte. Seine Haare waren dunkelblond und erinnerten stark an die von

Adam. Sie lagen quer auf dem Kopf und luden zum Durchwuscheln geradezu ein.
Gabrielle und Thomas waren ein recht ungewöhnlich, aber nicht minder süßes Paar.
»Ich denke, ihr habt großen Hunger mitgebracht. Das Essen steht bereits in der großen Bauernküche bereit. Aber vorher zeigen wir euch noch eure Zimmer, damit ihr das Gepäck reintragen könnt.«
Nachdem das Gepäck in die Zimmer verteilt war und sie sich schnell den Hof angeschaut hatten, verteilte sich die Gruppe. Paul und Brittany gingen mit Ashley, Adam und Hope die Landschaft ansehen, damit Fleur und Robert schon einmal die Scheune schmücken konnten. Melinda und Alexander ruhten sich derweil ein wenig aus. Schließlich waren sie nicht mehr die Jüngsten und die Fahrt war doch sehr anstrengend für sie gewesen. Tim, Cassie, Stanley und Marie hätten auch gerne beim Schmücken geholfen, aber sie steckten noch im Stau fest, da sie von weiter weg anfahren mussten und das große Pech gehabt hatten, mitten in einen großen Stau zu fahren, der auf mindestens zwei Stunden Stillstand geschätzt wurde.

Als die kleine Truppe den Spaziergang beendet hatte und total begeistert von der Landschaft war, bemerkten sie, dass mittlerweile auch schon die anderen da waren. Während ihres Spazierganges hatte keiner von ihnen bemerkt, wie die Zeit verflogen war. Es war ein wirklich schöner und lustiger Spaziergang gewesen und es hatte sehr viel Spaß gemacht, Hope die Landschaft und die vielen Tiere zu zeigen. Die vier Nachzügler hatten bereits alle begrüßt und ihr Gepäck in die, für sie vorgesehenen, Zimmer gebracht. Nachdem all das erledigt war, hatten sie mit Freude angefangen Fleur und Robert zu helfen. Zum Glück stand Stanley gerade vor der Scheune um eine

Zigarette zu rauchen, denn so konnte er sehen, wie Paul mit den anderen der Wandertruppe wieder zurückkam. Schnell machte er seine Zigarette aus und ging in die Scheune, um Bescheid zu sagen.

Eilig legten alle die Sachen, die sie gerade in der Hand hielten bei Seite und schlichen sich so aus der Scheune heraus, dass die Ankommenden nicht sahen, an welchem Ort sie die ganze Zeit gearbeitet hatten. Gabrielle und Thomas hatten mit Absicht die Scheune bei der Führung nicht gezeigt, um die Überraschung nicht zu verderben. Und bei den vielen kleinen Scheunen, die das Grundstück schmückten, fiel die eine nicht gezeigte Scheune, zum Glück nicht auf. Alle hatten besprochen die kleine Familie genau im Auge zu behalten, damit sie nie auf die Idee kamen, in die Scheune zu gehen. Doch zur Sicherheit hatten Gabrielle und Thomas noch zwei andere Scheunen nicht gezeigt, damit es am Ende doch nicht zu sehr auffiel, dass sie speziell die eine Scheune nicht gezeigt hatten.

»Und wie war euer Spaziergang so?«

Stanley war eilig mit seiner Frau zu dem Haupthaus gegangen und hatte sich mit ihr auf die Schaukel gesetzt, die an dem Vordach befestigt war.

»Es war wirklich wunderschön. Wir haben gar nicht gemerkt, wie die Zeit vergangen ist. Sieh nur, Hope ist auf Adams Arm vor lauter Eindrücken eingeschlafen.«

Sie strich ihrer Tochter mit einem Strahlen in den Augen, welches nur eine Mutter besaß, über die feinen blonden Härchen auf dem babyzarten Kopf.

Lachend saßen alle an dem riesigen Tisch, auf dem die Reste des leckeren Essens standen. Gabrielle hatte einen Hackbraten mit Rotweinsauce, dazu glasierte Möhren und Rosmarinkartoffeln auf den Tisch gezaubert. Es schmeckte außerordentlich gut und Melinda freute sich bei der Zubereitung des Hochzeitmenüs eine begnadete Hobbyköchin zur Hilfe zu haben. Alle mitgebrachten Zutaten hatten beide in die Speisekammer gebracht und die vorbereiteten Sachen hatten ohne Probleme in Gabrielles großer Kühltruhe Platz gefunden. Es war wirklich ein Wunder dieses Anwesen, mit so netten Leuten, als Hochzeitslocation gefunden zu haben. Gabrielle und Thomas hatten schon oft darüber nachgedacht, einige Zimmer, wie ein Bauernhofmotel zu vermieten. Sie würden gemeinsam mit den Gästen in der großen Küche essen und es wäre genug Platz sowohl für die Unterkunft, als auch für Beschäftigungsmöglichkeiten für Kinder, sowie für ihre Eltern. Dies war sozusagen wie eine Generalprobe für die zwei, um zu sehen, ob es wirklich etwas für sie war und sie es sich für ihre Zukunft vorstellen konnten.
Als das Essen fast komplett aufgegessen und die Reste langsam von den Frauen in den Kühlschrank gepackt wurden, saß Fleur mit Hope auf ihrem Schoß und den Männern zusammen an dem Tisch. Sie erzählten sich alte Geschichten und mussten immer wieder laut lachen, was Hope dazu brachte, mal mitzulachen und mal laut das Schreien anzufangen. Nachdem Reste weggeräumt waren, setzten sie sich zurück an den Tisch. Und so saßen sie noch Stunden beisammen, redeten über alle möglichen Dinge und genossen den Moment.
Doch nachdem Ashley, die Hope bereits ins Bett gebracht hatte, nun dem Schlaf der Gerechten folgen wollte, löste sich die Gesellschaft schnell auf. Nur Paul, Thomas und Stanley blieben noch eine Weile sitzen und redeten über gute, alte Zeiten und zogen abwechselnd genüsslich an einer Zigarre.
Ashley war so aufgeregt, wie schon lange nicht mehr, als sie sich mit Adam in ihr gemütliches Doppelbett legten, bei dem

man vor lauter Kissen, Schwierigkeiten hatte, die Matratze zu sehen. Nur noch zwei Nächte und schon würden sie heiraten. Nur noch zweimal schlafen und das Unmögliche würde wahr werden.
Natürlich wussten nicht alle, dass dies, was passieren würde, lange Zeit ein Traum war, der nicht mehr erfüllt werden konnte. Denn die einzigen, die in dieser Gesellschaft Bescheid wussten, waren von Adam und Ashley abgesehen, Melinda, Fleur und Paul. Und für alle anderen war es eine ganz normale Hochzeit zweier Menschen, die sich liebten und die für immer ihr Leben miteinander teilen wollten.

Die Bürste glitt immer wieder durch Ashleys Haare. Gedankenverloren hatte sie nicht gemerkt, dass sie nun bereits seit zehn Minuten immer wieder durch ihre Haare kämmte, ohne zu merken, dass dies nicht nötig war, da es schon lange glatt auf ihren Körper fiel. Die Freude auf die Vorbereitungen schien durch nichts zerstört werden zu können. All ihre Gefühle richteten sich nur noch auf diese Freude. Das Zelt, unter welchem die Feier stattfinden sollte, würde heute geliefert werden und der Priester wollte auch im Laufe des Tages kommen, denn ihm war etwas dazwischen gekommen, weshalb er nicht wie geplant alle drei Tage mit auf dem Hof sein konnte, worüber Robert sich sehr gefreut hätte.
Als Adam hinter sie trat und seine warmen Hände auf ihre verspannten Schultern legte, erwachte sie aus ihren Gedanken und lächelte ihn liebevoll an.
»Adam, gehst du schon einmal vor? Ich komme gleich nach. Hilf doch bitte den anderen.«
Adam nickte und gab ihr noch schnell einen Kuss auf die Stirn und verschwand aus dem Zimmer. Alleine in dem schönen Zimmer zurückgeblieben, eilte sie zu ihrem Koffer und holte schnell das Geheimnis aus ihm heraus, welches sie

gekonnt vor Adam versteckt hatte. Nervös probierte sie es an und schaute sich mit hastigem Blick in dem großen, ovalen Spiegel, welcher von einem mit Gold verzierten Muster umrandet wurde, unsicher an. Argwöhnisch betrachtete sie ihren Körper in dem großen Spiegel, während sie sich immer wieder nach links und anschließend nach rechts drehte. Der schwarze BH mit eingesticktem Blumenmuster, zart rosafarbenen Schleifen an den Trägern und in Szene gesetzten Nähten, formte ihre Brust und ließ sie noch größer wirken, als sie bereits war. Ihre Brüste schmiegten sich perfekt in die Schalen des BHs zwischen denen sich ebenfalls eine zart rosafarbene Schleife befand und zauberten ihr ein noch tolleres Dekolleté. Damit war sie schon einmal zufrieden. Ihre Hose ebenfalls in schwarz mit eingesticktem Blumenmuster und einer Schleife, passend derer die sich am BH befanden, schmiegte sich perfekt an ihr wohlgeformtes Hinterteil. An der Hose befanden sich dazu in passender Farbe wunderschön verzierte Strapse. Eigentlich hätte sie vollkommen zufrieden sein müssen, denn das Set passte perfekt zu ihr und setzte ihre Vorteile gekonnt in Szene, doch wie man das von Frauen kennt, war nichts gut genug und überall hätte man etwas verbessern können.

Dieses hübsche Set hatte sie in einem Dessousgeschäft zusammen mit Fleur gekauft, die sie mit Freude beraten hatte. Denn für die Hochzeitsnacht musste eindeutig neue Unterwäsche her. Selbstverständlich hatte Adam sie in der sexy Unterwäsche noch nicht gesehen, genauso wie in ihrem Hochzeitskleid, weshalb Ashley ihn nun auch aus dem Zimmer geschickt hatte. Sie wollte sicher gehen, dass alles wirklich passte, denn noch wäre die Zeit gewesen, in die Stadt zu fahren und ein neues Set zu kaufen. Eilig rannte sie zu dem großen aus Massivholz gefertigten Kleiderschrank und holte den Kleidersack heraus. Sie packte ihr Hochzeitskleid aus und zog es über ihre Unterwäsche, denn um zu sehen, wie sich das anfühlte oder ob dadurch Komplikationen mit dem Kleid auftraten, hatte sie bisher keine Möglichkeit gehabt. Um nichts zu riskieren, war das Kleid bisher fest in Fleurs Händen gewesen. Ashley hatte es sich während alle frühstückten aus ihrem Zimmer geholt, um die Anprobe heute noch durchführen zu können. Irgendwie hatte sie das Gefühl, sich beeilen zu müssen, da Adam gleich wiederkommen würde. Sie wusste nicht, wieso sie das Gefühl hatte, aber ihr Bauch sagte ihr, sie müsse sich beeilen. Nachdem sie sich noch schnell mit ihrem Kleid vor dem Spiegel gedreht hatte, eilte sie wieder in das kleine Bad, welches angeschlossen an ihrem Zimmer lag. Einige Sekunden, nachdem sie das Kleid in dem kleinen Badezimmer samt der Unterwäsche ausgezogen, sich ein Handtuch umgebunden und alles eilig verstaut hatte, ging auch schon die Tür auf und Adam kam herein. Verblüfft sah er Ashley an.

»Aber wieso hast du dich denn schon wieder ausgezogen, Ashley? Wolltest du gerade duschen? Oder hast du magische Kräfte und hast in der Zeit bereits geduscht und dein Haare wieder getrocknet?«

Sie lächelte und verneinte mit einem Kopfschütteln seine Frage. Lächelnd schritt er auf sie zu.

»Nun ja, warum auch immer du nur ein Handtuch an hast, meine Liebste ...«

Mit einem Ruck zog er an einer Seite des Handtuchs, sodass dieses lautlos auf den Boden glitt. Ashley stand nackt und mit großen, verblüfften Augen da. Lächelnd schmiss er sie auf das Bett, das neben ihnen stand und legte sich sanft auf sie. Küssend wanderte sein Kopf ihren Hals hinunter.

»Ich kann mir ja die Gelegenheit nicht entgehen lassen, dich ein letztes Mal nackt zu sehen, bevor ich dich zu meiner Frau nehme.«

Ihre Hände nahmen seinen Kopf und zogen ihn zu dem ihren. Zärtlich und dann immer verlangender küsste sie ihn. Ihre vor Lust zitternden Hände, machten sich langsam an seiner Hose zu schaffen, während sie seine Erektion bereits durch den dicken Jeansstoff spürte.

Alle Köpfe wanderten auf einmal zum Eingang des Hauptgebäudes.
»Na, was habt ihr denn so lange getrieben? Ich dachte, du wolltest dir nur schnell eine kürzere Hose anziehen und deine Zukünftige holen«, fragte Robert lachend.
Adam ging mit Ashley im Arm, einem Lächeln bis über beide Ohren und von innenheraus strahlend, auf die anderen zu.
»Ach, wir haben nur noch kurz etwas besprochen.«
Ashley kicherte engelsgleich und zwinkerte ihrer kleinen Hochzeitsgesellschaft zu.
»Dafür sind Ashleys Haare aber ganz schön zerzaust, mein Lieber«, sagte nun Fleur, die ebenfalls wusste, was beide getrieben hatten, und nun herzhaft lachte.
Mitten auf der Wiese stand nun ein weißes Zelt, welches durch vier Stangen, die ebenfalls mit der für den Notfall gegen Regen schützenden Folie überzogen waren, gestützt wurde. Alle vier Seiten waren offen, sodass nur das Zeltdach und die Pfosten mit der weißen Folie überzogen waren, besaß aber für den Notfall die Möglichkeit, auch die Seiten zu schließen. Überall waren Lilien verteilt und gemütliche Stühle, überzogen mit weißem Stoff und belegt mit zart rosafarbenen Kissen, hingestellt worden. An einer Ecke des Zeltes hatten sie kleine Holzplatten zu einem Tanzboden verlegt, worauf nach der Trauung erst einmal kräftig getanzt werden sollte.
Es sah wunderschön aus und Ashleys Augen füllten sich mit Tränen, bei diesem Anblick und dem Wissen, was ihre Familie und Freunde alles für sie getan hatten. Damit der Stoff der Stühle über Nacht, falls es, entgegen der Ankündigung des Wetterberichts, ein wenig windig werden sollte, nicht herunterfliegen konnte, wurde er mit einem cremefarbenen mit einer kleinen roséfarbenen Blüte eingebundenen Band, am Ende der Lehne festgebunden. Jeweils am Ende einer solchen Stuhlreihe befand sich eine große cremefarbene Vase mit einem Lilienblumenstrauß

darin. In dem Strauß befanden sich nicht nur Lilien, sondern auch große Gräser und allerlei andere schöne leuchtend grüne Blätter, was das Gesamtbild abrundete. Auch wenn es nur wenige Stühle waren, die in dem Zelt ihren Platz finden mussten, war Ashley nicht traurig über diesen Augenblick. Sie freute sich über jeden Besucher, der mit ihr und Adam diesen langersehnten Moment miterleben wollte. Morgen früh sollten zur Abrundung auf dem Gang, durch den die Braut entlangschritt, frische weiße Rosenblätter verteilt werden.

Als sie nach langer, harter Arbeit endlich fertig mit der heutigen Vorbereitung waren, war es Zeit für die Junggesellenabschiede. Adam und Ashley durften noch einmal, dieses Mal allerdings mit Melinda und Alexander, die schöne Gegend begutachten. Während die anderen noch letzte Hand anlegten, bei der Gestaltung des Schuppens, in dem sie feiern wollten. Nach geschätzten zwei Stunden kamen die vier von dem anstrengenden, aber schönen Spaziergang wieder. Da sie sich hier auf dem Land befanden, hatten alle Teilnehmer des Abends die Idee gehabt, sich etwas im Westernstil einfallen zu lassen. Fleur und Robert hatten sich zuvor heimlich, ohne dass Adam und Ashley etwas davon mitbekamen, die Größen der Kleider und der Schuhe aller besorgt und passende Kleidung gekauft. Die Männer trugen braune und schwarze Cowboyhüte und dazu in der passenden Farbe neue Cowboystiefel. Sie hatten besprochen, dass alle Männer ein, wenn möglich, kariertes Hemd und eine Jeans einpacken sollten. Für Adam hatte Paul das übernommen, denn er kannte seine Größen auswendig.
Die Frauen übernahmen den Indianerpart, da sie sich von der Bekleidung der Männer, eindeutig abheben wollten. Sie hatten alle ihre Haare zu je zwei Zöpfen geflochten und mit Bändern zusammengebunden. Danach zogen sie die, dafür

passend gekauften, Faschingskostüme an, die sie einige Mühe gekostet hatten, da es in ihrer Umgebung nicht viele hochwertige Indianeroutfits gab und schließlich sollte auch nicht jede Frau das Gleiche anhaben. Das zu den Bekannten von Brittany ein Leiter eines großen Verkleidungsgeschäftes gehörte, war ihr großes Glück gewesen, denn so hatten sie die Möglichkeit gehabt, die Auswahl der Outfits, außerhalb der Geschäftszeiten bestaunen zu dürfen. Sie hatten so eine Auswahl an Kleidungsstücken vorgefunden, dass am Ende jeder in verschiedenen Geschäften ein passendes Outfit gefunden hatte, wobei die Großzahl der Kleidungsstücke von Brittanys Bekannten kam.
Da Paul und Robert mit in dem Planungskomitee saßen, wussten sie, wo die Frauen ihren Junggesellenabschied feiern würden. Sie hatten beschlossen in eine kleine Cocktailbar in der Stadt zu gehen, um dort erst einmal vorzuglühen. Dann wollten sie ein paar Spielchen mit Ashley machen und danach würden sie in die Bar gehen, in der die Männer feierten. Der männliche Teil der Hochzeitsgesellschaft, würde zuerst in die Bar gehen, die Thomas ihnen empfohlen hatte. Dort würde keine Rücksicht auf Verluste genommen und ordentlich etwas gekippt werden. Thomas hatte Paul versichert, dass es dort junge, hübsche Bedienungen und ausgezeichnete Getränke gab. Und zur großen Freude aller hatte Thomas ihnen schon verraten, dass es in der Bar einen zum Thema passenden Elektrobullen gab, auf dem sie um die Wette reiten konnten. Im Anschluss wollten die Männer noch in eine Spielbank etwas weiter weg gehen und versuchen, ein paar Geldstücke zu ergattern, von denen sich am Ende, dann doch nur ihre Frauen und nicht die Männer selbst, etwas gönnen würden. Und zum Abschluss des Abends hatte Stanley darauf bestanden mit den bis dahin mit Sicherheit nicht mehr klar denken könnenden Jungs, in ein Striplokal zu gehen. Die Frauen wussten natürlich von dem Plan, hatten damit aber kein Problem, da sie ihren Männern aus tiefstem Herzen vertrauten. Nur Brittany hatte etwas Angst davor, doch Paul

versprach ihr nichts zu tun, was er am Ende bereuen würde und Ashley versicherte ihr, dass Paul in solch einer Bar niemals etwas Dummes machen und damit riskieren würde, Brittany wieder zu verlieren. Doch was die ganze Hochzeitsgesellschaft, bis auf zwei Menschen nicht wusste, sollte an diesem Abend seinen Höhepunkt finden. Denn Robert und Paul hatten noch einen ganz anderen Plan, den sie schon lange verfolgten. Robert wollte an diesem Abend um Fleurs Hand anhalten.

# *Überraschung*

Nachdem sich nun auch der Letzte fertiggemacht hatte, ging es endlich los und der lustige Abend konnte starten. Die Frauen zogen los, zu der Cocktailbar, wobei sich jede von ihnen auf das Vorglühen freute.
»Ich trinke auf jeden Fall erst einmal einen Baby Doll«, sagte Brittany lächelnd. Sie hakte sich in den Arm von Fleur, die auch wenn sie keinen Alkohol trinken durfte, sich nicht nehmen lassen wollt, an dem Ereignis teilzunehmen und dabei eine Menge Spaß zu haben. Und gute Cocktails ohne Alkohol gab es schließlich auch. Ashley trank zudem ebenfalls keinen Alkohol, was Fleur die Entscheidung erleichterte. So war immerhin eine Person am Ende der Nacht da, mit der sie noch normal reden konnte, ohne dabei entziffern zu müssen, was diese Person wohl sagen wollte.
»Ich freue mich schon, seit wir hier angekommen sind, auf einen Pacific Sundown!«
»Lecker, ich nehme auf jeden Fall auch so einen. Gute Idee, Marie.«
Cassie hatte sich auf der linken Seite in Maries Arm und auf der rechten Seite in Ashleys Arm gehakt und so gingen sie voller Vorfreude los.
Paul und Robert hatten die anderen mittlerweile in ihren Plan eingeweiht. Die Männer blieben noch einen Moment auf dem Hof, denn sie wollten nicht, wie alle es dachten, zuerst in die von Thomas vorgeschlagene Bar gehen, sondern nach kurzer Zeit bei den Frauen auftauchen. Dort würde Robert dann die entscheidende Frage stellen.
Er war mehr als aufgeregt, besonders, da niemand so lange etwas geahnt hatte. Paul und Robert hatten stets darauf Acht

gegeben, dass niemand davon Wind bekam und somit die Überraschung sicher war. Adam freute sich sehr für seine Cousine und gab Robert letzte Tipps, seine Aufregung zu beruhigen. Auch wenn er anfangs große Probleme mit Robert gehabt hatte, war er nun glücklich, ihn an ihrer Seite zu sehen. Er freute sich, dass aus ihnen bald eine Familie werden würde und war froh, dass Fleur mit Robert ihr Glück gefunden hatte und mit keinem anderen. Stanley pflichtete Robert ebenfalls bei, dass es eine gute Entscheidung sei aus ihr eine glückliche Braut zu machen, bevor die Kinder auf die Welt kamen und war sich sicher, so wie er die beiden mittlerweile zusammen erlebt hatte, dass ihm nichts Besseres hätte passieren können, als Fleur zu treffen. Und er versicherte ihm, wie glücklich er mit der Entscheidung war, Marie zu seiner Frau zu nehmen und dass er diese Entscheidung nicht einmal bereut hatte.


Verwundert blickten alle zu den gerade in die Cocktailbar eintretenden Männern.
»Was macht ihr denn hier? Wolltet ihr nicht woanders hin? Es war doch alles durchgeplant. Ist irgendetwas schief gelaufen?«, fragte Fleur voller Erstaunen, dass sie nun bei ihnen und nicht bei den heißen Bedienungen in der anderen Bar standen. Alle Männer blieben in Nähe des Eingangsbereichs stehen und Adam klopfte Robert aufmunternd auf die Schulter.
»Du machst das schon«, bestärkte Adam ihn noch einmal und stupste ihn dann gegen den Rücken, sodass Robert nach vorne stolperte und endlich loslief.
Robert machte eine ernste Miene und nahm seine Freundin an die Hand.
»Fleur, meine Liebe. Würdest du bitte einmal kurz mit mir vor die Tür gehen? Ich müsste dich etwas Wichtiges fragen.«

»Aber natürlich doch, Bob. Stimmt denn etwas nicht? Ist alles okay mit dir? Und wieso können wir das nicht hier drinnen besprechen?«

Doch ohne zu antworten, ging Robert mit Fleur an seiner Hand aus der Bar heraus, ging einige Schritte den Weg entlang und merkte sein Herz immer stärker schlagen. An dem Ort, auf den er zulief, befand sich ein großer, blühender Baum, unter dem eine kleine Parkbank auf einem Fleck Wiese stand. Auf der Bank befanden sich rechts und links kleine brennende Teelichter und auch vor der Bank auf der Wiese strahlten Kerzen, die im Mondlicht einen noch romantischeren Touch bekamen. Schweigend führte er Fleur, die noch immer seine Hand hielt, zur Parkbank.

»Würdest du dich bitte setzen?«

Fleur wusste nicht genau, was sie denken oder sagen sollte. Es sah wirklich romantisch aus. Der Gedanke, dass Robert sie fragen würde, ob sie seine Frau werden wolle, schoss ihr durch den Kopf, verpuffte aber bei dem Anblick seines ernsten, strengen Gesichtsausdruckes.

»Was ist denn hier los. Bob? Wieso stehen hier überall Kerzen und wieso machst du ein so ernstes Gesicht? Muss ich mir Sorgen machen?«

Doch nun schien Robert wie ausgetauscht. Er setzte sich mit einem Lächeln neben sie und strich ihr eine Strähne aus dem Gesicht. Zärtlich schloss er ihre Augen und gab ihr auf ihre Stirn, ihre beiden Augenlieder, ihre Nasenspitze und auf ihren Mund einen Kuss.

»Aber Bob ...«

Doch bevor Fleur ihren Satz beenden, ja sogar bevor sie ihn überhaupt richtig starten konnte, legte Robert seinen Zeigefinger sanft auf ihre Lippen, um ihr zu zeigen, dass sie jetzt nichts sagen solle.

»Sei einfach leise, mein Täubchen. Hör mir gut zu, was ich sage und erst danach musst du mir eine sehr wichtige Frage beantworten. Und solange ich dir diese Frage nicht gestellt habe, bleiben diese wunderschönen Lippen geschlossen. Hast du das verstanden?« fragte er sie liebevoll aber auch

bestimmend. Und nachdem sie leicht genickt hatte, nahm er seinen Finger wieder herunter und streichelte ihr voller Liebe über ihre roséfarbene Wange. Seine warmen, weichen Hände legten sich zart auf die ihren.
»Meine liebste Fleur.«
Ihr Magen zog sich zusammen.
Was würde nun kommen?
Würde er ihr noch einmal seine Liebe gestehen?
Wollte er einfach einen romantischen Moment mit ihr erleben, nach all dem, was in letzter Zeit passiert war?
Oder wollte er etwa doch ...?
Nein, mit Sicherheit nicht.
Oder etwa doch?
»Mein Schatz, ich liebe dich von ganzem Herzen. Du bist ein so toller Mensch, wie ich ihn noch nie zuvor getroffen habe. Und die Zeit mit dir wird für immer in meinem Herzen sein. Denn ich werde sie nie vergessen können, ganz gleich wie die Zukunft aussieht. Diese Zeit mit dir, war einfach so wunderbar, weil du so wundervoll bist. Du hast mir die letzten Monate so versüßt, Fleur, dass kannst du dir gar nicht vorstellen. Die Zeit ohne dich war so schrecklich und ich wäre fast daran zerbrochen. Ich habe es kaum ausgehalten. Alles hat mich an dich erinnert. Alles hat mich an einen Moment voller Glück mit dir denken lassen. Es gab nichts Schönes mehr in meinem Leben, denn du hast gefehlt. Mein Ein und Alles, das, was ich am meisten begehre und liebe, war nicht mehr da. Und es hat mir das Herz zerrissen, als ich den Brief von dir lesen musste. Als ich die getrockneten Tränen von dir sah und wusste, dass es dir genauso wehtat, wie es mir das Herz aus der Brust riss. Doch du hattest dich entschieden, du wolltest die Trennung. Und ich hätte alles dafür getan, dich bei mir zu behalten. Doch du wolltest nicht, und das musste ich akzeptieren. Denn ich wollte, dass du glücklich bist, ob nun mit mir oder ohne mich. Denn dein Lächeln, wenn du glücklich bist, dein kleines Kichern und das Leuchten in deinen Augen, ist das Schönste auf der Welt, was es für mich gibt. Und ich bin der Letzte, der will, dass

du mit diesem wundervollen Lächeln die Welt nicht mehr erhellst. Ich denke, alle hat die Trennung mitgenommen, doch niemanden so wie mich. Denn in der Zeit habe ich noch mehr gemerkt, dass ich nie wieder ohne dich leben möchte und kann. Du bist das Wertvollste für mich. Und nun schenkst du mir wundervolle Geschöpfe, die uns für immer verbinden werden und ich bin dir dankbar dafür, dass du mich zu dem glücklichsten Vater auf der Welt machen wirst.«
Ihre Hände noch immer in den seinen, kniete er sich langsam vor sie.
»Und weil ich ohne dich nicht mehr leben kann, und du das Wichtigste auf der Welt für mich bist und ich denke und hoffe, dass du genauso für mich empfindest…«
Ein zurückhaltendes, leicht ängstliches Lächeln, legte sich auf seine Lippen.
»Genau deshalb will ich dich Fleur Casandra Timothy fragen, ob du den Rest deiner Lebenstage mit mir teilen möchtest, ob du in guten und in schlechten Momenten mit mir zusammen sein willst.«
Er blickte ihr tief in die Augen.
»Hier und jetzt frage ich dich, möchtest du meine Frau werden?«
Fleurs Wangen glühten. Ihre Hände waren klitschnass und ihre Augen voller Tränen. Fleur nahm ihre Hände aus seiner und legte sie auf seine Wangen. Ihre Lippen pressten sich auf die seinen und die Tränen kullerten ihre Wangen und ihren Hals hinunter. Nach einem Moment puren Glücks lehnte sie sich wieder zurück, schaute ihm tief in die Augen und nickte langsam.
»Ja Bob, ich will! Ich möchte den Rest meines Lebens mit dir verbringen und für immer mit dir zusammen sein.«
Sie lächelte ununterbrochen und gab ihm noch einen Kuss.
»Ja! Ich möchte deine Frau werden.«
Ihre Arme schlangen sich um seinen muskulösen Körper und seine Stirn legte sich an die ihre.
»Ich liebe dich so sehr, Fleur.«

»Ich liebe dich so sehr.«
Sie genossen noch einen Moment diesen wundervollen Augenblick, bis Robert etwas einfiel und plötzlich riss er sich von ihr los. Fleur zuckte zusammen.
»Was ist denn los?«
»Entschuldige, Liebes.«
Ohne ein weiteres Wort, ging er eilig zurück in die Cocktailbar und ließ Fleur verdattert zurück. Nach geschätzten fünf Minuten kam er wieder.
Er gab ihr einen liebevollen Kuss und kniete sich noch einmal vor sie.
»Es tut mir leid, Fleur. Ich habe alles kaputtgemacht.«
Fleur verstand nicht recht, was er meinte. Mit zitternder Hand nahm er die ihre, machte mit der anderen Hand die kleine, mit rotem Samt überzogene, Schachtel auf und holte einen Ring mit einem zarten Diamanten darauf heraus. Mit noch immer zitternden Händen, schob er den Verlobungsring auf ihren Finger und gab ihr, bevor er sich erhob, noch einen Kuss auf ihren dünnen Finger, der nun seinen Ring trug. Voller Liebe und Glück, gab er seiner Zukünftigen einen Kuss auf ihren Bauch.
»Habt ihr gehört? Eure Mama hat *Ja* gesagt.«

Mit leuchtenden Augen schauten sich alle den Verlobungsring an.
»Er sieht einfach wunderschön aus, Fleur. Er passt so gut zu dir. Und damit meine ich nicht nur den Ring.«
Fleur lächelte ihre beste Freundin an und überlegte, ob Ashley nach Adams Antrag auch so glücklich gewesen war. Melinda freute sich sehr für Fleur, denn für sie war die Freundin ihrer Tochter schon immer wie ein drittes Kind gewesen. Im Moment schien einfach alles perfekt zu laufen. Ihre Tochter würde heiraten und hatte ihr eine wunderbare Enkeltochter geschenkt, was ihr ein Glück bescherte,

welches sie sich niemals hätte vorstellen können. Ihr Sohn hatte eine Freundin, die sie schon jetzt in ihr Herz geschlossen hatte und Fleur, ihre gefühlte andere Tochter, war nun verlobt. Alles schien perfekt und es hätte für niemanden zurzeit in ihrem Umfeld besser laufen können.
»Ich freue mich für dich.«
»Danke, Cassie.«
»Darauf gibt es erst einmal einen auf das Haus für die Ladys.«
Der Mann hinter der Bar lächelte Fleur herzlich an und die Frauen liefen nacheinander zu ihm und sagten ihm, was sie trinken wollten.
»Herzlichen Dank, der Herr«, sagte Fleur lächelnd und leicht zwinkernd.
»Aber hör mal Fleur, du bist nun verlobt, also benimm dich ab jetzt immer brav«, flüsterte Ashley ihr kichernd ins Ohr.
Fleur winkte ab und sog weiter genüsslich an ihrem Strohhalm.
»Ich benehme mich immer, dass weißt du doch. Aber man muss sich doch anständig bedanken, wenn man schon so eine tolle Geste bekommt und das auch noch einfach so. Schade für ihn, dass wir alle vergeben sind. Er hätte sonst auf jeden Fall für diese Nacht einen guten Treffer gelandet.«
Die Frauen sahen sie erst empört an, fingen danach aber alle gleichzeitig laut an zu lachen.
»Auf die Hochzeit morgen und auf deine Verlobung, Fleur. Ihr werdet beide wundervolle Bräute sein, da bin ich mir sicher. Auf uns alle und dass wir noch lange Freunde sind und…«
Marie unterbrach Cassie in dem sie ihr Glas in die Mitte hielt.
»Auf alles. Prost, meine Lieben.«
Sie stießen lautstark mit ihren Gläsern an, wobei durch das Aneinanderschlagen der Gläser Tropfen aus jedem Glas in eines der anderen schwappte.

Die Männer waren schon lange wieder gegangen und nun wurde auf beiden Seiten erst einmal richtig gefeiert. Der Abend, die wichtige Frage und das Kommende waren nur einige Gründe, warum es an der Zeit war mal wieder zu feiern, ohne nachzudenken. Mit viel Lachen, Spaß und jeder Menge Alkohol ging der Abend vorüber.

Die Frauen verbrachten noch einige Stunden in der Cocktailbar, bevor sie in die Bar gingen, die die Männer noch immer unsicher machten und so feierten alle, nicht dem Plan folgend, einige Stunden gemeinsam weiter. Immer wieder versuchten sie ihre Rekorde bei dem Bullenreiten zu schlagen und probierten verschiedene Pläne aus. Frauen gegen Männer, Partner gegen Partner, nach dem Alter sortiert, es war wirklich alles dabei, doch Tim war der ungeschlagene Meister. Egal, wie oft sie es versuchten, Tim war in jeder Runde der Stärkste der Truppe. Nach einiger Zeit hatte das auch jeder, bis auf Stanley eingesehen, die sich einen harten Kampf lieferten.

Nach lustigen Stunden verabschiedeten sich die Männer, jeder auf seine Weise, um sich einen Weg in die Spielbank zu bahnen. Ob sie dort heile ankommen würden, bezweifelten einige der Frauen zwar, ließen ihre Männer aber dennoch ziehen und warteten auf den Anruf, dass diese abgeholt werden mussten.

Der weibliche Anteil, blieb in der Bar, spielt Karten und Darts und genoss, teils mit Alkohol, teils ohne alkoholisches zutun, den weiteren Abend. Fleur kam sich zwar noch immer etwas seltsam dabei vor, sich zwischen all den betrunkenen Ladys um sich rum, nicht ein Glas Martini genehmigen zu dürfen, aber daran musste sie sich jetzt gewöhnen. Denn damit war es erst einmal vorbei. Nicht nur dass sie gerade schwanger war, auch danach war es mit dem Trinken erst einmal vorbei. Sie hatte dann drei Kinder zu Hause, um die sie sich stets kümmern musste. Verträumt streichelte sie ihren Bauch und war sich glücklich bewusst, wieso sie all das durchmachte.

Das erste, was Ashley nach dem Aufstehen tat, war eine Tablette gegen ihre Kopfschmerzen zu nehmen, zwar hatte sie nur Cocktails ohne Alkohol getrunken, doch der ganze Trubel am Abend zuvor hatte ihr ein wenig zugesetzt. Fleur hatte für die Nacht mit Adam das Zimmer getauscht, denn es war nun einmal so Brauch, dass der Bräutigam die letzte Nacht vor der Hochzeit, nicht mit der Braut verbringen soll. Ashley blickte auf den Wecker. Es war acht Uhr dreißig, somit blieb nicht mehr allzu viel Zeit, sich fertigzumachen und in Ashley stieg Panik auf. Um zehn sollte die Trauung beginnen. Nachdem die Tablette geschluckt war, duschte sie hektisch und weckte dann noch einmal Fleur, die zwar mit ihr wach geworden, aber vor lauter Müdigkeit, wieder eingeschlafen war. Der Abend war für Fleur wohl doch zu lange gewesen, oder ihre Hormone übermannten sie, wer konnte bei einer schwangeren Frau schon sagen, welche Ursache welche Reaktion verursachte.
Ihre Hand rüttelte leicht an dem Arm ihrer Trauzeugin.
»Aufstehen, Fleur«, flüsterte sie in einem lieben Tonfall.
»Ich wecke dich nun zum dritten Mal. Du musst nun wirklich aufstehen, denn ich will nicht, dass ich wegen dir zu meiner Hochzeit zu spät komme. Ist das klar?«, fragte sie mit einem Lächeln auf den Lippen.
»Och, Ashley. Ich stehe ja schon auf, es ist doch noch genug Zeit, stress mich doch nicht«, mäkelte Fleur in einem mürrischen Ton.
Sie nahm ihre Decke, drehte sich mit ihrem Körper um und lag nun wieder dösend da.
»Bitte, Fleur. Nun steh doch auf. Wir haben nicht mehr viel Zeit.«
Noch einmal rüttelte die Braut ihre Freundin, damit diese sie anziehen und schminken konnte.
»Jaja, ist ja schon gut. Ich stehe doch schon auf.«
Nachdem Fleur mit einem Ausdruck des Hasses auf dem Gesicht aufgestanden und unter die Dusche gesprungen war, kam sie mit einem Lächeln auf den Lippen wieder aus dem Bad zurück in das Zimmer.

»Nun wollen wir dich mal schön machen, du hässliches Entlein.«

Ashley lachte und war froh, dass nun alles so lief, wie es laufen sollte, auch wenn sie mittlerweile wirklich spät dran waren.

Ashley schlüpfte aufgeregt in ihre extra dafür gekaufte Unterwäsche und Fleur half ihr danach vorsichtig in das Brautkleid. Fertig angezogen, setzte sich Ashley auf einen Sessel, der im Zimmer stand und Fleur fing an ihr die Haare zu machen, während Marie, die mittlerweile zu ihnen gestoßen war, sie zu schminken begann.

Indessen stellten die anderen noch schnell den Platz der Trauung fertig. Die Rosenblätter mussten gestreut werden, neben der Tanzfläche standen die mit einer weißen Tischdecke belegten Tische, die noch gedeckt werden mussten. Und auch die Sektflaschen, hatten ihren Platz, in den mit Eis gefüllten Eimern noch nicht gefunden. Alles sollte perfekt sein, denn Ashley hatte so viel durchmachen müssen und hatte den Tag mehr als verdient. Und das empfand nicht nur Adam so. Jeder gönnte ihr ihre Traumhochzeit und es gab keinen, der nicht gerne bei den Vorbereitungen half. Fleur holte sich nebenbei noch kleine Anregungen, für ihre eigene Hochzeit, die sie nun aufgeregt mit ihrer Freundin planen konnte.

Nachdem alles fertiggestellt war, fingen die Letzten noch an, sich umzuziehen. Adam konnte sich nicht an viele Momente erinnern, in denen er so aufgeregt war, wie an diesem Tag und es war gut, dass Robert mit ihm im Zimmer stand, um sich anzuziehen, denn sonst wäre er womöglich noch mit einem falschgeknöpften Hemd zu seiner eigenen Hochzeit gegangen.

# *Tag des Glücks*

Mit zitternden Händen, die durch den frisch aufgetragenen Nagellack in Samtrot aufgehübscht worden waren, nahm sie ihren Blumenstrauß in die Hand, lief zwei Schritte weiter vor und drehte sich dann in die Richtung, in der Adam schon auf seine Braut wartete. Sie sah in die Gesichter ihrer Familie und engsten Freunde und alle lächelten. So wie Ashley es sich immer vorgestellt und gewünscht hatte. Bei diesem Anblick, fiel ihr ein Stein vom Herzen und das Lächeln überkam sie ganz von selbst. Der Tag würde so werden, wie sie es sich immer vorgestellt hatte und nicht so, wie in ihrem Albtraum. All die Angst, dass es doch so kommen sollte, kam ihr nun so irrsinnig vor.
Wie konnte sie nur daran glauben, dass der Tag wie in ihrem Albtraum werden würde?
Dass all ihre Wünsche wie eine Seifenblase zerplatzen könnten?
Die Angst in ihr war so plötzlich und unbewusst weggeflogen, wie sie gekommen war.
Da jemand sie zum Altar führen musste, und ihr Vater diese Hochzeit nicht mehr miterleben konnte, übernahm Paul diese wichtige Rolle.
Er wartete auf Ashley und hielt ihr seinen Arm hin, damit sie sich bei ihm einhaken konnte.
»Danke dafür, Paul. Ich bin so dankbar, dass du hier bist und mir Halt gibst.«
»Ach, Schwesterherz. Um nichts auf der Welt wollte ich jetzt mit irgendjemandem auf der Welt tauschen. Ich bin verdammt glücklich diesen Moment mit dir teilen zu dürfen. Und ich bin sehr, sehr dankbar, dass ich derjenige sein darf,

der dich zum Altar führt. Und nun genug geredet, jetzt wird geheiratet.«
Lächelnd sah er zu seiner großen Schwester und gab ihr noch schnell einen Kuss auf ihre Stirn.
Er betrachtete sie und war unsagbar stolz, so eine wundervolle und hübsche Schwester zu haben.
Ihre Haare trug sie von vorne nach hinten gezogen und am Ende zusammengebunden. Hinten fielen die Haare gelockt herunter und an der Seite befanden sich drei geflochtene Strähnen, die mit den anderen Haaren hinten zusammenliefen. Ihre wunderschönen braunen Haare waren mit Glitzerspray besprüht worden und hier und da schauten aus ihnen kleine Perlen. Sie war dezent geschminkt, aber ihre Augen waren fantastisch in Szene gesetzt, dies konnte sogar Paul als Mann erkennen. Ihr Brautkleid war vorne mit Spitze besetzt und es ließ zu, dass man die Schlüsselbeinknochen sehen konnte. Ärmel hatte es keine und hinten ging es ziemlich weit spitz herunter, sodass man ihren Rücken verdächtig weit sehen konnte. Dass sie keine Probleme damit hatte, es sich zu erlauben, solch einen Rückenausschnitt zu tragen, konnte niemand anzweifeln. Er war vollkommen gleichmäßig gebräunt und bis auf ihr kleines Muttermal, auf ihrer linken Schulterblattmitte, war nichts außer zarter Haut zu sehen, die dazu einlud, über sie zu streicheln. Ihr Kleid besaß eine kurze Schleppe, lang genug, um als Schleppe erkannt zu werden, aber nicht zu lange, dass man zwei Leute brauchte, damit diese nirgendwo hängenblieb. Am Ende vom Kleid befand sich als Abschluss ein Streifen mit Spitze. Es war eine klare A-Linie und unten fand sich die Spitze in Form von Lilien wider. Sie sah einfach bezaubernd aus.
Die Musik fing an zu spielen, dazu hatten sie extra eine Anlage unter das Zelt gestellt und mit mehreren Kabeln so verbunden, dass sie Strom bekam, schließlich stand das Zelt mitten auf der Wiese.
Alle drehten sich neugierig um. Langsam schritt sie, mit Paul an ihrer Seite, immer im Takt wiegend, den Weg entlang. Alle sahen die Braut mit Strahlen in den Augen und einem

Lächeln auf den Lippen an. Melinda hielt das Taschentuch schon, bevor die Musik einsetzte, bereit, was sich als weise Entscheidung heraus stellte, denn vor lauter Tränen konnte sie ihre wunderschöne Tochter nicht mehr erkennen. Sie nahm das Taschentuch und tupfte vorsichtig die Tränen weg, die ihr die Sicht nahmen, aber so, dass ihre Schminke am Auge nicht verwischte. Vorne angekommen, hielt Paul ihre Hände und gab ihr noch einmal einen Kuss auf ihre Stirn und ihre beiden Wangen. Danach ging er zu seinem Platz als Trauzeuge.
Ashley standen bereits die Tränen in den Augen, seit sie den ersten Schritt gegangen war und ihren Adam erblickte. Aber als der Priester anfing zu sprechen, gab es kein Halten mehr für sie.
»Die Liebe ist langmütig und freundlich. Die Liebe eifert nicht. Die Liebe treibt nicht Mutwillen, bläht sich nicht auf. Sie verhält sich nicht ungehörig, sie sucht nicht das Ihre, sie lässt sich nicht erbittern, sie rechnet das Böse nicht zu. Die Liebe erfreut sich nicht, an anderer Menschen Sünden, sie erfreut sich an der Wahrheit. Sie ist immer Willens zu ertragen, zu vertrauen, zu hoffen und zu erdulden, gleich was kommen mag.«
Adam nahm die kalte Hand seiner Freundin und hielt diese fest in der seinen.
»Und nun frage ich dich, Adam Alexander Doyle, möchtest du, die hier anwesende Ashley Marissa Cooper, zu deiner rechtmäßigen Ehefrau nehmen und sie lieben, achten und beschützen, ihr die ewige Treue schwören und ehren, bis dass der Tod euch scheidet?«
Ashley sah Adam mit Angst in den Augen an. Er sah sie ebenfalls an, aber mit einem Glänzen in den Augen und einem Strahlen auf dem Gesicht, welches Ashley noch nie zuvor so eingenommen hatte.
»Ja, ich will.«
Ashley fiel ein Stein vom Herzen. Er hatte es gesagt. Das, was sie sich so sehnlichst wünschte zu hören. Er hatte es

endlich gesagt. Und nun würde alles gut werden, nun konnte sie nichts mehr trennen.

»Und möchtest du, Ashley Marissa Cooper, den hier anwesenden Adam Alexander Doyle, zu deinem rechtmäßigen Ehemann nehmen und ihn lieben, achten und beschützen, ihm die ewige Treue schwören und ehren, bis dass der Tod euch scheidet?«

Ashley nickte.

»Ja, ich will«, sagte sie mit noch immer tränenden Augen.

Der Priester lächelte.

»So steckt nun im Zeichen eurer Liebe die Ringe einander an.«

Fleur sprang auf, Hope auf ihrem Arm tragend und ging zu dem Brautpaar nach vorne. Ashley lächelte ihre Tochter an, welche ein kleines Kissen trug, auf dem die Ringe mit Fäden befestigt waren.

»Mit diesem Ring verspreche ich dir ewige Liebe und Treue, in einfachen und schweren Zeiten, in Gesundheit und Krankheit. Ich liebe dich, mehr als mein eigenes Leben.«

Adam knotete das kleine Bändchen auf und nahm den Ring von dem Kissen, um ihn seiner wunderhübschen Braut anzustecken.

»Mit diesem Ring verspreche ich dir ewige Liebe und Treue, in einfachen und schweren Zeiten, in Gesundheit und Krankheit. Ich liebe dich, mehr als mein eigenes Leben.«

Mit noch immer zitternden Händen, tat sie es ihrem Bräutigam gleich, hatte aber kurz Probleme, ihm den Ring an den Finger zu stecken, da er nicht passte. Nach einem kräftigen Druck rutschte er nun doch an den Platz, an den er gehörte und die ganze Gesellschaft, samt Brautpaar fing an zu lachen.

»Da ihr nun Mann und Frau seid, darfst du die Braut endlich küssen.«

Und das tat Adam auch. Er küsste Ashley so zärtlich und innig, als würde es kein Morgen mehr geben.

Ihre Lippen näherten sich seinem Ohr.

»Ich muss dir noch etwas sagen, Adam.«

Adam wartete gespannt, doch was auch immer es war, nichts konnte seine Freude, die er in diesem Augenblick spürte, schmälern.
»Ich bin schwanger.«

# *Das Erwachen*

Zart zuckte ihr Zeigefinger bis sie ihn langsam ein kleines bisschen anhob. Ihre Augen klebten ein wenig, ihr Lid war schwer und so fiel es ihr nicht leicht, sie zu öffnen. Fleur, die bemerkt hatte was gerade passiert war, legte eilig ihre Zeitschrift auf den neben ihr stehenden Tisch und eilte zu ihrer Freundin. Sie setzte sich zu ihr auf das Bett und nahm vorsichtig Ashleys Hand. In ihr zog sich alles zusammen. Im Nachhinein hätte sie nicht genau sagen können, was sie fühlte, aber es war ein unglaublich erleichterndes Gefühl, dessen war sie sich bewusst. Sie spürte in ihrer Hand die Bewegung des immer noch leicht zuckenden Fingers. Ihre andere Hand strich Ashley sanft über das Haar. Nun hatte Ashley es endlich ganz geschafft ihre Augen zu öffnen. Sie blickte sich um, doch klar sehen konnte sie nicht, denn alles war leicht verschwommen.
»Hey, Süße.«
Fleurs Finger streichelten ihre Hand.
»W... W... Wo... bi...«
Ashley fiel es schwer zu sprechen, ihr Hals war trocken.
»Überanstreng dich bitte nicht, Ashley. Ich will nicht, dass wieder irgendetwas passiert.«
Ashley schüttelte zaghaft den Kopf.
»W... Wie meinst d... du das?«
Ashley merkte, dass es ihr schon einfacher fiel, zu sprechen, doch wirklich normal klappte es noch nicht.
»W... Wies... wieso wieder etwas ...« Ashley hustete und konnte deshalb den Satz nicht beenden.

Es fiel Fleur schwer zu verstehen, was Ashley sagen wollte, da sie sehr leise sprach, es ähnelte eher einem Flüstern. Aber sie wusste, was Ashley sagen wollte.
»Ashley, ich werde dir jetzt alles erzählen. Aber rege dich nicht auf, das musst du mir versprechen!«
Ashley nickte.
»Gut, es ist so ...«
Fleur atmete noch einmal tief ein, bis sie anfing zu erzählen was los war.
»Ashley, du warst so geschockt von Adams Tod, dass du in deine eigene kleine Welt geflüchtet bist. Du dachtest, er wäre wiedergekommen, aber er war nicht da, wie sollte er auch ...«
Fleur hielt kurz inne, sprach aber danach voller Sorge weiter.
»Und deshalb bist du wie eine Wilde auf der Straße herumgelaufen. Du suchtest ihn vermutlich auf der Straße vor eurer Wohnung, du warst so in deiner Vorstellung gefangen, dass du gar nicht merktest, wie das Auto kam. Es fuhr viel zu schnell und konnte dich deshalb nicht früh genug sehen.«
Ashleys Augenbrauen zogen sich zusammen. Sie hörte zwar was Fleur ihr erzählte, doch sie verstand es nicht. Fleur wusste doch genau, dass Adam wieder zurückgekommen war. Gesprochen hatte sie mit ihm so viele Male, ihn umarmt und mit ihm Spaß gehabt. Sogar die Hochzeit hatte sie mit ihm vorbereitet.
Wieso sagte sie nun solche Sachen?
»W... wo ist Ho... Hope?«
Fleurs Stirn legte sich in Falten.
»Wer soll Hope sein Ashley? Ich kenne keine Hope.«
Ashley stutzte immer mehr.
Was war denn nur los?
War Fleur krank?
Wieso redete sie so einen Blödsinn?
Sie kenne ihre Tochter nicht, Adam sei nicht wieder zurückgekehrt, wieso nur sagte sie so etwas?
»Aber Fleur, Hope ist meine To... To... Tochter.«
Diesem Satz folgte ein leichter Hustenanfall.

»Ashley es gibt da noch etwas, dass ich dir sagen muss.«
Sie guckte ihre beste Freundin gespannt an.
Was wollte sie ihr nun wieder erzählen?
Etwa noch, dass sie nicht mit Robert verlobt war?
Nein noch besser, dass sie Robert gar nicht kannte?
Oder, dass sie gar nicht ihre beste Freundin sei?
»Es ist so, dein Baby also, sie mussten es herausnehmen. Du hattest eine Plazentaablösung durch den Unfall. Sie mussten dein Baby sofort herausholen, sonst wäre sie in deinem Leib gestorben. Es ist noch nicht sicher, ob sie es überleben wird, Ashley. Sie ist sehr schwach, da es eigentlich noch viel zu früh für dein Baby war auf die Welt zu kommen. Die Ärzte haben sie sofort auf die Frühchen-Station gebracht und sie wird immer noch künstlich beatmet. Es tut mir wirklich sehr leid. Aber ich bin mir sicher, dass sie es schaffen wird. Immerhin hat sie deine und Adams Gene. Sie wird es schaffen.«
Fleur fiel es nicht einfach, ihr das zu erzählen.
Für Ashley war es mit Sicherheit einer der schlimmsten Momente in ihrem Leben. Erst verstarb ihr Verlobter, dann hatte sie einen Unfall, sodass ihr gemeinsames Baby sofort mit einem Kaiserschnitt herausgeholt werden musste und nun war es nicht einmal sicher, ob das Baby es überleben würde.
Fleur atmete noch einmal tief ein, sie war froh, dass sie es nun hinter sich hatte. Nun würde sie sich vollkommen darauf fixieren, für ihre Freundin da zu sein, sie zu stützen und ihr die nötige Kraft zu geben. Ashley flüsterte noch leise, aber sonst redete sie wie immer. Fleur hatte ihr einen kleinen Schluck Wasser gegeben, welches sie für den Fall, dass ihre Freundin wieder wach werden würde, immer parat stehen hatte.
»Wovon redest du denn nur, Fleur? Bist du krank? Leidest du an Gedächtnisverlust? Ich habe Hope mit einem Kaiserschnitt auf die Welt gebracht, das stimmt. Aber Adam ist wieder zurückgekommen und du hast mit Paul, Brittany und deinem Verlobten Robert die Hochzeit vorbereitet. Ich

habe die große Liebe meines Lebens geheiratet, nämlich Adam. Und nun bin ich wieder schwanger. Das zweite Mal. Hope Felicity, meine und Adams erste Tochter lebt bei uns in unserer gemeinsamen Wohnung. Adam hat ihr mit Hingabe ein kleines Kinderzimmer eingerichtet und nun bekommt die Kleine bald ein Geschwisterchen. Wie kannst du nur meinen, dass all das nicht stimmt? Verrate mir bitte, wieso du so einen Müll redest und was ich in einem Krankenhauszimmer mache.«

Fleur konnte nicht glauben, was ihre beste Freundin von sich gab. Es schien wohl so, als hätte sie während ihres Komas in ihrer eigenen kleinen Welt gelebt, noch schlimmer, als in der Zeit, vor dem Unfall. In ihrer perfekten und für sie realen Welt, in der sich das Leben einfach mit Adam weiterentwickelt hatte. Es würde das Schmerzlichste im Leben für sie sein, wenn sie verstehen würde, dass dies alles nur ein Traum war. Dass ihr Verlobter Adam wirklich tot war und ihr Kind, welches sie anscheinend Hope Felicity nannte, in ihrem Leib fast gestorben war. Sie würde sich die Schuld daran geben, und sie würde daran kaputtgehen. Fleur nahm Ashleys Hand und streichelte sie verständnisvoll.

»Ich weiß, es wird Zeit brauchen, aber irgendwann wirst du verstehen, was Wirklichkeit und was nur aus deinem Traum ist, Ashley. Und ich werde, ganz egal was kommt, immer für dich da sein.«

# *Epilog*

Ashley drehte ihren Kopf noch einmal zu dem kleinen Klettergerüst auf dem Spielplatz, den sie fast jeden Tag besuchte. Ihre Tochter winkte ihr zu, bevor sie sich erneut die Rutsche herunterstürzte. Immer wieder rutschte sie, kletterte erneut die Sprossen hinauf und schlidderte herunter. Es war ihre absolute Lieblingsbeschäftigung, auf dem Spielplatz. Natürlich baute sie auch gerne Sandburgen, fuhr mit ihrem Bobby Car den Weg entlang, oder schaukelte, während ihre Mama sie immer wieder anschubsen musste. Doch das Rutschen schien all das zu übertreffen, denn nirgendwo leuchteten ihre Augen mehr. Ashley brachte es so viel Freude, sie dabei zu beobachten. Das Glück ihrer Tochter, war das Wichtigste, für das es im Leben zu kämpfen galt.

Sie beobachtete ihre Tochter und Gedanken und Erinnerungen überkamen sie. Ashley war so stolz, dass ihre Tochter sich ins Leben gekämpft hatte, lange Zeit, hatte sie um das Leben ihrer Tochter bangen müssen. Ihr kleiner Engel, sie sah aus, wie ihr Vater. Die gleiche Haarfarbe schmückte ihren hübschen Kopf und das gleiche Lächeln, wie das ihres Vaters, erhellte immer wieder die Welt um sie herum. Es war, als stünde ein kleiner Adam nur in weiblicher Form vor ihr. Er hätte nicht leugnen können, dass sie seine Tochter war, und er wäre unglaublich stolz auf sie gewesen. Ashley lächelte und winkte zurück. Sie hörte das Kichern ihrer Tochter, welches sie unter hunderten von lachenden Kindern widererkennen würde.

Es war ein schmerzlicher Moment für Ashley. Denn jedes Mal, wenn ihre kleine Tochter **A**va **D**ylan **A**lyssa **M**adison lächelte dachte Ashley an ihren verstorbenen Verlobten, der ihr Leben für immer verändert hatte.

## *Danksagung*

Ich möchte mich bei allen lieben Menschen bedanken, die mich auf dem Weg, dieses Buch zu vollenden, begleitet haben.
Darunter: eine alte Lehrerin, eine gute Freundin, meine Tante, mein Stiefvater, und meine Schwester.
Ein besonderer Dank geht an meine Mama, meine beste Freundin, ohne die das Buch niemals zustande gekommen wäre. Du warst immer mit sehr viel Mühe dabei, hast mir mit deiner Erfahrung und deinem Wissen geholfen, hast mir all die Zeit über mit Rat und Tat zur Seite gestanden und mir stets Mut gemacht. Du bist die beste Mama der Welt. Danke auch an meinen Partner. Du hast dir so große Mühe gegeben, mich bei allem zu unterstützen, bei dem ich überfordert war und hast es stillschweigend ertragen, trotz des Geklappers der Tasten zu schlafen. Ohne euch wäre die Geschichte nur ein großes Chaos, ohne Sinn und Verstand.